太平长安

盐盐 著

Placid
Chang'an

中国言实出版社

图书在版编目(CIP)数据

太平长安 / 盐盐著 . -- 北京：中国言实出
版社，2022.1
ISBN 978-7-5171-3963-8

Ⅰ . ①太… Ⅱ . ①盐… Ⅲ . ①长篇小说 – 中国 – 当代
Ⅳ . ① I247.5

中国版本图书馆 CIP 数据核字（2021）第 257918 号

太平长安

总 监 制：朱艳华
责任编辑：李　岩
责任校对：郭江妮

出版发行：中国言实出版社
　　地　　址：北京市朝阳区北苑路 180 号加利大厦 5 号楼 105 室
　　邮　　编：100101
　　编辑部：北京市海淀区花园路 6 号院 B 座 6 层
　　邮　　编：100088
　　电　　话：64924853（总编室）　 64924716（发行部）
　　网　　址：www.zgyscbs.cn　 E-mail：zgyscbs@263.net

经　　销：新华书店
印　　刷：三河市春园印刷有限公司
版　　次：2022 年 3 月第 1 版　 2022 年 3 月第 1 次印刷
规　　格：710 毫米 ×1000 毫米　 1/16　 21.5 印张
字　　数：350 千字

定　　价：59.80 元
书　　号：ISBN 978-7-5171-3963-8

诛世间宵小，还盛世平安

李释就是他心里那座长安城，

他跋跋半生而来，窥一貌而妄求始终，

若有一日这城塌了，

他就只能漂泊各处，

再无安身立命之地。

目　录

第一卷

我本桀骜少年臣

第一章

茶楼

元顺三年春，长安城。

长安城里一条朱雀大街将整个外郭城一百零八坊一分为二，东边太平县，西边长安县，寓意太平长安。两县内各有一集市，分为东西二坊，茶楼酒肆，胡商洋货应有尽有，货财二百二十行，邸邸林立，揽尽天下奇珍。

正值午后，东市一家茶楼里热闹异常，上至国家大事，下至民生百态，皆从一张张唇里翻吐出来。

一书生模样的青年人点下一壶龙井，不着急品，由着茶香弥漫，他的指节轻轻敲着桌面，睫毛呼扇着垂下，根根分明，看似闭目凝神，却将一应声音都听进心里。

靠窗第一桌说的是张家的鸡啄了李家的菜，李家遂杀了张家的鸡，张家觉得几片菜叶子不抵自家的鸡，第二天寻着个由头打了李家孩子，李家不服气，当天夜里在张家院子里撒了一把发了霉的米……

苏岑摇了摇头，转头去听里头一桌的话茬。

红绡坊里的姑娘芳心暗许跟着入京赶考的举人跑了，没过两天却是这举人亲自把人送了回去，只道自己还要科考，便不要互相拖累了。那姑娘一身积蓄被骗了个干净，还被打了个半死，最后口口念着自己是状元夫人，怕是已经痴傻了。

有道这姑娘识人不清的，也有骂这举人冷血无情的，但众人也就当个笑话一笑了之，语气里皆带着淡淡鄙夷，没人会真去同情那姑娘，也没人会真去讨伐那举人。

事不关己才是民生常态。

苏岑微微眯了眯眼，一双眸子机灵地向四周扫了一圈，最后定在两个青衫华裙的中年人身上，对这两人说的总算有了点兴趣。

老成些的那人道："当今朝堂上有三个人不能得罪，一是当朝太傅宁弈，历经四朝，是先帝留下来的辅政大臣，人虽已有八十高龄，在朝堂上久不见其身影，却一言千金，仍是当朝举足轻重的人物；二是当今皇上生母，垂帘听政的楚太后，皇上年幼，一应事情都由楚太后拿主意，谁得了楚太后的赏识也便是得了圣心。"

那人压低了声音接着道："第三位也是最重要的一位——先帝的弟弟，当今圣上的四皇叔宁亲王李释。先帝驾崩时皇上年纪尚小，托孤于宁王，实则是想利用宁王手里的兵权震一震四野，稳住他儿子的帝位。几年过去，宁王早已是威慑朝野的摄政亲王，手里有先帝御赐的九龙鞭，上打天子下打群臣，连楚太后都得惧他三分。更有甚者，说先帝驾崩时留有密诏，若是当今天子无德，卿可取而代之！便是这封不知真假的密诏，使得如今朝中势力分作两拨，一拨是本着扶持幼帝的太后党，另一拨则是以宁王马首是瞻的宁王党。这入朝为官要做的头一件事，先得把自己拎清楚了是哪一党派的人，不然就得等着被两边敲打吧。"

苏岑敲着桌子不禁神色黯然，要当官先得学会站队。

"啊？"另一人焦急地问，"那该选哪边是好？"

"这两方势力旗鼓相当。"那人接着道，"楚太后有右相，宁王便有左相，太后这边有礼吏户，宁王那边就有兵刑工，文臣们大都本着匡扶正主站在楚太后这边，武将们却信奉当年与他们并肩作战的宁王，表面上看太后党虽是要压宁王党一头，实则宁王手里却攥着北衙禁军的节制权，是把宫城内人的性命握在手里。两方不相上下，在朝堂上斗得如火如荼。"

"那皇上呢？皇上虽年幼但总该有个倾向吧？日后接管大统这两方势力不就立显高低了吗？"

那中年人左右环视了一周，趴在那人耳边耳语了一句，那人登时脸色大变，手中的茶水都洒了出来。

"不臣之心……"苏岑敲着桌面轻声道。他虽听不见两人说了什么，却略懂一点唇语，再加之一点揣摩，轻而易举就读出了其中寓意。

他每到一处地方就喜欢找个热闹的场所去听那些当地人谈话，虽不见得都是真事，其中难免有情感偏倚，却也能窥得个大概。

像方才那两人所言，宁王有没有不臣之心不好说，但两党争斗却是板上钉钉的事。

"二少爷，咱们回去吧？"趴在一旁的小厮一脸怏怏地抬起头来，"抓紧时间还能再把四书五经看一遍。"

明天就是科考的大日子，别人家的仕子都是恨不得不吃不睡一头埋在书里，他家这位爷可倒好，跑到茶楼里闭目养神来了，这要被老爷知道了，指不定又要气得卧床不起。

"你要是觉得无趣便先回去吧。"苏岑挑眉看了他一眼，眼角眉梢宛若二月春风。

阿福却是心头顿寒，头摇得像拨浪鼓一样，老老实实趴在桌上不说话了。

上次二少爷这么笑还是在三年前，春风满面地辞家而去，奔赴科考，结果没等出了他们苏州地界就换了行程，全国名山大川访了个遍，就是没涉足长安城。

一年后回到家换上一副楚楚可怜的样子哭诉，自己在赶考途中被山上的一伙土匪掳回去当了一年文书先生，好不容易才逃出来，演得那叫一个绘声绘色娓娓动听。老爷夫人一通怜惜，好吃好喝伺候了一年，直到一年前，一纨绔子弟找上门来，问何时两人再结伴出游，这才泄了底，被老爷吊在树上一通好打，如今身上还有没消下去的鞭痕。

这次二少爷再来赶考，便派了他随身跟着，扬言再整什么幺蛾子父子俩就断绝关系，这才一路顺遂地到了长安城里。老爷更是直接在寸土寸金的长安城里给他置办了一套宅子，长乐坊内，毗邻东市，离兴庆宫就一条街，虽只有二进二出两个院落，却足抵万金。

苏老爷虽是商贾出身，却一心想着让儿子从政，光耀门楣，下这血本的意思很明确，这次考不中便住在长安城里，三年之后再考，什么时候考中了什么时候作罢。

话说这二少爷也确有读书的天分，同龄孩子还在"人之初，性本善"之时，他便已经中了县里的秀才，更是在十六岁那年一举拿下乡试解元，再然后……人就跑了。

一张人畜无害的面皮下，却是一颗蠢蠢欲动的心。

如今能把人送到这天子脚下已实属不易，阿福也不敢再奢想让人回去看什么四书五经了。

本是百无聊赖趴在桌上看着自家公子在那闭目养神，一阵茶香飘过，阿福不由得抬起头来。

一个伙计模样的人正提着个长嘴铜壶挨桌添水，只是这人穿得虽像个伙计，身段脸蛋却都不像这种店里的伙计该有的，一双桃花眼有意无意上挑着。借着添水的契机，几个人不轻不重捏一把，人也不恼，嬉笑着打闹回去。

阿福目瞪口呆盯了半晌。

一回神正对上自家少爷一副了然的目光，看着他道："少见多怪，没见过世面的样子。"

阿福闻言再不敢抬起头来。

只闻一股茶香倾至，再是一只纤纤玉手提起茶壶盖，小声"咦"了一声，话里含着笑，"这位公子莫不是觉着我家茶不好，还是有别的什么原因，怎么点了茶又不肯喝？水都凉了，多暴殄天物呀。"

苏岑抬眸看着他："暴殄有之，天物却谈不上。我点的是明前龙井，明前茶一叶一芽，冲泡起来颜色虽清淡茶香却幽远，你这明显是雨前茶，初春茶树一天一个样，你这茶比明前茶足足晚了半个月，何来天物之谈？"

"公子懂得好多呀。"那伙计面无愠色、语气轻佻，"只是公子不喝，下次我便不来给公子添水了。"

苏岑倒是会意地一挑眉，斟了一杯递到阿福面前："喝了吧，别辜负了人家一番美意。"

那伙计一笑，添了一杯茶的水量，提着铜壶去了楼上。

"二少爷……"阿福皱眉看着那杯茶。

苏岑自己拿过来一饮而尽，茶香幽韵，是明前茶无疑。

苏岑顺着那伙计身影往楼上看去，楼上皆是套间雅座，伙计上了二楼直接往里去，进了靠近扶栏这边的一个小间，垂着一片轻纱帐子，隐约可见帐内人形，里面情形虽影影绰绰看不真切，却总觉那帐后有副目光在对着他。

"二少爷……"阿福小心翼翼唤道。

苏岑回头笑问："如何？"

阿福吞了吞口水，艰难道："二少爷，路上我有什么照顾不周的您尽管打我骂我，阿福十岁进苏家，一日未敢偷懒，日后定然也一心一意好好伺候您，求二少爷饶我一命吧！"

话至最后已然涕泪横流。

苏岑无语。

这都哪跟哪啊？

忽闻楼上一阵脆响，杯盏落地，苏岑刚一回头，就见那伙计被人从楼上一掌推下，楼下众人一声惊呼，只见那伙计直直坠地，贴近地面时身形诡捷地一翻，竟是稳稳落地。

再见楼上一人飞身而下，直冲着那伙计过去。

伙计侧身一闪，避开有力的一击，紧贴着打来的一拳身影诡异地闪到那人身后。但追来那人却也不是吃素的，电光石火间利刃出鞘，剑柄向后一抵，重重顶在那伙计腰上。

伙计吃痛地皱了下眉，好在反应依旧迅速，在剑锋扫来之际急急后退，心知自己不是对手，余光一撇，一个侧身闪到苏岑身后。

正在一心品茶的苏岑下一瞬脖子一凉，就抵在了利刃边缘上。

"让开！"那持剑人冷冷道。

他当然想让开，若不是腰间也抵着一柄暗箭的话。

他今日出门定然没看黄历，如若不然如今应该在家沐浴焚香斋戒一日。

只听身后伙计还一副楚楚可怜的样子娇声道："公子救我！"

苏岑斜睨了一眼紧贴着自己脖子的利刃，小心翼翼用指腹推开了几寸，这才仔细打量了眼前人，身高足有八尺，眸光浅淡带着琥珀色泽，一身侍卫打扮，身上的凛然气息让苏岑不由得吞了口唾沫，小心道："这位兄台，有话好好说，动刀动枪伤了无辜就不好了。"

阿福这才回过神来，上前一步刚待理论，被人一个眼神吓退回去。

侍卫冷声道："这人刺杀我家主子，把人交出来。"

伙计从苏岑背后探头出来辩道："明明是你家主子光天化日对人家欲行不轨，恼羞成怒还想杀人灭口，大家给评评理，这长安城里还有没有王法了？"

鉴于这伙计方才在楼下走了一遭，那模样也都是有目共睹的，众人纷纷就信了这伙计的话，虽不敢大声言语却都私底下小声对着那侍卫指指点点起来。

那伙计越过苏岑对那侍卫挑眉一笑，却只换来一个眼刀。

苏岑借机往楼上看了一眼，那人依旧隐在幔帐后头，不动如山端着一只杯盏，虽看不详细，却还是觉得那人像在看着他。他甚至能从那影影绰绰的身形中读出一抹饶有趣味的笑意来。

没等他回神，那侍卫手里的剑竟又贴近了几分，"你不让开，那就是同党了。"

苏岑皱了皱眉，那道视线就像一根根无形的线一般纠缠在他身上，勒得他透不过气来。一股无名火平白而起。他原本只想着尽快脱身，却突然梗着脖子上前一步，"你道他要暗杀你主子，他却道是你们欲对他施暴，没搞明白怎么回事之前，人我是不会交给你。"

伙计一愣，悄悄收了手里的暗箭。

阿福却暗叫一声"糟了"，东市这边因毗邻皇城"三大内"，住的多是些达官显贵，房顶掉片瓦都能砸死好几个当官的，更何况这人一看就不是什么等闲人家，楼上那位主子指不定是什么大人物。他忙在后头扯了扯苏岑衣袖，却被人一甩手挣脱开来。

苏岑接着道："他行刺你家主子，那他与你家主子何仇何怨？是投毒还是暗杀？凶器何在？有何证据？"

"凶器是寸长的钢针，射入房顶没了踪迹，至于何仇何怨……"侍卫眼神一眯，"抓回去审了自然就知道了。"

"那也就是说你没有证据。"苏岑挑唇一笑，"人若让你带回去了，那我们怎么知道你会不会把人屈打成招，到时候是非黑白还不是全凭你们一张嘴，他有冤屈向谁申去？"

众人纷纷称是，伙计在人身后忙不迭点头。

侍卫冷眼一扫，周遭瞬间没了言语，他冷声道："你是他的同党，自然为他说话。这人身上应该还有发射暗器的机栝，扒了他的衣裳一看便知。"

苏岑一愣，回头看了那伙计一眼，只见人一副惹人怜的模样，拿袖口擦了擦眼角并不存在的泪，"大家伙儿看看，这人竟还想光天白日扒人家衣裳，我虽不是未出阁的黄花大闺女，也断没有任凭你们这么侮辱的道理！"

侍卫不为所动，"要么扒衣裳，要么人我带走。"

那伙计求助地看了苏岑一眼。

苏岑暗自叹了口气，东西这人肯定还带在身上，被搜出来只怕难逃一劫，心想自己这是跟着上了贼船，他无奈回头道："这人方才我已经验过了，身上没东西。"再扫一眼周遭的人，"你若信不过我，这里好些人都替你验过了，那些方才动手动脚的兄台们麻烦出来作个证，可曾摸到这人身上有什么机栝？"

几个人先是摇了摇头，一想似又并非真正验过，又纷纷不动了。

但就方才那几个已然够了，苏岑笑道："你看，我们都说没有，你若还是不信硬要扒人衣裳，难免惹人非议，莫不是觉得自己主子松了绳便可以随意咬人吧？"

那侍卫剑眉一横，"放肆！"

"祁林。"

一声低沉嗓音自楼上传来，如一坛陈酿打翻在浓浓的夜色里一般。

苏岑循着声音仰头看过去，只见一人着一身浮光暗纹云锦自楼上背着手下来，步子稳健，周身有一股说不出的气度，难怪方才隔着一层纱幔都让人难以忽视。

那侍卫毕恭毕敬拱手退至一旁。

苏岑觉得自己脖子有些僵硬，心跳没由来得快了几分。方才对着那侍卫就已有了压迫感，这人只是吐了两个字周遭便瞬间寂静，与生俱来带着一股逼人的气势。苏岑只觉喉头翻滚，竟一个字也吐不出来。

好在那人也只是看了苏岑一眼，道一声："走了。"留下滞愣的众人缓缓离去。

苏岑紧跟着回头，只见那人在门口顿了一顿，有意无意扫了他一眼，那双眼睛深不见底，但苏岑还是从其中读出了那点嘲弄意味。

就像看着井底之蛙在自己面前班门弄斧时那种不屑一顾的嘲笑一样。

苏岑愣了半晌才回过神来，心里突然莫名地烦躁。

他抓起桌上已然凉透了的茶一饮而尽，扔下几个铜板转身离去，阿福紧随其后。二人出去十几步才发现那伙计竟也跟了出来。

苏岑停下步子皱了皱眉，"你跟着我干吗？"

那伙计唇上挑着一抹意味深长的笑，"你帮了我，我不该出来谢谢你吗？"

苏岑边走边道："我并不是想帮你，他说我们是同党，我不过是自保而已。"

"当真？"

苏岑心里又烦躁了几分，"我就是看他不顺眼怎么了？来茶楼喝茶却偏要挑楼上的雅座，想图清净回自己家喝不行吗？看他那穿着，家里也不像缺那二两茶的样子。"

而且那双眼睛那么沉、那么静，茶楼里那么多人偏偏就逮着他盯着，他的一举一动在那双眼睛之下都无处遁形。

他就是要与他较较劲。

结果一败涂地。

"你知道他是谁？"

"我不知道他是谁。"苏岑忽地眯了眯眼，"我却知道你确是去行刺他的。"

伙计一愣。

"你根本不是茶楼的伙计，否则我说你们茶楼里拿雨前茶冒充明前茶时你不会无动于衷。更何况那本就是明前茶，你若是真的茶楼伙计不会不为自家店辩解，那便只能说明你去那里另有所图。而且你在楼下走那一遭，虽是有意无意挑弄旁人，却刻意避开了提着铜壶的右手，想必那机栝是藏在右袖管里吧。"

伙计下意识摸了摸右袖管，那里确实藏着能发射钢针的袖箭，他越发感兴趣起来，"那你还帮我？"

"我说了我不是帮你，许他污蔑我在前，还不许我出口反击吗？"一想到那个眼神，胜券在握里带着几分俯瞰一切的倨傲，像把所有人都掌控于股掌之间一般，苏岑赶紧摇了摇头，再琢磨下去自己都该魔怔了，他快走了几步，又回身道，"与其说你去行刺他，更像是他设下陷阱来诱捕你，我劝你别跟着我了，他方才在茶楼没抓到你不代表就此放过你了，你有这工夫还是逃命去吧。"

"他在茶楼里没抓到我，以后就更别想抓住我了。"伙计一笑，"我叫曲伶儿，不管怎么说今日还是多谢你了，还有……"

曲伶儿突然伏近人耳边轻声道："小心那人。"

苏岑一个愣神，再一回头，暮色渐合，那个曲伶儿竟是凭空没了踪迹。

贡院

　　苏岑直走到第一盏华灯初上才停下步子，他打量了一眼周遭，并不是回家的路，阿福垂着头跟在后头，想必是唤了他好几声他都不应，无奈之下只能随身跟着。

　　暮色渐起，初春的凉意透过单薄的衣衫一点点漫上来，苏岑冲着那盏灯走过去，只见幡旗上用隶书写着"田记糖水"，看得出年代久远，字迹已经有些模糊。铺子也只是简易用茅草搭了个棚子，下面摆上几张桌凳。长安城内有严格的宵禁系统，一个花甲老伯正忙着将凳子统一收到桌上，显然已是打烊了。

　　苏岑上前一步，原本只是想打听一下这是何处，该如何回他那长乐坊的宅子，走近一看桌上还放着两碗热气腾腾的梨水，不由得心头一动，掏出几个铜钱要买下这两碗糖水。

　　老伯看见，急忙再把凳子从桌上搬下来，苏岑急道不必了，他们在这站着喝完就是了。

　　一杯温热的糖水下肚，手脚终于恢复了一些温度，苏岑打量着不远处黑黢黢的府宅，不由得问道："那是哪啊？"

　　老伯顺着人的目光看过去，笑道："看你的样子也是入京来参加科考的吧？怎么连贡院的大门都不认识了？"

　　苏岑一惊，"这是贡院？"

　　老伯慈眉善目地笑道："白日里看还能壮阔一些，明天科考，贡院里早已戒严，黑咕隆咚一片也难怪你看不出来。"

"踏破铁鞋无觅处，得来全不费工夫啊。"苏岑笑道。他看铺子已然打烊也没多停留，辞别了老伯，便想围着贡院走一圈，也算了解一下这让世间万千仕子心之所向的贡院到底长什么样子。

前立三门，如今都紧紧闭着，上方牌匾书有"长安贡院"，左右红柱上悬有楹联：将相无种笔墨自争，白屋公卿金榜题名。

落款为前任翰林学士林宗卿。此人曾任先帝帝师，是天下文人仕子的榜样。不过自打先帝驾崩，他因看不惯朝中风气辞官返乡，在乡里办起了私塾，虽不过问朝中事，却仍然源源不断向朝廷输送栋梁之材。

苏岑看着自己老师这一手字不禁牙疼，当初就是这手字把他的文章批得一无是处，仙风鹤骨的老头一拿起笔来就变了个人，言辞犀利、一针见血，一双眼睛光芒熠熠。等隔日他拿着新作的文章再去找他，小老头眼睛一眯，再道："其实你昨日那篇文章也有可取之处，两方权衡一下，明日再交一篇文章上来吧。"

苏岑急忙避开正门绕着院外围墙环顾一周，墙高两丈有余，墙上还设有棘垣，每隔一段距离便有一座角楼，足见森严。

苏岑沿着东墙一路走过去，足以容纳万人的贡院不过一里有余，半炷香的工夫便能从院南走到院北。刚待转到北墙，一个转身苏岑呆立原地，紧接着一身冷汗骤然而起，头皮一阵发麻。

只见眼前一尺火光明灭，三四个人齐齐跪在地上正念念有词地烧纸，火光打在那几张脸上不见一点血色，气氛诡异到了极点。

两相面面相觑，片刻之后，双方号叫声乍起。

过了一会儿，还是一胖子站起来冲两人做了个噤声的手势。离了那诡异的火光，苏岑这才看出来，这些是人。

"你们这是干吗呢？"苏岑皱眉问道。

胖子把人拉至一旁，小声问："你也是明日要科考的吧？"

苏岑没作答，胖子倒也不介意，将手头纸钱分了一半递给苏岑，"快去拜拜，明日保你金榜题名。"

苏岑没接，只问："你们在这烧纸是为了金榜题名？"

"你想必是刚来的没打听过吧？"胖子神秘兮兮往苏岑耳边一靠，"这贡院里啊，有鬼。"

苏岑愣了一愣，翻了个白眼，心里只道你们才像鬼。好在夜色掩映，胖子也没在意，拉着苏岑继续道："很多年前有个仕子参加科考，结果在考场上咯血而亡，心怀怨气化作厉鬼在里面游走，每逢科考就出来骚扰那些仕子。但你若科考前一天过来祭奠他，他就不会为难你了。"说着又把手头纸钱往苏岑手里塞，"赶紧去拜拜，一定要心怀敬意，不然不灵的。"

苏岑把纸钱还到胖子手里，"不必了，我不信这些。"

"宁可信其有，不可信其无啊。"胖子还在苦苦劝导，"年轻人还是要有所敬畏，我是看与你有缘才告诉你这些的，旁人我可不告诉他。"

敢情另外跪着的这三个不是你招呼来的？

"多谢了。"苏岑笑一笑，转身退了出来。

那胖子无奈地摇了摇头，继续跪下去烧手里那些纸钱。

两人终是在宵禁之前回了家，临近春闱，城里的客栈早都住满了，好在老爷子给他置办了这套宅子，如若不然，像他们这般紧掐着时辰过来的，只怕城外破庙都得跟人打个商量。苏岑吩咐阿福锁了门，自己坐在椅子上发起呆来，一会儿是曲伶儿，一会儿又是那胖子在火光下烧着纸钱，到最后统统化成那双深不见底的眸子。他自诩也是见过世面的人，却从来没有一个人给他这么强烈的压迫感。

若说他之前像只张牙舞爪的猫，那么在那人面前他就像被捏住了后脖颈，全身都夗着毛却动不了分毫的只能听话的猫。

而那人只是看了他一眼。

阿福掌了灯端上来，小心试探着问："二少爷，还读书吗？"

苏岑看了看桌上一摞经义，道："把灯放下，你退下吧。"

说罢他随手抄了一册"中庸"，翻上两页又扔了回去。

他力气都用在平常，临时抱佛脚确实不是他的风格，略一回头，只见阿福还站在原地，正在小心措辞："二少爷，不然我也去替你烧点纸，我知道这种事二少爷不屑做，但就像那个胖子所说，宁可信其有，不可信其无嘛，我替二少爷去，二少爷好好在家歇息就好。"

这阿福原是老爷子手底下的人，苏岑原本只当这人是老爷子派来监督自己的人，如今看来，这人确是真心实意为他着想，他不由得开玩笑道："你不怕你半夜独自过去，被那厉鬼拖进去吃了？"

阿福心下一惊，脸色煞白，还是坚持道："这……可是……"

苏岑笑道："你放心，你家二少爷有的是真本事，不靠鬼神庇佑。你现在好好回去歇息，千万别闹出什么动静来扰了我，到时候拉你去喂鬼。"

阿福咧嘴一笑，躬身退了出去。

次日，苏岑备好了书具、灯具、三支蜡烛，随着浩浩荡荡的仕子大军来到贡院门前。他看着自己的老师那几笔大字，呲着牙走进了正门。

眼睁睁瞧着自家少爷终是有惊无险地进了那道门，直到大门紧闭也没再搞出什么幺蛾子，阿福不禁松了一口气。

贡院里应试的地方是一间间号舍，长五尺宽四尺高八尺，说得好听点叫舍，其实连个笼子也不如。会试共考三场，每场三日，便是夜里也得睡在这小笼子里，天寒地冻，腿尚且伸不直。苏岑嘴角抽搐，只想着快些把文章作完了早早出去，能不过夜便不要过夜了。

苏岑找到自己的号舍刚待入内，却听见身后传来几声叫嚣，略一回头，只见一高个瘦子指着一个胖子正在呵斥。

苏岑挑了挑眉，好巧不巧，这胖子正是昨夜烧纸那个。

"你一个屠户儿子能中举人已经是祖坟冒青烟了，竟然还敢来参加春闱，大家一个私塾，你那点底子自己不清楚吗？还敢出来丢人现眼！"

不几时周遭就围了一圈人，那瘦子有越战越勇的趋势，胖子只是低着头不时擦擦额角的汗。二月天里被人骂出一头汗来还不还口，这人要不是太怯懦，就是城府太深。

直到惊动了贡院内巡守的号军，人群才渐渐散去，瘦子骂骂咧咧走了，胖子擦擦汗，一回头正对上苏岑意味深长的笑容。

胖子显然也认出了苏岑，勉强一笑，拱一拱手，进了隔壁一间号舍。

苏岑这才回过头来，躬身进了自己这间小笼子，一进去，门外立即有人上了锁，苏岑把笔具砚台一一摆上，伸个懒腰，闭目凝神，再一睁眼，眼神陡然清亮犀利。

考完最后一科策论，苏岑一如往常早早交了卷从号舍里出来，冲着监考他们这一片的翰林学士躬一躬身，挺直了腰背扬长而去。

这人不是第一次提前交卷了，几天下来张翰林早已上了心，别人要作三天的文章，他往往一天就能做好。他拿起那糊了名的试卷看了一眼，心下一惊。一笔行楷写得行云流水，长撇、悬针处锋芒毕露，掩不住的少年意气。

再一看内容，张翰林手上一抖，三大页文章直指当朝党争之害，针砭时弊，条理清晰，全然不像一个少年人的见识。

字里行间都像那个人的风采。

他急忙抬头看一眼已经走远了的身影，那人穿过片片号舍，昂然自若向着门外而去，二月天的日光打在那人背上，竟有些逼得人睁不开眼。那桀骜身段渐渐消失在门外，张翰林低下头按了按眉心。经世之才，只要不是被刻意雪藏，必能化作一柄利刃在朝堂上展露锋芒，将混沌的朝局劈开一片清明。

苏岑出了贡院，左右打量，卖糖水的铺子还在，日头正好，苏岑过去先要了一碗糖水一饮而尽，再要了一碗才坐下来慢慢喝。

卖糖水的老伯还认得他，这会儿没什么生意，便上来搭话，问他是否又提前交卷了。

苏岑也不故作谦虚，微微一笑，"今日答得顺，思路上来写完就交了。"

"后生可畏啊。"老伯笑道，"十几年前也有个提前一日交卷的年轻人，如今已做到中书令了，我看你啊，日后定然也大有出息。"

苏岑一笑，知道这老伯说的是当朝右相柳理，太后党的顶梁柱之一。这位柳相是永隆二十二年的状元，那届科考也是太宗皇帝在位时举办的最后一届。只是这位柳右相的成功却是不可复制的，在永隆年间宁王与先帝的夺嫡之争中，这位柳相成功站对了位置，在先帝的提拔下一路高升。天狩八年，先帝猝然离世，年仅六岁的新天子登基，手握兵权的宁亲王入仕朝堂，这位柳相又站在了太后党一列，经楚太后一路提拔，在那场不见硝烟的战事中一路踩着别人的尸首爬上了权力高峰，四十岁出头就已封侯入相，在别人看来是难以企及的荣耀。

如今朝堂局势已然稳定，两方势力持中，再想要露头就没那么容易了。

所以苏岑也不过就一笑了之，况且在党争夹缝之中左右逢源并非他所愿，还不如下放地方为黎民百姓做点实事。

"你这糖水铺子有好些年头了吧？"苏岑问道。

"是啊，十多年了。"老伯眯眼看着紧闭的院门，"我见过太多像你一样的人进去那扇门，也见过太多人从那扇门里出来，有的春风得意，有的涕泪横流，有十几岁的孩童，也有年近花甲的老头，他们好些人都是打我这喝过糖水进去的。"

苏岑笑道："那你这糖水倒是厉害，喝过的至少都是举人，还叫什么'田记糖水'，干脆改成'状元糖水'得了。"

老伯看了看飘扬的幡旗，风雨飘摇了这么些年，字迹早已模糊，比不得那些新招牌光鲜亮丽，他却还是淡淡摇了摇头，"做人啊，不能忘本……"

五日后放榜，阿福费了好大工夫才从人群中挤进去，他认不全字，却记得自家宅子门前那个苏字，三百名贡士从后向前看，越看心里越凉。今日清晨二少爷像往日一般起来，放榜的日子甚至连他都有些紧张，二少爷却一副事不关己的神态，起来后悠闲地给几盆花浇了水，之后掏了本闲书靠着卧榻津津有味地看起来。最后还是他沉不住气了，风风火火赶过来看一眼。

果然没中。

阿福怏怏地从人群中被挤出来，正想着要如何回去安慰自家少爷，只见一队人骑马而来，几个侍卫隔开看榜的众人，由鸿胪寺官司将最后一张杏榜贴到了布告栏上。

"今年怎么这么晚？"有人小声议论。

"好像是会元人选有了争议，据说翰林院和礼部为了这个人选差点打起来。"

"那最终是哪方赢了？"

"哪方赢了不清楚，但肯定是榜上那人赢了。"

待鸿胪寺官司及一众侍卫退出来，众人一哄而上。

里头有人喊："会元是苏州人士。"

外头人也喊："叫什么？"

只听里面道："苏岑！叫苏岑！"

阿福双腿一软，险些跪了下去。

他一路从贡院跑回苏宅，冲进房门只见那事主还躺在卧榻上，一手拿着书，一手拿着块酥饼，酥饼渣子掉了一身，那人却浑然不觉。

不拘小节，果然是大人物才有的风度！

"中了！二少爷中了！"阿福兴冲冲道。

"哦？"苏岑挑了挑眉，"会元？"

阿福一愣，"二少爷你知道了？"

苏岑站起来扫了扫身上的渣子，"我那篇文章，要么一鸣惊人，要么死无葬身之地，没有第三种说法。"

"连中二元，二少爷你太厉害了！"阿福围着人团团转，之前他一直觉得苏岑就是个寻常富贵人家被惯坏的纨绔子弟，嘴上虽不说，服侍起来也没怠慢，心里却始终有些异样。可这一路上相处下来，他越发觉得自家少爷并不像表面表现的那般浮浪，机敏起来成算在心，学问也是货真价实，崇仰之情不知该如何表达，便一遍遍重复着那句"太厉害了"。

"过几日就是殿试了，到时候再争个状元回来，连中三元，咱们苏宅定是祖坟冒青烟了。"阿福从人左边晃到人右边，"参加殿试就能看见当朝天子了，以后二少爷当了大官说不定我也能跟着去那皇城里看看。二少爷你实在是太厉害了，太厉害了！"

"阿福，阿福。"苏岑把人按住，这人像只蛐蛐似的在眼前跳来跳去，直晃得人脑壳疼，他从桌上拿了个酥饼塞到阿福手里，"吃个酥饼。"

"二少爷我不吃。"阿福兴冲冲推回去，"你真的太……"

"我太厉害了，我知道了。"苏岑及时打断，把酥饼收回来自己咬了一口，皱皱眉，"其实我也不想吃，我还是比较想喝碗米粥。"

这人一大早出去看榜连饭都没给他做，无奈之下这才去巷子口买了几个红糖酥饼，红糖没吃到，倒是酥饼渣子掉了满屋。

阿福一愣，不好意思地挠挠头，"我这就去做饭。"

看着人又兴高采烈地跑出去，苏岑不由得坐下来会心一笑。说不紧张都是假的，他这一宿就没怎么睡好。他那篇文章写得太过极端，很可能就扫了某些人的颜面，给他施点小手段让他不得翻身。当初林老头就说他年轻气盛，不懂得掩盖锋芒，他当时还不以为然地一笑，反讥道，"老师都能一怒之下辞官返乡，我这算什么"，只记得当时老师捋着自己几根山羊胡叹一口气，"木秀于林，风必摧之；堆出于岸，流必湍之；行高于人，众必非之。你不要学我。"

他当时面上恭敬，心里想的却是木断于风是为脆，石毁于流为之冥。他信奉的是百炼成钢，风火雷电浑然不惧。

所以提笔那一瞬，他心里想的是什么写下的就是什么，绝不违逆本心。

如今能入榜，那说明朝中还有清醒之人，也不枉他千里走这一遭。

第
三
章

殿
试

一月后殿试。

原则上入了杏榜的人员不会再裁汰，只是确定名次先后，还有最令人瞩目的一甲人选及状元郎花落谁家。

殿试考的是策问，三百名贡士聚集在大明宫，按点名先后上前，俯首于含元殿门外，由天子提问，当廷作答。答题期间须得低头颔首，不得直视天子面容。

苏岑随着一众仕子在鸿胪寺官司的带领下由皇城入宫城，一路途经太常寺、鸿胪寺、尚书省，这才由丹凤门入崇明宫，来到真正的天子脚下。

队伍顺序按照当日会试名次，苏岑自然排在第一个，一路上皆在暗叹这皇室建筑果然雄伟气派，入了丹凤门，他整个人不由得一愣，脚步一滞致使整个队伍都停了下来。

鸿胪寺的小官司一笑，"苏才子，快些吧，皇上等着呢。"

苏岑这才点点头，跟了上去。

只见眼前是三条拔地而起的龙尾道，白玉石阶犹可见玉石纹路，两旁青石栏杆雕镂上层为螭头，下层为玉莲，苍茫大气宛若天阶。而含元殿就屹立在这天阶之上，左右各有翔鸾阁和栖凤阁两相对峙，宛若雄鹰展翅，与远处龙首山遥遥相应，背依青天，俯瞰万物，煌煌不可直视。

九天阊阖开宫殿，万国衣冠拜冕旒。

难怪有人穷尽一生想入这道门，这至高无上的皇家威仪和这睥睨众生的气派，的确有令人趋之若鹜的吸引力。

龙尾道分三层，这三百人便是站在中间一层与最上层连接的平台上，为示公正，殿试的顺序由抽签打乱，廷中有执笔的官司将仕子所言一一记录，以备后续查看。

已然三月，本是万物始春不冷不热的好时节，这三百人里有满头大汗者，也有瑟瑟发抖者，甚至有人在听到自己名字时一激动惊厥过去，三年努力化作泡影。

苏岑略微偏了偏头，与他并排站着的是杏榜第二名，自打进了丹凤门他就发觉这人有意无意在打量他，他自幼受人打量惯了，向来不在意别人目光，可被这人盯着时他总有一种不自在之感。

那人一身素纹墨兰织锦缎，周身自带一股雍容气度，见苏岑看过来也不闪避，冲着苏岑一笑，"苏兄，久仰大名。"

为表礼节苏岑也简单冲人拱了拱手，只是这人认得他，他却不认识这人，榜都是阿福替他去看的，除了知道自己是榜首，其他的一概不知，无奈只道："幸会。"

"你不认得我？"那人眼里闪过一抹惊诧，转而又笑道，"腹有才华之人多半也不屑于打探那些小事。我看过苏兄的文章，确实作得鞭辟入里，理法辞气皆妙，非常人所能及，我对苏兄景仰得很。"

"你看过我文章？"苏岑不由得眉头一皱，春闱试卷都糊了名，由书吏誊写一遍后送到礼部统一审阅，其间礼部官员食宿皆在一处，外人不得出入。这人是什么人，竟敢说看过他的文章？

"苏兄不要误会。"那人显然也意识到自己所言容易引人乱想，笑了笑只道，"苏兄可知今年杏榜为何晚了半个时辰？"

没等苏岑作答那人又道："礼部和翰林院差点打起来就是因为你我二人的文章，一开始我不服气，放榜之后我小舅舅找来你的文章给我一看，我才知确实不如你，我输得心服口服。"

"小舅舅？"苏岑听得越发云里雾里。

"我小舅舅对你也很感兴趣呢。"那人冲苏岑一笑，笑里是说不出的意味深长。

恰在此时传唤官上前，对着那人施了一礼，道一声："世子，该您了。"

换作旁人都是在阶前叫号，到这人这里却是传唤官亲自下来请，而且刚刚那传唤官貌似称呼他"世子"。

本朝除了少数几个像宁王这样有军功的王爷手里握有实权，大多数皇亲贵胄虽享世袭特权，表面上风光实际却是个吃闲饭的称呼，手里并没有实权，若想登朝入仕，便只能随普通考生一起参加科考。

看来这位便是不甘心吃闲饭的皇亲国戚。

那人随传唤官走出两步又回头冲人一笑，"我叫郑旸，日后还望苏兄多多关照。"

"威风吧？"看人走远了，苏岑身后一人探头上前道，"当朝姓郑的皇亲国戚，那便只有英国公郑罩一人，三十年前还是安庆侯的郑罩与太宁大长公主完婚，你可知他所说的小舅舅是谁？"

苏岑皱了皱眉，他对打探别人隐私不感兴趣，只是奈何这人正在兴头上，虽是问他，却全然没有要他回答的意思。

那人接着道："这太宁大长公主与权倾朝野的宁亲王系同一母妃所出，那他所说的小舅舅……"那人意味深长地一笑，"便是当朝摄政亲王！"

苏岑仰头看过去，那人卓尔立于高阶之上，一身衣带飘飘，迎着晨辉熠熠，那副高昂的姿态与庭下站着的这些人有如云泥之别。

"所以说啊，谅你会试答得再好，你能比得过人家这身世门第吗？你说说看，这种人来这凑什么热闹啊？"

后面那人还待说什么，苏岑侧了侧身子，往前跨出半步去，闭目养神，默把经义又想了一遍。那人悻悻张了张口，识趣地又退了回去与旁人说了。

直到前面的鸿胪官叫到苏岑的名字，他才睁开眼，一双眼被古今才学荡涤得清澈干净，他缓步上前，有种说不出的张扬意气。

苏岑俯首殿前，只听里面一个脆生生的童声照本宣科问道："朕为人君，仰赖天恩，顺承帝业，布政施教于天下。为君者，当咸以万民乐生，俾遂其安欲，尽天下父母之任。然天有劣时，冻馁流离犹之有人哉，边外驱长毂而登陇，战火绝尘。朕有意参条理化，暂顿兵刑，还江山明复，苍生安歇，兹理何从？"

这是问的安民缓兵的治国之法，其中有几处磕顿，还有人在一旁小声提点，一听便知是有人备好了稿，只是借由天子之口读出来。

要听的只怕也不是这位天子。

因为不能抬头，苏岑也不知廷上还有什么人，略一思忖，字正腔圆回道："草民天资愚钝，才疏学浅，愧得天子提问，诚惶诚恐，斗胆直言。以草民之愚见，治国亦如治病，亦有望闻问切之法，斗胆提'医国'之论。所谓'望'者，一观民生国气，二观河山万顷，育之以春风，沐之以甘雨，秋有所收，冬有所养。'民'者，国安则以自给之能，均之以田地，修缮水利，旱有给而涝有出，辟土薄征，则民有足衣足食，而路无饿殍矣；'闻'者，百里无哀鸿，千里无兵戈，书箭而下蕃臣，吹筇而还虏骑，为君者，当散布耳目，眼观六路，耳听八方，不拘一城之隅，闻交趾烟瘴，亦知漠北苦寒，宜增设各地御史，风吹草动则京已有闻；'问'者，需躬亲民意，恐玲琅而塞耳目，乐府而堵视听，而不得闻民之所哀苍生所愿，裁冗去奢，知民之艰苦，广纳良言，上通下效，谨防闭塞言路；'切'者，最为慎之，弗之表象以观内里，直切要害。国之沉疴存久，冗杂病之也，弊病不除，盲而行之则徒增消耗。臣妄自深揣，今天下融融于表象，内则日月交食，割裂甚之，国资有限而人欲无穷，饮血唼髓，则国徒有其表而无其实，外强中干败絮其中。观古今圣人，秦皇汉武先祖太宗，无不举国齐戮，上下一心，则天下归一四海升平。愿陛下秉承先人遗志，还清明以朝堂，悯施苍生，则天下幸甚。"

"那在你看来，国之弊病是什么？"

苏岑猛地抬起头来！

那声音低沉厚重，在廷中大殿上梁椽间缭绕，经久不息。

上一次他听见这声音还是在茶楼里，他仰头看着，那人从楼上下来，一身华贵气度，闲人勿近。

这次是他在廷前跪着，那人坐在龙案下方，一身皂衣绛裳，衣袍上用浮金线绣着若隐若现的四爪龙纹，一双眼睛如千尺寒潭，静静看着他，本是不带什么情绪，但他还是从那副斧劈刀削的眉间看出了一丝嘲弄和不屑。

原来这就是军功赫赫、挟天子以令诸侯的宁亲王李释，郑旸口中所谓的小舅舅，朝中第一不能得罪之人。

而他初次见面便已经把人得罪透了。

苏岑也不知自己是怎么了，方才还泰然处之侃侃而谈，一对上那双眼只觉胸口被狠狠击了一拳，一口气上不来憋得胸口阵痛。

直到御前的宦官叫着他的名字，提醒他不可直视圣上，他才愣愣回过神来，低头的一瞬间眼里没由来的发酸。

又是这么狼狈。

又是栽到同一个人手上。

"你这一番'医国'之论作得倒是流畅奔放、直切时弊，就有一点，你最后'切'的沉疴指的是什么？"

廷上人又问了一遍。

"皇叔，他说的是……"一个童声弱弱响起，不知为何到了最后却没了声。

苏岑握了握拳，这人是故意刁难他，他说得清楚明白，有心之人哪怕是廷上的少年天子都听明白了他说的是什么，这人却锲而不舍又问了一遍。

是料定了他不敢说出那两个字。

苏岑狠狠咬了咬牙，道："党争。"

话说出来，苏岑一身闷气反倒是散尽了。他的仕途只怕是断了，也不必再循着那些死规矩，他慢慢挺起腰来直视着李释，缓缓道："我'切'的便是党争，如今朝堂上暗潮汹涌，党争之风甚嚣尘上，人人各为私利，互相攻讦，置国家社稷于不顾，当官前先得学会站队，行事前先得考虑如何为自己的党派谋取利益。官员不作为，祸乱皇权，久而甚之，国运必衰！"

"放肆！"

皇帝身旁的太监大喝一声，刚待叫侍卫将人拿下，却见本该最为恼怒的宁亲王挥了挥手，面上全无愠色，反倒饶有兴趣地看着那人，接着问："那你所谓的党是什么党，争的又是什么？"

苏岑张了张口，所有的话挤在嗓子眼，却发现自己一个字也说不出来了。

他可以不要功不要名，却还想要脑袋。

李释对着廷下跪着的人挑了挑唇角，那人一副倔强神情，死死盯着他，答案全写在了眼里。他看过他的文章，自然知道他'切'的是什么，先前那些人他一个也没过问，可就是这个人，这副咬牙切齿的神态，看着就想逗一逗。

好在没等李释再问什么，一道声音从右首的屏风后传出："你下去吧。"

苏岑不知道自己是如何站起来，如何逃也似离开了大殿，又是如何出的宫门，三月暖阳打在身上，他却感觉不到丝毫温度。

他在熙熙攘攘的大街上走了好久才愣过神来，抬眼一看，好巧不巧，竟是当日那家茶楼。

信步进去又点了一壶龙井，苏岑刚给自己斟下一杯，不由得抬头往楼上看了看。

那扇轻纱帐子已经被收起来了，桌上也没有人，可他执着一杯滚烫的热茶浑然不觉地盯着楼上，像在与什么人对视似的。

那日李释看了他多久？

那双眼睛太深了，他那些幼稚、拙劣、少年意气暴露无遗，像被人一层一层扒光了衣服扔在大街上一样，一丝不挂，毫无保留。

只一眼，那个人就把他看穿了。

而他，除了一次次被冲击得措手不及，甚至都没来得及好好看那人一眼。

世人都道权倾朝野的宁亲王兵不血刃、杀人不眨眼、吃人不吐骨头，从来不苟言笑一副阎罗模样，苏岑不由得冷笑，那些人肯定没见过真的宁亲王，杀人诛心，这人含笑间一个眼神就能让你挫骨扬灰，还连带着魂飞魄散，永无翻身之日。

他当日放走了那个行刺的刺客，凭着李释的身份地位，当时就有一百种方法让他死无葬身之地，可那人偏偏就没动他，原来是在这等着呢。

确实没什么比一路披荆斩棘走到最后，才发现原来终点竟是悬崖来得绝望，枉家里老爷子还等着他金榜题名、光宗耀祖，原来他来到长安城的第一天就把入仕之路给断了。

功亏一篑，一身狼狈。

一壶茶直到凉透了苏岑才慢慢起身，出了茶楼已是日暮西山，一壶茶却像喝了一壶酒一样，他一路踉踉跄跄地往回走，边走边又犹豫着要不要找个没有宵禁的小馆待着。

他不知道该怎么向阿福解释他太厉害的二少爷怎么就名落孙山了。

即便阿福识时务地不问，或者他把自己关在房里不回答，但光是那双满怀期待的眼睛他就不知道该如何面对。

最后他还是回了长乐坊，一拐进自家巷子便见阿福打着灯笼在门前等着，见他回来急忙奔上前，牢牢抓住他的袖子，一时激动得不知如何开口。

"你知道了？"苏岑皱了皱眉。

"我都知道了，二少爷你……"阿福手上激动地抖着，"你太厉害了！连中三元，新科状元，咱们苏家振兴有望了！"

苏岑愣了好一会儿才回过神来，盯着阿福，"谁告诉你我中了状元？"

"这还有假！"阿福往身后一指，"宫里来的官爷们还在候着呢，左等右等也不见二少爷你回来，我这才想着出去寻你，刚好碰见你回来了。"

苏岑往前看了看，果见两个宦官站在门口，手里拿着一卷黄绢，对他谄媚地笑着，"苏才子青年才俊，大魁天下，恭贺恭贺啊。"

苏岑在原地立了半响，直到把两个人看得脸色都僵了，他忽地一步上前，劈头夺过那卷黄绢，眼看着就要掷在地上，"他还想玩我到什么时候！"

阿福眼疾手快，在黄榜落地之前接了下来，生生吓出一身冷汗来。

两个宦官面面相觑，滞愣了片刻。这高中了欣喜若狂者有之，涕泪横流者有之，更有甚者一时激动惊厥过去的他们也见过，可把黄榜往地上扔的，这位苏才子却是头一人。

他们两个费了好一番工夫才争取来这份差事，早就打听好了这位苏状元家境丰裕，本想着能好好赚几个跑腿钱，结果这又是唱哪出呢？

"二少爷……"阿福小心翼翼试探，"二少爷，你没事吧？"

确实但凡是正常人就不该做出这样的事，多少人寒窗苦读一辈子不过就是求这一卷黄榜，只有他这犯了病般的才避之如洪水猛兽。

苏岑慢慢冷静下来，伸手道："拿来。"

阿福犹豫再三才从身后拿出来黄榜送回人手上。

苏岑盯着手上的东西看了好一会儿，最后慢慢握紧了。

不就是要玩吗？

那便陪你玩。

一个地方他能栽倒一次两次，总有一日能把这道阴沟踏平了。

长安城里的梆子声响过了三更，李释才放下朱笔，突起指节按了按眉心，一件披风适时地披上来。

祁林立在身后，道："爷，歇下吧。"

天子年幼不懂政事，满朝文武的奏章都是经由中书门下草诏审议，最后送到兴庆宫由摄政亲王批红，之后才能交派下去。

看着像手握重权的好差事，却也不尽然，祁林果见自家主子刚揉平的眉心又皱了起来，"陇西要屯兵，淮南闹水匪，黔州又与当地部落起了冲突，无非就是变着法地跟朝廷要银子，这是把朝廷当成挂在他们身上的钱袋子了，随用随取好不自在。"

祁林愤然，"去年太后要建什么林芳园，如今哪有钱给他们解决什么部落冲突？户部尚书赵之敬为了讨好楚太后也真是不择手段，半个国库都搬空了。"

"他有银子给楚太后建林芳园，就得有银子给我剿匪发军饷。"李释拿起朱笔在陇西淮南的折子上画了个圈，最后看到黔州的折子时想了想，终是落下一句：教化克先，缓动兵戈。

他搁笔起身，刚走出两步又回头问道："那个新科状元怎么样了？"

祁林道："还能怎么样，接旨谢恩了呗。"跟了两步他又道，"爷，我就想不明白了，他那番言论矛头直指向您，楚太后都不想要的人，您还保他干吗？"

李释转着拇指上的墨玉扳指笑了笑，"初生无畏，小孩子挺好玩的。"

三日后琼林宴，天子赐宴一甲三人，庭宴设在太液池旁的承香殿，直接由左银台门入内庭，可避开外朝诸多殿宇机构。

苏岑到门前时已有两人在候着，一位看穿着是宫里出来引路的太监，另一位却是一身粗布衣衫，见他过来拱一拱手，"苏兄。"

这人是今年的探花郎崔皓，洪州人士，据说是瞎眼老母靠织渔网一手带大，到了今日成就，放榜当日当即差人回老家把老母接过来，一时间成了坊间慈母孝子的典范。

苏岑以礼相回。

一旁候着的太监道："人都到齐了，咱们进去吧。"

苏岑看了看四周，皱眉道："不是还差一个人吗？"

那太监不禁笑了，道："世子是随宁王车驾一并来的，如今已在宫中了。"

苏岑一怔，他都忘了，今年的榜眼便是当日那个英国公府的世子郑旸，身为宁亲王的大外甥，自然不必跟他们一样在宫门外候着。

随那太监入宫门时苏岑状似不经意余光一瞥，正看见崔皓一脸不屑的神情。

坊间早有传言，郑旸是因着与宁亲王的关系才拿到了这个榜眼位置，位居第二，既不扎眼又不难看，只是将摸爬滚打一路院试乡试会试爬上来的崔皓挤下去一名，如若不然这个榜眼位置本该是崔皓的。

郑旸有没有真才实学他不清楚，但崔皓心存芥蒂却是真的。

苏岑几步上前塞了几块碎银子到那太监手里，跟着打听："公公，宁王也在？"

太监手里轻轻一掂量，收在袖中，冲苏岑一笑，道："自然是在的，当今圣上刚满九岁，朝中大事皆由王爷和太后拿主意，今日这宴明面上说是皇上要见见大伙，实际上就是这两位要见你们，你们将来仕途走得顺不顺就看这两位瞧你们顺不顺眼了。"

苏岑直接拿了个银锭子送上去，"那宁王可有什么喜好避讳吗？我当日殿试时对宁王多有冲撞，还望公公多多提点。"

那太监笑得眼都看不见了，手里拂尘一挥，道："那你可真是问对人了，咱家在内侍监当值，平日里管的就是宫里的饮食起居，王爷有时留在宫中处理政务都是咱家伺候的。"

"至于喜好……"太监瞥了一眼崔皓，见他白布衣衫也不像有钱孝敬他的样子，拉着苏岑往前几步，压低声音道，"说来也怪，咱们王爷平日里也就喝喝茶下下棋，钱财人家不缺，又不近女色，倒说不上来有什么特殊的喜好。非要说的话，早年王爷在战场待过，喜欢烈马，只是这军中的好马向来都是由着王爷先挑，哪里轮得到咱们孝敬。避讳倒是有一点，王爷不吃冷酒，你若要敬酒须得记得，一定要拿温好的酒敬，别触了大人物的霉头。"

苏岑笑笑，"多谢公公提点。"转头又问，"宁王不近女色，可是府中早已妻妾成群，看不上外头的庸脂俗粉？"

"这倒不是。"太监道，"王爷当年立府时册立了前任左相温廷言的女儿为妃，只可惜红颜薄命，王爷常年征战沙场，两人甚至没来得及留下子嗣就香消玉殒了。王爷与王妃伉俪情深，王妃走后再未续弦纳妾，当初先帝在位时还能说他两句，如今更是没人管得了，这王府后院直到如今都是闲置的。"

这宁亲王四十岁上下正值虎狼之年，要说他后院无人，苏岑倒真是不信。

"哦？"苏岑无视崔皓冷冷的目光凑上前去，"我怎么听坊间传闻宁王不续弦是因为另有隐情？"

太监愣了一愣，四下打量了一圈，低声道："这话可不能乱说，事关皇家威仪，是要杀头的。"

苏岑一听便知道有戏，将身上带的银子全塞到太监手里，打躬作揖，"公公放心，我绝不外传。"

太监皱眉颠了颠一大袋银子，终是叹了口气，"你也就是遇上咱家，换作别人真就回答不了你。"

苏岑一笑，"公公怎么说？"

太监拉着人快走了几步，道："确有名闻，只是不为人知罢了。宁王府铁桶一块，这么些年王爷秉承太宗皇帝遗诏，外面虽有些风言风语，但没人拿得出实证，有何隐情便不得而知。"

"跟在宁王身边的那个侍卫是什么来路？"

"你说的是祁林？"

苏岑想了想点头。

"他？"太监满目鄙夷，"那就是个王爷从外面捡回来的狼崽子。"

"狼崽子？"苏岑皱了皱眉。

"他不是汉人。"太监道，"是突厥人，王爷从边关捡回来的。"

苏岑忆起那双琥珀色的眸子，当初只以为那人眸光浅淡，如今想来确实不是汉人该有的。

"那人就是王爷手里的一把刀，手上可不干净。"太监接着道，"你可听说过图朵三卫？那个狼崽子就是那帮人里的。"

苏岑心下一惊，图朵三卫号称大周最强的一支军队，全部由突厥人组成，却是为汉人卖命。当年图鲁那带领突厥残部躲在沙漠腹地捕鱼儿海，汉人没人敢入沙漠，只能望而却步。图朵三卫一百五十人负辎挺入荒漠，十日后只回来了二十人，带回了图鲁那已经风干了的人头。

一战成名。

便是这么一支军队却人人避之如猛虎，他们对自己族人尚且如此冷血，他日若是倒戈更不会对汉人留情。在外人看来他们就是一群行尸走肉的怪物，是一把锋利的刀，用得好能削铁如泥，用得不好也容易反遭其噬。

显然宁亲王就是位使刀的好手。

说话间太监已领着两人穿阶过院来到承香殿门前，苏岑停下来向太监辞别，崔皓冷冷地越过两人，目不斜视先行一步。

二人步入大殿，天子还没来，却已有好些个人在席上了。

苏岑第一眼便定在了御席右首正与郑旸谈笑风生的宁亲王身上。

说到底谈笑的是郑旸，风生的却是李释。今日是常宴，李释没穿当日那身威严得吓人的朝服，一身玄纱深衣绛紫袍，但不可否认，这人穿深色总能穿出一种逼人的气势来，映得大殿上繁复鲜艳的轻纱幔帐都失了颜色。

看他进来郑旸自觉地往后靠了一个座位，热情地招呼道："苏兄，坐这里。"

位置好巧不巧，正紧邻着李释的下首。

恰逢左首轻咳一声，苏岑回头看了一眼，当即认出这人正是那位永隆二十二年的状元，太后党的首席人物，当朝右相柳瑾。

还没等他回神，崔皓已经热忱地对他行了一礼，眼里的崇敬之情溢于言表。

崔皓如此也不无道理，这位柳相年纪轻轻就坐到如此位置，有楚太后做靠山，匡扶正主克承大统，日后皇帝亲政定然会委以重用，难免被天下读书人奉为典范。

那位柳相眼神瞟过苏岑，最后落到崔皓身上，"过来坐。"

崔皓忙凑过去坐到了柳瑾下首。

苏岑皱了皱眉，这席上的位置看似随意，实则泾渭分明，左首礼部吏部户部三位尚书，加上这位柳相，全是太后党的人，右首则是以宁王为首的另外半壁江山。崔皓坐了左首，已然认了自己是太后党的人，郑旸自然是坐在自己小舅舅这边，就剩他一个以反对党争言论夺冠的新科状元愣在庭中，受众人指指点点。

苏岑愣了片刻，无视众人目光落座在方才郑旸让给他的位子上。

李释扫了他一眼，执杯一笑，说不出的意味深长。

苏岑只觉自己那种全身麦毛的感觉又回来了。

天子入座，众人行礼，只有李释坐在席上岿然不动，反倒是那小天子怯生生地先唤了他一声"皇叔"。

宁亲王挟天子以令诸侯的名头果然名不虚传。

天子落了座，照本宣科一通褒奖之后众人才起筷，下面也渐渐有了人声。因着是琼林宴，讨论的话题也都在这新登科的三个人身上，吏部尚书道："这次一甲三人皆是青年才俊，咱们也没见识过这几位的风采，不妨现场出个对子，让他们三个对上一对，咱们也权当是附庸风雅一回。"

几个太后党的人接连附和，表面上其乐融融，实则暗潮汹涌。坊间皆传这郑旸是个走后门的草包，这些人这是想着现场给崔皓正名来的。

苏岑瞥了一眼郑旸，只见其浑不在意地吃着饭，见他看过来对着人挑眉一笑。

"柳相是永隆年间的状元，这对子不妨就柳相来出吧。"有人附和。

柳珵客气地谦让一番，思忖片刻，道："桥跨虎溪，三教三源流，三人三笑语。"

苏岑暗叹，柳珵这状元之名确实不是浪得虚名，一句话将佛儒道三教汇总，三人又分指三教的代表人物慧远、陶渊明、陆修静，看似简简单单一句话，实则考究得很。

庭上静默了几分，柳珵看了一旁的崔皓一眼，"你既是探花，便由你先来，大人物总该留到最后压轴的。"

崔皓冲人拱一拱手，认真说道："晚辈献丑。庐立南阳，三请三辞去，三足三鼎立。"

这说的是诸葛武侯那一段轶事，对仗严谨，音韵铿锵，柳珵满意地笑了笑，转而把目光饶有兴趣地投向郑旸。

众人都在等着他出丑，然而当事人却像毫无察觉一般，放下筷子一忖，对道："惠泽齐州，九转九功成，九州九归一。"

席上众人面面相觑，等着看笑话的人纷纷被打脸。

崔皓脸上的表情尤显精彩。他和郑旸的对子放在一起高低立现，郑旸所对不仅暗含道家九转功成九九归一的思想，更暗喻大周一统天下。他所对的立显器小，不及郑旸的恢宏大气。

如此看来，这郑旸确实是有些才气的，至少不是众人所言的全凭走后门。

苏岑偷摸瞥了一眼李释，只见人一副风轻云淡的神态，显然早已了然于胸。

柳珵清了清嗓子，被人拂了面子脸上明显不悦，转而对着苏岑道："来，听听我们的新科状元有什么高对？"

苏岑垂下眉目，道："莲开僧舍，一花一世界，一叶一菩提。"

席上一瞬安静。

静默了好一会儿才听见一点动静。

李释放下筷子，道了一声："对得不错。"

别人都是以大见小，他这'一花一世界，一叶一菩提'却是以小见大，细微处见真谛，禅意悠然，卓然脱俗。

郑旸回过神来鼓掌恭贺，"苏兄这状元来得货真价实！"

苏岑冲人点头一笑。

"朕也喜欢苏才子对的。"庭上小天子出声道。

"哦?"李释笑了笑,"这是为何?"

小天子挠了挠头,"只有苏才子对的朕能听明白。"

李释笑了笑没作声。

当朝天子不过九岁,要他懂什么三教九流、九九归一确实不容易,只是苏岑的下对看似简单,小天子只怕也只是看明白了表面意思,不懂深层含义。

"既然皇上喜欢苏才子,不妨就封苏才子为御前侍读吧?"柳珵一边提议一边意味深长地看了苏岑一眼,又着重强调,"太后也是这么个意思。"

今日宴请群臣,楚太后不便出席,柳珵便成了楚太后的耳目以及代言人。

这话是个明白人就知道是拉拢,隔着偌大的中庭苏岑都能感觉到崔皓投过来的淬了毒般的目光。天子侍读,说起来没有品阶,却是至高无上的荣耀。小天子如今正是开蒙之期,留在天子身边言传身教,来日等天子亲政,那他便是帝师,仕途不可限量。

苏岑却不以为然,天子侍读,说得好听点是为天子讲学,其实就是个看孩子的。小天子如今才九岁,有这权倾朝野的宁亲王虎视眈眈守在一旁,这政不知道得亲到什么猴年马月去。苏岑如今刚入仕途,一腔抱负可不想用在一个小孩子身边阿谀奉承,说他少年意气也好,不识抬举也罢,总之这活他不想干。

他还没想到怎么措辞,只听身旁人声音醇厚道:"孙翰林教得挺好的,不必换了。"

一锤定音。

苏岑循着声音看过去,三次会面,第一次措手不及,第二次狼狈不堪,只有这次他认真且清楚地看清了这人的样子。

他不清楚宁亲王杀人眨不眨眼、吃人吐不吐骨头,但就这一副上好的皮囊看着确实赏心悦目,眉目英挺,一双眼睛深不见底,身上带着令人窒息的强大气场。那人低头执着一只翠玉杯盏,五指修长、指节分明,拇指上戴着一枚墨玉扳指,也不知是什么材质的,黑得纯粹。

新科状元殿试时当廷怒斥当朝权臣,事后被人托公报私刻意打压,众人当即便让苏岑目光中无端生出两丛火来。

柳琤的目的已然达到，他自然不是真想让苏岑当什么天子侍读，当朝有一个柳相够了，没必要再多生出一个来跟自己较劲。他不易察觉地笑了笑，接着道："那这样吧，傅祥刚升了侍郎，中书舍人尚空出一个名额，苏岑就过来补上吧。"

中书舍人正五品上，掌侍进奏，既能参议表章，又管拟诏制敕，向来为文人士子企慕的清要之职。所谓"文士之极任，朝廷之盛选"，当初柳琤便是从中书舍人干起，一路高升，以至如今拜官入相，风头无二。

苏岑如此两相不靠，反倒有了依傍，由着两方左右拉拢。像崔皓和郑旸这般早就站好队的，自然也起不了这些风波。

柳琤那手算盘打得也是精明，自己是中书令，苏岑拜入自己门下，即可把人收为己用，又有自己在上头压着，只要自己一日不倒，苏岑就没有僭越的可能。

"他不去。"

嗓音低沉浑厚，带着不容置疑的意味。

但紧接着那人从善如流换上一副温和面相，看着苏岑，"你不适合。"

苏岑皱眉，"王爷怎知我不适合？"

李释转了转拇指上的墨玉扳指，道："我给你更好的选择。"

"哦？"

"大理寺。"李释冲人一笑，"你自己选。"

苏岑一愣，转而蹙眉。

说实话，他心动了。

大理寺掌天下刑罚，断世间刑狱，虽不及中书舍人位高权重，却只与律令刑法打交道，不必在人前虚以委蛇。他虽看不惯朝中党争风气，却也明白这不是他一己之力就能扭转的，入大理寺至少能做到两方都不依附。只是他没想到，仅仅三面，李释便能把他看透至此，那双眼里胜券在握，对他的选择早已了然于胸。

若像当初天子侍读那般直接给拒了他还能好受些，而偏偏，李释说让他自己选，又恰恰，这个提议，他拒绝不了。

苏岑拿起自己桌上的酒觥，眼疾手快地给李释杯中倒满，又给自己满上，咬牙切齿道："谢王爷抬举。"

先干为敬。

饮罢杯中酒，苏岑抬头看着李释，见人愣了一愣，右手中指在杯壁上打了两个圈，饶有兴趣地看了他一会儿，终是拿了起来。

"爷……"一直立在身后的祁林上前一步。

李释摆摆手，示意人退下，拿起酒樽一饮而尽。

那太监说过宁亲王不饮冷酒，那定是肠胃不好，初春三月，一杯冷酒下肚，苏岑尚觉得胃里烧得难受，他倒要看看宁亲王是怎么个不好法。

一天被人两次拂了面子，柳珵面上早已冷若冰霜，向小天子托病请辞后，拂袖而去。

众人目送柳珵走后纷纷把目光投向苏岑，能把位极人臣的柳相气得愤然离席，这位新科状元果然不同凡响。

苏岑默默叹了口气，如今算是把两边都得罪透了。

他把心头不悦都发泄到这罪魁祸首头上，又连着敬了李释几杯酒，李释都笑着应下来，最后他都有些微醺了，奈何李释一点事都没有。

只是身后的目光越来越冷，苏岑次次敬酒都担心祁林腰间的佩剑要让他血溅当场。

一场琼林宴硬是吃成了鸿门宴，好在最后有惊无险。

月上中天时庭宴才散，苏岑由一个挑灯的小宦官引着出宫，临走前又看了一眼庭中，众人皆散了，只宁亲王还独坐席上，见他回过头来还对他举杯一笑，又将杯中酒一饮而尽。

去他的不吃冷酒。

苏岑跟着引路的小宦官一头扎进夜色里。

入了夜的太液池较之白天又别有一番韵味，亭台轩榭处点着一盏盏八宝琉璃宫灯，映在湖面影影绰绰，烛影摇红，伴着不知名的花香，颇有暗香浮动月黄昏的意境。

白日里再恢宏壮阔，到了夜里都像变了个样子，变得温婉，多情。许是因为喝了酒，等回过神来，苏岑才发现这些亭台楼宇并不是夜幕下变了个样子，而是他压根就没来过这里。

"公公？"苏岑快走了几步，"这是出宫的路？"

这人明显不是白日里那个多嘴多舌的人，连句搪塞他的话都没有，言简意赅道："跟着走就是了。"

皇宫后院守卫森严，没有宦官引路，只怕会被禁军直接以私闯宫闱的罪名拿下。

苏岑想了想，只能跟着上前。

七拐八拐，小宦官总算停了步子，苏岑抬头看了一眼殿前牌匾——清宁宫。当即了然，这是宫里另外一位大人物要见他。

天子年幼，尚未成婚纳妃，许是为了感念与先帝的情意，楚太后便还住在当日做皇后时的清宁宫。

小宦官吩咐："进去之后伏身跪拜，不得直视太后面容。"

苏岑点头，宫门开了个小缝，苏岑进去依着吩咐跪下，盯着地上的一块五福捧寿的地砖看了一刻钟，才听帷帐后有人问道："你就是苏岑？"

声音听着泠泠悦耳，全然不见苍老之气。楚太后十六岁封楚王妃，二十四岁随先帝入主中宫，如今先帝长辞，人不过也就三十多岁，纤纤素手却握着大周的半壁江山。

苏岑叩首，"草民苏岑拜见太后。"

"刚才席上的事，柳相都跟哀家说了。"

苏岑心下一惊，自己席上把柳相得罪得不轻，敢情楚太后这是问罪来了。

只听人接着道："听说你想进大理寺？"

苏岑犹豫片刻，照实回道："是。"

"你可知刑部大理寺都是宁王的人？"

苏岑伏在地上，话却咬得字正腔圆，"我入大理寺只想惩办凶佞，为民申冤，无意牵涉派系，更不是谁的人。"

"你当日殿试作医国之论，痛陈党争之害，针砭时弊，所以哀家记得你。"楚太后顿了顿，接着道，"那在你看来，哪一党所谓正，哪一党所谓邪？"

"党争徒增内耗，无所谓正邪。"

"你错了。"楚太后正色道，"哀家争的是天理道义，正统皇权。你身为臣子，就该以陛下为尊主，为陛下鞠躬尽瘁，死而后已……"

"我为天下苍生死而后已。"一句话说完苏岑自己都愣了，果然醉酒误事，这种时候保命要紧，当什么义士？于是又放软了语气，"若陛下是站在苍生这一边的，我自然就是为陛下效力。"

楚太后估计被气得够呛，却又无力反驳，最后只道："陛下自然是站在苍生一边的。"

"陛下圣明。"

话说到这份儿上已然没什么好说了，在一般人看来他就是朽木不可雕，冥顽不灵。偏偏楚太后还就是喜欢碰硬，继续锲而不舍道："你可知道这新科状元为什么由你来做？"

苏岑一愣。

"你殿试时开罪了宁王，是哀家力保的你，若不是哀家，莫要说这状元之名，只怕脑袋也保不住了。"

没等他反应，楚太后接着说："你在大理寺也好，你欠哀家一个人情，需要的时候，哀家会让你还的。"

来
客

　　回去的路上苏岑再没有心思欣赏什么亭台倒影、朗月清辉，一路上都在暗骂，那只老狐狸装腔作势一把好手，席上一副其乐融融的假象，背地里竟想着置他于死地。

　　亏他最后还动了恻隐之心，少敬了两杯冷酒。早知如此，赔上半条命也得喝死那个老东西。

　　苏岑一路骂着回了宅子，阿福已经睡下了，房里给他留了一盏灯。

　　他回了房里往床上一躺才觉得晕，而且一上来就是猛的，天旋地转的。这一晚上东西没吃多少，酒倒是陪着喝了不少，而且都是冷酒，这会儿都到了胃里，搅裹着，翻涌着，涌进他的四肢百骸。

　　难受。

　　那双眼睛像一坛陈酒一般看着他，不许他去当天子侍读，不许他入中书省，他竟有一瞬间觉得那人是赏识他，要把他留在身边为己用。如今看来只是要把他放在眼皮子底下看着吧？殿试时没弄死他便拿条链子拴在自己身边，箍住他的仕途。

　　难受。

　　苏岑翻来覆去好一会儿睡意一点没上来，反倒脑袋快炸了。他索性也不勉强，一个鲤鱼打挺起来，开了门，往后院走。

　　吹吹风，醒醒酒。

　　后院的一棵山楂树遮天蔽日，是之前宅子的主人种的，正值花期，长势喜人，一丛丛小白花开得旺盛，白日里闻不出什么味道来，在夜色下竟能嗅出点点幽香。

苏岑坐在树下，小白花瓣撒了一地，三月天夜里算不得暖和，凉风习习反倒把酒意吹散了大半。

他刚有了点睡意，树后的草丛里忽地传出窸窸窣窣一阵声音。

猫？

苏岑皱了皱眉。

刚起身那声音又没了，苏岑更加笃定那东西不是猫，甚至不是动物，他起身的声音说大不大，但足以让这边听见，若是什么小东西这会儿早就已经跑了。

不是动物，又会动，那应该……是个人。

苏岑随手抄了截阿福晒好的干柴，屏息慢慢凑上去，他分开枯黄的干草，准备着稍有异动就一棍子砸下去。

等到走到近前，苏岑看清楚了。

确实是个人。

一身血衣。

苏岑还没动作，草里那人已经干号了一嗓子，紧接着一口气没接上来，直接晕了过去。

苏岑深吸一口气。这要是死在这里了，他进大理寺办的第一个案子就得是自己的案子了。

苏岑慢慢撩开那张被湿发掩盖的脸，小声"咦"了一声。此人下巴尖细，眼睛狭长，许是因为失了血，脸色在月光下尤显苍白，宛若一块带着隐青的古玉。

此人正是当日茶楼那个伙计。

苏岑没记错的话，这人说过，他叫曲伶儿。

苏岑将人从后院拖到前厅，阿福显然也被刚刚那一嗓子吵醒了，披着衣服出来一看不由得一愣，直到苏岑催着帮把手才回过神来。

这人看着身段纤细好似没什么重量，一旦脱了力立马变成一块千斤砣，把人拖到床上还是费了好一番功夫的。苏岑吩咐阿福去烧水，这才拿起烛灯对着人好好打量。

一身白布衣衫被血洇遍，有些发暗有些却还是新鲜的，再看人脸色泛青，唇色苍白，额角冷汗淋漓。苏岑给人小心解了衣裳，不由得眉头一皱，那副瘦弱的身板上满是瘀青擦伤，甚至还有刀伤，最要命的一道从腰上横亘过去，足有寸深。下手凌厉，毫不留情。

这是有人要取他性命。

主仆二人帮人擦洗、包扎，又换了衣裳，忙了大半宿才停下来。鸡鸣破晓时苏岑趴在桌上睡了一会儿，也不知过了多久，床上人一动，他立马清醒过来。

037

那人已睁开眼，笑眯眯看着他，第一句话是："我饿了。"

苏岑不为所动，冷冷看着他，"谁要杀你？"

曲伶儿眼珠一转，看着苏岑，"我快饿死了，没力气说话。"

苏岑盯了人一会儿，点点头，出房门对着外面道："阿福，去报官。"

"哎，哎！"曲伶儿从床上一跃而起，龇牙咧嘴地扶着床起来，捂着腰冲着外面直喊，"别报官，我有力气了，我说还不行吗？"

苏岑靠着门框看着他，一脸不耐烦呼之欲出。

曲伶儿慢悠悠躺回床上，"我这是摔的。"

苏岑挑了挑眉，"从我家墙上摔的？"

曲伶儿眼珠转了转，点头，"嗯。"

"阿福——"

"不是，不是。"曲伶儿急忙摆手，"跳崖，跳崖摔的。"

苏岑眉头紧蹙，却也没打断，示意人继续说。

"有人追杀我，我也是没办法，得想个脱身的法子，不然让他们逮到我就死定了。其实我都安排好了，崖底和崖壁都做了准备，只是没想到因为腰上这伤出了点纰漏。"

"是李释吗？"苏岑突然问。

当日这人去刺杀李释，以李释的身份和地位，要弄死一个人实在易如反掌。所以看见这人一身伤，他第一时间想到的就是李释。这也是他为什么没把人直接扔出的原因，若真是李释要杀他，那他的死期估计也不远了，同是天涯沦落人，那便算不上惺惺相惜好歹也算搭把手。

只见曲伶儿眼里黯了黯，摇头，"不是他。"

"不是他？"苏岑站直了身子，心里却莫名松了一口气。

劫后余生也好，徒然欣慰也罢，那双他看不懂的眸子里到底没盛着杀意。

"那是谁要杀你？"苏岑接着问。

曲伶儿那边彻底没了动静，苏岑担心人又晕过去了，两步上前察看，只见人半条胳膊遮住了眼睛，嘴唇薄凉，轻声道："这个我真的不能告诉你，你把我送去见官我也不能说。"

人人都有难处，既然知道了自己想知道的答案，苏岑也没再为难，吩咐阿福给人熬了清粥喂人喝下，自己在一旁抱着半个肘子啃。

曲伶儿对着肘子垂涎三尺，目光熠熠能淬出毒来。奈何苏岑浑然不觉，边吃边对阿福道："咱们家是卖茶的不是卖盐的，下次再放这么多盐就把你卖了换盐。"

看人吃得差不多了，脸上也有了活色，苏岑才继续问："你为什么来找我？"见人眼珠子滴溜一转，苏岑又补了一句，"我可不信你是机缘巧合就能翻到我家院里来，不说实话就把你扔出去。"

曲伶儿撇了撇嘴，"怎么这么凶。"转头嘻嘻一笑，"你上次不是救过我一回吗，我这人不喜欢欠很多人人情，反正都欠你一回了，也不差再多一回。"

苏岑翻了个白眼，"我借你米你还我糠，你觉得合适吗？"

"滴水之恩涌泉报，来日我一并还了你。"曲伶儿喝完了粥捂着腰平躺下来，死里逃生还吃上了饱饭，舒服地叹了口气，闭上眼睛不想动了。

"你不说谁要杀你我不勉强。"苏岑道，"但你得告诉我他们为什么杀你？"

"跟你没关系。"曲伶儿一双眼睛眯开条缝，"只要你不出去乱说，他们找不上你。"

"你当日刺杀的是当朝亲王，你被追杀是不是跟那件事有关？"

"我没打算刺杀他，就是做做样子，李释也看出来了，否则当天他不会那么轻易就放了我们。"曲伶儿冲人一笑，"所以你放心，我不是什么朝廷钦犯，他们都以为我跳崖死了，一时半会儿也找不到这里来。你就当养只猫养条狗，等我把伤养好了立马就走，绝对不会拖累你。"

苏岑愣了愣，再想说什么时那人已经把眼睛闭上了，他默默摇了摇头，轻手轻脚帮着阿福收拾碗筷。

他出门前又看了那人一眼，一张脸还是苍白得厉害，微皱着眉，不见当日伶俐的神色。

说起来他不是什么爱管闲事的人，上次帮人惹了一身腥已经后悔了，这回再让人留下来，说实话，他犹豫了。

他一腔抱负付社稷，愿意入大理寺化真相正义为利剑，助有仇之人报仇，有冤之人申冤。可这人是个刺客，来历身份他尚且搞不清楚，更何况这人身上还带着这么多秘密，是敌是友是好是坏他都一无所知。但看着那张脸上一脸倦色，堂堂一个大活人，毫不介意地把自己比作猫和狗，若不是走投无路了，也不会半夜翻墙来投奔他这个只有一面之缘的人。

看着这人年纪也不大，什么样的深仇大恨需要跳崖保命呢？

关上房门，他嘱咐阿福把人看紧了，一点风吹草动都要知会他。

他说话的声音不小，确定里面的人听见了，又看了房门一眼，才回房休息去了。

四月初，吏部公布了这届科考人员的任用名单。

当日苏岑没去的中书舍人位置由崔皓捡了个便宜，郑旸入了翰林院任翰林待诏，掌批答四方表疏，文章应制等事，恰恰与崔皓的中书舍人干的是一个活。只是翰林待诏拟的是事关军国大事的内制，中书舍人则是官员任免及例行文告的外制。两人自一见面就不对付，如今更是低头不见抬头见，明里暗里斗得风生水起。

苏岑倒是如愿进了大理寺，只是入职的第一天就把李释从头到脚骂了个遍。

当日李释说让他入大理寺，却并未告诉他入了大理寺是担的什么职。他入了大理寺才知道，自己供职大理寺主簿，从七品，掌印章、钞目、句检稽失，说到底就是个管后勤的。前衙案件审理完之后，他负责抄录建档送审刑部，还要复核全国各地案件，平日里就埋首大理寺后殿，别说重案要案，几日下来连人都没看见几个。

这明摆着就是李释刻意刁难，与他同届的崔皓、郑旸都官至中央，握着京中地方第一手的实权。哪像他，刚入职寺丞便吩咐整理自开朝武德年间所有的刑狱案件，好些案牍储存不当都发了霉，字迹不清，两三页黏合在一起，又有证据不详的，还得多方参证查实。苏岑连着几日在不见天日的案牍堆里埋着，身上都一股子霉味，日日担心自己身上长蘑菇。

等到休沐的日子，苏岑吩咐阿福把他房里的书都搬到外面晒一晒，又把床单被褥都晒了一遍，最后自己跟着搬张躺椅一并躺在日光下。他现在闻不得霉味，一有点味道就想吐，直到把自己身子骨都晒透了才起身，一回头正对上某人怨怼的目光。

家里不请自来的这位爷倒真就把自己当成爷了，一大早苏岑就听见曲伶儿支使阿福去东市买蟹粉酥，本来也没当回事，等阿福走了苏岑翻个身正准备继续睡，紧接着就听见曲伶儿的房门吱呀呀地开了。

这人身上的伤还没好利索，平日里吃喝拉撒全由阿福伺候，据阿福回禀，这几日下来曲伶儿大门不出二门不迈，倒是老实得很。

忍了这么些天，今日总算忍不住了。

苏岑立时从床上坐起，轻手轻脚跟了上去。

只见曲伶儿捂着腰去了后院，来到当日他摔下来的地方，东翻翻西瞅瞅。

因为腰上有伤，曲伶儿只能用脚去拨弄那些荒草，过了没一会儿轻轻一笑，刚把东西找出来，一回头愣在原地。

苏岑挑一挑眉，"曲公子这是觉得我这里寒酸，想去刑部大牢住几天？"

"你你你……"曲伶儿如同白日见鬼一般脸色煞白，"你不是去大理寺了吗？"

苏岑倒是惜字如金，懒得再跟人废话，朝他抬了抬下巴，示意他把东西交出来。

来苏宅住了这几天，曲伶儿也算是明白了，这宅子主人长着一张阳春三月的脸，却生了一副寒冬腊月的脾气，性子上来了两眼一眯，有百十种办法让你生不如死。曲伶儿犹豫再三，乖乖把手里东西交了上去。

一套袖箭，一条束带，苏岑拿着边往回走边看，袖箭应该就是当日曲伶儿藏在袖管里的机栝，束带为皮质，中间用一块兽首腰扣连接着，外面看不出什么，里面却大有文章。苏岑一一掏出来打量，曲伶儿垂着头悻悻跟在后头。

"这是什么？"

苏岑回身问道。

他看清楚了回道："燕尾镖。"

"暗器？"

"四刃三尖，隐蔽性强、好控制又好携带，这个是我减了重量的，威力却比一般的镖要大。"

"哦。"苏岑点点头，随手往墙角一扔，捡起另一件，"这个呢？"

曲伶儿心疼得嘴角直抽搐，迫于苏岑的淫威也不敢去捡，只能继续跟着，"柳叶刀，因形似柳叶而得名，刀身轻薄又带有弧度，能十丈之外取人性命。"

苏岑一脸嫌弃地扔掉，捣了捣，掏了个圆筒出来。

曲伶儿扫了一眼当即一惊，一个箭步上前夺下来，"小祖宗，您消停会儿吧，这个是孔雀翎，里面有一百零八根银针，你要是触了机关今日咱俩都得交待在这了。"

苏岑心有余悸，也不敢乱翻了，回到房内把东西往桌上一扔，抬眼看着曲伶儿。

他入了大理寺没几天，官架子倒是学得像。曲伶儿躲了躲，最后也知道这事糊弄不过去了，只能承认，"这是我那天带过来的，怕你看见了不收留我，才提前藏在了草里。"

"知道我看见了不肯收留你，还敢往回捡？"

"这些都是我的身家性命。"曲伶儿刚要去取他的袖箭，被苏岑瞪了一眼之后悻悻从桌上拿了支笔，在指间灵巧地转着，"你别小看这些小玩意儿，我的暗器都是经过改良的，一百零八根针装进这么寸长的圆筒里，就是精于暗器的唐门也做不出来。"

曲伶儿越说越兴奋，双眼笑着弯下来，笔在指尖转得越发风生水起。他自小习暗器，一双手早已练得灵巧无比，平日里一根银针都能在指尖转起来，如今光看着不能动，越发手痒，只能拿苏岑一支笔解闷。

等人一脸兴奋地讲完，苏岑点点头，"还有呢？"

"还有……"曲伶儿想了想，"没有了啊？"

"你几岁了？"

"二……二十六……"

苏岑一掌拍在桌子上，咚的一声，把人当即吓了一跳，笔应声而掉，急忙改口，"十八，十八！"

"你尚不及弱冠，带着一身能杀人的行头，翻到我家院子里到底想干吗？"

苏岑不动声色时看着冷若冰霜，一旦动起怒来眼神就能杀人，把人唬得愣在原地，不知所措。

缓了好一会儿曲伶儿才轻声道："我懂了。"

曲伶儿把笔从地上捡起来放回笔架上，从桌上拿起自己的东西，袖箭套在臂上，束带束于腰间，对苏岑道："多谢你这几日的收留，你的恩情我记得，若我还有命活着，日后一定报答你。"

"不过只怕你也没什么需要我报答的吧。"曲伶儿对着人扯了扯嘴角，"这世上的人都有自己的活法，你是金枝玉叶的大少爷，不愁吃穿，我却也要吃饭，这都是我吃饭的家当，我不能丢。"

看着苏岑凝眸瞧着他不为所动，曲伶儿最后对人笑了笑，拿着自己当日那件满身是血的衣服披身上，扭头出了房门。

他先去后院扶着腰把他的燕尾镖、柳叶刀捡回来，这些东西放在以前不见得多稀罕，可他如今在逃命，拿不到补给，每一枚都可能救他一命。

而后他绕到前院又往房里看了一眼，见苏岑仍然是刚才那个姿势坐在桌前，才叹了口气默默转身往外走。

苏岑说得也没错，与人无亲无故半夜翻进人家院子里，换作旁人只怕当时就把他扔在外面等死了，能得来这几日安生已是老天馈赠。

他刚开院门正碰上阿福买蟹粉酥回来，略惊地看了他一眼，将手里的纸包递上去，"喏，排了老长的队才买上的，下次我可不去了，我家少爷都没你这么难伺候。"

"没下次了。"曲伶儿对人一笑，把东西收下。

他出了院门，忽听见身后一道冷冷的声音传来，"你要留下可以，但那些东西得交给我保管。"

曲伶儿诧异回头，只见那人靠着乌木门框，眼里带着淡淡的不耐烦，说出的话没什么温度却让人心头一暖。

"曲伶儿你记住，这期间长安城里但凡出了什么事我都算在你头上，你好自为之。"

第五章

凶案

　　苏岑起先觉得整理案件是十分没意思的事，几日抄下来却也窥得了几分其中的奥秘。这一桩桩一件件全是靠着先人智慧所破，细微之处见真章，真相往往披着谎言的外衣，总有人会把那层外衣脱去，还真相大白于天下。

　　武德年间建国之初，刑狱条例还不完善，好在当时举国忙着复兴社稷，整顿风雨中飘零了好些年的河山，倒也没有大案要案发生。到了永隆年间，太宗皇帝李彧克承大统，上位之初就惩办了大批先朝元老。当时有传言李彧的皇位来得不正，太祖皇帝原本有意把皇位传给温良的太子，然而太祖皇帝病危之际太子却突然染了恶疾，甚至死在了太祖皇帝前头，太祖皇帝收到消息一口气没上来直接龙驭宾天了。传言当时还是王爷的李彧将一众皇室成员幽禁于三清殿中，等众人出来时，李彧早已登基继位了。

　　如此大的动静自然免不了世人非议，只是李彧也不是等闲人物，永隆初期，牢狱大兴，多少人因为一句话不当就被处以极刑，武德年间的大臣更是惨遭屠戮过半，太子监国期间交好的大臣们死的死，致仕的致仕，幸存至今的只剩下了四朝老臣——当朝太傅宁羿。

　　太宗皇帝虽处事狠绝，却也是雄才伟略的千古一帝，在位二十三年，知人善任，表里洞达，威德遐被，四方宾服。在位期间虽屠戮无数，却也涌现了大批能匡扶家国社稷的人才。

　　前大理寺卿陈光禄便是其中之一。

　　永隆年间大兴刑狱，却也使得律例刑律逐渐完善，时任大理寺少卿的陈光禄便主持编纂了后世奉为圭臬的《大周律》，在前朝基础上参照本朝情况重新废、改、立，是为量刑参考的标准，真正做到了"刑罚世轻世重，惟齐非齐，有伦有要"。

陈光禄在位期间承办的案件超逾百例，见微知著明辨秋毫，所办没有一件冤假错案，后人将其事迹编成了《陈氏刑律》，从此案件查办审理皆有例可援。

苏岑一边抄着一桩永隆十八年"鬼婴"的案子，"死者颜面肿大，眼球突出，舌尖伸出，胸腹隆起，胎儿死后分娩，是为壅气将死婴挤出"，一边啧啧赞叹这陈大人果然厉害，有人打着"鬼婴"的名头作案，陈大人硬是在人死后一个月要求开棺验尸，盛夏时节，尸体高度腐烂，陈大人亲自下棺指着绿色的尸液给人讲解死婴的来历。

苏岑在满屋的腐朽气味中抄得聚精会神，冷不防有人猛地推门进来，阳光迎面打来，却把苏岑吓得整个人一怔。

他抬起头来，看清来的是前衙的小孙，主管在前衙端茶送水跑腿，鲜少到后殿来。

"怎么了？"

小孙喘着气，"宋大人让您到前衙去一趟。"

"我？"苏岑皱了皱眉。

宋建成是从五品的寺正，算是他的顶头上司，自他入寺的第一天起就不待见他，许是得到了某些人的授意，这才把他打发到后殿里整理卷宗。

"赶紧的吧，前头案子正审着呢。"

苏岑皱眉阖上籍册，这才不紧不慢地起身，跟着小孙往前衙走。

到了前头只见一个女子跪在堂前，发丝凌乱衣衫不整；旁边还躺着一个，满身血渍，看样子已经没气了。

苏岑还没想明白这凶杀案找他来干什么，只听宋建成在堂上大喝一声："跪下！"

苏岑一愣，扫了一眼两旁拿着杀威棒气势汹汹的衙役，心道好汉不吃眼前亏，悻悻跪下。

宋建成接着问："你可认得这个女子？"

苏岑往旁边一打量，那女子虽妆容凌乱，但看得出眼角眉梢都带着几分韵致，衣带上带着斑斑血迹，见他看过来，对他咧嘴一笑，"我是状元夫人。"

苏岑一愣，之前这女子都低着头，他倒是没看出来这人神志还有些问题。

苏岑道："我不认识她。"

宋建成惊堂木一拍，"她口口声声说是你夫人，你还有什么可狡辩的？"

苏岑反问道："这人的身份背景你查清楚了吗？"

宋建成一愣，只见堂下跪着的人目不斜视看着他，目光清洌如一弯朗月。

苏岑道："我没猜错的话，这女子应该是红绡坊里的姑娘，当日跟着进京赶考的举人跑了，却又被送了回来一顿毒打，当时就疯了，口口声声说自己是状元夫人。我没记错的话，当时应该还没举行会试，更没有什么状元之说。"他末了一笑，"这件事街头巷尾茶楼酒肆都传遍了，大人不知道？"

宋建成立时面上无光，他原本打算把人叫上来杀杀性子，只是没想到偷鸡不成蚀把米，反倒被人在堂上质疑审查不力，折了面子。

宋建成不自然地清了清嗓子，道："这些本官自然知道，不过是找你过来协助调查。"

"哦？"苏岑道，"那我能起来了吗？"

宋建成只能摆摆手。

苏岑起来之后却没有要走的意思，恭敬地拱一拱手，"既然是协助调查，那我能看看尸体吗？"

宋建成一口牙在嘴里咬碎了，最后只能和着血咽下去，对苏岑视而不见，对一旁的书吏吩咐："接着说。"

苏岑也不在意，自顾自蹲下去看尸体。

一旁的书吏读道："死者吕梁，湖州人士，二十八岁，天狩八年中的举人，此番进京是为参加今年的会试，中三甲同进士出身，录泾阳县录事……于四月初八——也就是昨夜死于东市红绡坊后的巷子里。今日清晨被人发现，旁边还有红绡坊的绣娘姑娘。"

苏岑一边小心检验尸体一边侧耳听着，泾阳县离长安城不过百十里，也算是京畿重地，县衙录事虽然只有正九品，却因靠近京城而有很大的升职空间，如今离放榜结束早已过去了十几天，有了职务的早都去了任上，也不知这吕梁为何还逗留京中。

苏岑验完了伤站起来，"尸体口眼开，手散，口中有酒味，全身刀伤无数，但都不致命。颈部右侧刀伤一处，深三分长两寸，砍断血脉，是为致命伤，刀口上宽下窄，上深下浅。"

书吏对着下方仵作的验尸记录一看，竟不差分毫。

苏岑接着走到绣娘跟前，蹲下去，"你昨晚看见什么了？"

那痴呆女子愣愣地抬起头来，盯了苏岑半晌，突然尖叫一声惊跳而起，"是鬼，是恶鬼！恶鬼杀人了！恶鬼杀人了！"

"放肆！"宋建成在堂上大喝一声，立即有衙役上前将绣娘压倒在地，人还是叫嚷着恶鬼杀人了，瑟缩成一团。

苏岑皱了皱眉，走到堂前对宋建成拱一拱手，"借大人茶杯一用。"没等宋建成反应，苏岑已经拿起宋建成的茶杯走到了绣娘身前，递上去，"别怕，这里是衙门，没有恶鬼，喝口水压压惊。"

绣娘瑟缩着看他，最后小心翼翼接过来，冲他咧嘴一笑，"我是状元夫人。"

"肯定是这疯妇疯癫发作杀了人，不必审了，押下去吧。"宋建成皱着眉摆摆手，看出来从绣娘身上显然问不出来东西了，好在人是傻的，把罪推到她头上就算是皆大欢喜。

"人不是她杀的。"苏岑突然站起来道。

"什么？"宋建成已经准备退堂了，将站未站被苏岑打断，一副吃了苍蝇的表情。

"人不是她杀的。"苏岑又说了一遍，指着绣娘，"从她衣衫上血迹来看，吕梁被袭击时她正被吕梁压在身下，所以才会出现这种齐胸以上有喷溅型血迹，而再往下只有浸染血迹的现象。"

"即便她被压着也照样可以杀人啊！"

"被压着是可以杀人。"苏岑一笑，"但致命伤口位于脖颈右侧，除非她是左撇子才能形成这样的伤口，而我刚刚已经已经验过了……"

众人随着苏岑回头一看，只见绣娘正右手端着茶杯对着众人嘿嘿地笑。

"伤口上宽下窄、上深下浅，明显是先从颈前刺入再向后拉扯，若是被压着的人行凶……"苏岑虚空握拳比了个动作，"为了方便用力必然是向自己方向拉扯，这也能证明人不是她杀的。而且有人会杀了人还在原地等着你们去抓吗？她是有疯症，不能为自己申辩，但也不能由着你们指鹿为马！"

宋建成当众被拂了面子，面色已经发黑，恶狠狠盯着苏岑道："人不是她杀的，那你说凶手是谁？"

苏岑回头看了绣娘一眼，"凶手是谁只怕只有她知道了。"

"先把人收监一晚，看看能不能问出什么来吧。"苏岑把空了的茶杯还回去，自顾自地往后殿走，留下堂上众人对着一个疯妇面面相觑。

当日放衙回家，苏岑直奔曲伶儿的卧房。

曲伶儿正拉着阿福玩打手游戏，仗着自己灵活欺负阿福，阿福一只手都被打肿了，还没碰到曲伶儿一下。

看见苏岑进来，阿福立即借机站起来，"二少爷，你回来了。"

苏岑没作声，径直走到曲伶儿身前，居高临下冷冷地盯着他。

这冰山压阵的气势，曲伶儿只觉后背发凉，瞬时大气都不敢出了，低下头认错："我错了，我错了，大不了我让阿福打回来。"

"你昨晚去哪了？"

"啊？"曲伶儿一愣，转而悻悻躲开目光，"没去哪啊，就……睡觉啊。"

"昨夜三更我听见你房门响了，过了半个时辰才回来。"苏岑眼神一寒，"半个时辰从这里到东市走一个来回足够了，顺手再杀个人什么的，是不是？"

"杀人？"曲伶儿猛地抬起头来，"谁死了？"

"你杀了谁你自己不清楚吗？"苏岑一把抓起曲伶儿的手腕，把人从床上拉了起来，"有什么话去大理寺说吧，到时候酷刑一上，顺便把你这一身伤如何来的、又是谁要你去刺杀宁王一并解释了。"

"苏岑，苏岑，苏哥哥！"曲伶儿着了急，连忙挣开苏岑的手，"我说我说，我昨夜是出去了，我就是出去……喝了点酒。"

"喝酒？"苏岑皱眉。

曲伶儿求饶般看着苏岑，"不信你问阿福，我俩一块去的。"

苏岑回头看阿福。

阿福对这人忘恩负义把他拉下水一脸不满，告状道："他不仅喝了酒，还吃了一盘兰花豆，三两牛肉。"

曲伶儿赔着笑，"我就是最近天天喝白粥嘴里都淡出鸟了，但是我保证，我绝对没杀过什么人。"

"去哪喝的？"

曲伶儿急忙回道："平康坊的一个暗坊里，东市有宵禁，早都关门了，那个暗坊夜里偷着开，能喝酒也能听曲儿。"

苏岑没搭理，盯着阿福，"他一直跟你在一起？"

阿福点头，"就出去撒了个尿，前后不过一炷香的工夫，到不了东市。"

平康坊与东市不过一坊之隔，但一炷香的工夫走个来回还顺带着杀人是不可能完成的。

曲伶儿猛然想起什么，"死的该不会是个女的吧？"

苏岑总算回过头来，"怎么说？"

"我撒尿的时候听到隔壁有人说什么要弄死那个疯娘儿们……"

苏岑猛地抬起头来，眼神清亮得像暗夜里一颗孤星，"他还说什么了？"

曲伶儿皱眉想了想，"还说什么坏了名声，影响仕途之类的，我也没上心，还当是说着玩呢。"

"当时什么时辰？"

"你不是说了吗，我出去的时候是三更，子时吧。"

"子时东市市门早都关了，他是如何进去的？"

曲伶儿惊道："对了，与他说话的那人说能带他入东市！"

苏岑一听顿时激动，急问："什么人，长什么样子？"

曲伶儿皱眉，"我当时是在撒尿，有茅厕隔着，我怎么知道他长什么样子？不过听声音倒是像个青年人，应该不超过四十岁，而且那人身上应该有功夫。"

苏岑问："这也能听出来？"

"习武之人脚步轻而稳健，非常人所能及。"曲伶儿一脸自豪，"像我们这种练家子一听脚步就能把人听个大概，比如我修的轻功，流云飞燕，踏雪无痕，这世上能追上我的人就没有几个……"

苏岑摆摆手打断某人的自吹自擂，"那以你的本事上得了东市城墙吗？"

"我自然没问题。"

"那再多带一个人呢？"

曲伶儿咋舌，"这个……不是我不行啊，除非是大罗神仙来了，否则没人上得去。轻功讲究的是一个身轻如燕，带着个人还怎么施展？"

苏岑点点头，曲伶儿的轻功他见识过，如果连曲伶儿都上不去，那人定然不是翻墙过去的。那就只能是买通了看门的门吏。他早已断定这起案子有第三个人参与，那这个尚未出现的买通了门吏的第三个人必然是关键所在。

搞明白了想问的，苏岑也松了口气，最后问道："你去喝酒为什么要带着阿福？"

曲伶儿委屈地撇撇嘴，"……我没银子啊。"

苏岑一个眼刀杀过去，阿福吓得一激灵，急急道："都是我的月例钱，没花家里的钱。"

“下次他再整什么幺蛾子就直接赶出去。”苏岑阴森森地眯了眯眼，“还愣着干吗，熬粥去！再让我知道他偷着出去喝酒，你以后就跟他一块喝白粥算了。”

他刚出房门又回过头来道：“一会儿把那个暗坊报上来，明日我就带人过去查封了。”

第二日一早苏岑早早赶去城门郎那里借了当日当值门吏的名册，想着带人过去把人挨个提回来审一遍，到了大理寺才发现人烟稀少，只小孙领着绣娘从寺里出来。

苏岑问：“人呢？”

小孙叹了口气，“你昨日猜得没错，又出命案了。”

苏岑登时一惊，急问怎么回事。

小孙只道一大早就有人过来报案，宋大人都没来衙里，直接从家里就赶赴现场了。

苏岑问清现场所在，把手里名册往小孙怀里一放便急匆匆往外走。走出两步他又回过头来，看着跟在小孙身后的绣娘，“那她呢，怎么办？”

“还能怎么办？”小孙摊手，“一个疯子，什么都问不出来，关着也是浪费干粮。既然人不是她杀的，宋大人让放了。”

苏岑点点头，确实也没有更好的办法，刚待转身，却猛地愣在原地，一股寒意从头皮炸了开来。

那双眼睛掩映在凌乱的鬓发后头，清晰明确地看着他，笃定且认真，全然没有痴呆的样子。

但一瞬之后，那人又傻傻地一笑，看向了别处。

“苏大人？”小孙唤道。

苏岑回神，犹豫再三，转身往外走去。

现场在贡院后头，准确地说是在贡院后一棵歪脖子树上。

人是吊死的。

苏岑赶过去时周遭早已围了一圈人，尸体也从树上解下来了。

宋建成看见苏岑时眼珠子差点瞪出来，吼道：“你来干什么？谁让你来的？”

“自然是协助调查。”苏岑冲人一笑，自顾自蹲下检查尸体。

宋建成张着嘴哑口无言，显然不只是吃了苍蝇那么简单。什么叫一失足成千古恨，没事招惹他干吗啊？

"哎，别碰……"一旁的仵作年近花甲，话还没说完，苏岑已经上手了。

"死者衣衫乱，有打斗痕迹，面色绛紫，口眼开，舌抵齿，舌骨断裂。脖子上有与吕梁如出一辙的伤口，不同的是这次伤口换到了左侧，身上除此以外别无伤口。"

"过来帮个忙。"苏岑唤了一旁站着的小吏，两人合力才把已经形成尸僵的下颌抬起来。苏岑看了一眼，不由皱眉。

两道索痕。

"翻过来。"看完了正面，两人又把尸体翻过来检查了背面，一道索痕交于左右耳后，而另一道却是交于颈后。

仵作看着苏岑手法熟练，担心是有人跟他抢饭碗来了，急忙问身旁的人："这人什么来头？"

被问那人小声哼了一声，"新科状元。"

苏岑没在意那人口气里的鄙夷，检查完尸体拿起一旁的绳索看了一眼，只见三尺绳索上有一个明显的结扣。

"这是你们把人放下来时弄断的？"苏岑问。

"哪能啊。"小吏回道，"本来就带着的。"

"人吊有多高？"

"离地不到两尺。"

苏岑放下绳索，毫不在意地在衣摆上擦擦手，站起来问道："死者身份呢？"

一旁的书吏信口回道："死者袁绍春，滨州人士，今年参加会试的仕子，中二甲进士出身……"

书吏话说到一半才反应过来，偷偷瞥了一眼宋建成，人已经面色青黑如锅底了，急忙住嘴不说了。

又是参加科考的仕子。苏岑皱眉，刚待说什么，突然人群中爆发了一阵骚乱。

"是恶鬼干的！是贡院里的恶鬼出来杀人了！"

不知是谁在人群里喊了一嗓子。

周遭霎时炸开了锅。

第六章

谣言

　　众人费了好大工夫才把周遭唯恐天下不乱的人群轰散了，宋建成面色铁青，指着苏岑怒斥："你干的好事，到时惹得京中人心惶惶，上达了天听，看谁保得了你！"

　　保他？苏岑毫不在意地一笑，这长安城里有想打压他的，有嫉恨他的，甚至还有想取他性命的，却独独没人想保他。

　　苏岑正色道："不是厉鬼杀人，只怕是有人打着厉鬼的名号行凶。"

　　尽管心有不甘，但这个人确实能发现一些别人发现不了的细节，宋建成还是不情不愿地问道："怎么说？"

　　"厉鬼会受伤吗？"苏岑问道。

　　宋建成一愣。

　　苏岑也不再卖关子，示意人把尸体翻过来，道："死者背上有一处不属于他的血迹。"

　　只见死者衣衫上果然有一处剐蹭状血迹，因为死者衣衫本来就为深褐色，险些就被忽略掉了。

　　宋建成梗着脖子，"死者被割了颈，背上留下血迹也没什么奇怪的。"

　　"可是死者被割颈却是在他被吊起来之后。"苏岑慢慢解释，"刀口没有挣扎痕迹，且位于尸体左侧，试问什么人会面对面看着有人割他颈而无动于衷？只能是在他已经没有反抗能力的前提下。而且活着的人被割颈，会造成血液大量喷涌，而死者身上这些血量明显不足，这说明死者当时可能已经濒死，甚至已经死了。"

众人皆一滞。

"还有这条断了的绳子。"苏岑顿一顿，拿起那条悬挂尸体的绳子，"没有人会拿断了的绳子出来杀人，所以说绳子是在行凶途中断的。"

"我看过了，尸体身上有两道索痕，且都呈青紫色，这说明这两道索痕实施时人都活着。当时应该是凶手先从背后把人勒住，形成了交于颈后的索痕，只是凶手也没想到，袁绍春并没有被勒死，仅是一时昏了过去，当凶手把人往树上吊时，袁绍春竟然能苏醒过来并挣断了绳子。两人就是这时发生了争斗，并且凶手在争斗途中受了伤。但最终袁绍春还是被制服，吊在了树上，形成了第二道交于耳后的索痕。凶手也就是这时把自己身上的血蹭到死者背后的。可能是怕人再挣断绳子，凶手又在他脖子上补了一刀。"

宋建成点头，意识到自己竟赞成了这人的说法，又板着脸不动了。

苏岑也不点破，接着道："所谓的厉鬼杀人不过是个幌子，凶手极有可能就是散布谣言的人。"

宋建成总算聪明了一回，对身后小吏吩咐："去查刚刚在人群中起哄的人。"

"还有。"苏岑打断，"重点排查科考落榜还逗留京城者，他专挑登科的人下手应该不是巧合。凶手身长七尺到七尺半之间，并且，身上有伤。"

吩咐完，苏岑转身继续看着案发处那棵歪脖子树，仔细检查枝干上绳索的刮痕。

宋建成盯着苏岑的背影不由发愣，一个初出茅庐的毛头小子，却能一针见血地指出案件的要点，大胆设疑，小心求证。换作有经验的仵作或许可以凭借刀口角度和人吊的位置推算出凶手的身材，但宋建成想不明白这小子是如何一眼就看出来的？

苏岑站在树下却另有所思。他刚刚有句话没说出来，从现场看起来这个凶手应该是个体弱或体虚的人，不然不至于一次没把人勒死还得再勒一次，也不至于被一个刚缓过一口气的人把自己弄伤。

但曲伶儿昨夜说过把吕梁带进东市的那个人身上有功夫，虽然这人平时没点正经，但看他当时信誓旦旦的模样倒不像是开玩笑。

谁对谁错？谁是谁非？还是说……带吕梁进东市的人与凶手根本不是一个人？

等大理寺的人都收拾东西走了，苏岑才慢慢往回走，途径贡院墙角时他不由得一愣。

当日就是在这里，一伙人在这里烧纸，说是祭奠贡院里的亡灵。

苏岑蹲下，盯着墙角那一小簇灰烬愣神，过了会儿又伸手捻了捻那灰烬。

烬尘干燥细腻。

而两天前才刚刚下过一场雨！

也就是说如今科举早已过去一月有余，却还有人过来祭奠，就在这两天里！

苏岑猛地转身，百步之内遥遥可见那棵歪脖子树。

一阵寒意生出……这人在这里烧纸的时候，袁绍春会不会就吊在那棵歪脖子树上？

苏岑从后头绕出来，贡院门前那个糖水铺子依旧开着，还坐了不少人，想必都是看完热闹过来的。

苏岑也过去找了张桌子，刚坐下，就听见身后有人道："真的是恶鬼杀人，我就说当日应该去拜拜的吧，你们看，现在都死两个了。"

苏岑闻声回头，不由一挑眉，好巧不巧，还是当日烧纸那个胖子。

糖水上来，苏岑刚要去拿，想起自己碰了尸体还没洗手，只能悻悻地住了手，转而专心地盯着那个胖子。

那一桌三个人，低着头窃窃私语，音量刚好是能让想听的人听见，又能让不想听的人忽略的高度。苏岑打量了一圈，侧着耳朵听闲话的可不只有他一个。

那胖子又说："昨天死的那个还是个三甲，今天这个就是二甲了，你说再死下去会不会就是头甲三人了，也不知道哪个倒霉催的孩子中了今年的状元，要是我就躲在家里不出门了。"

苏岑无语。

莫名其妙已经被人安排好后事了。

苏岑两步上前，在那三个人的桌子上敲了敲，三人齐齐抬起头来看着他。

"是你？"胖子眼神倒是不错，事隔一个多月立马就把他认了出来。

苏岑也不客套，直接落座在空着的那侧，盯着那胖子，问："你口口声声说恶鬼作案，怎么，你见过？"

胖子憨憨一笑，"我要是见过还能在这吗？不过呀……"胖子招招手，几个人把头低下去，只有苏岑不为所动，看见胖子指着贡院压低声音道，"这里面，真的死过人。"

苏岑迎着日头看了看不远处的贡院，林老头题的那几个大字在日光下熠熠生辉，多少人苦读一生就为了来到这里金榜题名，不久前他还在里面奋笔疾书，如今早已人走茶凉，院门紧闭，由着众人去揣度窥探。

"你别不信。"胖子看着苏岑飘忽的神情只当是他没当回事，抬手叫了卖糖水的老伯过来，把人往身前一拉，指着苏岑道，"你告诉他，这里面是不是死过人。"

老伯不好意思地赔着笑，苏岑倒是从贡院门口收回了目光，冲着老伯一笑，"您知道什么就说什么。"

老伯叹了口气，道："十几年前确实是有这么个人，从那道门里进去之后就没再出来啊。"

"没再出来？"苏岑皱眉，"十几年前的事您能记得清楚？"

"他是从我这里喝过糖水进去的，多给了银子，我一直等着他出来把银子还给他，结果直到那扇门关了他都没能从里面出来。"

"人肯定是死在里面了，化成厉鬼，专挑高中的人下手。"胖子右手端起碗想喝口糖水，皱了皱眉，又换了左手，一口气喝完了才接着道，"当初让你烧点纸吧，你不听，看看，如今恶鬼出来行凶了，也不知道下一个会是谁。"

"胳膊伤了？"苏岑眼尖，一眼就看出了那个换碗的动作。

"老毛病了，小时候爬树摔的，一到要下雨就酸。"胖子不甚在意地扭了扭胳膊，冲苏岑一笑。

苏岑抬头看了看天色，湛蓝如洗，全然没有要下雨的样子，不由皱了皱眉，收了目光问道："你们现在还过去烧纸吗？"

"现在还烧什么啊？我们又没中，厉鬼找不上我们。"其中一个人回道。

"没中？"苏岑不易察觉地挑了挑眉，"你们家是京中的？既然没中怎么还待在这？"

"京中繁华啊。"一个人啧啧两声，"也不知道下一次来是什么时候，来一趟不容易，能多待几天是几天吧。"

"三年之后又是会试，几位不来了吗？"

那胖子摇了摇头，"我举人都是擦边中的，父亲是屠户，家里没几个钱，这次进京家里已经是倾其所有了。我准备回家开个私塾教书育人了，指不定哪天吏部那些老爷们想起来了，能给我配到哪个县衙里当个文书先生。"

苏岑想起会试当日在贡院里这胖子被人骂得满头汗都不还口，想必这人确实也是才学所限，点头冲人一笑，"如此也挺好的。"

"咱们这也算是有缘。"胖子举着碗对着苏岑，"在下高淼，敢问兄台高姓大名，日后若有缘再见也算相交一场。"

苏岑看了看自己的手，无奈往衣摆上擦了擦，端起碗来，"苏岑。"

"苏岑？"三个人面面相觑看了一眼，"这名有点耳熟啊？"

苏岑揉了揉鼻子，"我就是那个倒霉催的孩子。"

苏岑辞别了三人后径直回了大理寺，他从小孙那里要来了名册，趁着午饭的工夫又急匆匆赶赴东市。

东市四面各开两门，市门随城门、宫门一样，都是随街鼓起闭有时，过了时辰还在街上闲逛的，被街使抓住皆以犯夜论处。城门郎管每日城门起闭，钥匙却是由门吏掌管，城门钥匙统一存放在城门东廊下，由每日值夜的门吏领下去，到了时辰再送到城门郎手上。

苏岑来到东市西北门的庭廊下，叫上一个门吏让人拿着名册把人挨个叫了过来。

大晌午被叫过来的这些人显然也不乐意，再看苏岑的官服不过一个从七品的小官，又是一副文文弱弱少年人的皮相，一个个更加有恃无恐，站没站相，或倚或靠，零零散散地站在庭廊里。

苏岑抬头扫了一眼，下巴朝边上一个瘦得跟猴子精似的人身上抬了抬，"从你开始，姓甚名谁，家住何处，四月初八当晚在哪一门值守，其间可有人出入？"

猴子精抬了抬眼皮，咧出一口黄牙笑道："大人，这都过去好几天了，谁还能记得呀？要不您先跟我们唠会儿，让我们也有时间想一想。大人姓甚名谁家住何处啊？让咱们也知道知道什么地方能养出大人这样的人物？"

苏岑眉头微微一蹙，盯着人看了一会儿，点点头，信手阖上名册，起身往外走。

"哟，这就走了，大人不问了？"猴子精在身后打趣，庭廊里瞬时笑成一片。

临到门口苏岑停一停步子，"我劝诸位也不必回去了，在这等着吧，一会儿大理寺过来提人也能方便些。既然不想站着回答，那便去公堂上跪着说吧。"

庭廊里一众人瞬时噤声，他们说起来不过是讨口饭吃的平民小户，平日里嘴官司打得利索，真要被送上衙门那就是顶了天的事。眼看着苏岑就要走了，猴子精急忙上前拽住苏岑衣袖，"大人，大人好说，我们都想起来了，想起来了。"

苏岑睨了那人一眼，猴子精立时话像豆子一般往外蹦，"小的叫侯平，虾蟆岭人，初八夜里在东南门当值，闭门后就没人出入了。"

一众人纷纷涌上前介绍自己的情况。

忙了大半个中午，人员总算核实了个遍，却唯有一人没对上。

"吴德水呢？"苏岑盯着名册问。

"他呀……"不知是谁小声切了一声，随着苏岑抬头看过去又没了声响。

"你！"苏岑指了指猴子精，"说。"

"大人，这……"侯平欲言又止，忸怩了半天也没说出个所以然来。

苏岑没发话，只一双冰凌般的眼睛一眯，众人就在炎炎烈日里感觉到了冰霜袭面之感。

侯平小心上前，"大人，这吴德水吧，别的不行，就是命好，有个貌美如花的妹妹嫁给了京中的大人物做妾，我们都不敢得罪他。人从乡下过来领了这么个差事，嚣张得很，十天里有八天你是见不着他的，不是在酒缸里，就是在女人裙子底下。"

苏岑皱眉，"这么说，当日到他当值他人却不在。"

他值的还是离平康坊最近的西北门。

"那天他倒是来了。"有人在人群里小声嘀咕，"取了城门的钥匙就走了，不过寅时开城门时人就不在了，好在钥匙放在庭廊桌上，险些就误了开门的时辰。"

"他平日里这么干过？"

"经常的事。"侯平撇撇嘴，"酒瘾上来了，子时自己打开城门去砸酒坊的门他都干过。"

苏岑眉头一蹙，"他那个大人物是什么人？"

能如此玩忽职守还没被赶回老家足见这位大人物权势滔天。

一众门吏面面相觑了一会儿，有人在人群中小声回了一句："柳相。"

苏岑当即一愣，这倒真算是大人物，别说这些门吏们惹不起，就是他见了人也得低着头走。

那这钥匙是什么时候放在桌上的？期间有没有人用它开过城门？到底是无意为之还是刻意而为？

"吴德水家住何处？"苏岑问。

"就住在归义坊。"侯平回道，"到那一打听吴老赖就知道了。"

从东市回来，苏岑才感到饥肠辘辘，一边在大理寺后院配置的小厨房吃一碗清水面条，一边后悔为什么没在东市吃一碗珍珠翡翠汤圆，顺便再来一份小豆凉糕打包带走抄案例的时候吃，如今却只能与清水面条面面相觑，执筷相看泪眼。

苏岑吃到一半时只听天边阴雷滚滚，天色霎时暗了下来。

他却没由来地松了一口气。

过了没一会儿果然天降大雨，这一下就没再停下来。

放衙时苏岑从大理寺出来看见来人不由得一愣，曲伶儿穿着一身他平日里的常服撑着一把罗绢伞站在门外，见他出来了便几步上前，把人完好无损地接到了伞下。

"阿福呢？"

"阿福帮隔壁老张家那丫头收衣裳呢。"

苏岑睨了曲伶儿一眼，"这雨从未时就开始下了，收了一个时辰还没收完？"

"这你都知道？"曲伶儿一张脸耷拉下来，"我就是在家里太闷了，借着下雨出来透口气，青天白日我又不敢出来。"

"透气透到大理寺来，你这可一点也不像不敢出来的。"

"我这不是顺路过来熟悉熟悉地方吗。"曲伶儿咧嘴一笑，"万一哪天真被你送进来了，我也好想办法脱身。"

苏岑回了一个白眼，"你来不了这里，大理寺掌刑狱案件审理，你这样的直接送到刑部大牢等着秋后问斩就行了。"

曲伶儿闻言拉袖子擦了擦并不存在的眼泪，转头又嘻嘻一笑，回头对着大理寺的大门倒退着走，饶有兴趣地点评道："这大理寺还真是挺气派的，都说'八字衙门朝南开，有理无钱莫进来'。你们大理寺该不会也这样吧？"

转而又摇摇头喃喃自语道："肯定不会，毕竟你在里头呢。"

苏岑不禁笑了，"我在里头这大理寺也不是我家开的，我可管不着别人。"

"但你肯定会为那些平民百姓主持公道的。"曲伶儿一脸笃定，"再者说你也不缺钱呀，送个美人什么的还差不多。"

没等苏岑奚落，曲伶儿回过头来冲人一笑，"你不知道像我们这种平头百姓最怕来这种地方了，官商相护，钱能生理，就门口那俩石狮子都能逮人一口血。但我相信你不是这样的人。"

"哦？"苏岑一腔风凉话到嘴边又咽了回去，问道，"那我是什么人？"

"你是个好人。"

058

何谓好人？苏岑苦笑，恶人洒脱，坏人自由，好人却得循着世间礼法抽丝剥茧地寻求那一点真相，这世上最难当的就是好人。

他们拐进了坊间巷子里，雨势更大了些，噼啪打在伞面上，雨幕如帘从伞骨间滑落，周遭景物都像蒙了一层薄烟一样看不真切。

曲伶儿突然停下步子拉了拉苏岑的袖子。

"怎么了？"苏岑问，却见曲伶儿正皱眉直视前方。

苏岑跟着看过去，只见一人从雨雾深处过来，也不打伞，一身黑衣湿了个通透，临至近前，曲伶儿突然把伞往苏岑手里一递，把人往后一推，"快走！"

下一瞬寒光毕现。

苏岑被推了一个趔趄，刚稳住步子就见曲伶儿向后一仰，堪堪躲过凌空划过的匕首，紧接着身形阴诡地向后一翻，滑到苏岑身旁拉了苏岑一把，"还愣着干吗，快跑！"

苏岑被拽的手里的伞骨险些被吹折了，一想这玩意儿拿着也费劲，在人追上来之际手一松，伞顺着风力砸了那人满面。

趁着喘口气的工夫苏岑边跑边问："这人什么来路？"

"我怎么知道？"曲伶儿按了按腰上的伤，刚才那一翻，腰上的伤口又裂了，渗出缕缕残红来，每跑一步都抽搐着疼。

他们一个伤一个弱很明显不是那人对手，黑衣人一个空翻稳稳落到前面。

曲伶儿急忙刹住步子，把苏岑护在身后，暗道："一会儿我拖住他，你别回头，能跑多远就跑多远。"

"你行不行？"苏岑皱了皱眉。

"别废话，走！"

曲伶儿一个发力飞身而上，苏岑咬咬牙，扭头就跑。

刚跑出去没两步，只听咚的一声，曲伶儿以一种诡异的姿势越过他砸在正前面的墙上，墙瞬间坍塌了一半，曲伶儿一身骨肉被凌厉的砖瓦棱角硌得七荤八素，一口气没上来倒是先咯了一口血。

苏岑急忙上前把人扶起来，"你不是很厉害吗？你的平沙落雁踏雪无痕呢？"

曲伶儿靠着苏岑的搀扶才勉强起来，用尽最后力气翻了个白眼，"我就两样绝活，暗器和轻功，杀了人就跑。暗器被你收了，我要是跑了你怎么办？"

"也罢。"眼看着黑衣人一步步逼上来，苏岑随手抄了一块砖头侧身挡在曲伶儿身前。

第
七
章

救
场

　　苏岑半跪在地上正准备一块砖头先扔上去掩人耳目，再抄起一块对着人脑袋拍上去，顺利的话他给人开个瓢，不顺利的话……也就没他什么事了。

　　然而那一板砖还没扔就见那黑衣人侧身一闪，一阵凌厉的刀锋破风而过，兔起鹘落间，只见一人手执利刃角度刁钻地打了个旋，雨中血雾升腾，黑衣人顷刻见了血。

　　两个人立时缠斗在一起。

　　祁林！

　　苏岑猛一回头，兴庆宫三个大字悬在身后，好巧不巧，正是那位宁亲王的府邸。

　　一人执着伞慢慢过来，闲庭信步，来到近前低头看着他。明明下着雨，这人身上却纤尘不染，想是下朝不久，身上的官服还未换下来，皂衣绛裳，如墨长发根根头发丝都看得真切。

　　"王爷……"苏岑只觉自己喉头发紧，哽了半天才吐了两个字出来。

　　"平身吧。"李释道。

　　看清来人的一瞬间曲伶儿把头一低，选择装死。

　　苏岑费了好大劲才把这假死的人扶起来，心里想着曲伶儿要是被认出来了他们两个就得跟那位黑衣兄做伴在这兴庆宫住下了，他急急找个借口道别："今日多谢王爷相救，只是我这里有伤患，改日再来府上登门道谢。"

　　李释却全然没有要让开的意思，看着曲伶儿，问："人是你招来的？"

　　曲伶儿被一双目光盯得如芒在背，知道自己躲不过去了，怯生生往苏岑身后一躲，头摇得像拨浪鼓一样，"不是我，我不认得他。"

"应该是冲着我来的。"苏岑垂眸道，"我最近办了一个案子，可能惹到什么人了。"

"新科仕子案？"李释问。

苏岑一愣，随即点头，断没想到这么个小案子还能入了当朝摄政亲王的耳。世人都道案子是恶鬼杀人案，这位宁亲王倒是看得明白。

"这人是凶手？"李释看着前方缠斗的两人，在祁林的步步紧逼之下黑衣人已处劣势，有了退意，却被祁林缠着脱不开身。

苏岑跟着回头看了一眼，摇了摇头，"应该不是。"

凶手若有这个身手，根本没必要从背后偷袭吕梁和袁绍春，更不会失手勒一次没把人勒死还把自己弄伤了。

这人要么是当日带吕梁进东市的那个身上有功夫的人，要么是吴德水那位大人物找来灭他口的杀手，无论如何都跟案子脱不了干系。

"王爷……"

苏岑刚要开口，李释已经下了吩咐："祁林，留活口。"

祁林使的是剑，剑法却诡谲难测，全然没有中原剑法的恢宏大气，反倒带一些漠北弯刀的阴鸷狠绝。

黑衣人见自己已经失了机会，连连退败，慌乱间从腰间掏出两颗弹丸大小的东西，冲着祁林猛地扔过去。

"小心！"曲伶儿惊呼一声，电光石火间随手抄起两块石子掷上去，正撞上两颗弹丸，在空中轰的一声炸了开来。

待祁林破开烟障再追过去，人早已没了踪迹。

祁林回来请罪，"爷，人跑了。"

李释摆摆手。祁林站起来立在其身后，冷冷瞥了曲伶儿一眼。

曲伶儿当即打了一个寒战。

李释也没有要让两个人走的意思，边往回走边问："案子查得怎么样了？"

苏岑迫于淫威只能跟上去，站在雨里回道："有些眉目了，本案两个死者都是今年刚登科的仕子，我怀疑是有落榜的人打着鬼神的名号伺机报复。"

李释放慢了步子略一思忖后摇了摇头，"不是。"

"嗯？"苏岑皱眉。

"作案讲究动机和依据，凡事都是一门交易，若是落榜的人干的，那他就是把今年登科的人都杀了他依旧上不了榜，干这些没有意义。"

苏岑跟在后头盯着李释的背影，腰身笔挺，尤见当年沙场驰骋的英姿，更重要的是这人站在伞下，一身衣带翩然出尘，而他却站在雨里淋得像只落汤鸡。虽然知道李释说得有一定道理，可心里那股别扭劲又无名而起，抬头反驳道："若他只是为了泄愤呢？"

李释全然没注意到苏岑这些小心思，接着道："愤怒这种东西是容易教唆人犯罪，却是一个由大到小的燃爆过程。我若是因为落榜气愤而杀人，我不会循环渐进地从底层开始杀起。"

李释突然停了脚步，回头瞥了苏岑一眼，"我会直接过来杀你。"

李释看了眼愣住的苏岑，笑着摇了摇头，"你还是去抄案例吧。"

"王爷教训的是，我回去一定好好研读先辈掌故，不辜负王爷一番栽培之情。"

李释对其话里的夹枪带棒一笑置之。

苏岑总算嗅到了一丝结束话题的契机，试探地问："那下官退下了？"

李释从伞外雨帘里收回目光，一颔首。

苏岑刚要转身，被人抓住手腕，紧接着那柄伞就到了自己手里。

李释偏头对祁林吩咐："把人送回去。"

苏岑握着湘竹伞愣在原地，看着李释一步步隐进兴庆宫两扇朱门里，步子稳健，衣带翩然如旧。

曲伶儿在背后哼哼唧唧了半天苏岑才回过神来，把他扶起来问："还能走吗？"

曲伶儿低头看了看腰上的伤口，又对比了一下苏岑的身板，咬咬牙，"能走。"

苏岑叹了口气，一偏头，正瞥见直挺挺站在身后的祁林，灵机一动，对着祁林道："他受了伤，我又背不动他，我们走得慢些，还望祁侍卫见谅。"

祁林不为所动。

苏岑再道："这万一走到深更半夜什么的，王爷若是问起来……"

祁林脸色总算变了变，绕到曲伶儿身前半蹲下，冷冷道："上来。"

"我不让他背。"曲伶儿一脸不乐意，还记着当日在茶馆里这人对他步步相逼的仇，愤然拒绝，"一身胡鞑子味，臭死了。"

祁林一个眼神扫过去，吓得曲伶儿当即噤了声。

"不让背那你就自己走。"苏岑先走了一步，"我可先说好，我到了家就让阿福上锁，你若是跟不上，夜里就自己找地歇着。"

眼看着苏岑步步走远了，曲伶儿一咬牙一跺脚，攀着祁林的肩膀不情不愿地蹭了上去。

苏岑自顾自地走在前面，祁林步子稳健地跟在后面，曲伶儿确实也是累了，挺了没一会儿索性整个人趴在祁林背上。

曲伶儿趴了没一会儿就觉出来了问题，"哎，你怎么这么烫？"

祁林把曲伶儿猛地往上一颠，"我们突厥人体温本就比你们汉人高一些。"

得到回应曲伶儿反倒愣了一愣，转而笑道，"那你一个突厥人跑到我们汉人地盘干什么？高官厚禄荣华富贵？"

祁林着力又颠了一下。

"闭嘴。"祁林冷冷道。

曲伶儿身子蓦地一僵，脸色一瞬惨白。

一路上总算安静了。

苏宅门口阿福早就在候着了，看见来人急忙上前迎着，"二少爷，你们可算回来了。"

苏岑来到屋檐下把伞收了，阿福刚要上来接，苏岑把伞从右手换到左手，对后面偏偏头，"扶着他。"

曲伶儿正从祁林身上下来，一路有惊无险到了家胆子也大了起来，在祁林肩上拍了拍，"上次我刺杀你家主子是有命在身，这次我救了你，咱们也算扯平了，以后再见面就不要凶巴巴板着一张脸了。"

祁林睨了曲伶儿一眼，"你不坏事，我本可以抓住他的。"

"你这人识不识好歹？"曲伶儿气得直跳脚，"我不帮你，你指不定都身首异处了。"

"烟幕弹，我本可以迎着上去抓住他。"

"那万一是毒气毒虫毒箭炸药呢？你也迎着上去？"

祁林浅淡的眸光冷冷一扫，"我这条命是我家主子给的，为主子死我没有怨言。"

"好心当成驴肝肺。"曲伶儿被人气得心口疼，让阿福扶着扭头往里面走，再不理睬这榆木疙瘩。

"劳烦祁侍卫了。"苏岑拱手送客。

祁林略一颔首，"我明日再来接你。"

"啊？"苏岑一愣，"不用，不用麻烦了，我自己走就行。"

祁林不为所动，"这是王爷的意思。"

"可……可是……"可是他由王爷的侍卫护送着去大理寺让同僚们看见了
算怎么回事？

祁林没再理会，扭头消失在了夜色里。

直到看人走远了，苏岑一低头，正对上手里的伞。

本想着让人捎带回去的，一不留神就给忘了。

苏岑回房把伞收起来，想了想又撑开，烛灯下细细打量。刚才天色暗没
留意，这才注意到伞面上竟还题了两行诗。

云横秦岭家何在，雪拥蓝关马不前。

苏岑自诩字写得不错，更是得了林宗卿那手颜楷的真传，可在这两行字
面前倏忽觉得自己那些字有些小气。

字用的是狂草，圆劲有力，使转如环，一瞬便好像把边关的苍茫寂寥跃
然纸上，奔放流畅，一气呵成。

什么样的人才能写出这样的字？又是怎样的心境才能将这两句诗写得像
是泣血？

苏岑不由得苦笑，权倾朝野的宁亲王，抬抬手指头就能让人家破人亡，
何来感叹"家何在"？换作"春风得意马蹄疾，一日看尽长安花"还差不多。

苏岑不知道自己是怎么睡过去的，一觉醒来天光大亮，自己穿着一身湿
透的衣裳怀里抱着一把伞硌得心口疼。

一想起昨夜祁林说要来接他，苏岑一骨碌从床上爬起来，阿福和曲伶儿
还没醒，苏岑早膳也来不及吃了，急匆匆出门，尽可能赶在祁林过来之前
出门。

门外倒是没看见祁林的身影，只一辆华盖马车停在巷子口，车上一人见
他出来冲他招招手，"苏兄，过来。"

"郑旸？"苏岑微一愣，"你怎么在这？"

"听说昨天你遇刺了？"郑旸掀开车帘，"上来吧，捎你一程。"

苏岑上了车落座后才接着问："你听谁说的？"

"还能有谁，我小舅舅呗，祁林一大早就去我府上砸门，搅得我觉都没睡

好。"郑旸打了个哈欠接着道，"你真遇刺了啊？伤着没有？要不要告个假？"

"我无碍，有劳郑兄了。"

"这么客气干吗？"郑旸笑笑，"刺客抓到了吗？你说说你，好好的中书舍人不当跑去什么大理寺？我小舅舅也是，这么凶险还让你过去，又是恶鬼又是杀人的，半路还杀出个刺客来。"

苏岑皱了皱眉，"你们都知道了？"

"你不在朝中不知道，朝堂上因为这个事都快打起来了，以柳相为首的那帮人要求尽快捉拿凶手，崔皓入了他门下，更是煽风点火变本加厉。你知道他看我俩都不顺眼吧？可能知道你在大理寺，这个人更是把案件大肆渲染，直指在京中影响之恶劣，怒斥大理寺办案不力，把廷上的小天子都快吓哭了。"

"柳相？"苏岑微微一忤，"他怎么有工夫关心起这种案子来了？"

"这还不简单吗？大理寺是小舅舅的势力，他说大理寺办案不力就是想给我小舅舅添堵，这种落井下石的事情他干得还少吗？"

"那王爷怎么说？"

郑旸微微一笑，"崔皓在前面长篇大论了半个时辰，小舅舅回了他三个字——滚出去。"

苏岑没忍住笑出声来，这倒真像那位宁亲王的作风。

"你不在朝中真的可惜了。"郑旸叹道，"你看不到朝堂上那些尔虞我诈，就跟唱戏似的。人人活出好几副面孔来，打着为君为民的旗号谋取私利，偏偏就有人能混得如鱼得水、游刃有余。"

苏岑笑着摇了摇头，"天下没有至纯的水，有水的地方就有鱼，在哪都有好戏看。"

到大理寺的时候时辰尚早，苏岑径直去了后殿开窗散气，把今日需要整理的案件找出来，抄了大半个时辰才听见殿外人声乍起，交头接耳传着什么"凶手抓到了"。

苏岑搁下笔皱了皱眉，出来一打听才知道宋建成安排人手连夜排查，竟真的将凶手抓了出来，如今正在前衙审着呢。

苏岑抬腿往前衙走，心里没由来一阵慌乱，等看到堂下跪着的人时，心底猛地咯噔一下。

高淼。

烧纸的那个胖子。

人跪在堂下，汗如雨下，一身肥肉乱颤。

宋建成看见苏岑难得没发脾气，一指堂下，"按你的指引抓的人，没问题了吧？"

胖子顺着宋建成的目光看过去，对视上苏岑，眼里一瞬冰寒。

苏岑缓了缓神，问道："你凭什么说他是凶手？"

"人赃俱获，还有什么好说的。你知道他家里什么样子吗？就那……"宋建成指了指一旁白布盖着的一具尸体，"头下脚上挂在他家房梁上，满屋子血，而他呢？他在那里呼呼大睡！"

"不是我！不是我杀的他！我什么都不知道！"胖子奋起大呼，被一众衙役脸朝下按在地上，脸上的肉被压得变了形。

苏岑到尸体旁掀开白布一角看了一眼，不由得皱眉，说来这人他认识，正是当日在贡院怒斥胖子的那个瘦子。

"死者吴清，二甲进士出身，与凶手出自同一个县，两人关系素来交恶，好多人都看见会试当日吴清大庭广众之下辱骂高淼。"宋建成惊堂木一拍，怒斥高淼，"所以你就怀恨在心，事后杀了他，是不是？"

高淼吓得全身肉都抖了一抖，被按在地上矢口否认："不是我……我没有杀他……"

尸体全身上下除了脚踝上一道勒痕，再只有脖子上一处刀伤。苏岑蹲下去仔细打量，刀痕位于脖颈左侧，前浅后深，入高出低，符合人被吊起来后割颈的特征。一刀割断了命脉，跟之前那几个死者身上的伤口如出一辙。

尸体脚上索痕呈青紫色，说明人被吊上去时还活着，尸体没有再移动过的特征，诚如宋建成所言，胖子家里应该就是命案现场。

这胖子得睡成什么样，有人在他家里杀人都醒不了？

宋建成问："这种倒挂杀人的方式苏才子有没有感觉熟悉？"

苏岑把白布盖回去，站起来，抿了抿唇，"杀猪……"

"他家里世代屠户，现场留下的那把剔骨刀也是屠户专用的。人群中大肆宣扬鬼神言论，胳膊上有伤，这些可都是你帮我们推断出来的。"

苏岑回头看了一眼胖子，袖子被人掀起来，胳膊上果然有一处擦伤。

"我这是摔的！我昨夜刚摔的！"胖子又要挣扎着起来，又被人按了回去。

"还敢狡辩！"宋建成随手抄起一支令签。

苏岑眼疾手快，急道："宋大人，此案还有疑点，再容我问一问。"

宋建成瞪了苏岑一眼，最终不耐烦地扔下了手中的令签。

铁板钉钉的案子，一毛头小子还能翻出什么花来不成？

苏岑在胖子面前蹲下，问："你胳膊到底是怎么伤的？昨日不是还跟我说是小时候爬树摔的吗？"

胖子呼哧呼哧喘着气，"爬树摔的不假，可我昨天回去的时候被人从背后推了一把摔伤了也是真的。"

"有人推你？"苏岑急问，"谁推的？"

"雨太大了，没看见。"

苏岑皱了皱眉，接着问："那你昨夜听见什么动静没有？有人在你家里杀人你就一点都没发觉？"

胖子滞愣了片刻，忽地高声号叫了一声："是恶鬼杀的！与我无关，是贡院里的恶鬼杀的！"

"狡辩。"宋建成把手里把玩的令签扔下去，"先打二十大板。"

"宋大人！"苏岑急忙回头。

然令签已落地，衙役们取来了板子摆好了阵仗，一左一右跨步站好，板子带着风从苏岑的脸侧擦过，随着胖子一声号叫炸响在人身上。

"宋大人！"苏岑上前两步，"你这是屈打成招！"

"笑话！你说的凶手是落榜仕子、散布谣言、身上有伤，如今我把人抓回来了，你又说我屈打成招？"

"案子还有疑点，作案顺序不对，高淼在科考之前我就撞见他在贡院后面烧纸，难道那时候他就知道自己考不中？还有吕梁死之前有人在平康坊见他，事后人却死在东市里，当时东市早已宵禁，他又是如何进的东市？"

"证据呢？"宋建成轻蔑地抬了抬眸子，"人死在他家里，他睡在房里，你要么就拿出确凿证据来告诉我人不是他杀的，要么就一边凉快去。至于你说的那什么疑点，审过了自然就知道怎么回事了。"

堂上板子钝响还在继续，哀号声却渐小，这胖子白长了一身肉膘人却虚得很，没几下就已经两眼上翻，眼看着就不行了。

"宋建成！"苏岑直视宋建成，声色冷厉，"证据我会去找，你若想着草草结案拿无辜之人去邀功，我绝对让你爬得有多高，摔得就有多惨！"

第
八
章

门
吏

　　宋建成被唬得一愣，直到看到苏岑大步走出了前衙才回过神来，登时跳脚，"你大胆！这是上衙时辰，你要去哪？"

　　苏岑没再理会，径直走出了大理寺，略一思忖，向着归义坊的方向而去。

　　吴德水是吕梁案当晚值守东市市门的门吏，第二日一早吕梁死在东市，吴德水却不知去向，只剩下钥匙放在庭廊的桌子上。

　　苏岑基本可以断定，带吕梁入东市的人跟这个吴德水脱不了干系。

　　这也是他手上目前还剩的唯一一条线索。

　　长安城布局规整，一百零八坊左右对称，皇城宫城坐北朝南，前通中轴线朱雀大街，背依龙首山俯瞰万物。外郭城也是自北向南层层分化，靠北住的多是达官贵族，越往南条件越差，到了位于西南角的归义坊，基本算是难民区了。

　　长安城南和北就像两个极端，光鲜的一面有多亮丽，阴暗的一面就有多潦破。

　　苏岑步履艰难，归义坊的路狭窄崎岖不说，昨天刚下了雨，泥泞中还混杂着难以言喻的酸臭味让人下不去脚。路两旁的棚屋盖得颠三倒四不见天日，弯弯绕绕的就像走在硕大的迷宫里看不见尽头。

　　如此看来这柳相也没有多重视这位小舅子，只怕是有人打着柳相的名号到处耀武扬威。

　　苏岑在这片棚户区兜兜转转好几圈，问了好些个人都没找到吴德水的家，最后他塞了几个铜板给一个一身泥泞的小毛孩，由人引着这才到了地方。

还没进门就闻见一股腥臭味混杂着酸腐味冲鼻而来，险些把苏岑撞了个跟跄。他在长满霉斑的木门上拍了半晌也没听见动静，门是从里面拴住的，那人一定是在里面。苏岑后退两步，对着两扇腐朽的木门用力一踹，门果然不堪重力，吱呀两声倒地。

苏岑对着黑黢黢的棚屋打量了一眼，床上隐见人形，这才抬步进去。

几个弹指之后，苏岑自棚屋内夺门而出，趴在满是泥泞的地上吐得天旋地转。

吴德水横躺在床板上，眼球突出，尸体肿胀，四月天气说凉不凉说热不热，但尸体上尸斑遍布，蚊蝇围绕，显然已死了好些日子。

几个人驻足观看，眼里一副冷漠的麻木。这里每天都在死人，这些人早都见怪不怪了。

或许他们早就知道吴德水死了，隔着几间棚屋，由着臭味蔓延，由着尸体在眼皮子底下腐烂，没有人报官，事不关己，视而不见。

苏岑忽然觉得地上的泥水里都掺杂着尸臭味，这一路走来那股难以言喻的臭味都找到了源头，而这里的人眼里冰冷麻木，仿佛是一具具行尸走肉的尸体！

苏岑强撑着起来，眼神一一扫过这些人，出声道："去报官。"

"有人死了，去报官啊！我记得你们每一个人的样子，站在这里的每个人都是凶手！"

人群中总算有人动了动，骂了一声"疯子"，扭头走了。

苏岑一把抓住把他带过来的那个小孩，"去报官，他们行尸走肉，你还小，别学他们。"

小孩子受了惊吓，奋力把手抽回来，跑开两步，回头看了一眼，终是怯生生点了点头。

大理寺离得远，小孩就近报了京兆衙门。直到京兆府的人过来苏岑才算缓过一口气来，上前与来人交涉，让人把尸体送到大理寺去。

京兆府的人正好乐得其成，这人说到底是柳相的小舅子，还跟京中闹得沸沸扬扬的新科仕子案有干系，处理不好惹得一身骚，如今正好把这烫手山芋扔出去。

"人是怎么死的？"苏岑问。

来的是个少尹，官高苏岑好几级，却难得有耐心地陪着回道："仵作初步验过了，人好像是……喝酒喝死的？"

"喝酒喝死的？"苏岑凝眉，往黑黢黢的棚屋里瞥了一眼，果见角落里好几个大酒坛子。

"死者身上没有伤口，又没有中毒表现，肤色潮红，舌苔发白，瞳孔放大，眼球充血，这些都是醉酒后症状……"

"等等。"尸体刚好从棚屋里运出来，苏岑抬手拦下，强忍着刺鼻的腥臭上前查看。

之前他只顾着恶心往外跑了，并没有好好打量，这一细看才发现问题。

尸体是肿胀的，只是四月初八晚上还有人看见吴德水出现在东市，这才过去三天，即便是盛夏尸体也胀不成这样。

苏岑当着众人的面伸手按了按尸体的肚子，眉头一皱，一路按上去直到胸前才停下，不由陷入深思。

他之前以为尸体肿胀是因为尸体腐败体内壅气扩充导致的，如今看来却不尽然。壅气积累会导致胸腹隆起，而吴德水却是前胸平坦，腹部充实，能清晰地感觉到腹下积水。

所以吴德水体内的不是壅气，而是酒。

酒在吴德水体内挥发，致使脏器衰竭腐烂，体表虽然刚现尸斑，但内里已经烂得一塌糊涂了，所以才会短时间内就臭成这样。

但凡正常人肯定不会把自己喝成这样，人是喝酒喝死的，只是这酒怎么个喝法还有待深究。

"怎么了？"少尹急忙上前问，就怕一个不小心，这人大理寺再不接了。

"没什么。"苏岑收了手，"抬走吧。"

苏岑跟着吴德水的尸体一起回了大理寺，正赶上下衙的时辰，寺门陆陆续续有人出来，好奇地看苏岑一眼，捂着鼻子绕路走。

苏岑跟尸体待了一路，反倒闻不出什么味道了。

入了正堂，宋建成刚换好了常服正打算打道回府，被苏岑堵在门口，出入不得。

宋建成无奈，后退两步站在窗口处，捏着鼻子打趣道："哟，你这是出走一日挖粪坑去了？"

苏岑指了指门外，"东市门吏吴德水的尸体。"

宋建成皱眉，"你把他抬回来干吗？"

"当日是他给吕梁和凶手开的市门。"

宋建成往窗外瞥了一眼，摇了摇头，"都臭成这样了，明日再说吧。"

"为什么要明日？"苏岑站直身子，"你不是急着破案吗？如今把线索给你送来了为什么还要等到明日？"

"我之前是着急，但我现在不急了。"宋建成冲人一笑，"高淼招了。"

"什么？"苏岑身子猛地一僵。

"他都认了，人都是他杀的，因为科考落榜而心生嫉恨，所以逗留京中暗杀高中之人。"宋建成扫了苏岑一眼，"之所以能这么快破案，说起来苏才子功不可没，到时候论功行赏少不了你的。"

"你对他做了什么？"苏岑一个箭步上前，满目猩红盯着宋建成。

若说昨日他还对高淼有几分怀疑，如今反倒笃定高淼是被冤枉的，一个两次作案没留下一点痕迹的人会在第三次把人吊死在自己家里？这不像是再次犯案，反倒像是有人迫不及待想找个替死鬼顶替他洗脱嫌疑。

"我干什么轮不到你来管。"宋建成绕开苏岑径直往门外走。

刚走两步却被人猛拽住衣角，一回头对上苏岑眼里的寒意，"你说高淼招了，那我问你，他是如何宵禁后入的东市？"

"吕梁死在宵禁之后不过就是你的一面之词。"

"那他呢？"苏岑指着窗外，"他初八当晚在东市值夜，回去就被人谋害家中，如今尸体就摆在这，也是我的一面之词？"

"苏岑你不要得寸进尺！"宋建成拽出自己的衣袖，"你不过一个七品主簿真把自己当个官了？要不是上面有人保你，如今你就跟高淼在一间牢房里，由得你在我面前叫嚣？"

宋建成皱着眉掸了掸自己的袖子，扬长而去。

苏岑没工夫深究宋建成话里的意思，心里只有一个念头，他不能让宋建成走了，只能再次伸手去拉宋建成的袖子。

只是这次扑了个空。宋建成躲得并不刻意，只是稍微往前抬了抬胳膊，却只听背后咚的一声，再一回头，人已经趴在地上失去知觉了。

他觉得自己好像溺在一池水里，漆黑一片深不见底，他窒息呼喊，转瞬被从四面八方涌来的水伺机而入涌入口鼻。他奋力挣扎，手脚却不听使唤，意识模糊之际才看清水面上竟倒映着一个人影。

一只手伸了过来，他伸手去抓，那只手却越过他的手，按住他的胸口，把他猛推进更深更黑的水底。

他看清了，是高淼，七窍流血的一张脸，狞笑地看着他，声音透过池水传过来。

"是你害我的，我要你偿命！"

苏岑猛地惊醒，一口气上来猛地咳嗽起来。心有余悸，一身冷汗，倒真像是刚从水里被捞上来似的。

正在床边打瞌睡的阿福立时惊醒，欣喜地看着他，"二少爷，你可算醒了。"

苏岑盯着床顶熟悉的床幔愣了半晌才意识到自己这是在家里。

他张了张嘴，才发现嗓子紧得厉害，声音被挤在胸腔里发不出来。

"二少爷，你可吓死我了。"阿福对着人喜极而泣，"前天淋了雨，昨天又一天没吃东西，昨夜你发高热说了一晚上胡话，净是些什么尸体凶手之类的，快把我吓死了。"

苏岑清了清嗓子，还没等说出话来又被阿福打断，"你说这算怎么回事啊，又是遇刺又是生病的，要是让老爷夫人大少爷知道了得有多心疼啊。要我说，这官咱们不当也罢，他们不把咱们当人对待咱凭什么给他卖命，回家跟大少爷一起打理苏家的生意不也挺好的吗？"

苏岑把阿福按住，指了指桌子，没等阿福反应过来，曲伶儿已经递过来一杯水，苏岑猛灌了两口才说出话来，"什么时辰了？"

曲伶儿看了看窗外日头，"巳时三刻。"

苏岑一顿，忙掀了被子要起来，被阿福及时拦下，"已经给你告假了，宋大人都准了，让你在家好好休养，养好了再过去。"

"他自然乐意我在家休养，最好再也起不来了才遂了他的意。"苏岑推开阿福，自顾自地穿衣穿靴，无意间瞥了铜镜一眼，脸色苍白，不带一丝血色，像刚从棺材里爬出来的尸体似的。他急忙收了视线，整顿衣衫，爬起来就往外走。

他赶到大理寺的时候，宋建成正准备押送高淼去刑部大牢。

大理寺献天下奏案而不治狱，所断之案须报刑部审批量刑，以宋建成的性子，自然是一结案就把人送到刑部去，这才不耽误他邀功请赏平步青云。

苏岑直接在大理寺临时牢房门前一站，"你今日要想把人带走，除非踩着我尸体过去。"

宋建成一副吃了屎的表情已经不知道该说什么好了，指着苏岑"你你你"

了半天，最后指着苏岑对身后的衙役喊道："赶紧的，把这人给我拖走！"

"你说的上头有人会保我。"苏岑挑眉，"你说我要是一头撞死在这牢房里，那人会不会放过你？"

"你……"宋建成气得手指直哆嗦，"你知道昨天臭的那个……那个吴德水，那是柳相的小舅子！今日早朝柳相大发雷霆，痛斥我们大理寺办案不力，如今凶手就在这里却迟迟不肯结案，我是吃饱了撑的再由着你胡闹！"

苏岑暗道这柳相真是逮着机会就生事，平日里把人扔在归义坊不管不问，死了反倒在意起来了。

苏岑放软了语气，"再给我几天时间，我到时一定把真凶找出来。"

"哪来的什么真凶？他就是真凶！"宋建成几近咆哮，"哪个案子没几个疑点？他自己都招了，承认人是他杀的了，用得着你来狗拿耗子多管闲事？"

苏岑看了一眼后头被两个衙役架着的高森，一身血迹斑斑，身上已没剩几处好地方，昨天还有力气在堂上申辩，如今却连站都站不起来了。

苏岑咬了咬牙，屈打成招，这一套用在谁身上都得招。

"明日。"知道此时已经多说无益，苏岑也不再废话，直接道，"明日我会给你一个交代。"

两个人僵持了好半天，最后还是宋建成败下阵来，知道自己不做出这个让步真就不可能把人从牢里带出来，他握紧了拳头，拂袖而去。

"就明日，等明日你拿不出证据来，你跟他，一块给我滚到刑部大牢去！"

等人都走了，苏岑强撑着的一口气慢慢散去，脚下发软，脑袋发晕，定了定神挪到高森牢房前。高森整个一大坨肉趴在地上，体无完肤，见他过来爬着上前，攀着牢房的拦木直起身子，牢牢拽住苏岑身前的衣料，狠狠一口血唾沫啐到了苏岑脸上。

末了顺着拦木滑倒在地，没由来地笑起来。

长安城好啊，勾栏瓦舍，雕栏玉砌，大道连狭斜，白马七香车。他不过是逾越身份无意多窥了几眼，却平白无故搭上了一条命。

那句话说得果然没错，命里有时终须有，命里无时莫强求，他就该本本分分在老家开个私塾，再不济接手他家的猪肉铺子也比如今强。

苏岑抬手擦了擦脸上的血唾沫，静静看着躺在眼前的人，因为笑扯动了全身伤痕，笑容变得狰狞而绝望，笑到最后眼里漾出一行清泪来，很快淹没在被血污染湿的鬓角深处。

"我会找出凶手，还你一个清白。"

苏岑声音冷淡，话却咬得清晰透彻，萦绕在阴暗的牢房里，等高淼抬头去看的时候，人早已经没了踪影。

炎炎烈日当空，苏岑看着眼前崇明门几个金光闪闪的大字，只觉得呼吸不畅、脑袋发晕，不知道是不是因为站了太久，双腿也有些发软，他紧紧盯着紧闭的两扇大门，生怕错过了什么。

然而那扇门已经有两个时辰没动过了。

他跟宋建成说明天会给个交代——是交代，并不是真凶。他只要拿到旨意拖延结案也算是个交代。

只是宋建成说上头有人保他，他却不知道这个人能保他到什么程度，甚至连这个人是谁都不清楚，但看宋建成惊慌失色的样子，这个人必定是个大人物。

他只能过来碰碰运气。

他从大理寺出来就径直入了宫，只是他一个小小的从七品，要想面圣只能等在门外通过层层宦官通传。刚开始说皇上正在用膳，随后又道小天子午睡了，到如今申时过去了大半，连一点消息都没了。

苏岑对着两扇朱红的大门渐渐有些站不住了，身子不适倒是其次，只是时间不等人，今日要是请不下旨来，明日他要再去牢房门口一站，他一点也不怀疑宋建成能踩着他的尸体把人带走。

身上的银子刚才打点都用光了，苏岑对着几丈高的宫墙评估了一下自己能翻过去的可能性，顺便评估了一下即便翻过去了被侍卫当场杖毙的可能性，最后摇了摇头，还是等着吧。

正对着大门发愁，身后被人轻轻一拍，苏岑回头不由得一愣，"郑旸？"

"都留意你好半天了，在这站着干吗呢？"

郑旸看见人正脸后一愣，"你怎么了？脸色这么差。"

苏岑这才想起来，郑旸供职翰林院，本就是在这宫城里的，他急忙道："我有急事要面圣，你有办法吗？"

"什么急事？"

"人命关天的事。"

郑旸皱了皱眉，"跟你说实话吧，除了早朝，我也没见过皇上的面。"

"怎么会？你们是天子御前待诏，见不着皇上怎么……"

苏岑登时醒悟。

郑旸点点头，"这宫里的大小事务都是楚太后说了算，你之前送进去通传的那些人只怕连皇上跟前都没蹭到。"

所以让他等只是个借口，他只怕等到天黑也等不到回应。

苏岑身形不易察觉地晃了晃，咬牙定了定神，看着眼前两扇朱门几近脱力，指甲深陷肉里抠出血色来。

"不过也不是没办法……"

苏岑猛地扭头。

只听郑旸道："这宫里也不是只有她楚太后一个人说了算的，你要不去找我小舅舅试试？"

兴庆宫与太极宫、崇明宫并称"三大内"，位于长安外郭东城春明门内，自己占了一坊之地，历代被奉为皇家别苑，集世间风光于一处，亭楼轩榭，碧水清池，奢华程度甚至在另外二宫之上。后来先皇驾崩，宁亲王被从边关紧急召回，无处安歇便暂居在兴庆宫内，这一住便再没搬出来过。

早年还有不识相的言官弹劾宁王无视礼法，越权逾矩，奈何李释完全不买账，你奏你的，我住我的，言辞激烈了就拉你过来跟我一块住，只不过我住的是天下第一名楼——花萼相辉楼。你住的却是兴庆宫后院的地牢。

时间久了再加之李释权力越来越大，这些话也无人敢说了。

苏岑自然无暇顾及皇家园林的湖光山色，由祁林领着一路往里去，在勤务正本楼前停下，由祁林先进去通传，再领着他进去。

这位宁亲王倒不像传言的那般穷奢极欲，日日欢愉夜夜笙歌。书房布置得简练大气，苏岑过去时人正穿着一身常服坐在桌前，答批四方奏疏。

苏岑跪地行礼，李释也不知是没看见还是故意晾着他，由他跪着，自始至终眼皮都没抬一下。

宁亲王没发话，苏岑自然就不敢动，俯首跪着生怕一个小心弄出点什么动静来惹了大人物不高兴，再把他赶出去。

从落日熔金跪到华灯初上，苏岑已经从双腿刺痛挨到感觉不到双腿存在了，一根脊椎骨僵硬得一动就能听到骨缝处咯噔作响。

若是自己跪死在这里了，黄泉路上就跟胖子做个伴，也算一命偿一命了。

"起来吧。"

"嗯?"苏岑艰难地抬了抬头,确认自己不是幻听,正落入那双如夜幕一般的眸子里,不由苦笑,原来他还知道有个人在这。

苏岑试着动了动,血液回流,双膝像被尖细的银针刺入骨髓里一般,他忍不住又跌坐在地,皱了皱眉,"我再跪会儿行吗?我现在起不来。"

"你来找我什么事?"

苏岑收神,正襟危跪,"我想承办新科仕子案。"

李释摸了摸拇指上的墨玉扳指,"不是说已经抓住凶手了?"

苏岑咬咬牙,宋建成太急功近利了,人虽还没交到刑部,消息却已经先放出来了。越级告状自古都为人所不齿,苏岑谨慎措辞,"案子还有几个疑点,我想等查清楚了再结案。"

"你想翻案。"李释一针见血。

"是,我是想翻案。"苏岑也不再虚以委蛇,直言道,"我之前指错了方向导致抓错了人,最后该怎么罚我绝无一句怨言,但宋寺正立功心切屈打成招,我不能眼看着无辜之人蒙冤而凶手逍遥法外,我请求重审此案。"

"证据呢?"李释问。

苏岑哑言,说到底他信高淼不是凶手不过是基于他的判断,案子进展得太顺利了,需要一个凶手的时候就有人送上门来,人证物证都给备齐了就等着大理寺去查,他却不相信有人会在自己家里杀了人还能睡得心安理得。但判断并不能当证据,吴德水的死是有疑点,但杀他的可能是任何一个人,"任何人"里自然包括高淼。

最后他只能道:"我还在查……"

"你知道这件案子在京中影响之恶劣?新录的仕子个个人心惶惶,恶鬼杀人的言论甚嚣尘上,朝中有人借机步步紧逼。案子你可以继续往下查,要真查出什么来了,事后我会给他家人一个说法,但我现在需要一个凶手出来替我安稳民心。"

苏岑一愣,随即全身一寒,像坠入了千尺寒潭里。

李释知道高淼是被冤枉的,知道宋建成屈打成招,知道真凶尚在逍遥法外,他什么都知道,可他不在乎。

一条人命,苏岑视之重若泰山,而他李释却视之如草芥。

他手里握着万千人的命,凌驾于万千人之上,高淼,抑或是他,不过是这万千人里的一个,根本不值一提。

"我跟你换。"苏岑咬牙撑着地面缓缓站了起来,"你说过,凡事都是交易,我想跟你做个交易,三天,再给我三天时间,我一定把真凶找出来。"

李释饶有兴趣地挑了挑眉,"你拿什么跟我交易?"

苏岑不禁自嘲地笑起来,他竟然跟权倾朝野、富可敌国的宁亲王谈交易?眼角隐约笑出泪光来,"我愿意站在您这边。"

李释像是意料之中,捻着扳指笑了笑,"想好了?"

"想好了,"苏岑深吸了一口气,"自此以后我就是宁王党人,任凭王爷差遣。"

他一个以反对党争夺魁的状元在这里站队,这比扒了他的衣裳当街巡游还要难堪,苏岑指甲深陷在肉里,一副唇咬得苍白,说出每个字却都像沾了血。

"哦?那我倒要看看苏大人有什么价值。"李释冲人抬了抬下巴,"过来。"

苏岑拖着两条麻木的腿一步步走到人近前,烛灯下这人面部线条更显成熟冷峻,苏岑不自觉地屏了呼吸。

李释对着桌上一点,"看看。"

桌上正大喇喇摊着各地上奏的奏折,见李释没有避着他的意思,苏岑才拿起来看了一眼。

江州长史上的折子,痛陈私盐贩卖的弊端,私盐贩子屡禁不止,求朝廷出力打击,以儆效尤。

苏岑皱了皱眉,把折子放下。

"怎么样?"李释问。

"要我说的话,一面之词。"苏岑道,"朝廷对私盐打击之大有目共睹,这种情况下为什么还会屡禁不止,只怕就得从朝廷身上找问题了。"

"王爷想必知道,永隆年间突厥猖獗,边境连年征战致使国库空虚,太宗皇帝推行榷盐法,即朝廷榷盐,梟与商人,商人纳榷,梟与百姓。早年间这法子确实好使,既解了国库之需又省了劳力财力。可是几年过去,积病渐出,榷盐商不断从中加利,致使官盐价格一涨再涨,有人作诗云'人生不愿万户侯,但愿盐利淮西头',足见盐利之大。平民无盐可食,私盐这才泛滥起来。"

苏岑说完抬头看了看李释,他这一席话说得有些激进了,生怕把人惹恼了。李释面上倒看不出什么来,接着问他:"依你看该怎么办?"

"与其扬汤止沸,不如釜底抽薪。"

李释笑了，"想得简单。当初盐商从朝廷手里拿到榷盐权，说到底是解朝廷之困，得鱼忘筌卸磨杀驴的事朝廷干不出来。更何况这么些年地方盐商官府勾结，早已是一张庞大深入的网，拔出萝卜带出泥，这块地你还要不要了？"

苏岑低头想了一会儿，"朝廷不方便做，那就假他人之手。榷盐商之所以能哄抬盐价，是因为朝廷对盐监管严格，禁止私盐买卖。若是私盐流出必定冲击官盐市场，盐价必跌。再加上榷盐商从朝廷手里拿盐，成本本就比私盐高，时间久了他们无利可赚自然就会放弃手里的榷盐权，到时再废除榷盐法就一气呵成了。"

苏岑越说越兴奋，人也放松下来，看着李释道："榷盐法一废，再处理那些私盐贩子就简单多了，他们根基不深，再加上本就是见不得人的勾当，官盐价格降下来，再稍一打击，他们也就一哄而散了。"

似是突然想起什么，苏岑惊呼："那些私盐贩子是你……"

"有点意思了。"

"一天。"李释起身绕到苏岑身后，"我给你一天时间，你找不出另一个凶手给我，我就拿他安抚民心。"

苏岑猛地一愣。李释的声音在身后不紧不慢，"你要是后悔了，可以走。"

走？

他能往哪走？他现在动一根手指头高淼那条命就没了。

苏岑咬了咬牙，"那我要全权负责此案，三省六部都要给我行个方便。"

李释一笑，"口气不小。"

"我还要借一个人，借王爷身边的侍卫一用，对付那天那个刺客。"

李释那边没了动静，像在思考，又像是动了怒要将他抽筋剥骨似的。

苏岑大气都不敢出，话已至此，只能听天由命。

不知过了多久他才小心翼翼端着已经僵硬的身子回头看了一眼，而李释早已经不知所踪了。

苏岑瞳孔蓦地放大，猛提了一口气，又慢慢松了一口气。

他这是答应了？

祁林推门进来，只见苏岑脸上的几分迷茫很快消失不见，一双冷淡的眸子却与他刚把人领进来时已无二致。

祁林对人微微侧目，"苏公子。"

苏岑拱手回礼，"明日有劳祁侍卫了。"

"客房给公子备好了，请随我来。"

苏岑一愣，"我能走……"

"这是爷的意思。"祁林不由分说，已经先一步走了。

月色如水，祁林引着苏岑绕过大半个曳龙池才到地方。

祁林把人带到住处就识时务地退了下去，房间里早已备好了热水吃食。

他坐在床边打量这房间，雕梁画栋，精雕细镂，倒是古朴大气。但仔细看细处，窗纱帷幔，镜台梳篦。

周遭还有不知从何而起的缕缕幽香，慢慢侵蚀他的神思，不消一会儿就有了睡意。

次日醒来，床头一枚墨玉扳指静放着，黑得纯透，全无一丝杂质。

一天。他要在这一天里替高淼翻案，捉拿真凶。

他翻身而起，随便吃了些昨夜送过来的小食，出门的时候祁林已经在候着了。

苏岑吩咐："你先帮我去找一个人。"

苏岑径直赶去大理寺，宋建成果不其然早早在等着他了，见他空手回来挑眉一笑，"苏状元，凶手呢？"

苏岑回以一笑，掏出那枚墨玉扳指，"这个案子我管了。"

"你……苏岑你……"宋建成目瞪口呆，宁亲王的信物他自然认得，却还是难以置信地伸手去拿，"你这是……"

苏岑一把收回囊中，"现在立即找郎中给高淼验伤，至于宋大人……"苏岑冲人微微一笑，"连日操劳，今日就歇息吧。"

"苏岑你……"宋建成被噎了半晌好不容易才吐出这么一句来，狠瞪了他一眼，途径苏岑身边压低声音狠狠道，"刀口舔蜜，当心闪了舌头！"

"我舌头好得很，有劳宋大人费心了。"

宋建成拂袖而去。

等人走了，苏岑到正堂位置坐下，看着堂下众人，道："把四月初八值夜的门吏，还有归义坊、吴德水那些邻里们全都带回来，逐一审问。重点排查吴德水可有仇敌，四月初八当日与什么人接触过，在哪里喝的酒，几时到的东市，又是几时离开的。"

众人面面相觑片刻，纷纷领命："是。"

等众人散去，苏岑看着前衙主管端茶送水的小孙，道："你跟我去趟礼部。"

苏岑在礼部衙门里跟一众礼部官员两相对峙，甚至惊动了礼部侍郎何仲卿。

都说官大一级压死人，更何况这还不是大了一级，他一个大理寺的七品官吏跑到礼部耀武扬威，上来就要十几年前的科考名单，估计是个人都会以为他疯了。

衙门大门一关，两个人被礼部的人围了个圈圈，小孙在苏岑身后止不住地颤抖，只道自己今日出门定是没看黄历，怎么就招惹上了这位主子？再看苏岑对着何仲卿却全无惧色，大有你不把名单交出来我就站在这里不走了的意思。

最后还是何仲卿先叹了口气，"苏大人，按理说大理寺办案我们理应协助，更不必说还有王爷的旨意在此。但是由己度人，你也该为我们考虑考虑，我们礼部也不是日日就闲着无所事事的。重阳在即，陛下要赐衣赐百索，登坛祭天祈福，礼节繁复，礼部上上下下已经忙得脚不沾地了。又值陛下登基四年，柳相和太后都异常重视，礼部实在是分身乏术。要不等祭天过去，我们一定把名单送上。"

苏岑目光冷峻，"我今日就要。"

"你不要得寸进尺！"何仲卿身后一个小吏上前一步道。

何仲卿摆摆手那人才退下去，何仲卿接着道："且不说重阳的事，就你这样突然上来要一份十几年前的名单，你是新科状元，也该知道历年科考人数达到上万，更何况这人还没有上榜，我们礼部就是通力合作一天也拿不出这份名单来。"

苏岑蹙眉，"他当年在科考期间离奇身亡，礼部就没有备案？"

何仲卿道："他自己答不上考题心急猝死需要备什么案？别说我们没备案，就是刑部京兆衙门那也是没有备案的。"

"没有备案那就去查。"苏岑沉声道，"从各地选送上来的举人里查，从当年科考的试卷里查，我今日无论如何要见到那个人的名字。"

他倒要看看有人打着厉鬼的名号行凶，这位厉鬼到底是谁？

何仲卿又叹了口气，好脾气也用尽了，摆摆手，"把人轰出去。"

"谁敢动我！"苏岑掏出那枚墨玉扳指捏在手里，"今日我结不了这个案子，就拉着礼部诸位跟我一道陪葬！宁亲王的信物要是在礼部大堂上摔碎了，你们猜猜王爷找谁追究？"

"你！"何仲卿一时语塞。

僵持之际紧闭的礼部大门被人从外头撞开，一人迎着日光而来，身高八尺，一股肃杀气息，浅淡的眸光一一扫过堂上的人，最后对着何仲卿道："照他说的做。"

何仲卿再不敢言语一句。

祁林虽说只是宁亲王身边的一个侍卫，但众人皆知这人出自图朵三卫，突厥人，杀人不眨眼，一把弯刀屠尽了图鲁那残部。当年跟着宁亲王入京把小天子直接吓哭在朝上，被宁亲王亲自下旨罚了五十廷杖，行完刑人竟然自己站起来走回了兴庆宫。自此以后一身汉人装扮，弯刀换了长剑，却还是掩不住一身凌厉气度，让人望而生惧。

这人就是没有感情的一把刀，知道跟他多说无益，何仲卿只能应下来："是。"

刚转身，只听身后一个冷冷之声道："我要申时之前看到名单。"

何仲卿顿了顿，叹了一口气，慢慢离去。

从礼部衙门里出来后苏岑也暗暗松了一口气，一股重见天日之感。

再看小孙，两腿直打颤，都走不顺溜了。

苏岑冲祁林拱了拱手，"多谢。"

祁林面色冷淡地回礼，"奉命而已。"

苏岑接着问："人带到了？"

祁林回道："按你的吩咐，跟高淼关在一块了。"

苏岑点点头，"走，会会那位绣娘去。"

大理寺地牢。

一间牢房里关着两个人，一个一身满布血污瘫倒在墙角，夏季炎热，伤口已有了溃烂迹象，虽然得到了简单包扎却还是显得触目惊心。

另一侧一个鬓发凌乱，瑟瑟缩作一团，小心打量着周遭情况。

苏岑看了一会儿，轻咳一声，两个人齐齐抬头看他，一人眼神幽怨，另一人则在对视瞬间慌乱移开了视线。

苏岑道："把门打开。"

狱卒开了门，苏岑径直到绣娘身旁蹲下，问道："还记得我吗？"

绣娘瑟瑟地看他一眼，冲他咧嘴一笑，"状元哥哥，我是状元夫人。"

苏岑笑了笑，就地坐下，"不用装了，我知道你没疯。"

绣娘短暂地愣了一愣，转瞬抓起地上的草往头上戴，"状元哥哥，你给绣娘梳妆。"

082

苏岑接过草拿在手里把玩，"说来你也是个聪明人，只是运气不济托付错了人。你知道被送回来难免一通毒打，还得继续以前的生意，索性就装疯卖傻，等人们放松警惕了再做打算。"

"只是你也没想到吕梁竟是如此器小之人，离京之前怕你坏了他的名声竟想着要把你灭口以绝后患，好在有人帮你杀了他。"

绣娘听罢往后一缩，双手抱膝，惊号乍起，"是恶鬼，是恶鬼杀了他！不是我干的，是恶鬼杀了他！"

"我知道人不是你杀的。"苏岑拽住人一条胳膊，"但你是唯一见过凶手的人！"

"吕梁欲对你行凶，是他突然出现，杀了吕梁，救了你。你感念他，为了不把他供出来，所以才说恶鬼杀人！"

"我不知道，是恶鬼杀的……"绣娘双臂抱头，"我什么都不知道……"

苏岑一把将人拽起，拉到高淼身旁，"你看看他！他只是一个入京赶考的仕子，家里世代屠户，好不容易出来这么一个读书人，十年苦读，只求一朝及第，却被人栽赃陷害屈打成招！如今你护的那人尚在逍遥法外，却有无辜之人替他在这里受罪！若是他死了，夜夜入梦，你能安心吗？"

绣娘抬头打量了高淼一眼，本就肥胖的脸被打得高高肿起，已看不清五官样貌。她随即低下头，默默不语。

苏岑蹲下将绣娘凌乱的鬓发拢于耳后，露出那张尚带稚气的容颜，直视绣娘眼睛，道："我没有时间了，日落之后他就要被送到刑部大牢去，京中人心惶惶，他一旦被送进去就断不可能再活着出来。他有今日是我一手造成的，他若是死了，我去给他陪葬，届时加上已经死了的三个仕子就是五条人命。你现在是唯一能救他的人，我知道你没杀人，我无权把你关在这里，明日我卸了任自会有人放了你。我就是想让你看着，他若是真被刑部的人带走了，就是你一步一步把他送到了刀刃上。"

绣娘咬着唇，头已紧埋膝间。

"你好好想想吧。"苏岑起身离去。

大堂上还在审着吴德水那些同僚邻里,一个个跪在堂下瑟瑟发抖,除了不知道还是不知道。

午时将至,一点进展都没有。

正审着的是当日那个猴子精侯平,他看见苏岑过来不由得一愣,转而冲着苏岑凑近乎,"大人,大人是我啊。"

苏岑点点头,"我记得你。"

"大人放了我们吧,我们什么都不知道,吴德水平日里眼睛长在脑门上,看不起我们也不跟我们来往,我们真的跟他不熟。"

苏岑在堂上落座,问:"还记得四月初八吴德水有什么异常吗?"

侯平想了想,回道:"没什么异常啊,就跟平时一样,抱着两坛酒领了西北门的钥匙就走了。"

苏岑猛地站起来,"酒?什么酒?"

"啊?"侯平愣了愣,"两个大黄坛子,封得严严实实的,我记得当时还有人打趣他说'吴老赖,这么多酒不给大伙分分啊',他还骂了一句'一群杂碎,喝尿去吧',抱着酒就走了。"

苏岑忆起,当日吴德水家里是有几个大酒坛子,只是当时急着赶回来,没来得及仔细观察。

"吴德水的尸体验了吗?"苏岑问。

一旁的仵作回道:"验过了,体内的都是酒,内脏都泡得不成样子了。"

"人是喝酒喝死的?"

"这倒不是。"仵作道,"是呛死的。酒涌入口鼻,堵塞气管,人是被活活憋死的。"

"尸体身上还有其他伤痕吗?"

"下颌两侧有按压的指痕,左二右一,但不致命。"

苏岑低下头沉思。应该是有人按住了吴德水的下颌给他灌下了那些酒,其间吴德水呛酒而死。

侯平在下面讨好地笑着,"大人,你看我该说的都说了,是不是能放了我……"

"你们接着审。"苏岑对手下的人吩咐,"祁林跟我去归义坊。"

几日后再来，归义坊还跟上次一样，破败不堪，尸体运走了好几天空气里还是弥漫着那股腐臭味。苏岑只能捂住口鼻，艰难而行。

唯一有区别的是早晨从这里带走了好些人，如今苏岑再过来坊间人都躲在暗处打量他们，眼里多了几分小心翼翼。

至少还能知道怕。

走到半路上几个小孩在地上打闹，看见他们都停了手，其中一个怯生生过来，临到近前又不敢靠近。

是当日引路报官的那个小孩，苏岑取了几个铜板，"再带我们去一趟吴老赖的家。"

其余几个小孩看见有钱拿也跟着凑上来，苏岑刚掏出钱袋子，只见祁林一把剑往前一横，"一个就够了。"

小孩们顿时吓作鸟兽散。

苏岑皱了皱眉，几个孩子而已，他也不缺这几个铜板，这一路上只要他不问，祁林一句话也不会多说，这次却有些反常。

苏岑跟了几步上去，问道："你是从什么时候跟着王爷的？"

祁林脚步没停，回道："十三。"

"十三？"苏岑稍微一惊，年纪那么小，难道从那时候起李释就想着把他留在身边为己用？

他接着问："为什么要跟着他？"

祁林瞥了苏岑一眼，略忖了一下苏岑问这些的目的，还是回道："爷救过我。"

苏岑略有所思地点点头，"难怪。"

难怪这些人会对他忠心不二，为了他连对自己的族人都不会手软。

祁林扫了一眼破败的棚屋，突然问苏岑："你觉得这里压抑吗？"

"嗯？"苏岑不明所以，点点头。

"那是因为你没见过更血腥更残酷的地方。"祁林自顾自地往前走，"你要是救不了他们，就不要给那些渺茫的施舍。"

苏岑愣了愣，回头看了一眼躲在角落里打量他们的那些孩子，默然又跟了上去。

吴德水家里跟上次来的时候别无二致，门板还是保持着当初苏岑踹倒的样子，房子里昏暗逼仄，苏岑深吸了一口气才捂着鼻子进去。

几日没人过来，桌椅上落了薄薄一层灰，不过房子里的东西本身也不见得有多干净，出于本能，苏岑尽量让自己不碰到房子里的任何东西。

祁林倒是没有这么多顾虑，对着吴德水黑得不见底色的被褥翻翻拣拣，最后蹲在墙角的几个酒坛子前看起来。

"怎么样？"苏岑凑过来问。

祁林在几个酒坛子上逐一摸了下，对苏岑道："根据积灰程度，这两个是新的。"

正是那两个黄色酒坛。祁林把酒坛子拿起来，坛底呈给苏岑看，"宫里的酒。"

"宫里？御酒？"

酒坛子早已空了，祁林趴上去闻了闻，道："黄垆烧，庐州进贡的，往宫里送的时候也会往各大府上送一些。至于其他的，都是普通的黄酒，还是兑了水的，东市酒坊里就能买到。"

苏岑顺着往下推理，"吴德水只是一个东市门吏，平日里喝的都是兑水的劣酒，以他这条件自然也不会有人拿这么好的酒来孝敬他。那他这酒是哪来的？"

"不只是酒，还有他床上那床被，虽然已经看不清底色，布料却是上好的东阳花罗。"

苏岑盯着两个酒坛子思忖片刻，猛地站起来，"柳相。"

吴德水是他的小舅子，若将吴德水与这些奢侈之物联系在一起，只有这一种说法。

那他在吴德水遇害的当日送给吴德水这两坛酒，吴德水还因此而丧了命，是巧合还是蓄意为之？

苏岑抬腿往门外走。

刚出房门只见一把剑在身前一横，苏岑蹙眉看过来，祁林脸上还是那副波澜不惊的表情，冷声道："你再查下去，我就保不了你了，爷也不见得还会保你。"

苏岑停了步子。

等慢慢静下来苏岑才吓出一身冷汗来，他确实感情用事了，那是堂堂柳相，背后指不定还有楚太后撑腰，就算是他现在靠上了李释，也远没有重要到李释会为了他开罪这两个人的地步。

他要是这么冒冒失失冲到柳府去，几乎可以确定明日午时就能陪着高淼一起人头落地了。

祁林见人冷静下来，收了剑，问："接下来怎么办？"

苏岑又看了一眼黑黢黢的房子，这条线索到这里算是卡住了，叹了口气，"能做的我都做了，只能等了。"

二人回到大理寺，苏岑让人把一众门吏和归义坊的人都放了，自己对着空无一人的堂下发呆。

申时已过半，礼部那里没有消息，绣娘也没有消息。

祁林从后厨端了一碗面过来摆到苏岑面前，道："吃点吧，饿坏了也无济于事。"

苏岑愣愣地拿起筷子吃了两口，又抬头看了祁林一眼，"你吃了吗？"

看祁林点头苏岑才埋下头味同嚼蜡地把一碗面条吃下去。

他至少得保证今日没结束之前不能垮下去，若再像上次一样一头晕过去，他估计也就不想再醒过来了。

"我再去礼部催一下。"

"不用了。"苏岑摆摆手，"有王爷压着，谅他们也不敢偷懒，现在还没送过来应该就是没查出来。"

祁林点点头，静默地立在人身后，不作声了。

日暮西斜，颓败的夕阳拉长大理寺一根根红漆柱子，将大堂分割成亮暗分明的几块。接近下衙的时辰，苏岑坐在大堂上正对着衙门门口，大理寺的众人不敢说话也不敢走，唉声叹气地陪着这位小爷耗。

直到最后的日光彻底湮灭在大堂角落里，苏岑突然站起来吩咐："去给高淼换个牢房。"

"啊？"众人皆一愣。

"给高淼换个牢房，当着绣娘的面。"苏岑又吩咐了一遍。

他之前对绣娘撒了个谎，他说日落之后会把高淼送到刑部，但日落不等于一天结束，子时街鼓不敲都不算一天结束。

饶是绣娘再坚毅，毕竟是个女人，让她与一个因她而将死之人待一天，再眼睁睁看着人被带走，除非她是真疯了，否则不可能不触动。

时间伴随着日头一点一点沉下去，大理寺众人跟着操劳了一天，眼看着即将结束也都不由得跟着屏气凝神起来。

暮色渐起时一人从外头奔了进来，喜形于色，"招了！"

苏岑猛地站起来。

"田！"那人道，"绣娘说了一个字'田'。"

又一人冲了进来，"礼部把名单送过来了，当年死的那个，叫田平之！"

第
九
章

审
理

薄雾冥冥，田老伯的糖水铺子打了烊，他将一条条凳子摆到桌上，一应锅碗瓢盆收到独轮车上，最后看一眼贡院大门，推着车离去。

刚一转身正对上大理寺的衙役。

田老伯微一愣，放下车把，双手在身前衣裳上擦了擦，坦然道："走吧。"

夜色已经完全笼罩，大理寺衙门里却灯火通明，一众衙役拿着杀威棒站立两旁，上至大理少卿张君，下至文书、评事、狱丞皆等着看这位新科状元是怎么审贡院恶鬼杀人案的。

人犯被带上来，正是田记糖水的田老伯，年纪已近花甲，面色平静地在正堂跪下，背脊尚且佝偻，手上却沾着好几条人命。

今年新登科的状元坐在堂上，面色如玉，眉目间尚可见几分少年意气，平静地盯着堂下的人，问："你可认罪？"

田老伯不挣扎不辩解，从容认了，"人是我杀的。"

苏岑皱了皱眉，接着问："说仔细了，哪些人？"

田老伯遥想了片刻，一一说道："一开始是吕梁，我跟着他进了东市，看见他把绣娘压在地上想掐死她，我从后面给了他一刀。然后是袁绍春，我跟他说高中了还得回来还愿，他果然大半夜来贡院烧纸，我用事先准备好的绳子从背后把他勒昏了，没想到往树上吊的时候他醒了，挣断了绳子，好在他当时已经没什么力气了，我就把他吊在贡院后头的歪脖子树上了。最后是吴清，我在他的糖水里下了药，等他昏迷了用车运到了同样被我下了药的高淼家里，吊在房梁上杀了他。"

这些与之前苏岑的推断基本符合，苏岑按着已知的线索核了一遍，点点头接着问："那吴德水呢？"

田老伯脸上闪过一丝疑惑，"吴德水是谁？"

"那你是如何进的东市？"

田老伯沉思了一下，"我去的时候，东市市门是开着一条缝的。"

其他三个人他都认了，也没有必要再在吴德水的事情上撒谎。苏岑皱了皱眉，所以果然有那第三个人的存在。

"为什么要嫁祸给高淼？"

"因为你怀疑他了。"田老伯看了苏岑一眼，"那天在糖水铺子里你问他胳膊怎么了，你知道我在杀袁绍春的时候受了伤，就开始怀疑胳膊上有伤的人，所以我就顺水推舟，在他回家的路上推了他一把。再加上他本身就笃信贡院有鬼，拉着好些人过去参拜，你们一查就能查到他身上，我再把吴清送到他家里，就坐实了他是凶手。"

"他们都说是高淼散布谣言，其实你才是散布谣言的第一人吧？"苏岑道，"利用你在贡院门口的糖水铺子把贡院有鬼的消息有意无意地传递出去，有心之人听了自然会帮你扩散。"

"他们都是宁可信其有，只要说与科考有关，他们自然会上心。"

苏岑遥记得自己第一次去田记糖水，便是在田老伯有意无意的暗示下绕着贡院走了一圈，撞上了正在贡院后头烧纸的高淼。

不再虚以委蛇，苏岑直接问："为什么要杀他们？"

"为什么？"田老伯惨然一笑，又喃喃重复了一遍，"为什么？我也想知道为什么？"

"因为田平之。"

田老伯猛地一怔。

苏岑从桌上拿起那份礼部送上来的名单，"我们查过了，当年死在贡院里没出来的那个，叫田平之，是你儿子。"

"永隆二十一年柳州乡试中了举人，永隆二十二年入京参加科考。我记得你之前说他是喝过你的糖水进的考场，可田平之参加科考的时候是永隆二十二年，你的糖水铺子却是天狩元年才在贡院门口搭起来的。他当时不可能喝过你的糖水入考场，更不可能多给了你钱。所以只有一种说法，是你把他送到了贡院门外，看着他入了贡院。"

老人神色总算出现了一丝溃败，颓然往地上一坐，一双浑浊的眼睛里微光一闪而过。

"平儿……我平儿从小就聪明……书读得好，人又孝顺，平日里最爱喝我熬的糖水……那年我陪他入京赴考，看着他喝了糖水入了贡院，我在外头等了他三天，可他……可他……"

苏岑平静道："他死在了贡院里头。"

田老伯一度哽咽，缓了缓才继续道："我平儿进去的时候好好的一个人，还笑着跟我打趣说要是考不上日后就在贡院门口摆个摊子卖糖水。后来听人说，有人死在里头了，我就想肯定不会是我平儿，他遇事从来冷静，怎么可能因为答不上考题就胸痹而死……我在贡院门口等了他三天，等到所有人都从里面出来了，等到贡院大门都关了，却没等到我平儿……"

苏岑皱了皱眉，"尸体呢？"

"礼部的人说在贡院后头就地掩埋了，他们不让我进去，可怜我白发人送黑发人，连平儿最后一面都没见上。"

"当时就没报官？"

"怎么没报官？"田老伯一双眼睛木然地盯着前方，"京兆府、大理寺、刑部、礼部我都走遍了，受了多少白眼，又被多少人拒之门外，他们只道我平儿死于厥心痛，没人受理。后来时任大理少卿的陈光禄陈大人说帮我查，查了一个多月却匆匆结案，只告诉我平儿是正常死的，让我不必再坚持下去了。当时又逢太宗皇帝宾天，后来便不了了之了。"

苏岑暗松了一口气，陈光禄是大周刑律第一人，平生所断没有一件冤假错案，为后世奉为楷模。他说案子没问题，那应该就是没问题了。

"这么些年过去了，你如今又为何打着田平之的名义行凶？"

田老伯慢慢直起身子，"因为我平儿是被人害死的。"

堂上众人皆一愣。

苏岑定了定神，"谁告诉你他是被人害死的？"

老人激愤而起，一双斑驳的手止不住颤抖起来，"我平儿是因为得罪了人被人害死的，就因为平儿看见了不该看的东西，他就在贡院里把我平儿杀了！"

苏岑凝眉，一字一顿道："是谁告诉你的？"

他不信一直以来相安无事，时隔十多年田老伯突然就知道了田平之死于非命，那一定是有人跟他说了什么，又指使他做了什么。

"是引你去东市，给你开东市市门的那个人，对吗？"苏岑盯着堂下的人，"他还跟你说什么了？是谁杀了田平之？"

田老伯摇了摇头，"他只说平儿是被朝中的人害死的。"

"朝中的人？"苏岑重复了一遍，"所以你就打着田平之鬼魂的名义行凶，为的就是让那个人心生恐惧，从而把人引出来。"

苏岑想了想朝中催着尽快结案的那些人，言辞激烈的大多都是以柳珵为首的太后党，只是这些人里有哪些是因为心里有鬼，又有哪些是为着打压宁王党？

柳珵……又是柳珵。

堂下突然有人轻咳一声，一直在旁听审的大理少卿张君突然道："案子已经清楚了，是他假冒恶鬼之名杀人，苏大人可以结案了。"

苏岑眉头一蹙。

一听到牵扯到朝中的人张君就催着结案，想必他也知道这件案子牵涉广泛，再查下去可能就不在控制范围内了。

"可是还有一条人命。"苏岑不顾阻拦，接着对田老伯问，"那个告诉你这些的人是谁？"

苏岑站起来来到堂下，蹲到田老伯身旁，"你告诉我杀害吴德水的是谁，我帮你查田平之的案子。"

"苏岑……"张君眉头紧皱。

苏岑做了一个下压的手势，目不转睛盯着田老伯，"我在一天之内抓到了你，帮高森洗脱了冤屈，算是通过你的考验了吗？我既然说会帮你查，就一定会查到底。"

那双已经干涸的眸子里罕见涌现了颤动，田老伯最终抿了抿唇，低头道："我要最后再去贡院看一眼。"

天色已经完全暗了下来，暮鼓八百从朱雀门声声传来，昭示着宵禁时辰已到，宫门关闭，路人禁行。

贡院门外却是灯火通明，人人挑灯执杖，对着贡院门口一间糖水铺子严阵以待。

田老伯拆下了风雨飘摇了好些年的幡旗，一行隶书已然模糊，但看得出字迹清秀，蚕头燕尾，颇有几分功力。

田老伯把幡旗折好收在怀里，又把桌子凳子逐一擦了一遍，最后看了一眼漆黑一片的贡院门口，佝偻着背步履蹒跚地走了出来。

苏岑在一旁默默看着人做完了这些，等人出来了才迎上前，"现在能说了吗？那个人是谁？"

田老伯抿了抿因干涸而有些皴裂的唇，刚待开口，只听有什么自暗处裹风而至，竟是直冲着两人而来。

电光火石间只听两声脆响，火光乍现，两枚暗器被半空截下。

祁林持剑挡在了苏岑身前，显然早已等候多时。

"曲伶儿！"苏岑对着暗中某处喊了一声。

一人身姿敏捷地腾空而起，稳稳落到焦急后撤的黑衣人前方，两枚燕尾镖随即脱手，角度刁钻到让人避无可避。

曲伶儿冲人一笑，"用暗器，小爷我才是师祖。"

祁林随即赶到，把黑衣人的退路一并堵住。

苏岑微微一笑，当初他一查到吴德水头上，这人立时就出来暗杀他，这次眼看着他们把田老伯都抓住了，自然不会坐以待毙。

他早晨让祁林去找的人不只有绣娘，还有一直赖在他家好吃懒做的曲伶儿。这人虽然平日里没点用处，但轻功卓绝，又精通暗器，躲在暗处观察敌人方位还是好使的。

一众衙役紧跟着围上去，黑衣人眼看着逃脱不成，又故技重施掏出两枚烟幕弹来。还没出手，只觉手腕处一痛，两枚小球应声而掉。

"上次我没带装备是不是惯着你了？"曲伶儿指尖夹着两枚石子，"在小爷面前还敢用暗器？"

黑衣人自然不会跟曲伶儿废话，反手抽刀，只见寒光一闪，直冲着曲伶儿过去。

只可惜没到人跟前便被生生截下，祁林执剑一挡，火光乍亮，右手一松，左手反手接剑向前碾压，硬是把剑用出了漠北弯刀的气势。

黑衣人连连后退几步才稳住身形，但转瞬剑光已闪至眼前，祁林身形快如闪电，招招致命，直把黑衣人逼得连连后撤。

曲伶儿不由笑着摇头，当着这人的面使刀更是占不到什么便宜，日后这人能不招惹还是不要招惹了。

苏岑看着前方渐成包围之势不由松了口气，众人都去围攻黑衣人了，只他和田老伯还站在原处，刚待回头带着人一并过去，一转身，不由一愣。

田老伯面色青黑，一脸惊恐地看着他，下一瞬，身子一软，栽倒在苏岑身前。

苏岑这才看出来一柄短刀从背后直入后心，田老伯背后血流如注，洇染了大半个后背。

怎么会这样？

苏岑瞳孔猛然收缩，刚才的暗器已经尽数被祁林挡了下来，而且是正面袭击，那背后这柄短刀又是哪里来的？

凶手不是一个人！

就隐藏在他们这些人当中！

苏岑急忙蹲下手忙脚乱地按住刀口，汩汩鲜血渗过指缝滑落，满目殷红，像胶着不化的漆黑夜色一般。

田老伯颤抖抽搐在地，一双手干枯如虬枝，紧拽住苏岑身前的衣物，如同拽住最后的执念。

苏岑知道一切已是徒劳，郑重地点头道：“我会找出那个人，还田平之一个公道。”

田老伯一双手慢慢松开，目光移向漆黑一片的贡院门口，浑浊的眼底映着远处的火光，倏忽笑了。

十多年前他的平儿就是在这里喝过了糖水，笑着跟他挥手道别，进了那扇门。如今他总算又能让平儿喝上他亲手熬的糖水了。

“我平儿……我平儿出来了……他来接我了……”

苏岑颓然垂下手，看着那双眼睛渐渐失去焦距，指尖灼烫的鲜血慢慢变得冰凉。

一条命，在他眼皮底下，在他怀里，就这么没了。耳中轰鸣碾压，直将周遭一切挤得挣扎扭曲，以至于身后凛冽的气息逼至近前才察觉到。

没待苏岑回头，一只手自背后横出，将他的口鼻连同一声呼救牢牢锁进了掌心里。

随后是翻涌而上的巨大的恐惧和窒息感。

他被人抵住喉头，屏住口鼻，心底的叫嚣只变成几声喑哑的呜咽，甚至没来得及扩散便被打消散了。

人影攒动，就在几十丈之外，可没有人注意到这里，他挣扎呐喊，没有人听见。眼前火光闪动，渐渐模糊成一片光影。

人声远去，意识混沌，倒下去的那一刹那，只觉得那人离去的背影莫名熟悉。

苏岑觉得自己做了一个很长的梦，奇怪的是梦里没有他牵挂的案情，没有凶手，没有尸体，只一股檀香萦绕，令他安稳踏实。

再睁眼的时候天光已然大亮，一人站在窗前挑眉看着他，笑问："你还舍得醒啊？"

"郑旸？"苏岑皱了皱眉，全身钝痛，他揉着眉心坐起来打量一眼周遭，疑惑顿起，"我怎么在这？"

这里不是别处，恰是他昨日清晨出门的地方，宁亲王的兴庆宫。

"贡院离着兴庆宫比较近，祁林就把你送过来了。"郑旸饶有兴趣地探头上来，"快跟我说说，那案子到底怎么回事啊？凶手怎么就换了人，怎么还莫名其妙就死了？"

"你都知道了？"

"案子都结了，都发布告昭示天下了。"郑旸郑重其事看着人，"苏兄，你都睡了三天了。"

"三天？"苏岑从床上猛地站起，脑袋一晕险些又栽倒下去，他急急扶住立柱，一脸不可思议，"今天什么日子了？"

"四月十七啊。"郑旸站起来把窗户开得更大些，"不过也不怪你，我小舅舅下手也太狠了，这么重的安神香，我要是不叫醒你你再睡个十天八天不成问题。"

"安神香？"苏岑一愣，房里还是残留着若有若无的檀香味。

恰有侍女敲门进来，在桌上摆下几个小碟，郑旸对苏岑一指，"几天没吃饭饿了吧？赶紧吃，我特地让小厨房给你做的。"

苏岑慢慢挪过去，清粥小菜，倒是合现在的胃口，刚拿起筷子，只听郑旸道："我要的八宝鸭、五珍烩水晶肘子、绣球贝呢？"

侍女一愣，欲哭无泪怯生生道："是王爷让我们送这些过来的。"

"郑兄……"苏岑无奈皱眉，他肚子里如今空得厉害，听见郑旸说的那些只觉得胃里抽搐着疼，反倒没胃口了。

"不逗你了。"郑旸笑着坐下来，"还是我小舅舅想得周到，你才刚醒，不该让你吃那些油腻的。"

苏岑冲人笑了笑，尝了一口粥，温度适宜，清香扑鼻，貌似还放了糖，舌尖弥散若有若无的甜味，不禁大喜，端起碗多喝了几口。

郑旸见人吃得正香，借机看了一圈房内，似是自言自语地说道："真是一点没变啊。"

苏岑从碗上抬了抬头，"嗯？"

"这是温舒姐姐的房间啊。"见苏岑一脸茫然又补了一句，"哦，也就是我小舅妈的房间。"

"咳……咳咳咳……"苏岑一口粥差点呛死。

"欸？怎么了这是？"郑旸急忙上前给人顺着，"别激动，温舒姐姐人很好的，就是人死得早了些，这房里也就是放了一些她的遗物，她人没在这住过。"

苏岑两三口把粥喝完了，把碗往桌上一放，起身往外走。

"欸，你去哪？"郑旸在身后喊。

苏岑冷冷扔下两个字："回家。"

苏岑一直不愿相信一个事实，当初在苏州，水路纵横，粉墙黛瓦鳞次栉比，他也没觉出自己有这个毛病，再后来跟着去游历名山大川，闲庭信步，走到哪算哪，倒也好说。自从进了这长安城，按说布局规整邸邸林立，他更不该患上这毛病，可就是三番五次迷路，在一个地方绕上三五圈也走不出去。

他一个大理寺的官司不认路，这好比让他承认新科状元不识字，顶好的厨子不拿刀，几乎是不能容忍的。

又一次在眼前看见湖心亭时，苏岑几乎要确信自己这是青天白日遇上鬼打墙了。

看来这宁王妃的戾气重得很啊，他去扰了人清眠，这就缠上他不放了。

苏岑双手合十默念："无意冒犯，先人莫怪，要缠就去缠李释那只老王八，这事跟我真没关系……"

只听背后一声轻笑，"说什么呢？"

苏岑猛一回头，正对上那双深沉的眸子，眼里笑意明显，也不知道听去了多少。

一枚墨玉扳指早已回到了手上。

苏岑急急改口道："这次脱险多亏王爷相助，下官为王爷祈福呢。"

"用王八祈福？"李释笑问。

苏岑随口就来，"王八乃长寿之像，寓意王爷长命百岁、福寿安康。"

"这敢情好。"李释一笑，慢慢往湖心亭走，"我这池子里倒养了几只绿毛龟，你捞上来祈福用吧。"

苏岑看着曳龙池不由得咋舌，这曳龙池虽然叫池，却是个占地好几百亩的不折不扣的湖，要在这湖底捞王八无异于大海捞针。

"王爷……我错了。"怕李释当了真，苏岑急忙跟了上去。

李释在前面哈哈一笑，"看来是好得差不多了。"

湖心亭里早已有下人泡好了茶，闻着味道像是早春的碧螺春，滚水盛绿云，泡茶的人拿捏好了时辰，如今条索已被冲开，螺形翻滚。李释随手拿起一杯，入口鲜香，冷热适宜。

苏岑再一看才注意到石桌上早已备好了笔墨，还有一摞奏章，这宁亲王出来散个步的工夫都不忘处理政事，倒真像是个为国为民的好王爷。

只是越俎代庖，权在手里握得久了，自然就放不下了。

看着气氛合适，苏岑开口道："王爷，我那案子……"

李释抬了抬头，"嗯，干得不错。"

"那，那个黑衣人呢？"他可不信祁林抓了人能乖乖给他送回大理寺去。

李释眼睛微微一眯。

那是个危险的眼神，只是苏岑一心在案子上，并无暇顾及这些，又接着道："当晚的人里还有一个人，我怀疑是黑衣人的同伙，就是他杀了……"

"案子已经结了。"李释出声打断。

"可是还有几条人命没结，还有当年田老伯之子田平之的死，可能牵扯朝中人物，死者已逝，却不得安息！"

李释放下笔，"后续案情自有别人审理，你要办的是新科仕子案，如今凶手已经伏法，没你什么事了。"

"那是我的案子！"苏岑上前一步。

李释抄起几本奏章砸过来，坚硬的册脊直砸在他的鼻梁上，苏岑鼻子一酸险些被砸出泪来，迫于前方逼人的气势也不敢出手揉一揉。

"看看。"李释话里不怒自威。

苏岑这才蹲下把奏章捡起来，打开之后才觉得眼前一片模糊，避着人拿袖口按了按眼睛这才看清奏章上的字。

大理寺正宋建成奏他滥用职权，公报私仇。

下一本是礼部侍郎弹劾他扰乱公务，仗势欺人。

此外还有京兆衙门奏他刻意关押无辜百姓，导致民怨沸腾，金吾卫奏他宵禁后当街私斗，扰乱城禁治安。

他当日着急破案是有些地方越权逾矩了，这才落下这么多把柄任人拿捏。这里随便拿出一条来都够他吃不了兜着走的，但具体要怎么处置还是看这位大人物的脸色来。

097

苏岑抿了抿唇，只能放软姿态，"下官当时是心急了，无端给王爷惹出这么多祸事来，让王爷为难了。"

苏岑这话说得不卑不亢，却巧妙地把问题都抛到李释这里来了。狗链子没拉住咬了人，是怪狗还是怪松了链子的人？

李释笑了，"你倒是聪明。"

苏岑见还有回寰的余地，忙上前端了杯茶送上去，"还望王爷海涵。"

李释看了一眼，却不接，过了一会儿只道："我听人说苏大人的舌头灵活得很。"

苏岑一愣，转瞬明白，大理寺是李释的地盘，其实他的一举一动根本不必这些人奏报，李释心里想必早都知道了。

李释端起杯子笑道："赏你的，润润嗓子。"

苏岑犹豫再三这才接过来，先抿了一小口，看人确实没有动作才敢咽下去。

"滋味如何？"

"这是我家贡的茶。"苏岑道，"上好的洞庭碧螺春，以桂、梅、翠竹间交杂种，茶吸花香，花窨茶味。不过却不是最好的茶。"

"哦？"李释饶有兴致地执杯看了他一眼，苏家是江浙一带最大的茶商，茶园万顷，宫里每年进贡的江南那边的茶叶皆由苏家所出。

"最好的茶是清明之前采的最初的头茶，只取最幼嫩的叶芽，尚未长开如含苞待放，待热水冲泡才徐徐绽开，如少女初窦，婷婷袅袅。"

李释微微一笑，"这话你倒是敢说。"

往宫里进贡的东西却不是最好的，这要是被查出来算得上欺君之罪，只怕苏家上下都难逃一死。

只见苏岑淡淡摇头，"那茶确实是最好的，只是却没人喝得着。一棵茶树仅有那么几个嫩芽，摘了再生出的芽尖单薄细长，甚至连芽心都没有。炒茶，一生二青三熟，重量却是大打折扣，只取初春嫩芽无论如何也凑不出每年往宫里进贡的数量，只能由它再大一些才能采摘。"

苏岑抬头看着李释，"王爷是想喝初春第一道头茶，还是滑利润泽的常茶？"

李释摸着扳指良久不语，眼睛危险地眯了眯，"若我都想要呢？"

"一棵茶树一时间如何生出两种芽？"苏岑淡淡摇头，"一个人又如何生出两副性格来？我如今初涉官场，横冲直撞，幸得王爷庇佑，所以别人不敢惹的人我敢惹，别人不敢接的案子我敢接。王爷若是觉得我惹了麻烦，非要我变得圆滑世故，那与朝中那些畏畏缩缩趋利附势的人又有什么区别？王爷执意要去顶，芽心不复，这茶王爷还能品得下去吗？"

李释挑起那副尖细下巴，苏岑却全无惧态，直视着他，眼神清冽干净。

一盏茶已然凉透，李释不再开口，起身往回走。

苏岑急忙跟着站了起来，"王爷，那我那案子……"

"你如今身子不适，再休养两天。"李释抬手做了一个制止的动作，苏岑只能把一席话又咽了回去。

等苏岑又绕了两圈无奈回到房间时才记起来这是已故之人的房间，方才净想着在案子上周旋了，竟忘了房子这回事。

等再想出门，苏岑惊奇地发现，他被幽禁了。

一开门两个带刀侍卫一左一右一拦，"王爷有令，让苏大人在房里休养。"

"我要见王爷。"苏岑抬腿往门外走。

只见两个侍卫刀光一闪，"还请苏大人不要为难小人。"

苏岑看着雪亮的刀锋悻悻地后退两步，"那我要见祁林。"

"祁大人外出公干，没个十天半月只怕回不来。"

"那郑旸呢？"他只知道李释是只老狐狸，就忽视了郑旸这只小狐狸，若不是郑旸向李释报信说他要走，只怕他也不至于落得这步田地。

两个侍卫抱剑，"小世子已经走了。"

苏岑气得直跳脚，最后把门一摔，只能回房。

当初只道宋建成手段玩得卑劣，跟李释一比倒真觉得冤枉他了。先点着安神香让他昏睡了三日，如今又幽禁在府中，等他出去别说案子，受害人的孟婆汤只怕都喝过好几回了。

苏岑暗暗咬牙，这么待下去不是办法，他得想个法子出去。

过了片刻苏岑又拉开门，道："我饿了。"

两个侍卫面面相觑看了一眼，王爷只吩咐他们把人看住了，吃喝拉撒却没交代，想来也出不了什么大问题，遂问："吃什么？"

苏岑掰着指头一一数来，"当归鸡汤、天麻乳鸽汤、白芷猪腰汤，再来一道八珍汤。"

全是……汤？

两个侍卫又互相看了一眼，苏岑急道："我昏睡了三日，身子弱得很，需要补补。"

两个侍卫犹豫再三总算点了头，留一个看着人，另一个去后厨要膳。

等汤送上来，苏岑把房门一闭，不消一会儿再打开，只见盆盆罐罐全都空空如也，连盆底渣子都没剩一点。

苏岑连着喝了三日汤，其间一次李释的面都没见着，倒是跟两个侍卫混熟了。那日午后还道湖心亭旁的花开得不错，让人去给他摘了几束。

第三日晚上，苏岑只道两位侍卫大哥值守辛苦，手捧着两杯姜茶给两人暖暖身子。

一杯茶喝下去不过片刻，只听门外两声钝响，苏岑开门一看，果见两人都已昏睡在地。

苏岑微微一笑，迈大步子出了门。

要想从兴庆宫大门出去只怕是自投罗网，好在当日闲转的时候苏岑记得曳龙池旁有处假山，正连着兴庆宫宫墙，由假山翻墙而出显然更可行一些。

循着记忆找了好半天苏岑才看见那处假山，费了九牛二虎之力好不容易翻上宫墙，苏岑往下看一眼，不由胆寒，几丈高的宫墙看着腿都发软，想着咬咬牙一闭眼顶多摔断一条腿，刚要下跳，只听身后人冷冷道："苏大人三更半夜好兴致。"

苏岑一个激灵险些一头栽下去，难以置信地回头，脸上表情比见了鬼还精彩。只见祁林抱剑立在假山下，直勾勾看着他。

"我说我赏月……"苏岑看了一眼漆黑一片的夜幕，"你信吗？"

祁林没再跟他废话，飞身而上，拽着苏岑衣领把人扔下来。尽管下面都是蓬松的花草，苏岑还是被摔得眼前一黑，没等爬起来身后之人已稳稳落地，"夜深风大，苏大人还是回去休息吧。"

苏岑被人拽住衣领拖回了住处，叫嚣了一路骂得嗓子都哑了，奈何祁林就像个聋子，一句也没搭理。

等回到房间两个侍卫都已经被抬走了，门口换了两个生面孔，眼深鼻挺，祁林吩咐了几句用的都是突厥语，苏岑一句也听不懂。他攒了好几天的几味药材——被摆在桌上，包括那束开得旺盛的曼陀罗也被搜了出来。

祁林拿起杯子嗅了嗅，"麻沸散。"

苏岑悻悻地挠了挠头，"都是我一手策划的，跟两位侍卫大哥没关系，还望祁侍卫不要为难他们。"

"他们看守不力，妄食他人水饭，理应受罚。"

"是我逼他们的。"苏岑直跳脚，"你讲讲道理！"

"你知道你今夜要是走了，他们会怎么样吗？"

祁林话没说下去，苏岑却已然胆寒，无奈垂下头，"我知道了，我不会再跑了。"

"以后用膳都由御膳房统一供给。"祁林抬起下巴示意了一下门外，"他们会看着你吃。奉劝一句，他们都是突厥人，不知道你是谁，也听不懂你说什么，我下的命令是凡有异动，格杀勿论，还望苏大人好自为之。"

苏岑幽怨地瞪了人一眼，奈何祁林完全视而不见，刚出房门，苏岑在身后急道："祁侍卫，再帮我个忙，我要见曲伶儿。"

祁林回头看了他一眼，苏岑补道："就是交代一些家里的事，还有衙门里一些公务，有这两人在这，他也要不了什么花样。"

祁林漠然看了他一会儿，直把苏岑看出一后背冷汗来，最后只道："我问问王爷。"

曲伶儿过来的时候，苏岑正左手执白、右手执黑，自己跟自己对弈。这等高雅玩意儿曲伶儿看不懂，若他能看懂就该知道，此时白棋正大杀四方，黑棋被逼得连连败退。自然白棋代表的是苏岑自己，黑棋则是那位现实中把他杀得片甲不留的宁亲王，现实中占不到好处，只能在棋盘上享受一下这人跪地求饶的滋味。

曲伶儿随手抓起两块芙蓉酥，尝一口不由得啧啧称叹："这宫里的东西就是比外头的好吃，这府邸也大气，我还没见过这么大的宅子呢。"

苏岑扔下手里的棋子，"我跟你换，你来住这大宅子，换我出去行不行？"

曲伶儿悻悻笑着坐在桌子上，"那还是算了吧。"

苏岑敛了笑，"说正经的，你们当天擒的那个黑衣人呢？"

"祁林带走了啊。"

"带去哪了？"

曲伶儿皱一皱眉，"我怎么知道？"

"这样。"苏岑把人招过来送上一杯茶水，"你跟我详细说说，当天到底怎么回事。"

"我也没想明白呢。"曲伶儿接过杯子微微一忖，"那天我和祁林围攻那个黑衣人，等把人拿住回来，你就已经晕倒在地，那个老头已经死了，后来祁林就把你们一并带走了。我还想问你，当天袭击你们的是谁啊？就在那么多人眼皮子底下，也太嚣张了。"

是太嚣张了，苏岑记得昏迷之前那个有些眼熟的背影，走得不慌不忙，说得上闲庭信步，若不是对自己有充分的信心，不会在杀了人之后还能那么沉稳地离开。

那他能活下来，是侥幸，还是那人就没打算杀他？

"帮我个忙。"尽管知道门外两个人听不懂汉话，苏岑还是把曲伶儿招到面前用只能两人听见的声音轻声说了什么。

曲伶儿当即脸色一变，摇着头后退了好几步，"我不去！苏少爷，我上辈子是不是欠你的啊？"

苏岑一笑，"你这辈子就欠着我的。"

曲伶儿皱了皱眉，"我打不过他……"

"祁林只是把刀，用刀的是李释，主人不发话他不会对你怎么样。"

曲伶儿还是蹙着眉，"你怎么知道李释没打算杀我？"

"有我。"苏岑微微一笑，在人肩上轻轻拍了拍。

第
十
章

地
牢

　　曲伶儿跟了祁林三日，深深发现这人真是块木头，还是干木柴，再也发不了芽的那种。每日卯时起戌时休，起床之后在院子里练一个时辰剑，早饭后巡查一遍兴庆宫防卫，等他家主子起床后便形影不离地跟着。

　　等到了第三日夜里，曲伶儿眼看着祁林房里的灯又熄了，本想着又是无功而返的一天，刚待往回走，只听房门轻响，紧接着一个高大身影从房里出来，左右察看了一下，向门外走去。

　　总算有动作了，曲伶儿轻轻一笑，起身跟了上去。

　　世人皆道这兴庆宫内风光卓绝，亭台林立，万没想到最阴诡恐怖的地牢就建在这些花红柳绿之下。

　　曲伶儿眼看着祁林沿着台阶下去，犹豫再三才跟了上去。

　　竟然没有看守？虚掩着的一道铁门像是刻意为他留的。

　　曲伶儿轻轻推门进去，一条幽暗长廊连接着更深的暗处，祁林不见了身影，哪里有微弱的嘀嗒声敲击着青石砖，不知是水还是血。寒意从地底一点点冒出来，曲伶儿每往下走一步便觉得寒气更盛一分，及至下到牢底，寒意已然浸透了单薄的衣衫。

　　这地牢深入地下已达三丈有余，应该是建在曳龙池底下。寒气自生，夏日里应该是个纳凉避暑的好去处，只是这种地方应该没人愿意主动进来。

　　曲伶儿下到底只见一处平台，上有绞架、长鞭等各式各样的刑具，应该是个施刑拷问的地方。中间有处水池，正上方还有密布的铁链，是个水刑牢。

　　再往里就是一排排的牢房，不知道祁林把人关在什么地方了，曲伶儿皱了皱眉，只能一间间去找。

刹那之间曲伶儿猛地折身一翻，刀锋擦着头皮而过，几根头发还没落地，曲伶儿已滑出去数丈，祁林紧随其上，剑锋裹着湿寒的气流直袭曲伶儿胸口。

好在曲伶儿身上的伤已好得差不多了，不退反进，贴近刀口的刹那身形一闪，竟像是擦着祁林怀里闪到人身后的。

好不容易挣出一口喘气的机会，曲伶儿急道："你先听我说……"

然而祁林也不是等闲身手，剑锋在空中画了半个圈，稳稳落到左手里，紧接着向后猛地一挥。

曲伶儿暗道一声糟了，几次交手他算看出来了，祁林右手使剑、左手使刀，剑一旦换到左手里那就是起了杀心。

他在心里暗把苏岑骂了一万遍，什么主人不发令祁林不会对他怎么样，可能对苏岑是如此，而杀他就跟杀一只猫、一只狗一样，根本不必过问主人！

曲伶儿急急后退，同时两枚袖箭咻的一声而出，祁林不得不暂停下来避开两枚致命攻击，曲伶儿借机飞身而起，一手拉住水池上方的铁链，另一手夹着两枚蝴蝶镖以作防备。

"能不能好好说话了？"曲伶儿边喘边道，"那人怎么说也是苏岑引出来的，又是我俩一起抓的，我又不是要跟你抢功劳，就过来问几个问题，你用得着这么步步紧逼吗？"

祁林冷冷扫了他一眼，剑柄轻轻往石壁上一磕。

房顶铁链哗啦一声坠地，曲伶儿反应不及，跟着数根大铁链砸进池子里。

曲伶儿在池子里猛呛了几口水，扑腾了好半天才站稳身子，当即就不淡定了，"听不懂人话是不是！狼崽子逮谁咬谁，你咬人前问过你主子了吗？"

祁林浅淡的眸光一寒，刚待提剑上去，曲伶儿立时服软，"我错了祁哥哥！我是狼崽子，我是狼崽子行不行？人我不见了，你就当我没来过行吗？"

看着祁林没了动作，曲伶儿才小心翼翼从池子里爬上来，装作抖抖自己湿透了的衣衫，却猛地从腰间抽出两枚暗器掷出去。

祁林像是早有防备，不慌不忙躲开两枚暗器，又在一旁的墙上轻轻一敲。

咔嗒一声，一座一人高的铁笼从房顶坠下！

眼看着躲闪不及，曲伶儿抄出方才断掉的一截铁链向前一甩，正缠上祁林腰间，本意是借力滑出去，不料祁林竟主动上前一步。

轰隆一声，铁笼落地，曲伶儿看着眼前高他一个头的祁林……

他宁愿祁林刚才把他关在里头！

兔子跟狼共处一室，三尺见方的小笼子里他躲都没地方躲！

曲伶儿后背紧贴着笼壁，迅速掏出孔雀翎护在身前，"你别过来！这里面有一百零八根银针，到时候咱俩都得完蛋！"

见祁林果然没了动作，曲伶儿才怯生生道："祁哥哥，你听我解释，我当时真就是随手那么一扔，没过脑子，你看我们也合作过几次了，虽说不上朋友但也算不上敌人吧？"

曲伶儿偷摸瞥了人一眼，"祁哥哥，你看这样好不好？你再找一下那个机关，把咱俩都放出去，我可以把我的暗器都交到你手上，绝对不会再偷袭你，咱俩就当今晚什么都没发生过，你不必汇报你主子，我也不告诉苏哥哥……行不行？"

"没有机关。"祁林席地而坐，闭目养神起来。

"什么没有机关？"曲伶儿一愣，转而大惊，"没有上去的机关？有下来的机关，怎么能没有上去的机关呢？"

眼看祁林又不搭理他了，曲伶儿小心在人肩头上戳了戳，"那怎么办啊？"

祁林睁眼看了看他，"等明日巡防的人过来。"

"明日？"

曲伶儿试着推了推，这大铁笼子果然不是人力所能及，无奈只能跟着蹲下，蘸着衣服上的湿水在地上画了道线，"那这样，咱们井水不犯河水，一人一半地方，和睦相处到明日早晨行不行？"

祁林没再回话，曲伶儿就当他答应了，靠着铁笼子坐下来，一开始还紧握着孔雀翎恐生意外，后来见祁林确实没有搭理他的意思，才把东西收了起来。

"哎，这漫漫长夜，闲着也是闲着，说会儿话呗。"曲伶儿道。

祁林难得好脾气，问道："说什么？"

"你问我，或者我问你，就随便说点什么。"想了想又摇了摇头，"指着你问我肯定今天晚上就没得聊了，还是我问你吧。"

曲伶儿想了想，"你去过最远的地方是哪里？"

"捕鱼儿海。"

曲伶儿一愣，随即明白。

捕鱼儿海虽然叫海，却是一片沙漠湖泊，隐藏在沙漠腹地，即便是熟悉沙漠的人骑着骆驼也得走上几天。

当初祁林所在的图朵三卫便是在没有骆驼，没有引路人的条件下负镖前行，顶着灼皮骄阳在沙漠里走了数十天才找到捕鱼儿海，屠图鲁那残部，一战成名。

即便那不是他去过的最远的地方，但在他心里那几十天的路程只怕任何地方都难以企及。

"你真的杀了你的族人？"曲伶儿瑟缩了一下。

换来的是长久的沉默。想来这人再冷血无情，一颗人心也是肉长的，曲伶儿换了个问题，"沙漠长什么样？当真都是沙子吗？那么多沙子是哪来的？"

"有沙子，还有星星。"祁林轻声道，"有多少沙子，就有多少颗星星。"

"当真？"

"当真。"

"那我日后一定要去看看。"曲伶儿笑了，"我小时候也爱看星星，但我住的那个地方看不到星星，所以每次跟师父出来我都特别高兴……虽然师父是去杀人的，每次都带一身血回来……"

曲伶儿摇了摇头，"说好我问你的，那你当时进沙漠的时候怕不怕？就没想过能不能活着回来？……"

祁林感觉到身旁的人声音一点点小下去，他看了人一眼，被远处的火光拉出长长的阴影，随着轻柔的呼吸上下浮动。

祁林也换了个姿势，闭上眼睡了过去。

第二日一早，曲伶儿被一阵铁链摩擦的声音吵醒，眯眼看了看，早巡的侍卫已到，正忙着往上拉那大铁笼子。

祁林早已醒了，站在一旁看着。

曲伶儿站起来伸个懒腰，凑近道："祁哥哥早啊，昨夜睡得可好？"

祁林示意左右："把人关起来。"

曲伶儿惊呆。

直到两个人拖着他两条胳膊往地牢里拽时曲伶儿才愣过神来，"唉，不是……放开我！咱们昨夜不是说好的吗？"

曲伶儿不淡定了，连踢带踹叫骂了一路，直到祁林出了地牢还能听见里面的骂声不绝于耳。

"祁林你这个王八犊子！有种你放了我咱们再打一场！阴险小人，背信弃誓！狼崽子，小杂种，从此咱俩形同陌路，我再搭理你一次以后管你叫爷爷！"

等到四周彻底静下来，曲伶儿收了骂声，突然挑唇一笑。从束带里掏出一枚银针来，对着锁孔戳弄了片刻，只听咔嗒一声，铜锁头应声而开。

别的本事不行，如此的一些基本技能他还是掌握的。

他出来四下打量了一圈，刚待开溜，只听一声微弱的笑声从隔壁传来，阴恻恻的，说不出的诡异。

曲伶儿皱了皱眉，往后挪了两步，看清牢内情形不由一愣。

一人手筋脚筋尽断，被洞穿琵琶骨吊在房顶上，一身黑衣被污血浸透黏在身上，看他过来竟对着他扯了一个笑出来。

"曲左使……又见面了。"

声音带着声带撕裂后的喑哑，那个笑里满是淬着毒的寒意，曲伶儿眉头紧皱，是当日那个黑衣人。

没待他作答，那黑衣人又道："韩门主让我问候曲左使，偷来的日子过得可还遂意？"

苏岑在兴庆宫住得算是好生滋润，衣来伸手，饭来张口，后来看他确实也不跑了，祁林便把那两个突厥侍卫也撤了，由他在兴庆宫自由出入，只是出不去大门。

苏岑平日所做就三件事，喝酒、吃肉、半夜里弹琴。只是酒必须是二十年以上的陈酿，在宁亲王的私藏酒窖里逛一圈，哪坛最贵挑哪坛。肉得照他的心意来做，多少盐多少醋，多一点少一点都得重做，到后来厨子们一听见他这边送去的菜单就落跑，纷纷抱怨自家王爷都没这么难伺候。弹琴更甚，白日里不弹，偏挑半夜子时之后，弹的又都是《破阵曲》《十面埋伏》之类激昂的调子，直扰得人不得清眠。

他不逃，他等着人把他赶出去。

不过这位宁亲王这时候倒是表现出难得的好脾气，不闻不问，从被幽禁至今，苏岑连人半个影子都没看到。

那日抱着刚从酒窖角落里刨出的一坛凤翔西凤，就着他们苏帮风味的鲈鱼莼羹、蟹粉豆腐喝了个尽兴，醉意朦胧，正想着先小憩一会儿，等子时再起来作妖，恍惚间只觉一股檀香弥散，有人进来了。

"您来了？"

"子煦想要什么？"

苏岑微微一愣，子煦是他的表字，除了父母兄长林老头还有苏州几个交好的友人这么唤他，他在长安城里从没听到过这个称呼。

他道："我想走。"

李释回他："好。"

他又道："我想回大理寺。"

李释回他："好。"

他还想再说什么，李释对他说："别碰那个案子了。"

"好。"

回完之后又觉得哪里不对，还没反应过来，人已经转身走了，留下一句："睡吧。"

那一夜兴庆宫上下没有听到半夜响起的弦音，全都睡得安稳踏实。

次日一早，苏岑被门外侍女的敲门声惊醒。

苏岑道了一声进来。侍女端着水盆长巾，对他笑道："苏大人，赶紧洗漱吧，车驾都在外头候着了。"

时隔半月再回到大理寺，苏岑便发现众人看他的目光不一样了，起先还道是他休的时间太长，大家看他生疏了，后来才发现那目光里带着小心翼翼，间或夹杂着嫉妒或鄙视。

听闻他回来了，大理少卿张君还特地过来看了看他，一见面就道："苏寺正，身子养好了？"

张君虽任大理少卿，但顶头上司大理寺卿修祺正已值平头甲子，占着个称呼早已经不管事了。而张君正值壮年，为人圆润，办事又利索，明眼人都看得出来这大理寺实则已经是张君当家做主了，等修祺正一退下来就算名正言顺了。

"已无大碍，劳张大人惦念。"苏岑急忙行了个礼，又皱着眉抬起头来，"寺正？"

"你还不知道？"张君拍着苏岑肩膀哈哈一笑，"新科仕子案你立了头功，圣眷恩宠，连升两级，恭贺啊！"

"那宋寺正呢？"苏岑问。

"建成啊……"张君幽幽叹了口气，"左迁到夔州了，任录事。建成其实也没有什么大毛病，就是急功近利了些，下去磨炼一番就当长个记性。你大人大量，就不要跟他一般见识了。"

这宋建成是张君的学生，一路都是跟着张君上来的，苏岑心里明了，这是以为他告暗状才把宋建成调走的，还指着他不要刻意打压，等过段时间再提拔上来。

苏岑回道："是我当日莽撞，冲撞了宋大人，连累宋大人左迁我也过意不去，等来日宋大人返京我定当登门致歉。"

张君对苏岑的识时务抱以满意一笑，"建成的书房都空出来了，你今日既然来了就搬过去吧，先好好熟悉业务，别的不着急。"

苏岑拱手回道："是。"

张君刚待起身离去，突然想起什么又把苏岑拉到一旁，小声道："当日你说你要帮田老伯破田平之一案是……"

苏岑眯眼一忖，转而笑道："十几年前的旧案子线索早都断了，另外陈大人都说了案子没问题，我当日也只是为了诱他招供。"

张君爽朗一笑，在苏岑肩上拍了拍，这才放心离去。

苏岑看着张君的背影不由得凝眉，这大理寺到处都是李释的眼线，他要查就只能私底下偷摸着查。

第二卷

铁马冰河入梦来

第十一章

柳程

苏岑东西不多，一个上午交接完任主簿时的一干事务，他整理的历朝历代的刑狱案件已近收尾，思虑再三，命人又把一应发霉的案牍送到了新书房里。如今看来张君还没有让他接手新案子的打算，空闲时候他就再接着整理。

这宋建成别的不行，书房里倒是收拾得颇有意境，窗台栽了好几盆名贵的兰花，花香幽远，缕缕不绝。

苏岑嗅着兰香抄着案例，略一走神，天狩便抄成了永隆，这才想起来，永隆年间的案子都整理完了，刚待撕下抄错的那张，苏岑一愣。

纵观永隆年间大理寺所办的所有案件，没有只言片语提到过田平之。

田老伯说过，当时时任大理少卿的陈光禄接过这个案子，然而在永隆二十二年的案档中却完全没有记录。

苏岑找出所有原始案档，又重新一字一句看了一遍，甚至又找出了天狩元年的案档看了一遍。

没有，不光没有田平之，连贡院、科考、仕子这样的字眼都没有。

陈光禄查了一个多月到底是查出了什么，才会导致一应记录全部被抹去了？

永隆二十二年……科考、太宗皇帝驾崩、先帝继位、突厥起犯……倒是发生了不少大事。

苏岑突然想起了什么，将刚刚整理好的案例一通乱翻，最后在最底层找出了两页纸。是当日礼部送过来的科考仕子名单，苏岑挨个名字找下去，看到最后不由心寒。

里面少了一个名字。

苏岑再次出现在礼部衙门里，礼部众人全都拿一副看瘟神的眼神盯着他看。

这人上次过来就把礼部搅得鸡犬不宁，大家焦头烂额地陪着在礼部发了霉的库房里待了一天，出力不讨好不说，第二日就被御史台弹劾说他们建档杂乱，不能高效筹办各项事宜，这又被逼着回来分档建册，上上下下在库房里忙了半个月才出来……得，这位小爷赶着点儿又来了。

苏岑倒是在众目睽睽之下淡定地喝了一壶茶，等礼部侍郎何仲卿过来，拱手问道："当日的科考仕子名单是怎么得出来的？"

"就是根据当年科考的试卷啊，怎么，又出什么问题了？"何仲卿如临大敌。

苏岑一笑，"多谢。"

苏岑在礼部众人目送下大步出了门，留下一脸茫然的众人面面相觑。

名单是根据当年科考试卷来的，没有名字的自然就是没有试卷。

那当年的状元魁首，柳珵的试卷去了哪里？

等下了衙，苏岑特地等到人都走完了才起身，先悄悄往门口看了一眼，确认祁林没站在门外这才松了口气。

看来李释确实说到做到了，也可能人家压根就没放在心上。

回到宅子，门前朱槿又长高了不少，隐隐已经看到花骨朵了。

苏岑推门进去，阿福正在院子里打扫，间或与曲伶儿斗个嘴，听见院门响回头一看，当即怔在原地。

"二少爷……"

苏岑笑道："怎么，不认识了？"

阿福放下扫把扑上来，想拉苏岑袖子又嫌自己手脏，犹犹豫豫好久才搓着手道："二少爷……二少爷你可算回来了，你再不回来我都要去报官了……哦，二少爷你就是官……不过伶儿说报了官也没用，你是不是得罪什么大人物？需要我收拾行李吗？实在不行咱们先回苏州老家躲躲……"

苏岑笑着在他肩上拍了拍。

阿福泪眼汪汪，"二少爷，你在外头是不是受委屈了？你看你都瘦了。"

苏岑无语了，"你不是瞎了吧？"

委屈不委屈不好说，但他在兴庆宫天天大鱼大肉，瘦是绝对不可能瘦的。

阿福全然不在意，"二少爷你想吃什么，阿福给你做。"

"就清粥小菜吧。"

阿福应了声乐呵呵去准备了，走到曲伶儿身前又把曲伶儿从躺椅上拉起来，"二少爷都回来了，你给二少爷倒杯茶。"

曲伶儿一脸不情愿，"他回来关我什么事啊？"在阿福一副要杀人的目光中还是悻悻地应下来，"好好好，苏哥哥辛苦了！苏哥哥坐！小的去给您沏茶。"

苏岑笑着在刚才曲伶儿躺过的躺椅上坐下来，院子里被阿福收拾得井井有条，他之前在窗台下种下的花草都发了芽，看得出阿福都精心打理过了。

金窝银窝纵有万般好，还是自己的狗窝舒服。

曲伶儿端了两杯茶出来，一杯送到苏岑手上，苏岑刚喝下一口就愣了，一口茶噗的一声喷出去一丈远。

苏岑厉声道："曲伶儿，你从哪拿的茶？"

曲伶儿忙后跳了一步，"怎……怎么了？这茶怎么了？我觉得好喝才沏给你的。"

"你知道这茶一两多少钱吗？"苏岑看着杯里芽尖上的白毫痛心不已，"卖了你都买不起！"

曲伶儿看着茶杯悻悻地挠了挠头，"茶嘛，不就是用来喝的……"

"还剩多少？"

曲伶儿又悄悄后退了几步，"还剩个底……"

"曲伶儿！"苏岑一脚踹上去，奈何曲伶儿早有准备，一个翻身上了房顶，觍着脸冲人笑，"苏哥哥息怒，我喝都喝了，你打死我也没用，大不了我日后做牛做马回报你。"

苏岑瞪了人一眼，拂袖而去，"有种你今晚别下来！"

直到吃过晚饭苏岑都没给曲伶儿好脸色，曲伶儿也知道自己这是闯了祸，苏岑这么一个视钱财为牛粪的富家少爷能怒成这样，足见这茶确实不是凡物。他估摸着人差不多要睡下了，又跑到苏岑房门前敲了敲门。

苏岑过了好一会儿才不情不愿地给他开了门。

"苏哥哥，我真不是故意的。"曲伶儿跟着进了房，"你说你这么多茶都放在一起，我也不知道好坏……"

苏岑一个眼刀，"不知道好坏你挑最贵的喝！"

"我就是随手拿了一罐……"曲伶儿一脸委屈地撇撇嘴，"我喝都喝了，你说怎么办吧？"

苏岑一脸沉痛地坐下，其实本也不该这么生气的，可一看到这茶就想起李释，想起那日在湖心亭他那一番头茶论，本想着哪天把这茶送他过去，没想到竟让曲伶儿这厮占了便宜。

知道再气也无济于事，苏岑转了话题，"让你去查的事情怎么样了？"

"嗯。"曲伶儿正色，点点头。

"是谁？"苏岑问。

曲伶儿沉吟片刻，道：柳珵。"

第二日一早苏宅来了位稀客，苏岑早饭都没用完就被宫里来的一位公公接走了，只道是小天子对前一阵子的仕子案感兴趣，特让苏岑入宫述奏。

苏岑到得早，却还是在紫宸殿等到晌午才见到小天子本人。人刚从早朝上下来，跟着来的还有右相柳珵。苏岑跪地叩拜，小天子稚嫩地摆着架子让他平身。

虽然只见过两次面，但看得出小天子对苏岑印象不错，笑嘻嘻问他："朕前一阵子听旸哥哥说之前贡院那个案子是你破的？"

苏岑心里暗道：郑旸当日把他出卖给了李释，这是想着将功补过，让他在小天子面前露露脸，来日也好入仕朝堂。

苏岑不卑不亢地回道："托圣上鸿恩，臣也是侥幸误打误撞才破了案子。"

"可旸哥哥说你一天就把案子破了，你快给朕讲讲这案子是怎么破的？"

苏岑状似不经意地扫了柳珵一眼，只见柳珵面色略有不豫，他微微一笑，"讲这个案子之前，臣先给陛下讲个故事吧。"

"话说几十年前有一个书生入京赶考，途经一片荒山，姑且就叫它王母山吧。这王母山上有一伙山匪，好巧不巧，这书生从王母山下走的时候正碰上这伙山匪下山收取过路财，这书生是个贫苦人家，身上没有银子，就被山匪一并绑到了山上。"

"巧的是这帮山匪的匪首是个女的，这个女匪首见这书生长得眉清目秀，才华又好，当天夜里就绑着这书生跟她拜了堂成了亲。刚开始那几天这书生也是心灰意冷，不吃不喝一心求死，女匪首对他倒是百般好，好吃好喝伺候着，见人不吃饭还亲自下厨给这书生做饭吃，后来这书生也受其感化，竟真的在不知不觉之中与这女匪首萌生了爱意。"

站在一边旁听的柳珵越听越觉得不对，凝眉怒斥："一派胡言，苏岑你不要顾左右而言他！"

苏岑倒是听话地噤了声，征询地看着小天子。

果见小天子皱了皱眉，对柳珵道："柳相，朕想听。"

柳珵重重地哼了一声。

苏岑微微一笑，书生和女匪首的故事，他早就料定小天子会喜欢，接着道："两个人在王母山上过了几年快活日子，只是突然有一天，这书生收到了家中来信，道他家里的老母亲病重，就想着临终之前看着自己儿子金榜题名。书生这才想起来自己原来是要入京赶考的。他想走，却又舍不得女匪首，这女匪首见他日日寡欢也明白其中缘由。最终这女匪首决定遣散山中匪帮，陪着书生入京赶考。"

小天子一脸兴奋，急问："后来呢？"

苏岑当然知道小天子在等什么，才子佳人，功成名就，鸳鸯终成眷属，可这原本就是个与命案有关的故事。

苏岑垂下眉目，"后来这个书生死了。"

小天子明显一怔。

"这个书生入京之后不知怎么得罪了朝中的大人物，被人害死在考场上。女匪首在贡院门口等了三天没等到人出来，报官无门，最后只能自己想了个法子为书生报仇。"

小天子跟着忧伤起来，"什么法子？"

"她开始杀人。"苏岑看着小天子正色道，"专挑高中的仕子杀害，打着书生鬼魂的名号，她想着杀害书生的那个人心里定然害怕，所以会做出一些动作，或设法驱鬼，或急着捉拿凶手，到时候她就能知道是谁杀了书生。"

苏岑顿了顿，"这便是仕子案的起因，不同之处在于女匪首换成了书生父亲，假借鬼魂名义杀人，为的就是替他儿子报仇。"

"胡言乱语！"柳珵指着苏岑，"奏报就好好奏报，瞎编什么故事，混淆视听！"

苏岑倒是浑然不惧，对着柳珵拱手笑道："下官也是为了让陛下听得更明白些，陛下年幼，破案过程难免艰涩血腥，总不好吓着陛下。"

"苏才子讲得挺好的，朕听懂了。"小天子点点头，又看着苏岑问，"那，那个杀害书生的人呢？抓到了吗？"

柳珵眉头猛地一蹙。

苏岑看在眼里，抿了抿唇，低下头去，"还没有。"

"那女匪首……不，那书生的父亲不就白死了？"

"陛下。"柳珵上前一步，"他杀害多名无辜仕子，罪有应得！"

苏岑眼神一凛，"那书生难道就不无辜吗？"

"你！"柳珵气得指尖直哆嗦，指着苏岑又上前一步，"陛下，这人在这里混淆视听，陛下不要上了他的当，此人应该打入刑部大牢，严加审问！"

小天子皱着眉挠挠头，"柳相，苏才子不过是给朕讲了个故事，你为何生气啊？"

"他……"柳珵偏头看一眼苏岑，只见这人一派云淡风轻，冷静地看着他，瞬间明白这正是这人给他设下的圈套，定了定神，沉下气回道，"臣不是生气，而是此人包藏祸心，他这故事里明显有所偏倚，带着陛下按他的思路走，臣是怕陛下不察，着了他的道。"

苏岑紧接着道："陛下不是小孩子了，孰是孰非心里自有考量，柳相是不是有些越俎代庖了？"

新旧两位状元当庭争得如火如荼，一个老谋深算，一个意气风发，两人官阶相差霄壤，苏岑却全无惧色。小天子早就忘了初衷，热闹倒是看得风生水起。说起来这朝堂上敢这么跟柳相对着呛的也没有几个人，他四皇叔算一个，不过四皇叔一般不屑于跟人缠斗，一般一句话就能把人噎得哑口无言，这种热闹倒是少见，小天子的心里对苏岑的印象又升了几分。

二人正斗到白热，突然一人推门进来，苏岑和柳珵互相看了一眼，纷纷噤了声。

来人是楚太后身边的贴身侍女，冲小天子行了个礼，道太后娘娘已经备好了午膳，请皇上过去用膳。

小天子这才恋恋不舍地停了观战，临走前对苏岑道："苏才子没事就进宫来找朕玩吧，朕喜欢听你讲故事。"

苏岑敛首回道："是。"

等小天子也走了，柳珵才怒目瞪了苏岑一眼，拂袖而去。

出了紫宸宫，苏岑遥遥看见柳珵正在下龙尾道，他快走几步跟了上去，这次倒是客气，先恭敬冲人行了个礼，又道："苏岑刚才逾矩了，对柳相多有冒犯，还望柳相大人大量，不要跟下官计较了。"

"哼！"柳珵皮笑肉不笑，"你这招偷梁换柱用得倒好！"

不说田老伯如何杀害仕子，只言那书生如何死得冤枉，反正仕子案早已结案，不妨让小天子为他做主再拿下十几年前那桩案子，连柳珵也不得不佩服苏岑这招用得巧妙。

"柳相过誉了。"苏岑全然不在意柳珵话里带刺，接着道，"只是柳相不觉得这案子熟悉吗？说来凑巧，当年死的那个叫田平之，与柳相刚好是同一期的举人。"

柳珵一拂袖子，"每届科考那么多人，我怎么会都记得？"

"是，田平之这样的小人物柳相不记得也正常。"苏岑冲人一笑，"那柳相还记得当年科考策论的题目吗？"

看清柳珵脸上那一刹那的迟疑，苏岑就知道自己又猜对了。关系自己一世仕途的策论，别说题目，就是让他全文一字不差地背下来他都没问题，可柳珵却犹豫了，所以在礼部存档中没发现柳珵当年的科考试题也并非偶然。

柳珵停了脚步凝眉盯着苏岑，"你怀疑是我杀了田平之？"

"下官不敢，只是这案子有些地方跟柳相有些牵连，我也只是想抽丝剥茧，早日为柳相洗脱嫌疑。"苏岑低眉顺目，倒真像温良无害的样子……若不是这人刚刚狠狠咬了他一口的话。

"下官听闻柳相有位小舅子名曰吴德水，是东市的门吏，经查实案发当夜是吴德水给凶手开的市门，随后被人灌酒呛死在归义坊里。柳相可知道这件事？"

柳珵起身欲走，"那不过是我下面妾的一个哥哥，我与他素无往来，他死了干我什么事？"

苏岑立时跟了上去，"可是当日呛死他的那酒是庐州贡酒黄垆烧，试问他一个门吏，如何能喝到宫里的贡酒？"

"家里贱内平日里拿些东西接应娘家人，我从来不过问这些。"

苏岑神色一凛，"我们抓到了一个挑唆田老伯作案的黑衣人，那人供出柳相是当年杀害田平之的凶手，柳相又作何解释？"

柳珵步子一顿，冷冷扫过来一个淬着毒的目光，好像要把苏岑钉死在这龙尾道上。末了他冷冷一笑，"看来当日以反对党争夺魁的苏才子如今也站好队了。"

苏岑淡淡回道："我站不站队,破案讲究的都是真凭实据。"

"那我倒是要问一问苏大人,你这案子是谁跟你查的?黑衣人现在何处?是你亲自提审的还是别人的一面之词?苏大人别忘了,当年科考的时候我也不过是一个普通的仕子,我是有通天的本事能从号舍里出来杀人,事后还有人帮我掩盖痕迹?"

苏岑愣在原地。

当日归义坊吴德水的住处是祁林随他去查的,也是祁林通过酒坛和被褥把线索引到了柳珵身上。黑衣人被关在兴庆宫的地牢里,消息是曲伶儿给他传出来的,但据说当时人已经被折磨得不成样子,有没有可能早已被人严刑篡改了口供?

柳珵在苏岑肩上拍了拍,"别被别人平白无故利用了还自以为是,火中取栗最后疼的可是自己。"

等人都走远了苏岑才慢慢回过神来,指尖冰凉,竟带着些微颤抖。

放目远眺,密布的阴云从东边爬上来,漫过了兴庆宫花萼相辉楼的楼顶,眼看着就是一场大雨倾至。

苏岑总算是在大雨到来前回到了苏宅,前脚刚进了门,一声闷雷伴着暴雨倾盆而下。

苏岑心道一声好险,还没等缓口气,只听院门轻响,一人执着一把天青帛伞来到进前,伞面上挑露出一双浅淡的眸子。

曲伶儿听见门响打着呵欠从里屋出来,边走边问:"苏哥哥,面圣可还顺利?那小皇帝……"看清来人整个人一怔,下一瞬如受惊的猫一般仓皇又蹿回里屋,生怕祁林是来逮他回那个地牢去的。

祁林余光瞥了瞥里间,平淡地对苏岑道:"爷要见你。"

该躲的还是躲不去,苏岑心里暗自叹了口气,道:"那劳祁侍卫等我换一身衣服。"

苏岑回了自己卧房,留下曲伶儿和祁林在房里面面相觑,曲伶儿浑身不自在,站也不是坐也不是,最后想着这人不能得罪,得罪了他以后准没好果子吃,于是凑上前去,笑嘻嘻道:"祁哥哥,冤家宜解不宜结,你看咱们这低头不见抬头见的,总这么僵着也不好不是?"

"狼崽子？小杂种？"

曲伶儿心道这人好生记仇，当日在牢里骂他的那些他竟然全都记得，急忙讨好地笑着道："哪能啊？祁哥哥定是听错了。我怎么会骂你呢？"

苏岑刚好换了一身常服出来。

祁林站起来，"走吧。"

曲伶儿跟着送到门外，狠狠瞪了祁林背影一眼。

一路无话，苏岑知道自己在小天子面前说的那一席话肯定瞒不过李释，也知道李释下着大雨也要把他叫过去定然是要兴师问罪，心里委婉周旋的法子想了一堆，最后决定还是坦诚以待吧。毕竟是他先答应李释不碰那个案子在先，失信在他也不怪李释会生气。不过几次接触下来，李释也不是完全不讲情理的人，晓之以理动之以情，他不信李释真能把他怎么样。

祁林把人带到地方，苏岑一愣，这不是李释处理公务的勤务正本楼，也不是他之前住过的房间，而是正儿八经宁亲王的寝宫，是他从来都没涉足过的地方。

祁林道一声好自为之，替他开了门，做了一个请的手势。

房间里弥漫着缕缕檀香，天色昏暗，房内尚还没掌灯，只暖阁里一盏烛灯微弱。苏岑信步过去，只见一人浸在灯光下，直将面部线条勾勒得愈加凌厉。一袭黑色长袍披身，长发如瀑散落，看着像是就寝时的装扮，靠着案榻正翻看一本闲书。

苏岑刚待上前，李释头也没抬，道一声："跪下。"

苏岑一愣，除去第一次他过来时跪了个半死，其余时候李释从未要求，他也再没跪过。愣过之后，苏岑半步不敢再上前，就地跪下。

好在这次李释并没有让他跪多久，书翻了两页，随手往案上一扔，从榻上下来移步过来。

窗外雷声大作，苏岑借着一道闪电看清那人神情，眼神冰冷狠绝，宛如嗜血猛兽！

他根本没留给他解释的机会，这是想着直接把他弄死在这！

苏岑急忙起身，仓皇后退，还没站稳身子便被一只手牢牢箍住肩头，力道之大竟压着他又重新跪坐下去。

"王爷……"苏岑惊慌出声，眉心吃痛着皱着。

李释冷冷开口："我跟你说过什么？"

那一股子逼人的气势居高临下看着他，苏岑顷刻便出了整后背的冷汗，再出口的话音里多了几分颤抖，"王……王爷！你听我说，我不碰了，我再不碰那个案子了！"再不为自己辩解两句，他一点也不怀疑自己今天别想活着走出这扇门！

"晚了。"李释沉声道。

一巴掌呼扇而至，苏岑顷刻便被掀翻在地，没等他爬起来，只觉得一双强有力的手已经逼近了眼前，竟掐着他的脖子把他从地上提溜了起来。

苏岑眼里被逼得一瞬猩红。

窗外电闪雷鸣，尚不及房内凶狠残暴，李释如发了疯的猛兽一般，要就地把他剥皮拆骨。

直到那双眸子几近失焦李释才松了手，苏岑趴在地上又缓了好一阵子才回过一口气来。新鲜空气猛地涌入刚被蹂躏过的嗓子里，苏岑蜷着身子猛烈地咳起来。

李释轻轻皱了皱眉，知道自己手下得狠了，想着一会儿再给点甜头好好哄哄，这才俯下身子给他顺了顺后背。

"疼是让你长长记性。"

"我记起来了。"苏岑边咳边道："……你不是第一次想杀我了吧？"

那种窒息的感觉他刚经历过不久，略一回忆便记了起来，"当初在贡院门口……想杀我的那个人……是你吧？"

第
十
二
章

漠北

濒死之际，抵住他的喉头，屏住他的呼吸的那个身影跟眼前的人叠在一起，他忽然就想起来了，在他意识模糊之际，那人回头看了他一眼，一双眼睛深不见底。

"你现在是不是特别后悔……"苏岑苍白一笑，"当日没有杀了我……"

"当初召我进大理寺，想过有朝一日我会查到你头上吗？"

"你既然都把罪名推给柳珵了，就该让我继续查下去，说不定还可以借机铲除异己，除掉太后党最得意的左膀右臂。你今天不对我做这些，我不会记起来那个人是你，我永远也不会想到那个人是你！"

苏岑抬头直视那人寒峻的目光，"你最好今日就杀了我，否则我会一直查下去，我答应过田老伯要还田平之一个交代，你或是柳珵，即便我动不了你们，我也一定会让真相大白于天下！"

李释瞳孔森寒收缩，借着闪电苏岑看清那里面一闪而过的……是杀意。

"你有与生俱来的权力和地位，高高在上，万人敬仰，生来不懂人间疾苦。我们是蝼蚁，但蝼蚁有蝼蚁活下去的方式。你不知道一个仕子为了一朝及第得挑灯夜读多少晚，不知道一个父亲手执利刃陷自己于万劫不复之地是为了什么，不知道背负一条生命之重，我是走投无路了才会过来求你。你当我喜欢在你面前摇尾乞怜，你招招手我便得冒着大雨过来，跺一跺脚我就得震慑三分，我不过就是想活下去，你凭什么看不起我？"

判决来得意外漫长，苏岑感觉到李释身上的低压气息，以及那一分难以言喻的失望。

最后李释冰冷地吐了一个字："滚。"

苏岑愣了愣，暗自吐了一口气，没带一点迟疑地起来，落荒而逃。

祁林候在门外，尽管已经听了个大概，看到苏岑这副样子还是微微一愣，没等反应，人已经跑进了雨里。

祁林试探着看了看房里人的意思，略一颔首，动身追了上去。

最后还是祁林把人强行拉上马车，已然入夏，苏岑在马车里止不住颤抖，面色苍白如纸。

等到马车停了，苏岑刚要起身，只听祁林忽然道："爷不是那样的人。"

苏岑微微一愣，坐着没动。

"你出事那天爷在巡查西山北大营，听说你出了事才连夜赶回来的。"

苏岑冷冷道："你是他的人，自然为他说话。"

"爷要是去了，我不可能不知道。你信不过我，有北大营全体将士为证，爷当晚不可能出现在长安城里。"

"可是……"可是那个背影，那双眼睛能有假？

"那个黑衣人是我亲自审的，爷说不惜一切代价要审出那个对你下手的人。"

苏岑抬头，"审出来了吗？"

祁林摇了摇头，"那人就是个死士，一心求死，酷刑对他没用。"

苏岑皱眉，"可是他告诉了曲伶儿当年的凶手是柳理。"

祁林看着苏岑，突然问："曲伶儿的来历你清楚吗？"

"什么？"苏岑一怔。

"我们怀疑曲伶儿跟那个黑衣人是……一样的人。"

"不可能！"苏岑猛地直起身子，他知道祁林想说的是"同伙"，碍于他的面子才换了说法。

苏岑定神摇了摇头，"当初是他在黑衣人手底下救过我，他住在我家里，他若要杀我，我早死八百遍了。"

祁林道："或者说，曲伶儿以前跟他是同样的人。"

"以前？"苏岑跟着重复了一遍，想起来曲伶儿刚到他家时那一身的伤，以及他说过的被人追杀还有跳崖。

"他是从那里逃出来的。"苏岑猛地想起什么，急道，"那我让他去问那个黑衣人，岂不是暴露了他？"

"那人不会活着走出兴庆宫大门的。"

苏岑这才松了口气，撩开帘子看了看，雨势渐小，院门前朱槿的两个花苞被打得摇摇欲坠。他现在本该掀帘子下去，换下这一身衣裳，洗个热水澡，蒙上被子好好睡一觉。犹豫再三，竟是端坐回来，重新看着祁林。

"你为什么……要这么护着他？"苏岑轻声问，"若只是救命之恩，你为他拿下突厥，保护他这么些年，还没完吗？"

一时间马车内寂静无言，就在苏岑以为这人不会再搭理他时，祁林轻声道："不是我护着他，是爷一直以来护着我们。"

十五年前，漠北草原。

黄沙肆虐，间或夹杂着枯黄的蓬草，像头上长满了癞子的丑蛤蟆。

原来从高处看下去这里是这个样子的。

他舔了舔干裂的嘴唇，勉强咽了口唾沫，带动极度干涸的喉咙一阵生疼。

这应该是最后一天了吧？

他在这里已经三天了，被一根细牛皮绳子吊在哨塔上，起初是湿的，后来被阳光暴晒，抻紧收缩，陷进肉里，勒得手腕间鲜血淋漓，骨缝里都隐隐作痛。这三天来他滴水未进，他心里清楚这应该是自己能看见的最后一个落日了。围着他盘桓了几天的几只秃鹫早就急不可待，离他越来越近，就等着他咽气后俯冲而下。

在等什么呢？他吊着一口气又是在等什么？明明知道这里没有人救得了他，也没有人会去救他。

他凝视着苍茫的荒漠，为什么会被吊在这里？噢，对了，因为他杀了人。

他的主人……之一。

他是阿顿库勒，突厥话的意思是被上天抛弃的人，按照汉人的说法，就是奴隶。那种随便一头羊、一袋盐、几张兽皮就能换走的奴隶。

自他记事起就生活在这里，跟着几十个阿顿库勒一起，被驱使，被奴役，等着被挑拣。他知道如何明哲保身，在这样的环境下不出格、会隐忍才是生存之道，那些人手里有鞭子，有弩箭，还有狗，他们逃不了，反抗不了，地位甚至还不如那几只狗。

至少在有草原狼偷袭的时候，那些人会把他们放在前面，而把狗放在后面咬死那些后退的人。

本来他以为他会就这么下去，等着骨架长成了被买走，也有可能在某个寒夜没撑过去人就没了。直到那个孩子被带回来，身子骨比所有人都小，脸蛋白净，一点也不像这里的人。

第一眼他就知道，这种人在这里活不下去。

果然那个孩子来的第一天就没抢到吃的，最后怯生生走到他身边，拉了拉他袖口，叫了他一声"哥哥"。

于是他鬼使神差分了半块馕给那个孩子。

再后来变成了每天半块。

明知道是个累赘，可他受不了那孩子拿一双比漠北苍穹还要纯净的眸子看着他叫他"哥哥"。

后来听说那孩子是某个部落首领的儿子，部落营地被抢了，族人尽屠，剩他一个被卖给了奴隶贩子。

想来也知道这种人在这里过得有多艰难，可那个孩子会笑，眼睛眯成一条线，眼角向下弯着，眼里有他没见过的风采。

草原刚开始泛黄的时候人就病了，再后来连一天一块干馕也吃不下了，靠在他怀里，念叨从前阿姆给他吃的肉干、乳酪和奶茶。

那天，是他第一次走到了那些拿鞭子的人面前，他们把他和一只饿狼关在一起看人狼厮杀，怕他划伤了狼皮连块瓦片都没给他。他跟那只狼缠斗了一整天，最后徒手把那头狼勒死，换回了半块馍馍。

等他拿回去时……那个孩子已经死了。

那个孩子就躺在他们平时睡觉的那片草里，双手绑在身后，白净的一双腿上青紫交加，流出的鲜血染红了整片干草，那双干净的眸子张大着，眼里是这个年纪不能承受的恐惧和痛苦。

他抱着那个孩子抱了一天一夜，他的血，狼的血和那个孩子的血交混在一起，还有一股难以言喻的腥臭味。

第三天，他用染了血的干草编成的绳子把其中一个奴隶贩子勒死在那个孩子的尸体前。

他颤抖着放下绳子的时候，突然想去看看那个孩子说过的长河落日。从这里一直往东走，直到看到最大的一棵胡杨树便是他们部落所在的地方，有一条从雪山上下来的河从营地旁经过，每天日落的时候，河面便会映出粼粼余晖。

可他最终也没看到那条河，当天晚上便被那几条狗追上了，他被拴在马屁股上一路拖了回来，随后被打断了两条腿，当着所有人的面被吊在哨塔上。

第一次能这么清楚地观察他生活了这么多年的地方。

这里是草原和戈壁的衔接处，一年四季似乎都是这么一幅景色，青黄不接，像块长满了虱子的破毡布一样。

真丑啊，肮脏、破败，没有希望。

当空的烈日晒得他脑袋发晕，直把他身体里最后一点水分都蒸发殆尽，那几只秃鹫已经迫不及待落到他肩头准备开餐了，他却再也没有一点力气动一下。

视线开始模糊，只觉得天地一线间升腾起大片尘烟。

再后来幻听也来了，恍惚间听见铁马嗒嗒而来，排山倒海之势，刀锋呼啸，如疾风骤雨，尖叫声哀号声乍起，人声犬吠，刀兵相接。

余光所至，一人一身玄衣黑甲端坐在马上，说不出的雍容沉稳。察觉到他的目光，一双纯黑的眸子抬起，瞥了他一眼，随即搭弓引箭，直冲着他过来。

那人射断了绳子，他甚至连声惊呼都没发出来，急急下坠，正落到那人马前。

一双用金线绣着双龙吐珠的长靴从马上下来，站定在他身前。他自下而上看过去，稳稳跌入那双饶有趣味看着他的眼睛里。

"这人我要了。"那人向后吩咐。

随即转身上马，慢悠悠地驶离了这片血腥地。

那年，他十三岁，那人把他从地狱的深渊里拉回来，把他带离了那个地方。

他无以为报，只能生死相随。

苏岑望着那双浅淡的眸子，眼里多了几分敬佩之情，奴隶堆里出来的孩子，别人尚未开蒙之期，他便早已在生死边缘打过了好几个滚，所幸心智未被蒙尘，仍懂知恩图报。

祁林缓了片刻，才道："当年的捕鱼儿海，不是爷让我们去的，是我们自己求来的。"

"嗯？"苏岑抬头。

"汉人是看不上我们突厥人的，在这里是，在漠北也是。"

苏岑微微皱了皱眉。

"我们杀敌，他们笑我们屠戮同族，凶残血腥。我们留情，他们又道我们忘恩负义，是喂不熟的白眼狼。在军队里，一个突厥人可以随意被欺辱，因为他们知道我们不敢反抗，汉人违反军纪顶多是一顿杖刑，但突厥人，会死。"

"若不是有爷护着，只怕我也活不到现在。但爷能护我们一时，却护不了我们始终。爷养着我们已是犯了忌讳，几十万汉人将士的心不能寒，爷要顾全大局，有些事上不得不有所偏倚。"

苏岑心下暗惊，当初只道宁亲王独断专行，从来不把旁人放在眼里，没想到却也是心思如发，治理三军靠的不是一意孤行，这人也有过自己的求而不得，想护而不能护。

"既然我们不能立德，那便立威，不求汉人敬我们，那便要他们怕我们。"

"所以你们进了捕鱼儿海？"

"爷从来没发过话要我们非得干什么，是我们自己决意要去的。汉人不敢干的事我们来干，汉人做不成的事我们来做。一百五十人，只回来了二十人，但从此以后再也没有突厥人被欺辱，图朵三卫再也无人敢惹。"

苏岑静默，用一百三十人的鲜血铺成的路，回来的二十人也都是手上沾满了同族人的血，不成功便成仁，为了有一席立足之地，需要生生用活人的鲜血献祭。

他们到底是什么人？他们到底是从捕鱼儿海回来的，还是从地狱回来的？

"所以刚回京的时候也是……"

当年宁亲王率图朵三卫回京，朝中有心之人早就打算借题发挥，打狗顺便给主人个下马威。正巧祁林一身胡刀戎装，把小天子直接吓哭在朝堂上，没等别人发话，李释二话没说罚了五十廷杖。错筋断骨的廷杖，五十杖足以要人性命，可这人行完刑竟自己走回了兴庆宫。那日长安城里的人都看见，一人从宫里出来，全身浴血，却走得沉稳挺拔，不带一步凝滞，一时成为长安城茶楼酒馆的谈资，惊为天人。

祁林听明白了苏岑说的是什么，点点头，"是爷故意安排的，爷在边关待了多年，当时朝中势力薄弱，爷需要立威，我们也需要立命。"

"你就没想过自己走不回去？"

祁林往后一靠，眯眼看着篷顶纱幔，"当日我吃了小还丹，锁了全身经脉，可闭一时痛觉。"

锁了经脉，虽能麻痹一时，事后且不说疏通时针扎般刺痛，锁住的痛觉也会决堤而来，足以将人淹没。

"那后来呢？"

"后来……"祁林微微一忖，"后来爷用续命金丹帮我吊了三天，耗了兴庆宫大半个药库。"

苏岑想起当日引路的太监提起祁林时的神情，虽鄙夷，却又有几分忌惮，想必也是当日被威慑住了。

"所以，爷也不是无所不能，在这长安城里没有什么是理所当然、与生俱来的。"祁林轻轻摩挲一截指骨，"你父母兄长可还健在？"

"嗯？"苏岑微微一愣，"都在。"

"待你可好？"

"好。"

"所以你不知道父子离心、兄弟离德是什么滋味，没经历过阴谋暗算，没失去过至亲至爱。当年太宗皇帝驾崩时突厥突然起犯，爷被困在边关都没赶上见最后一面。温小姐过府，爷怕朝中风云牵连了她，从没碰过温小姐一丝一毫，人却还是莫名就死了。先帝仙逝时确实留下了一道圣旨，说小天子若无德，可取而代之，却也在殿外布下了天罗地网，爷若真拿着圣旨出来了，当即便会血洒含元殿前。你只知道他高高在上受万人敬仰，太宗皇帝留有十四子，为什么偏偏是他高高在上你想过吗？"

苏岑愣在原处。

自己拿一条人命喝责他，却不知那人手里握过上万人的性命，道他不懂父子羁绊之情，他却得防着至亲之人的猜忌算计，一步一步走到如今，洒了一路淋漓的鲜血。

苏岑暗自低下了头，"我那些话不是有意的。"

"我知道。"祁林微微点头，"我今日跟你说这些只是想告诉你，你的处境、你的想法，爷都知道，他不让你碰自然是有他的考量，你不要怪他。"

祁林顿了顿又说道："爷是关心你。"

苏岑一愣，"他这是关心我？"

祁林道："兴庆宫里从未留过人，爷那枚扳指也从未离身过。"

苏岑只觉心底的一角轻轻塌陷下去，淹没了之前尖锐的棱角。

"有劳祁侍卫今日告知我这些。"苏岑微微颔首，撩起车帘准备下车，"是非对错我会重新考量，只是他有他的理由，我也有我的坚持，若真是无法妥协，只能异路而行。"

车外早有人掌了灯撑了伞，祁林紧随着下来，接过侍从手里的伞，护送苏岑回了苏宅。

苏宅门槛倒是不高，但苏岑抬腿的时候还是不小心被绊了一下，祁林手快轻轻扶了一把，他这才稳住身子。

这动作本来没什么，但苏岑身形本就有些羸弱，再被祁林高大的身形一挡，夜幕下怎么看怎么像苏岑被人暗下黑手。

"住手！"只听一声怒喝，曲伶儿扔下手里的瓜子从庭廊下一个空翻来到两人近前，再一看苏岑脸色煞白，登时大怒，"你对我苏哥哥做了什么？"

当初祁林冒雨过来接人他就觉得不对，再一想苏岑走时的神情凝重，心里越发不安，这阵仗怎么看怎么像兴师问罪来了。天下乌鸦一般黑，当官的除了他苏哥哥就没一个好东西，更何况还是李释这种级别的。曲伶儿泪眼汪汪看着苏岑，"他们是不是对你用刑了，鞭刑？笞杖？"转头凛然对着祁林，"地牢是我闯的，人是我问的，有什么冲我来，欺负我苏哥哥一个柔弱书生算什么本事！"

"伶儿……"苏岑都不知道曲伶儿这清奇的脑回路又拐到哪个犄角旮旯里了，"雨天路滑，我摔了一跤，祁侍卫送我回来的。"

曲伶儿顶着祁林冰冷的目光悻悻躲到苏岑身后，强行狡辩："那也是在去你们兴庆宫的路上摔的，你们也脱不了干系。"

"摔哪了？"曲伶儿一脸关怀。

"我无碍。"苏岑摆摆手，不欲多说。

两人送别了祁林，曲伶儿扶着苏岑回了房内。

苏岑泡好了茶，道一声"关门"，为曲伶儿斟下一杯茶。

竟还是当日的碧螺春。

"苏哥哥……"曲伶儿从苏岑手里接过茶明显受宠若惊，端着杯子半晌没敢动。

直到看到苏岑喝下一口，这才怯生生抿了一小口。

苏岑放下茶杯道："我当日答应过你不过问你的来历，但如今这已经关系到好几条人命，你能回答的我还是希望你能如实相告。"

"祁林都告诉你了？"曲伶儿悻悻放下茶杯，就知道这茶没这么好喝，敛下眉目，长长的睫毛垂下来，像头温顺的小兽，"苏哥哥，我真没想到会牵连到你。"

"我知道。"苏岑点头，"你当日救过我，我自然相信你没有恶意，我只是想知道那个黑衣人——或者说你们，到底是什么人？"

曲伶儿抿了抿唇，终是下定决心抬起头来，"苏哥哥，你听说过'暗门'吗？"

"暗门？"苏岑眉心一皱。

"暗门下又分八门，对应道家的八卦奇门。休门管暗门内务，各地分坛经营选址、人员招募皆由他们说了算。生门求财，各地商贾中遍布他们的人，他们为暗门提供经济来源，同时暗门也会为他们摆平一些不必要的麻烦。伤门管兵器铸造。惊门管暗杀埋伏。杜门遍布大周官场，下至地方边境，上至朝堂中央。景门多是为暗门出谋划策的谋士，主文书之职。死门职在军事，主管挑起战事。开门则是暗门的核心人物，掌握着暗门最核心的机密。"曲伶儿顿了顿才接着道，"我本是伤门的左使，主管暗器营造。刺杀你的那个黑衣人应该是惊门的人，但我师父韩琪同时任伤门、惊门两门的门主，伤门、惊门的界限也就没有那么明显。有些伤门的人也会出来做一下暗杀，惊门的人也会自己自制一些顺手的武器。"

"商贾、官场、军事……"苏岑蹙紧了眉，半晌才回过神来，"这么猖狂，朝廷不管吗？"

"管啊，就那李释，带兵围剿了几次，可是敌在暗兵在明，每次都收效甚微。"

"李释知道？"苏岑咬了咬唇，难怪一牵涉到那个黑衣人，李释就不许他碰那个案子了。既然他早就知道，那不许他碰是护他周全，还是怕他牵连出更多人？

"暗门内部分工明确，且神秘异常，我与那黑衣人相见且不能识，若不是上次在地牢里他认出了我，我真不知道他是暗门的人。"

"苏哥哥，我也奉劝你一句，暗门关系庞大，这案子牵涉到暗门，肯定不会这么简单，你还是不要管了吧。"

"我问你最后一个问题。"苏岑看着曲伶儿，认真且笃定，"暗门里有没有一个精通易容术的人？"

世
子

"易容术？"曲伶儿凝眉想了想，"这我倒是没听说，但是暗门里人员复杂，保不齐就有精通的能人异士。"

苏岑凝眉，心里已经有了论断。若说李释想要杀他，刀枪剑戟或者像今日这样直接徒手掐死他，他都信，但背后偷袭这种事，他相信李释干不出来，也不屑去干。

但那张脸那么清晰深刻，他亲眼所见，也作不了假。

那定是有人打着李释的幌子过去暗杀他。

"苏哥哥，暗门诡秘莫测，我在那里待了十几年尚不得窥其全貌，你一定要小心。"

苏岑点点头，又问："所以他们追杀你是因为你刺杀李释失败？"

"那倒不是。"曲伶儿放下茶杯，拿了块盘子里的板栗酥，"暗门每年派出去刺杀李释的人没有一千也有八百了，要都因为没杀成就被干掉，暗门早没人了。"

难怪祁林对他片刻不离身，也难怪祁林会对那个黑衣人痛下狠手，都是刀光剑影里的老相识了，也没必要再含情脉脉走过场了。

"那你是为什么……"苏岑话没说完，只见曲伶儿幽怨的小眼神轻飘飘地瞥过来，顿时就知道自己问了不该问的了，无奈摆摆手，示意人可以退下了。

曲伶儿又抓了两块板栗酥适才慢悠悠走了。

苏岑头枕着半截胳膊趴在桌上，周遭一瞬安静，能听清自己的呼吸声，只觉身子被抽空大半，再也不想动了。

现在几乎可以肯定李释不让他再接手这个案子是与暗门有关，暗门的触手触及大周各处，李释知道并围剿过。暗门诡秘难有成果，但凡是个识时务的人就不会干这种出力不讨好的事，从这一点看，李释倒算是为了大周社稷。

一直躲在暗处的暗门又是为了什么要在田平之这个案子里插一脚？一个十几年前死的科考仕子凭什么引起暗门的关注？层层线索引向柳珵，他又在其中扮演着什么角色？同时把朝中举足轻重的两个大人物拉下水，他们到底想干什么？

苏岑指尖轻轻敲着桌面，思路却慢慢不受控地移向了别处。那李释不让他碰这个案子为什么不直接告诉他原委？

苏岑强打精神抬起头来，明日就去找李释，有什么当面说清楚问明白，若真是因为这什么暗门，那他也能帮着出一份力。与其剜肉补疮，不如根除病灶，就是一个田平之嘛，一查到底，他就不信这件案子暗门没有牵涉其中。

一夜长梦，梦里听见铁马踏冰而来，那人执笔泼墨，三军阵前写下"云横秦岭家何在"的悲壮之词，剑眉入鬓，眼底情绪翻涌，波澜壮阔。场景一改，那人将一把湘竹伞送到他手上，眼里含笑，像一壶醉人清酒。

千里黄沙百万雄师中驰骋的是他，纵横捭阖朝堂上稳操胜券的也是他。

第二日一早，雨仍未停，改换了淅淅沥沥的小雨。正逢休沐之日，换作平常苏岑定要睡到日上三竿，今日却一改常态早早起床束发，站在衣橱前踌躇了半晌，想起李释那一身玄衣戾气太重，特地选了一件素白的暗纹芙蕖苏锦衫。

又从橱柜暗格里拿出一盏天青釉的捧荷茶罶来，入京前大哥给的茶，若说当初曲伶儿喝的那茶数极品，那这一罶就是极品中的极品，专挑的洞庭湖旁初春第一道头茶，一年只出这么一罶，一两足抵万金。几年前大哥刚成了家，娶了江宁布庄岳家的千金小姐，虽说看着有几分联姻的意味，两人却是一见钟情，大哥沉稳，嫂嫂温婉，不失为天造地设的一桩好姻缘。就有一点，大哥那岳丈极好茶，每年的那点头茶都被大哥拿去孝敬了岳丈，念及他这次入京可能需要打点，这才把今年的给了他，他尚且没舍得喝，真是便宜了李释那个老东西。

到了兴庆宫时才辰时刚过几刻，宁亲王日理万机，苏岑特地赶个大早，免得到时候还得打断他。正赶上兴庆宫值夜的侍卫换防，都是当初一起斗智斗勇过的，见他过来道一声"苏公子来了"，直接放他进去了。

念及昨夜在宁亲王的寝宫里发生的事，苏岑还是心有余悸，想了想，索性在曳龙池旁等，这里是前朝和后殿的必经之路，总不至于错过。

到了当日的湖心亭，刚收下伞，苏岑不由得一愣，竟有人捷足先登了。

听见身后脚步，那人也回过头来，微微一愣之后目光由热转凉，一双丹凤上挑着睨了他一眼，眼里的轻蔑都不屑于隐藏。

"你谁啊？"那人问，"门口的侍卫怎么回事？什么东西都随便往里放。"

东西？

苏岑眉心微微一皱，没急着作答，反倒仔仔细细把人看了个彻底。一身张扬的绛红浮光锦，又用金线绣了牡丹纹路，提花款式一看便知是宫里的手笔。

能用金线，定然是皇亲国戚，但这人衣物虽张扬，档次却不高，尚不及郑旸那个便宜世子。看年纪阅历也不像能建功立业的样子。既如此，那定然是世袭了某位异姓王的外戚。

苏岑收了伞恭敬行礼，"下官见过世子。"

那人挑了挑眉，"你认得我？"

"世子丰神俊茂，王爷自然时时提起。"

"哦？"那人来了兴趣，"那王爷还说我什么了？"

"王爷还说……"苏岑冷冷一笑，"世子能力太差，入不了他的眼。"

那人脸色一瞬变得锅底一般。

苏岑这一句刚好戳中痛处，那人噌地站起，指着苏岑，"你算个什么东西！"

是啊，他又算什么东西？

苏岑突然就没了再纠缠下去的兴趣，他也好，这人也罢，不过都是被人召之即来、挥之即去的沦落人，在这里锱铢必较又有什么意思。他自顾自拿起伞，抱起桌上的茶罂，准备走。

苏岑撑好伞刚抬步，只觉腿间被什么一绊，身子不受控地向前倾去！目之所及是直上直下的两级石阶！

苏岑慌乱之间伸手撑地，茶罂坠地，上好的天青釉摔得粉碎，一块碎片嵌入掌心，苏岑只觉疼意袭上脑门，眼前一黑。

好不容易缓过一口气来，一睁眼，一双皂靴出现在眼前，苏岑顺着看上去，一双星眸如千尺寒潭，深不见底。

苏岑抬头愣了片刻，只见那人不说话也不动，只是看着他，面上不喜不怒，看不出什么情绪。

他带来的那只伞兀自飘在湖面上，越飘越远。

苏岑握着自己伤了的那只手爬起来，抖了抖衣衫上的泥泞，垂下眉目，恭恭敬敬见礼。

血水顺着掌间纹路滴落下来，落到被雨打湿的台阶上，落到极品碧螺春根根毕现的白毫上。

李释神情总算动了动，问道："怎么回事？"

苏岑微微回头瞥了一眼那位早已吓得面色苍白的世子，突然觉得特别没意思，看着别人的脸色过日子，为了别人卑躬屈膝身不由己。

可悲又可怜。

他直起身子，冲李释微微一笑，"无妨，不小心摔了一跤。"

"是吗？"

苏岑受够了他这副表情，云淡风轻中带着掌握一切的从容，好像他招招手别人就得卑颜屈膝感激涕零似的。他咬咬牙，忍着掌心一跳一跳的剧痛，道："若是无事，下官退下了。"

李释却没有让开的意思，看着苏岑，"远辰还小，你让着他点。"

身后的萧远辰萧世子立马趾高气扬抬起头来。

苏岑突然心头没由来地一轻，忍不住笑起来，"王爷说笑了，您是王爷，他是世子，我一个小小的大理寺正何德何能，何来我让他之说？"

"还是说在王爷手下办事还得讲究个先来后到、三从四德？"冷冷一笑，"若是如此王爷大可不必担心了，当初我说入王爷门下不过是形势所迫，王爷如今看不上我自然也不会强留，我自己走就是了。"

李释微微皱了皱眉，"子煦，别闹。"

"别喊那个名字！"苏岑突然暴起，又一字一顿咬道，"别再喊我的字！"

当初行弱冠之礼，林老头给他起一个'煦'字，是希望他明煦如阳、煦煦为仁。但在此时此地此种情形之下被喊出来，他只觉得是自己玷辱了这个字，辜负了林老头一番期许之情。

"下官告退。"苏岑强忍着胸腔里横冲直撞的灼热气息直视着李释，眼神里已近恳求。

让他走吧。

他已在这人面前出尽了各种丑，临了就不能保全他最后那点尊严吗？

李释微微皱了皱眉眯眼看了人好一会儿，后退一步，让出一条路来。

苏岑重重吐了一口气，踩着满地新茶离去，碧螺春湮没在低洼的泥沼里，虬曲盘结，满目淋漓。碎了也好，苏岑心里一松，当日便是在这湖心亭里品茶论道，如今也算做个了结。

反正在场的所有人，包括他在内，也没人能配上这茶。

直到目送苏岑腰杆挺直地大步离去，一席身影消失在烟雨朦胧深处，李释才收了视线。

萧远辰换了一副笑脸上前一步，"王爷，我从大早就……"

"滚。"

唇齿凉薄，冰寒彻骨。

淋了雨又负了伤，苏岑在家休养了三日才重回大理寺，本想着自己开罪了李释定然不会再有好日子过，识时务地夹着尾巴做人消停了好些日子，东西都打包好了，随时准备滚回他发了霉的后殿去。怎料人就像忘了他一样，寺正做得顺风顺水，宋建成走了，连个能呛话的人都没了。

他得给自己找点事儿干，纠结再三，还是决定重拾贡院的案子。

这件案子到田老伯被暗门暗杀便算断了线索，暗门这边他插不进去手，无奈之下只能从十二年前田平之那件案子着手。

大理寺的卷宗他都翻遍了，永隆二十二年三月到四月期间卷宗呈现空档期，不仅田平之的案子，好像整整一个月大理寺都没接手新的案子。到了五月，太宗皇帝驾崩，神宗李巽继位，大赦天下，大理寺更是沉寂了一般，一直到来年三月才又有了新的记载。

不过自从神宗继位，陈光禄所办的案子就日益减少，最后虽是升了大理寺卿，但没过几年人就致仕了，从此销声匿迹，再也没了音信。

大理寺官方案宗里没有，那……天下刑官手里奉为圭臬的《陈氏刑律》呢？

苏岑立时兴奋起来，《陈氏刑律》流传广泛，多次翻印档次参差不一，所幸现任大理少卿张君就是师出陈光禄，手里有一整套《陈氏刑律》就摆在他书房最显眼的博古架上，据说当年还得了陈光禄的亲笔题字，算得上最原始一版，也是最为详尽的一版。

苏岑本以为这是件简单的事，借来看上一看再还回去就是了，不料竟还出了岔子。

张君一脸为难地看着苏岑，倒真不是他小气，实在是这书已是绝版，又有老师的亲笔题字，他还指着拿这书传给子孙后代留个念想，所以早就立下了规矩，这书不外借。

不借就不借吧，苏岑靦着脸带着礼亲自上门，在人书房里借看上一眼总不算过分吧。临上门前苏岑还特地沐浴焚香，好像看的不是刑律，而是佛经似的。

都到这份上了，张君也无可奈何，在前厅跟人寒暄了几句，茶水刚送上来，只听后院敲锣打鼓，来往的下人只道后院走水了，等两人赶过去时，书房早已火势冲天，进不去人了。

张君颓然瘫坐在地，这小祖宗真是好能耐，走到哪瘟神跟到哪。还没等缓过一口气来，只见一人披着一身湿衣已经冲进了火场里。

张君往身后一看，差点给吓晕过去，刚刚还跟在他身后的人不知何时竟没了踪迹，再一想刚刚那个身影……

仰天长啸一句苍天啊，招惹上这位小祖宗他是造了什么孽！这是何等人物啊，这要是折在他这了，明日他就得提着全家脑袋去面见那位！

当即踉踉跄跄爬起来就要往火里冲，被下人强行拉住这才作罢。

"愣着干吗，救火啊！"张君振袖一呼，如夳了毛的母鸡一般亲身上阵，举着水桶往井边冲。

苏岑刚进火场就被迎面而来的火舌逼得身形一晃，他强忍着针扎般的刺痛四处打量，火势最凶的正是书房里的博古架，没猜错的话那里应该就是起火点。

这明显是有人冲着他来的，他刚查到这立马就有人过来销毁证据。

这也正说明了这书里肯定有什么见不得人的秘密。

《陈氏刑律》四大本，倒是好认，烧得正旺，苏岑刚待上前一步，房梁不堪重负噼啪一声，正砸在苏岑面前一步之遥！

苏岑霎时起了一后背毛毛汗，心道一声好险，跨过房梁将书从博古架上取下，拿湿衣物一包，立时往外跑。

几乎是他迈出房门的同一瞬，身后轰然而碎，整片房梁坍塌倒下。

张君白眼一翻，险些又要晕厥过去。

直到看到那袭身影从尘土飞扬中杀出，一口气才勉强上来。

苏岑把书往地上一扔，提起一桶水兜头浇下，沁凉的井水直激得人打了个寒战，苏岑才觉得自己总算又活过来了。

他提着书来到张君面前，含笑看着张君，"张大人，这书……"

"拿走，你都拿走。"张君急忙摆手把书推给苏岑，"想去哪看去哪看，千万别在我家就行。"

苏岑当晚便把书带回了苏宅，晚饭都没顾上吃，穿着一身灰扑扑的衣衫便埋头进了书房。

白日里张君那急着出手的态度也是情理之中，现在这书就好比烫手山芋，书在哪灾祸便紧随其后，他得在放火那人得知他把书救出来之前把书看完了。

封皮早已烧尽，扉页烧了一半，陈光禄提的几个字犹在：持心如衡，以理为平。

苏岑不由得心绪激荡，简简单单八个字，足以作为天下刑官判案量刑之准则，然而又有几个人能真正做到？官场练达，人情世故，左右逢源，要做到心衡理平，问心无愧，谈何容易？

想着自己衣尘仆仆，竟要以如此面容面对这盛世绝学，苏岑心虚地搓了搓手，道一声得罪了，这才启了书。

一盏烛灯，半纸残卷，伴着夏夜虫鸣，点滴已至天明。

苏岑合上书时天光刚刚聚亮，他活动了一下僵硬的脖颈，刚起身，门缝里悄悄探了个头进来。

"苏哥哥，看完了？"曲伶儿端着一盅参汤进来，把汤放在桌上，对苏岑道，"饿坏了吧，先喝盅汤。"

苏岑这才感觉到饥肠辘辘，一碗参汤下肚身上才活络起来。他看了一眼曲伶儿，又看了一眼天色，惊道："你们也一宿没睡？"

"哪能啊。"曲伶儿嘻嘻一笑，"是阿福，担心你半夜饿了没东西吃，守着这汤守了一夜，我是刚刚才把他替下，将他赶回房里睡觉去了。"

苏岑看着尚带温热的碗，半晌只能道一句："多谢。"

"可有什么发现？"曲伶儿凑上来。

"嗯。"苏岑拿起一册书，翻到某一页递上去，"《陈氏刑律》不同于卷宗，因常作为援例使用，所以编写时都是按事件编排的，而非时间，所以找的时候费了一番工夫。我按照大理寺卷宗将书中事例都重新进行了编排，这才找到当年被隐藏的案子。"

曲伶儿对着书瞪了半天，"苏哥哥，我看不懂。"又对着苏岑瞪了半天，"我也听不懂。"

苏岑轻轻叹了口气，"听说过陆家庄吗？"

"陆家庄？"曲伶儿想了想，摇摇头，"没听说。"

"案子发生在永隆二十二年夏，死了一个死刑犯。"

"死刑犯死了有什么好稀奇的？"

"但是当时是新帝登基，大赦天下。那个死刑犯名叫陆小六，是定安侯府的一名奴仆，永隆二十一年冬因酒后失手把侯府的小侯爷推到荷花塘里淹死了，被侯府的人打断了一条腿扭送到大理寺，判了死刑，原定于来年秋后处斩，不承想正碰上新帝继位，捡了一条命。后被遣返原籍，也就是陆家庄。"

"这人倒是命大。"曲伶儿啧啧两声，又问，"那怎么就又死了呢？"

"遣返原籍的当天晚上就死了，当时说是这陆小六贼心不改，半夜里喝了酒去调戏猎户家里的女儿，被人活活打死了。"

"啊？"曲伶儿抽了抽嘴角，"这得是多大的酒瘾？上次喝酒就险些送了性命，竟然还敢喝。"愣了一会儿才听出问题来，"这案子有什么奇怪的？"

"你也发现了吧。"苏岑微微一笑，"就是因为这个案子不奇怪才正是它的奇怪之处。大理寺所办的案子，要么关系皇亲贵族，要么是京中的重案要案，这么一件小地方的小案子为什么会引起当时大理少卿陈大人的关注？"

"啊，对！"曲伶儿点头称是，"我之前是觉得怪，但说不上来是哪里怪，你这么一说好像确实是有问题。这件案子太小了，而且案情清晰，确实没什么好说的。"

"还有更怪的。"苏岑接着道，"陈大人接手这个案子后，打死人的那个猎户就到衙门自首了，对犯罪事实供认不讳，还有好些个陆家庄的村民都证实是陆小六调戏猎户女儿在先。后来陈大人亲自开棺验尸，你猜如何？"

"如何？"

"棺材是空的。"

"空的？"曲伶儿抬起头来，"那陆小六的尸体呢？"

苏岑摇了摇头，"有人说被猎狗叼走了，也有人说陆小六当时就没死，醒了之后又从棺材里爬了出来，更有甚者，说陆小六被山神娘娘招走了，做了伥鬼。"

曲伶儿眨巴眨巴眼，"什么是伥鬼？"

"为虎作伥听说过吗？"

曲伶儿瞪大一双眼摇摇头。

苏岑用尽平生素养强忍住把人赶出去的冲动，冲着那碗参汤耐心解释道："传言被老虎咬死的人就会变成伥鬼，得给老虎找到下一个受害者，灵魂才能解脱。村子里有个传说，后山上有一个山神娘娘，专找横死的人来给自己当奴仆，打猎的猎户说后山有时候就能看到无人认领的尸骨，那都是山神娘娘招走的伥鬼，还有人说在雨夜看见过百鬼夜行，最后消失在深山里，再也没出来过。"

曲伶儿打了个寒战，捋捋胳膊上的鸡皮疙瘩，"咱们还是说案子吧，别说这什么伥鬼了。"

苏岑摊摊手，"有人证，有物证，还有人认罪，还有什么好审的？这陆小六本就是个死刑犯，看来是阎王老爷不放人，谁也留不住。"

"哦。"曲伶儿垂下眉目，趴在桌上，"这跟田平之的案子，跟暗门有什么关系啊？"

苏岑阖上书站起来，"我现在也说不上来，但陈大人把这件案子通过这么曲折的方式留下来，定然有他的道理。"

而且这个时间，距离田平之案过去不过几个月，难道这期间陈光禄是查到了什么，才从京中辗转到了一个偏远的小山村里？

这案子到底是有什么稀奇之处，见不了官方卷宗，只能通过这种奇闻异事存留下来？

见苏岑又开始神游天外了，曲伶儿收拾碗筷悄悄退了出去，临走时轻声道："离天亮还有个把时辰，你歇息会儿吧。"

也不知人听没听见。

接下来几日，苏岑又分别找了有关陆家庄及陆小六的一些线索，皆是一无所获。尤其是陆家庄，自陆小六那事之后，别说命案，就连小偷小摸邻里纠纷等鸡毛蒜皮的事都没再出现过，整个村子像是游离于大周司法之外一般，再无只言片语的记载。

不过倒也不是全无所获，书房走水过后没几天，张君捏着一块水头不错的玉坠过来问苏岑是不是他丢的，打扫书房时从余烬里找出来的，不是张府的东西，这才猜测是不是苏岑进去救书时不慎落下的。

苏岑不说是，也不说不是，只道一句："冰花芙蓉颜色改，云端轻絮玉天成"，便将那块坠子拿到了手。

苏岑握在手里端详了良久，此玉名为冰花芙蓉玉，属于少见的粉色玉种，内有通透的冰花纹路，其颜色会随着佩戴时间而逐渐加深。

也正是因为如此，此玉多为女子佩戴。

他之前一直以为是有人追踪他到了张府，如今看来也不尽然。没人会出来杀人放火还带着块坠子，此人极有可能就出自张府内院，听说他要借书，便把书房烧了，还不知道他要借的是哪本，不然也不会烧了半天一套《陈氏刑律》还没烧完。

那这人出现在张府是必然还是凑巧？若是必然，耳目遍布朝廷命官家中，这人到底想干什么？

第
十
四
章

廷辩

苏岑觉得自己可能是这天底下最悠闲的朝廷命官了。

可能是见识到了他的闯祸功力，先把朝中两大权臣得罪透了，走到哪，哪就有暗杀，随便一查就能牵扯出几十年前的旧案子，张君只能将这位爷当成祖宗供着，案子从来不敢让他接手，打着他新官上任熟悉业务为由，一摞一摞案档往这送，力求把苏岑圈禁在书房里。

苏岑倒是乐得清闲，平日里帮宋建成养养花遛遛鸟，借着机会恶补一通官场规则。这件案子办到现在之所以束手束脚，有李释的强加干涉，却也有他几分横冲直撞不知通权达变的原因。他心里明白张君不可能一直圈着他，这件案子牵涉广泛，等他真正能放开手脚查的时候，势必要对律法游刃有余，最好还能找出可钻的空子，让人再也挑不出把柄拿捏他。

大理寺的日子过得还算轻松惬意，就有一点，他如今官居从五品，须得初一、十五入朝参加朝会，虽说以他的级别只需要，也只能跟在后面看看热闹，但好在总有人不甘寂寞，愿意出来给大家逗逗乐子。

苏岑点着瞌睡躲在人群后头听吏部侍郎推举湖州刺史的人选，心下了然，一会儿又有好戏看了。

这湖州是什么地方，天下人道"苏湖熟，天下足"，这湖指的就是湖州，素有天下粮仓之盛誉，不用说也知道是个肥差，自古为朋党必争之地。

本来之前的湖州刺史干得好好的，奈何太湖上闹水匪，刺史带人剿匪途中竟不慎落水死了，震惊朝野，连苏岑这两耳不闻窗外事的也有所耳闻。后来朝廷派兵围剿，水匪没了，只是这刺史人选又起了风波。

毕竟谁占了湖州就等同于抢占了一座小金库，爱财之心人皆有之，楚太后就一直想着把自己侄子送过去，只是奈何这前面还有一座大山挡着，那位宁亲王也不是吃素的主，凡事都要横插一杠子。

苏岑听着吏部侍郎在那长篇大论、极尽阿谀奉承之能事，大力吹捧楚太后那位侄子，目光慢慢游离，不自觉地就落到了那人背影上。

那位宁亲王看样子倒是并不在意这跳梁小丑一般的行径，随意靠着椅背，一手轻轻搭在扶手上，不经意地摩挲着手上的墨玉扳指。

这人好像与生俱来一种鲜明的气度，英英玉立，一眼就能与众人区分开。

果不其然，等吏部侍郎奏报完，李释不说是，也不说不是，扳指轻轻在扶手上叩了一下，这边立即有人站出来，"臣有异议。"

发话的是兵部尚书，直接道："湖州之地，水患横行，派一个养尊处优的少爷过去只怕剿不了匪，还是得喂了太湖里的水鬼。臣保举魏州司马康箎，身经百战，可保湖州太平。"

立马就有人出来反驳，"岂有此理，我大周何曾有武将担任过刺史一职！"

兵部尚书冷冷一笑，"非常之地当取非常之法，你忘了上一任湖州刺史是怎么死的了吗？"

下面吵得热火朝天，为难的还是庭上的小天子，看看这边，又看看那边，瞥一眼柳珵，又看一眼李释，小脑袋转得像个拨浪鼓似的，就是拿不定主意。

身旁的太监趁着下面吵得激烈，悄悄探上去在小天子耳边耳语了几句，不几时果见小天子眉心一展，还没等发话，只听一声轻咳。

朝堂上一瞬寂静，只见李释抬了抬手，指着那个太监一点，"拖出去，杖毙。"

"皇叔？"小天子怔愣抬头，难以置信地又问了一遍，"皇叔你说什么？"

"宦官干政，祸乱皇权，罪无可恕。"

那太监一愣，登时跪地叩首，"皇上饶命，王爷饶命，奴才……奴才没有……奴才只是奉命行事，王爷饶命啊！"

这太监自小天子继位以来就奉楚太后之命侍奉天子左右，天子近侍又有楚太后撑腰，平日里在宫里都是横着走，这才敢当廷为小天子拿主意。本想着太子为难之际传达一下太后的想法，日后说不定还能邀功请赏，只是没想到怎么就碍了宁亲王的眼，无端被扣了这么大一顶帽子。

柳珵终于忍无可忍，上前一步，"王爷，打狗也要看主人！"

李释挑了挑眉，"你是说这宦官乱政是有什么人授意的？"

"你！"柳珵无言以对。

李释接着对着小天子道："我如今把决策权交到你手上，是为了让你明断是非，有自己的主见，而不是受他人左右，任人摆布。若是日后你亲政了，也由着一个太监在朝上指手画脚吗？"

"皇叔，我……"小天子被当廷呵斥，两颗金豆子在眼里摇摇欲坠，又记起皇叔训诫他的不能随意表露情绪，憋了好一会儿才把眼泪憋回去，委屈地垂下头，"皇叔，我记住了。"

"是'朕'。"

"朕，朕记住了。"

天子被训得不敢抬头，堂上的人更是大气都不敢出。苏岑不由暗叹，难怪那些人要把李释列为朝中不能得罪之人的榜首，天子尚且不留情面，谁还敢顶风作案。

苏岑不由得摸了摸自己的脖子，如今还没人头落地，倒真算是福大命大了。

李释道："你自己下旨。"

小天子看了看跪在地上涕泪横流的太监，又看一眼端坐的李释，一边是自小陪着自己的近侍，一边是声色并厉的皇叔，心里明白这人今日肯定是保不住了，但要让他亲自下旨把人处死，纠结再三就是下不去口。

柳珵适时冷笑一声，"要说摆布朝堂，只怕王爷才是天下无出其右吧。"

一道清脆之声自李释身后响起，"王爷教陛下决策，这是教陛下断事识理，难不成看着陛下受奸人蒙蔽而置之不理？王爷权衡朝堂，是为了大周江山，不像某些人只为了自己的私利！"

苏岑循着声音看过去，这说话的不是旁人，正是那位萧远辰萧世子。

其实这话说得在理，只是这柳珵不知何时也学会了李释那套，对低自己一等的全都不买账，直接一句"你算什么东西"把萧远辰骂得哑口无言。

苏岑心里啧啧两声，眼看着萧远辰脸色立即变得难看至极。

这话正戳在了人心口上，这萧远辰是何许人也，其祖上曾跟着太祖皇帝南征北战，打下了大周天下，后受封于凉州，封北凉王，世代世袭。他躲过了漠北风沙，躲过了自己老爹后院的明争暗斗，好不容易熬到成年刚登上世子位，一纸皇卷就把他从凉州送到了长安城。这一来，不是例行朝奉，不是封爵领赏，只因某位不知哪里抽筋的御史非说自己的老爹拥兵自重，意欲私通突厥谋反，他这是被逼着当质子来了。

在凉州，虽风沙肆虐，但他怎么说都是北凉王府的小世子，跺一跺脚也能抖下二两沙来。转眼到了长安城，公爵王孙遍地，而他一个没名没权的世子举目无亲，孤苦伶仃，可以说是任人欺凌。更何况朝廷招他过来本就有幽禁之意，一举一动都有人监视，打个喷嚏尚且有人密告他蔑视皇威，实在过得憋屈至极。

所以他要找一人为他正名，给他撑腰，有了当朝第一权臣做靠山，非但是他，就连北凉王府以后也没人敢妄加揣摩。

被柳珵当廷鄙视，萧远辰脸上青一阵白一阵，偷摸看了眼李释，见人也没有要替他做主的意思，愤恨地咬咬牙，不作声了。

"既然陛下拿不定主意，公平起见，不妨听听中立之人的意思。"柳珵挑唇一笑。

苏岑暗道一声糟了。

果不其然，柳珵目光冷冷扫过来，"大理寺正苏大人意下如何啊？"

庭上众人皆一愣，人人左右打量，纷纷去找这位苏大人到底是何许人也。

就连李释都回头看了他一眼。也不知如何办到的，隔着那么多花花绿绿的朝服，李释一眼就定在了他身上，难得没有打断，等着他答复。

苏岑迎着众人目光轻轻叹了口气，心道你还知道我是大理寺的啊，你们争权夺势关我们大理寺何事？我们跟着看看热闹就行了，为什么非得拉我下来蹚这趟浑水？

柳珵心里的小算盘却打得噼啪作响，前一阵他布在兴庆宫门口的眼线密报，苏岑被人大雨天负伤从兴庆宫赶了出来，自此再也没出现在兴庆宫内。他自信两人已经决裂，苏岑不可能还站在李释那边。

苏岑心里无奈，面上还是那副冷淡的神情，上前一步拱手回道："臣举荐湖州长史。"

"啊？"满朝文武皆一愣。

柳珵蹙眉，"湖州长史是谁？"

苏岑低顺着眉，温顺和恭，继续道："臣也不知道湖州长史是谁，只是听闻湖州刺史横死，水匪更是嚣张跋扈，甚至屡次上岸杀人越货。是湖州长史临危受命，安排布防，同时统筹剿匪事宜。如此看来此人临危不乱，且熟悉湖州地形，所以臣举荐此人任湖州刺史。"

"呵，苏大人。"吏部尚书轻咳一声，"你刚才有在听吗？你知道我们在说什么吗？"

现在吵得火热的是宁亲王有没有独权之事，谁问他这个了？

"哦，那个啊。"苏岑垂下眉目，"那是陛下家事，臣不便妄议。"

廷上众人又是一愣，片刻之后，恍然大悟。

不管是宁亲王还是这小太监，都是人家天子后院的事，人家大可自己关起门来自己处理。所谓朝会，奏的是天下事，他们在这些事上争争吵吵就够了，天子家事，还是少干涉为妙，保不齐哪天这家人就一条心了，反倒是自己落个左右不是人。

苏岑此举算是开了一个先河，以后他们再也不必夹在楚太后和宁王之间左右为难了。

众人这才想起来，这不正是今年登科的那位新科状元吗？才华了得，浑水摸鱼的本事更是了得。

小天子也豁然开朗，借着苏岑的话就坡下驴，"朕觉得苏爱卿说得很是在理，就命湖州长史暂时接替刺史之职，三月之后审核绩效再作打算。"偷摸看了一眼李释，见人脸色没那么严厉了，才接着道，"这太监大殿之上僭规越矩，责三十廷杖，贬为内仆局奉御。"小心看着李释脸色，"行吗，皇叔？"

见李释总算点了头，廷上众人都松了口气，再去找那位苏大人时，只见他早已低着头隐没在群臣里，不卑不亢，身段笔挺，直如松柏。叹一句前途不可限量，这才纷纷回神。

过了这个插曲，接下来便没有大事了，奏报进行得行云流水，其间郑旸还悄悄溜过来跟苏岑打了个招呼，冲苏岑嬉笑着悄声道："我就说朝堂上热闹吧，是不是比你那天天死人的大理寺好玩。"

苏岑幽幽叹了口气，"活人比死人吓人，我还是想回大理寺。"

"有了今日这一出，只怕日后你想清闲也清闲不了了。苏兄你入仕朝堂是早晚的事，还不如早早顺应天意，那句话怎么说的来着，斗智斗法，其乐无穷。"

苏岑轻轻斜靠在漆红的柱子上，扫了一圈，轻声道："你看这些人，你方唱罢我登场，争得面红耳赤头破血流，到头来不过是为当权者作嫁衣裳。马屁拍得好了能高升，拍不好就人头落地，就像是蒙着眼走独木桥，卑颜屈膝，全部精力都用来揣摩，又有什么意思？"

话刚说完，就察觉有道目光扫过来，苏岑迎着上去，在那双深沉的眸子里打了个逡巡，微一愣，立即起身站好，心虚地揉揉鼻子，再一想，隔着大半个中庭，这人怎么可能听见？

知道自己被戏弄了，苏岑狠狠瞪上去，那人早已回身，食指指尖轻轻敲着扶手，倒是悠闲惬意。

"我先溜了。"郑旸吐吐舌头，"看样子我小舅舅心情不错，他心情一好就喜欢敲打我，我可不能让他逮着。"

郑旸说罢悄悄挪到临靠殿门的地方，等着一退朝就开溜。

心情不错？苏岑又把目光投向那个背影，只是这次还没触及便被挡了回来，萧远辰死死瞪着他，目露凶光，像要杀人似的。

苏岑便是顶着萧远辰恶狠狠的目光听完了剩下的朝会，好不容易挨到退朝，几乎是紧跟着郑旸一溜烟消失在大殿里。

李释看着那个落荒而逃的背影微微一笑，偏头对祁林道："告诉张君，可以给他案子了。"

学富五车的苏大才子在家郁闷了一下午，一本《玉台新咏》没翻上几页，倒是桌上一盆罗汉松险些被他揪光了叶子。

最后念在这树积年累月长这么大实在不容易，他抄起本书去后院祸害山楂树去了。

还没等他踱到树下，只见一人身段轻巧地翻墙过院，嘻嘻一笑，一个转身，四目相对。

苏岑抄起手里的书就砸上去，"曲伶儿，放着大门你不走，翻墙翻上瘾了！"

"苏哥哥，苏哥哥慢着。"曲伶儿不得不飞身上树，"我是有苦衷的！"

苏岑睨了他一眼，"怎么，又有人追杀你？"

曲伶儿忙不迭点头，"可不是吗！"

苏岑当即停了动作，眉心一蹙，"暗门？"

"这倒不是。"曲伶儿晃了晃手里的照袋，"我去顺福楼买水晶肘子，得罪了个人。"

苏岑皱了皱眉，"你伤口好利索了？就不能消停会儿？"

"真不是我的错。"曲伶儿一脸委屈，"是我先去的，本来小二都送到我手上了，那人一进来就要过来强抢，小爷我是那种忍气吞声的主吗？就给了那人一点教训。"

"你把人打了？"苏岑惊道。

"那倒没有。"曲伶儿小心看着苏岑，"不过我看他嚣张跋扈的样子实在气人，就用了一点小手段。"

"只是我没想到那人身边还跟着那么多随从，有几个还挺厉害的，追着我跑了几条巷子，我不是怕从正门进来连累了你吗，这才从后院翻墙。"

"敢情我还得谢谢你？"

"那倒不必。"曲伶儿嬉笑着看着苏岑，"我能从树上下来了吗？"

好在没惹出什么乱子，苏岑睨了曲伶儿一个白眼，收起书，转身往回走。

曲伶儿刚从树上下来，只听前院院门一声钝响，一阵怒骂穿墙而入，"卑鄙小人，给老子滚出来！"

苏岑眉心一皱，回头看了曲伶儿一眼。

曲伶儿也是一脸震惊，"我明明把人甩掉了啊，苏哥哥你信我，我怎么可能把人引过来给你找麻烦。"

苏岑自然清楚曲伶儿的为人，凝眸思忖了片刻，对曲伶儿道："你先回房里躲躲。"

等曲伶儿回了房，苏岑才走到前院，吩咐阿福开了门。

大门一开，两个人皆是一愣。

"是你？"萧远辰率先开口。

"苏公子。"祁林紧随其后。

"见过世子、祁侍卫。"苏岑回神之后恭敬行礼，心下了然，难怪萧远辰能找上门来，只怕正是这位祁侍卫带的路。

本来礼貌起见，苏岑不便直视他人面容，可这次还是没忍住把人从上到下看了一圈。这人一身衣裳不知被什么东西划得支离破碎，而且手法极其精准，衣衫破败，但皮肤无损。

萧远辰对着苏岑别有深意的目光立即拢紧了胸前几块碎布，趾高气扬地上前一步，"人呢？交出来！"

苏岑一步挡在人身前，"不知世子所言的人是何人？"

祁林在萧远辰身后抱剑而立，道："曲伶儿。"

曲伶儿早已在房内待不下去了，人未现身，两枚暗器先至，一枚冲着萧远辰，另一枚冲着祁林。

暗器自然被祁林尽数挡下，曲伶儿从房里冲出，怒道："你竟然向着他！"

祁林回道："爷让我照看小世子。"

曲伶儿骂道："白眼狼！"

萧远辰挑唇一笑，"把人给我抓起来。"

身后的随从刚上前一步，被苏岑侧身一挡，"我这里好歹是朝廷命官的府邸，曲伶儿是我的人，你们到朝廷命官府上拿人可有文书凭证？奉的何人的旨？安的什么罪名？"

"笑话，我兴庆宫拿人需要什么凭证？"

"哦？"苏岑不怒反笑，看着祁林问，"这是你们兴庆宫的人？"

祁林如实回道："不是。"

"你！"萧远辰瞪了祁林一眼，火冒三丈却又无从反驳。李释没发话他自然算不上兴庆宫的人，可这么直截了当地被别人点出来也是难堪至极。他看着苏岑一副淡定的样子怒从心起，破败衣衫也顾不上了，撸起袖子准备自己上手，曲伶儿自然不会坐以待毙，拉住人伸来的腕子蓄力一折，本来断人一只腕骨不成问题，不料却被人用剑一挡卸了力道，硬生生推出去一丈远。

祁林道："我说了，爷让我照看小世子，有我在，别人动不了他。"

"你又打我！"曲伶儿眼眶一瞬就红了，像只被激怒的小豹子。

祁林不易察觉地皱了皱眉，"有命在身。"

曲伶儿咬了咬唇，眼看着就要上去厮打，却被苏岑一把拉住。

苏岑轻轻摇了摇头，打架，他们苏宅三个加起来也不是祁林的对手，安抚下曲伶儿，苏岑兀自上前一步。

但要对付一个萧远辰，他自己就够了。

迅雷不及掩耳之间，只听一声脆响，萧远辰直接被带得踉跄两步，捂着脸难以置信地回头。

在所有人还愣在原地时，萧远辰一声怒号原地而起，"你敢打我？"

紧接着扭头对着祁林吼："你还愣着干吗？他打我！"

苏岑映着门外嫣红的朱槿提唇一笑，"想必祁侍卫这点道理还是懂的，殴打朝廷命官，是死罪。"

"你！"萧远辰瞪着祁林，见人果然没有要动手的意思，"好，你不敢，我自己来！"

他扯起袖子就要上手，高高扬起的胳膊还没落下，却被身后的人拿剑鞘一挡，祁林道："这个人你动不得。"

苏岑却趁着两个人分身乏术，一巴掌又呼啸而至。

苏岑虽只是个手无缚鸡之力的书生，这扇巴掌的本事却好像练过似的，又准又狠又响亮。借用曲伶儿的话那就是：当日在湖心亭没给你点颜色瞧瞧，是不是惯着你了？

接连被扇了两巴掌，萧远辰好像也被打蒙了，他好歹也是王府里长大的，长这么大谁敢这么欺负他。动手？有祁林拦着他上不去。走人？自己都能被自己窝囊死。

苏岑尚不罢休，又拿出自己的看家本领，倚着院门冷冷道："奉劝世子一句，我这里是长乐坊，左邻住的是台院侍御史张大人，右邻是十六卫别将宋大人，世子非要在我门外闹，到时候一个不慎上达了天听，可别连累了北凉王府的军需供应。"

"人不自知而不知耻，若世子真想成为兴庆宫的人，在王爷跟前摇摇尾巴逗逗趣就算了，不要再出来丢人现眼了。"说完了不忘冲人一笑，"阿福，关门谢客。"

阿福无视门外人铁青的脸色阖上院门，萧远辰又在大门上踹了两脚，撂下一句"你给我等着"，这才气冲冲离去。

苏岑轻轻叹了口气，本来是想着这些人以后再不招惹，却还是没忍住又扯上了恩怨。

一回头，看见曲伶儿惊呆了的神情，不禁笑了，"把下巴收回去。"

"苏哥哥。"曲伶儿眼里的崇拜之情溢于言表，阿福上身似的，"你也太厉害了！你看到那小王八世子吃了屎一样的表情了吗？你怎么就知道祁林不会打你？"

苏岑冲人后脑勺拍下去，"一天到晚就知道给我惹事，去书房抄《三字经》，没抄完不许出来。"

曲伶儿一脸委屈，"苏哥哥我不识字啊。"

"照葫芦画瓢不会吗？"

当天夜里苏岑捧着水晶肘子看着曲伶儿抄《三字经》，写错一个字藤条鞭子抽一下手心，看着曲伶儿疼得龇牙咧嘴的，突然就明白了当初林老头为什么那么喜欢罚他。

说起来林老头带他的时日并不长，对他造成的影响却是最深的。

老爷子一身傲骨，已官至翰林学士，在京中备受文人雅士推崇，离入相只有一步之遥，只因看不惯朝中风气，就毅然决然辞官返乡。据说当年李释还派人去苏州请过，只不过都被老爷子拿着扫帚赶了回去。

要知道当时李释已经是权倾朝野的辅政亲王了，敢于不卖他面子的当真是不怕死的硬骨头。

苏岑这性子也不知道有几分是从林老头那里学来的，一并传下来的还有得罪权臣这一点。

难怪林老头当初告诫他"木秀于林，风必摧之"，想来林老头也知道自己那副性子不适合入朝为官，而苏岑，太像他了。

官场讲究的是纵横捭阖、见缝插针，他那副非黑即白的性子怎么在弯弯绕绕的人情世故里穿梭？

好在咱们苏大人最大的本事就是聪明，跌几个跟头爬起来就学会了绕开坑走。不就是人情练达吗，状元他都考下来了，这点东西还能学不会？

只要心有所依，哪怕过程曲折一点，他也总能找到自己想要的东西。

第
十
五
章

审案

第二日一早，苏岑提着新鲜出炉的两屉小笼蒸包候在大理寺门前，等着张君过来立马迎上去。

张君手里握着包子受宠若惊，这小祖宗无事献殷勤，非奸即盗，像上次拿着礼去拜访，他就赔上了书房，这次指不定又得赔上什么。

不过苏岑这次好像并无所求，跟在张君后头只是唠唠家常，书房修得怎么样了？宋建成在夔州还适应吗？缺不缺衣少不少食啊？家里妻妾相处还和睦吗？最近有没有纳新欢啊？

他纳不纳新欢干这毛头小子什么事？

好不容易到了他办公的地方，苏岑冲人恭敬拱手告辞，乖乖去给宋建成养兰花去了。

接连几天都是如此，要么是东市新出的糕点，要么是早春新上的绿茶，张君也是被搞得丈二和尚摸不着头脑，终于有一天，张君随口问了一句"苏大人最近在忙什么啊"，看着苏岑殷切的眼神张君当即就明了了，哭笑不得道："你就先跟着成祯过几次堂吧。"

苏岑急忙拜谢，就知道这多日以来的行动没有白费。

第一天，薛成祯就让苏岑见识了什么叫衙门。

薛成祯，永隆十三年的进士，论资历比柳珵还要老，混迹官场几十载到头来却是个跟苏岑一样的寺正。

而当天苏岑就知道了这是为什么。

这人审起案子来没别的窍门，就一个字：打。

人犯带上来，先来一顿板子再开始审，态度不端，打；油腔滑调，打；不招，打；招了还得打，理由是这人肯定还有没招全的。

有人信奉的是棍棒底下出孝子，那薛成祯信奉的就是板子底下出真相。

每次刚有点要升迁的迹象，立马有人弹劾他滥用酷刑，致使多少人残、多少人伤，而这位薛大人也是位人才，你奏你的，我打我的，升不升迁关老子屁事。

151

苏岑越发断定，这薛成祯薛大人坐在这里根本不是为了做官，而是纯粹为了打板子来的。

看着堂下板子飞舞皮开肉绽血肉横飞的场景，苏岑连着好几天没吃下饭去，只觉得这大堂里的红砖都要比别处的红出几分去，一脚下去都是犯人的皮肉碎屑。

如此看来他倒真是冤枉宋建成屈打成招了，跟薛成祯比起来，宋建成那就跟小打小闹似的。

跟着薛成祯看了半个月，把苏岑足足看瘦了一圈，一副尖细下巴立现。

可能是怕苏岑再看下去人就瘦脱了形，张君终于大手一挥，他可以接自己的案子了。

但要是知道自己接的第一桩案子是什么，苏岑宁愿再回去看薛成祯打上一个月板子。

那日苏岑好不容易穿上了绯袍鱼袋，刚在堂上坐下，看清堂下站着的人，险些又从椅子上跌下去。

心里立时就把张君那个小老头骂了一百遍，这人绝对是故意的，不然他怎么可能接手的第一个案子就是这位小冤家。

萧远辰不可一世地站在堂下，眼里的不耐烦呼之欲出，看清来人整个人也是一怔，片刻之后，大喝一声道："还有没有人啊，我不要他审！这人是个贪官污吏，大家记住了啊，不给他送钱，白的都能审成黑的！"

苏岑心里翻了个白眼：老兄，你当我想审你啊？

心里不满，面上还是要装下去的，苏岑道："承蒙世子看得起，下官今日是第一天上任，你道我贪赃枉法，莫非是世子要向我行贿不成？"

萧远辰一愣，接着一口咬死，"我不要他审，我跟这人有仇，他一定会打击报复！"

苏岑默默叹了口气，你绊我一次，我还你俩耳光，这不是都两清了吗？

無奈地擺擺手，"也罷，把他們帶到隔壁去吧。"

蘇岑下了堂也就過了一刻鐘，一盞茶還沒涼透，前頭小孫就回來通報，那位世子大人又改主意了，說要他審。

"哦？"蘇岑挑眉微微一笑，不慌不忙端起茶盞先把茶喝完了。

蘇岑過去時，蕭遠辰那副神氣的樣子已然蕩然無存，面露菜色，兩腿微微打顫。

也難怪，隔壁薛成禎正在審一位江洋大盜，那人是出了名的硬骨頭，據說直打到兩塊大腿骨都露出來了還是不認罪。估計蕭遠辰過去時正看到慘烈景象，嬌生慣養的金絲雀第一次見到這種場景，難免會吐一吐或者尿個褲子什麼的。

看見蘇岑過來，蕭遠辰兩眼放光，簡直像是看到了自己失散多年的親人一般。

一旁的衙役喝一聲："跪下！"

堂下一位婦女帶著小兒子早已跪好，蕭遠辰看了蘇岑一眼，猶豫再三，這才不情不願地跪下。

聽完案情敘述，蘇岑鬆了口氣，不是什麼大案子。蕭遠辰當街縱馬，撞翻了那婦女的貨擔，新摘的李子撒了一地。婦女讓蕭遠辰賠償，蕭遠辰卻道他根本沒碰到貨擔，爭論不下，這就報了官。

本來這種小案子也不歸大理寺管，但螞蚱腿也是肉，這無名無權的世子也算個皇親國戚，接了案子的京兆府本著多一事不如少一事的行事準則，又把人送到了大理寺來。

這案子看似簡單卻也不簡單，蕭遠辰撞翻了貨擔，大街上的人有目共睹，有的是人證。偏偏這位世子也不知道怎麼想的，就是疼惜那二兩銀子，死不認賬。案子簡單，處理起來就複雜了，這位小世子如今住在興慶宮裡，靠山是那位他寧肯得罪聖上也不能得罪的寧親王。但要是就此姑息，衙門外已經聚了好些看熱鬧的百姓，難免落個欺軟怕硬的名聲，失了民心。

聽完了兩方陳述，蘇岑驚堂木一拍，"蕭遠辰，你可知罪？"

蕭遠辰愣了一愣，從地上一躍而起，指著蘇岑大罵："我就說這人是個昏官吧，審都不審就給我定罪，大理寺卿呢？我要上訴！"

"世子，世子少安毋躁。"蘇岑擺擺手，接著道，"長安城內禁止當街縱馬，這點世子不知道？"

这点他还真无从反驳，只能悻悻道："我那是有急事。"

"什么急事？"

"我买了松子荷叶酥，急着给王爷送去呢。"

这下轮到苏岑无语了，敢情这罪魁祸首还是那位宁亲王。苏岑扶了扶额，语重心长劝道："那也要慢一些嘛，王爷又不是少了那一口就会饿死，撞了人可如何是好？"

"嗯。"萧远辰点点头，一愣之后才反应过来，"我没撞她！是她自己跌倒在地想诬我！"

"民妇冤枉啊！民妇一年就收这么几个李子，指着它卖钱还不够呢，怎么可能自己摔了？"地上跪着的妇人抱着自己四五岁的小儿子呜呜哭了起来。

竟然没上当？苏岑暗自叹了口气，直言道："世子，如今人证物证齐全，你就认了吧，赔上二两银子还能早早回去给王爷送那松子荷叶酥。"

"你别想诬我！"萧远辰冷笑道，"这些人都是跟她一伙的，就算他们是人证，那物证呢？"

"物证不就在你眼前吗？"苏岑微微一笑，从堂上下来。那妇人身旁还摆了一个筐，是路人将那些尚未跌坏的李子收拢了起来。苏岑随手从筐里抄起一个，看了看，又从荷包里掏出两文钱送到妇人手上，就着衣袖一擦，咬了一口。

已然熟透，香甜多汁，摔了可惜了。

苏岑到萧远辰跟前站定，"物证，吃吗？"

萧远辰一脸不屑，"这算什么物证？"

苏岑轻轻摇了摇头，边吃李子边道："世子，你说这街上这么多货摊，桃子、杏子，你撞什么不好，偏偏撞李子。撞就撞了吧，你却偏偏骑一匹白马。"

苏岑走到衙门外那匹白马跟前，只见白马左前蹄关节处有一明显的紫红印记，苏岑刚待上前，那马一个响鼻，前蹄腾空蹬了几下，把苏岑吓退了好几步。他抚抚胸口，这马真跟它主人一个性子。

苏岑指着那处红痕道："还用我多做解释吗？前蹄留红，那必然是李子下落期间与前蹄发生碰撞才会留下如此印记，若是这妇人提前假意摔倒想要诬你，你过来时李子早已落地，怎么会在这里留下印记。"

围观的众人这才恍然大悟，纷纷称是，苏岑回头冲萧远辰一笑，"世子觉得呢？"

萧远辰这下倒真是无从反驳了，看着百姓对他指指点点，梗着脖子强行道："那也是这畜生撞的，跟我有什么干系？"

这话一出来，苏岑对这位萧世子佩服得五体投地，真真诠释了什么叫脸皮至厚者，舍我其谁！

"那这样。"苏岑道，"既然是这畜生犯了错，那就让它自己承担后果，把它判给这位妇人任其处置，不知世子意下如何？"

"开什么玩笑？"萧远辰自然不愿意，"我这是凉州带来的照夜玉狮子，千金难求，怎么可能给她？"

苏岑没忍住笑了，"你既认这是你的马，却不认这马犯的错，是何道理啊？"

萧远辰一甩脖子犟到底，"反正不是我撞的，我的马我也要带走！"

苏岑默默叹了口气，真可谓"我是流氓我怕谁，谁人遇上谁倒霉"。

两方僵持不下，忽觉一股寒气逼近，外面看热闹的百姓纷纷让出一条路来，一人持剑前来，看了萧远辰一眼，又对着苏岑行了个礼，道："苏大人，王爷让我带世子回去。"

萧远辰立马眉心一展，往祁林身后一站，"你总算来了，赶紧的，我们走，我在这里一刻也待不下去了。"

苏岑不易察觉地皱了皱眉，这位宁亲王还真是无微不至，人刚带过来多久，这就急着要人来了。

"慢些。"苏岑上前冲祁林拱手致意，"只怕祁侍卫有所不知，我们正在审案子。"

"哦？"祁林浅淡的眸光一闪，"什么案子比王爷还重要？"

"自然是王爷重要。"苏岑点点头，"那既如此，麻烦世子赶紧把钱赔了，我们也好结案，别耽误了王爷的正事。"

"我不赔，我就不赔，你能拿我怎么样？"萧远辰梗着脖子存心要苏岑难看，这件事早就不是什么钱的问题了，银子是小，面子是大，他把银子给了岂不是就承认了自己败给了苏岑，不光在这件案子上，更在别的方面。

苏岑冲祁林一笑，"你看，是世子不配合，我也无能为力啊。"

萧远辰狠狠瞪了苏岑一眼，拽一把祁林，强硬到底，"我们走。"

"放肆！"苏岑突然正色，脸色冰寒如玉，"你当这是什么地方，由得你想来就来想走就走！"

萧远辰也被震得微微一愣，他印象中苏岑虽不是善茬，但远没有到震慑的地步。不管是他在湖心亭给人下绊子，还是看人在朝堂上浑水摸鱼，甚至那天在苏宅门前挨那几个耳光，他都觉得这人顶多算是绵里带针，不承想还有如此刚直的一面。

萧远辰不由得停下步子回头眯眼打量，因为这一身官服吗？明明有靠山的是他，凭什么这人的腰杆比他还直？

萧远辰气势已然弱了三分，"我是奉王爷旨意回去，你敢抗旨不成？"

"王爷怪罪下来我担着。"苏岑示意左右，"关门。"

立即有衙役上前把大理寺朱红的两扇大门齐齐关上。

"你们这是抗旨不遵，是造反！"萧远辰看着两扇紧闭的大门也慌了，着急大喊，"祁林！祁林你动手啊！"

祁林手里握了握剑，却又缓缓松开，轻轻摇了摇头。

苏岑几步上前站在门后，"你还不明白吗？困住你的根本不是这扇门，而是民心。"

只见门外那些看热闹的百姓早已都跟着进来，将门口堵得水泄不通。

对萧远辰而言，那不过是几盒荷叶酥，几匹浮光锦，对他们而言却是一年的血汗。换作以往，从来都是民不与官斗，而这次好不容易有人站在他们这边，他们拼死也要斗上一斗！

要走，便踩着这所有人过去！

"你！"萧远辰对着苏岑一指，转头又对祁林吩咐，"把这些人都轰走！"

祁林微微眯了眯眼，却并未动作。一群手无寸铁的百姓，要他如何下手？

"你们都要抗旨不成！"萧远辰几近咆哮，瞪一眼苏岑，又瞪一眼祁林，然而任何一方都没有要动一动的意思。

僵持半晌，萧远辰只能愤愤地掏出钱袋，拿出一锭银子往地上一掷，"行了吧？"

苏岑慢慢换了一副笑脸，侧身让开，示意左右开门，"世子慢走。"

萧远辰牵着他的马愤然离去，苏岑把银子从地上捡起，拿衣袖擦了擦送到那妇人手上，"日后记得，再遇见这种人就绕开走。"

妇人拿着银子忙不迭点头，又拉着儿子对苏岑行了三个大礼这才起身。

"好好读书。"苏岑在那孩子头上摸了摸。

"我以后要做像苏大人一样的好官。"那孩子信誓旦旦。

苏岑目送母子二人离开，门外看热闹的人也渐渐散去，这才轻轻吐了一口气。态度再强硬，脑袋还是要的。

果然有所依傍才会有恃无恐，只是有人恃宠而骄，忘了自己到底几斤几两。

自己当初逼走宋建成，去礼部索要名单时也这么讨人厌吗？

苏岑对着空无一人的大堂又看了一会儿才回头，正对上张君铁青的一张脸。

苏岑急忙后退两步，"张大人……"

"这么件小案子也能搞出这么大排场，祖宗你是寿星公上吊——嫌命长是不是？什么人你都敢惹啊？"

生怕张君以后又不让他接案子了，苏岑急忙软下语气好生道："张大人，这不都办好了吗？"

"以后办事之前先掂量掂量自己的脑袋，唉！"张君重重一甩袖子，"唉！"

萧远辰牵着马走出二里地身后还是有人指指点点，他越走越气，这苏岑算什么东西，竟让他在那么多人面前丢尽了脸，还有那个妇人，竟敢告他？他现在是住在兴庆宫里的北凉王府世子，一群蝼蚁也敢对他指手画脚！

萧远辰猛地停下步子看着祁林，"你方才为何不帮我？"

祁林停下看着他，"我只是奉命行事。"

"奉命？"萧远辰道，"那王爷命你把我带回去，你为什么不动手？"

祁林眼里寒意一闪，终是忍着没动。

"狗奴才，王爷没下令你敢动我？"萧远辰冷冷一笑，翻身上马，"我现在不想回去了，你先自己滚回去吧。"说罢扬鞭催马绝尘而去，又惊起路人一片怒骂。

当日下了衙，苏岑特地绕到东市酒楼买了两坛猴儿酿，想了想，又打包了花生米和卤牛肉，一并提回了苏宅，当天晚上便跟曲伶儿喝了个尽兴。

两人执杯相看泪眼，一切尽在不言中。

酒过三巡，苏岑佯醉拉着曲伶儿问："你为何从暗门逃出来啊？"

曲伶儿眼神早已迷离，盯了苏岑半晌，摆着手咧嘴一笑，"不能说……我不能说。"

说罢一头栽倒在桌上，鼾声渐起。

苏岑笑笑，又给自己满上，对着曲伶儿额角一碰，一饮而尽。

长安城里梆子敲过三声，阿福过来给两人收拾残局。

一进门立马皱起了鼻子，两人这都是喝的什么啊，一股子醋味。

苏岑刚被扶着躺下，睡意还没上来，忽闻门外一阵急促的敲门声。

苏岑皱了皱眉，长安城里都宵禁了，这个时辰谁会过来？

他披上衣裳刚从房里出来，就见阿福已然领着小孙火急火燎过来，来到近前，小孙略一施礼，急道："不好了大人，出命案了。"

站在大理寺大堂里，苏岑只觉自己心口堵得厉害，耳中嗡嗡作响，一时之间险些没站住。

157

白日里跪在这里对他行礼的那对母子如今就躺在地上，脸色苍白，全身污血，已然没了呼吸。

而那孩子手里紧紧攥着的还是他给的那两文钱。

苏岑扶着桌案才将将站住，哑声问道："怎么回事？"

一旁的衙役回道："人是在城外的阴沟里发现的，一个醉汉不小心跌进去才看见的，发现的时候人已经死了。还有……"那衙役偷摸看了苏岑一眼，支支吾吾的，不知道要说什么。

"说！"苏岑冷声道。

"还有……还有城门郎看见萧世子也出过城门，就在这对母子离开不久，临近城门关闭才回来……"

萧远辰！

苏岑眼中一瞬冰寒彻骨。

"走。"苏岑站起来。

"去哪？"

"兴庆宫。"

小孙犹记得那个夜里，苏大人带着他和几个衙役，一脸决绝，浑然不惧，向着兴庆宫而去。他只是个在前衙端茶送水的杂役，兼管着庭院打扫和前后通传，平日里没什么乐趣，也就是看看薛大人打板子或者张大人打太极，一辈子没碰上过什么大事。若非要说，当日被拽着去礼部算一件，说来凑巧，也是这位苏大人带他去的。

可这次去的兴庆宫，里面住的是那位打个喷嚏长安城都得震一震的大人物，更何况还是这个时辰，别说人，大街上孤魂野鬼都找不出一只，小夜风穿巷而过，吹得人心里发毛。

但看前面带头的那位苏大人，面色如玉，眉目疏朗，明明还带着几分少年人的皮相，却干了所有人都不敢干的事。

慧质如兰，竹化傲骨，说的就是这种人吧？

兴庆宫外倒还是灯火通明，同时迎接他们的是大周境内武力最高的禁卫团，人人身披甲胄手执长枪，对他们严阵以待。

苏岑自然清楚硬闯兴庆宫无异于找死，直接道："我要见祁林。"

好在兴庆宫的侍卫还记得苏岑，没直接将人当成刺客抓起来，犹豫再三，还是派了个跟班进去通传。

祁林过来看见来人微微一愣，这人白日还是一副从容淡定的样子，如今却双目猩红，面色冷峻，与之前判若两人。回神后几步上前对人抱剑施礼。

苏岑也没客气，直接道："深夜叨扰望祁侍卫见谅，大理寺办案，麻烦把萧远辰交出来。"

祁林皱了皱眉，"怎么了？"

"命案。"

祁林凝眸思忖了片刻，还是摇了摇头，"爷睡下了。"

苏岑道："我要的是萧远辰，不会惊扰了王爷。"

"爷睡下了。"祁林又说了一遍。

苏岑冲祁林一笑，"那麻烦祁侍卫把王爷叫起来，借王爷府里人一用。"

祁林为难地看着苏岑，还没想好怎么措辞，只听身后脚步渐近，在他肩上轻轻拍了拍。

祁林略一回头，躬身退下。

这是苏岑数月以来第一次这么近地看清这个人。

还是那么高高在上，睥睨众生，随便披了一件外袍，却似君王气度。一双眼睛看着他，似含笑，又好像什么都没有，轻轻开口道："瘦了。"

苏岑后退两步，把自己隐没在阴影里，低头恭敬行了个礼，道一声："王爷。"

李释问："这么晚了还不歇息？"

"我……"

还未出声便被打断，只听有人在一旁轻唤了一声"王爷"。

苏岑一瞬间清醒过来。

他再后退一步，恭敬道："下官万死惊扰了王爷，只怕世子得随我们走一趟了。"

李释微微皱了皱眉，偏头看着萧远辰，轻声责问："你又干什么了？"

这语气显然萧远辰干的那些事他都知道，却也不在乎。

"我没有。"萧远辰冲李释道一句，又皱眉看着苏岑，"你要我赔钱，我不是都赔了吗？你还想怎样？"

苏岑冷声道："我倒是不知那些钱能买两条人命。"

"什么？"萧远辰明显一愣。

苏岑接着道："下官恭请世子随我回大理寺协助调查一桩命案。"

"命案？"李释又偏头看了萧远辰一眼。

"我没有！"萧远辰明显也慌了神，紧紧拽着李释衣袖，"王爷我没有……"他狠狠看向苏岑，"是你诬陷我，你陷害我！"

"是不是陷害，公堂上自有分晓。"

"我不去……王爷我不去……"萧远辰执拗地拽着李释衣袖，几近恳求，"他会对我用刑的，我不去……"

李释在他手上轻轻拍了拍，萧远辰刚待松一口气，却见那只手毫不犹豫地将他从衣袖上扯了下来。

"早去早回。"李释道。

"王爷……"萧远辰眼里的泪水一瞬决堤而下，苏岑尚且心底抽了抽，只见那位宁亲王轻轻开口道："不是你干的自然没人敢嫁祸你。"

那弦外之意是……若是你干的也没人能保得了你。

李释收手转身，衣带飘飘隐没在灯火阑珊处，兴庆宫大门又重新关闭，只是门前多了一个失魂落魄的人。

"带走。"苏岑道。

大理寺衙门内，灯火通明，人人肃然而立，手持棍棒立在一旁，与白日里那副懒散的气度截然不同。

萧远辰看见陈尸堂中的两具尸体时瞬间就蔫儿了，跪在堂下再也没有了白日里的神气劲儿。

苏岑冷厉道："城门郎看着你申时三刻出了城门，酉时才回来，母子二人身上的鞭痕与你马鞭上的血迹相吻合，马掌里的泥土也与案发现场的一致，你还有什么好说？"

"我没有！"萧远辰抬起一张脸来，涕泪纵横，尤显可怜，"我没杀他们，我就是……我就是想给他们点教训，抽了他们几鞭子发泄一下……"

"发泄一下……"苏岑强忍住胸腔里横冲直撞的愤怒，"他们不过是讨回了他们该得的，你凭什么教训他们？你抽他们时有没有想过这只是一对柔弱的孤儿寡母，你一路把他们抽进了阴沟里，有没有想过阴沟里乱石林立，他们可能再也爬不上来！"

"我……我……"萧远辰已经开始微微颤抖，"我没想杀他们的……"又急急改口，"他们，他们不是我杀的……我走的时候他们还好好的，那个小孩还在哭来着……"

160

"所以你就放任他们在那里自生自灭了是吗？"苏岑垂眸看着白布盖着的一对母子，瞳孔微微颤抖，"他们确实不是死在你的鞭下，而是被乱石重创了头部才死的。那么高的深沟，四周都是污泥，你把这一对遍体鳞伤被你打得站都站不起来的母子扔在那里，他们如何出得来？月黑风高他们往上爬的时候一个滑落就是万劫不复，即便人不是你亲手所杀，你也脱不了干系！"

"不是我！"萧远辰瞪圆一双丹凤眼，目眦欲裂，从地上猛地蹿起冲上去，被两旁的衙役牢牢按住尚不罢休，冲着苏岑怒吼，"是你诬陷我！我要告诉王爷你陷害我！人不是我杀的，我不认！我不要你审！我要换人！"

苏岑垂下眉目阖上案卷，"证据确凿，任谁审都是一样，谁也保不了你，你好自为之吧。"

他摆摆手，"收监大牢，等候发落。"

直到将人拖出老远，萧远辰的骂声还是不绝于耳，苏岑愣愣看着地上两具尸体，示意左右都退下。

这件案子说到底他也有责任，若不是他把萧远辰逼得太狠，萧远辰也不会在结案后还去报复。活生生的两条人命，死于强权之下，天理昭昭，不肯瞑目。

那个孩子说长大了想做像他一样的官，苏岑不禁苦笑，像他这样的官有什么用？救不了他们，讨不回公道。

来世投胎找个好人家，最好像李释那样的，站在权势顶端，不忧人间疾苦，多好。

长安城里第一声鸡鸣响起，第一缕晨光打在两方白布之上，苏岑揉了揉发酸的眼眶，只见一人迎着晨光而来，在他身前站定，微微颔首，"苏大人，爷要见你。"

苏岑扶着桌案站起来，微微凝神等眼前的眩晕下去，点点头，"刚好，我也要见他。"

天真

苏岑坐在马车里对着窗外出神，破晓时分，长安城里还算安静，这个时辰在街上闲逛的，无非是早起的商贩、刚从青楼出来的嫖客、赌场里熬了一夜的赌徒，芸芸众生，都用自己的方式活着。

"苏大人可知小世子是什么人？"祁林出声打断。

"嗯？"苏岑微微回神，"北凉王萧炎的长子，北凉王府的世子。"

"可知他为何入京？"

苏岑不知道祁林究竟要说什么，只能接着回道："有御史参奏北凉王拥兵自重，意欲谋反。"

"不是意欲。"祁林道。

苏岑愣了愣，转而瞪大了眼。

不是意欲，那就是……实凿？

祁林道："十年前爷灭图鲁那部，算是消灭了突厥的主体力量，但近年来图鲁那下的一个旁支重新整顿草原势力，又有了蠢蠢欲动的趋势。凉州密探九死一生回来禀报，北凉王萧炎已经勾结了突厥叶护默棘，若不是忌惮萧远辰在我们手里，可能早就反了。"

苏岑显然还是觉得难以置信，质问道："若是如此，朝廷为什么不发兵？"

"因为没有实证。一队密探只回来了一个，身负重伤，说完就死了。"祁林停顿了一下，接着道，"你知道萧家自太祖皇帝掌权以来就镇守凉州，支系庞大，与安西都尉府、北庭都尉府都有牵扯，没有实证的情况下贸然起兵只会引起整个陇右道军心动荡，反倒给了萧炎造反的理由。"

苏岑轻轻垂下了眼眸，缓缓道："是他让你告诉我的吧？你说这些，无非就是想救萧远辰。"

"萧远辰不能死。"祁林看出了人脸上的不豫，放缓了声调道，"你今日审得如何？"

"不是他直接所害，却与他脱不了干系。"

"不管是不是，人都是他杀的。"

"嗯？"苏岑一愣，猛地抬起头来。

"人是不是他杀的，都要变成他杀的，萧远辰不能死，因为爷要用他来交换。"

"交换什么？"

祁林凝看了苏岑一眼，才道："北凉军的节制权。"

大周军队的调度向来由兵符来牵制，将符、王符合二为一才可调兵遣将，但有一支军队例外，正是驻守凉州的北凉军。凉州地处大周与突厥交界，有军队常年镇守，养这么一支队伍朝廷每年都得付一大笔军饷，却又不得不给。凉州地界荒凉，百姓食不果腹，便都应召入伍吃朝廷饷粮，而且可以历代世袭，传到现在早已经是一张关系庞大的网，外面的人根本插不进去。所以北凉军只认主帅，不认兵符，主帅要带着他们反他们自然会反，要想平息，只能由主帅主动放弃节制权。

李释想拿萧远辰换的就是这个。

"不是爷让我跟你说的。"祁林道，"爷什么也没说，他是怕你为难。"

苏岑微微张了张口，却又默默噤了声，心里留了个神，谁知道这人说的是真是假，上次还不是就被他给坑了。

马车到兴庆宫时天方才大亮，苏岑由祁林领着直接到了宁王寝宫。

苏岑皱了皱眉："又是这儿啊？"

几个月前的经历尚还心有余悸，他实在有些怵这个地方，更怵房里的人。

祁林却不由分说，直接对着房内道："爷，人带到了。"

"嗯。"里面应了一声。

苏岑只能硬着头皮推门而入。

那人只穿着一身赭色中衣坐在窗前由婢女束发，轮廓深邃，墨发如倾瀑，迎着日光煌煌夺目。

自铜镜里看清来人，李释轻轻一笑，"离那么远，怕我吃了你不成？"

等人上前来，又问："会束发吗？"

李释屏退了下人，苏岑接过桌上的檀木梳，一丝一缕，小心翼翼。

"给别人梳过头？"李释问。

"年少时不懂事，总惹父亲生气，每次约莫老爷子要动家法了，我就一早在门外候着伺候人梳洗更衣，再在书房里看上几天书他就不打我了。"

"你倒是机灵。"李释笑了笑，"都干过什么事？"

"无非就是学堂逃课，顶撞夫子，还有次借了大哥的《桃花志》，我还没看呢就被老爷子搜出来了，拿着笞杖追了我三里地还是被我逃了。"苏岑绾了个高髻，拿束带束紧，冠九旒冕，"不过也有逃不过去的。"

李释示意他往下说。

苏岑便接着道："十九岁那年我入京赶考，那是我第一次离开苏州，对《山海经》《志怪录》上的东西感兴趣得很，路上碰到一个志同道合的友人，两人一拍即合，扔下书箧，在外头游历了一年。回去之后差一点被老爷子打残了。"

"为什么不赴考？"

"可能是年少轻狂吧，我觉得我参加科考肯定会录中的，刚从苏州出来紧接着就被束缚在长安城里，我还没玩够呢，不想身上缠满枷锁动弹不得。"苏岑看着铜镜里那张光华内敛的脸，突然有种冲动，他想把他前半生寥寥几年里所经历过的、所见过的都告诉这个人，明明知道两人之间隔着天堑鸿沟，但他就是觉得，他懂。

于是又道："挨了一顿打我也不悔，游历过名山大川，看过世间百态，我才知道我真正要的是什么，人有穷而道无穷，尽己之力恪己之道而有终。"

李释哈哈一笑，"好一个'尽己之力恪己之道而有终'，难怪有如此心性。"

"什么心性？"

李释起身，"天真。"

苏岑皱了皱眉，刚待反驳，转念一想可不就是天真吗？他之前干的那些事怎一个天真了得。

伺候人一身行头装束完，苏岑后退一步仔细打量，满意一笑，这人果然是生来就是要穿这身衣裳的，海水江崖妆花纱蟒衣，睥睨天下的王侯气度。

李释张了张手，苏岑自觉地凑上去给人整了整衿领衣袖，笑着道："好看。"

"熬了一夜，眼都红了，在这里歇一歇。"

苏岑皱眉道："可我还要上衙。"

"让祁林给你告假。"

碰巧今日苏岑也确实不愿意上衙，且不说今日张君见了他，肯定又得拉着他灌输一通多一事不如少一事的人生哲理，还有那对母子的尸体，如今还陈尸寺中，他没拿到萧远辰的处理办法，自觉无颜面对这两人。索性不在这个问题上纠结。

原本以为经历了这么多入睡难免需要一点时间，但几乎是在李释关门的瞬间他就被周公叫去喝茶了。

一觉睡得安稳踏实。

醒来时李释尚未回来，房内萦绕着缕缕檀香。怪不得睡得这么沉，也不知李释这安神香是什么来头，每次他闻见都像中了迷药似的，香不燃尽了就绝对醒不过来。

苏岑从床上坐起来，四处打量。

李释这寝宫秉承了他一贯的风格，第一眼只觉得端正稳健，细节处却见苍茫大气，不像其他卧房里用各种屏风摆件隔开，李释这房里一字贯通，他从这里可以一眼看到另一边的书房。

突然想起什么，苏岑翻身下榻，赤着脚跑到书架旁，临到近前又犹豫了一下，看到桌上没摆着那些事关国家大事的奏折这才松了口气，随手抄起一本闲书，翻了起来。没一会儿，阖上书，伞上那字果然是他题的。

书上的字用虽不是狂草，铁画银钩，运笔处还是能看出端倪。主笔较重，其他笔画则轻，尤显得字迹修长瘦劲、弯如屈铁。可想而知要习得这种字体难度有多大，向来都是学者众而成者寡，他也练过，但手腕上劲度不够，后来便弃了。

如今突发奇想，看着李释桌上现成的笔墨纸砚，铺纸研磨，又有了再试一试的兴致。

刚写了一行苏岑眉头就皱了，有形但是无神，像一个人失了筋骨，徒有其表却不得精髓，只能又停下笔去翻李释的字。

翻了一会儿就入了迷，李释这书上鲜少批注，有字也不过一两行，但字字珠玑，有时是赞许，有时却是批判，在《左传》中"一世无道，国未艾也"旁更是落了一个字——屁！

苏岑直接笑出声来。

看着看着就忘了时辰，直到听到房门一声轻响，苏岑猛地回过神来，再想扔下书往回跑时已经晚了。

李释正站在房门前似笑非笑看着他，见他抬头，招招手，"过来。"

苏岑走过去，直起身子看着李释，直入正题，"那萧远辰应该怎么判，请王爷示下？"

"祁林都告诉你了？"李释轻轻捻着墨玉扳指，"你是大理寺官司，该怎么判需要我来教你？"

"万一判错了，王爷再把我大半夜赶到大街上，我上哪说理去？"

李释看着他不作声。

苏岑叹了口气道："你不知道，那个孩子活着的时候还对我说，他想以后像我一样……他是第一个说以后想像我一样的人，是第一个认可我所做的事情的人……不管你们怎么说、怎么反对，我一直坚信我做得没错……但一个人走下去有时候真的很累，好不容易有个认为我做的是对的，如今，那一个人也没了……"

苏岑吸了吸鼻子，抬头直视着李释，眼神清亮，"若我想让他偿命呢？"

李释也看着他，不说是也不说不是，苏岑知道，自己这是又逆了龙鳞了。

他知道自己这说的是气话，一人之命换万千人之命，这笔账他还是会算的，刚待开口，李释却道："你的案子，你说了算。"

苏岑猛地抬起头来，似是难以置信地喃喃问道："那北凉军的节制权呢？"

"打回来。"

明显这也是句玩笑话，苏岑却受用得很。

苏岑笑了，"你就是算准了我不会杀他，不过是欺负我识大体罢了。"

李释笑笑，对他的话不置可否。

几天之后，萧远辰的案子就定了案。早在前一天，萧远辰在衙门里受审纵马案时就已经引起了民愤，之后又刻意报复杀害孤儿寡母，在京中影响之恶劣一举上达了天听。小天子下令严惩以息民愤，定于秋后问斩。

同时陇右道传来消息，北凉王已动身入京，不出意外便能交出北凉军的兵权，带着萧远辰找个南方的小地方当个闲散王爷养老去了。

天气转凉，苏岑靠在窗边看天边闲云，不禁唏嘘，萧远辰落得如此下场说到底是他自作自受，但不知道李释又在其中起了多少推波助澜的作用。

《风俗通》曰：长吏马肥，观者快之，乘者喜其言，驰驱不已，至于瘠死。骏马死于道旁吹捧者之口，所谓捧杀，则如是。萧远辰一入京，李释便把人接到兴庆宫里，表面关照，实则已经给人下了一剂慢性毒药。他放纵萧远辰嚣张跋扈、任性妄为，在长安城里为非作歹横行霸道，闯祸只是时间早晚的问题。甚至湖心亭那一场会面应该也是刻意安排好了的。

他从一早就算计好了，运筹帷幄，决胜千里，自己只须稍稍配合，自然有人把北凉军的节制权送到他手上。

苏岑仰面看天，不悲不喜。

萧远辰定了案，母子二人的尸体自然就可以返还原籍入土为安了。

大理寺有专门停放尸体的冰窖，就建在大理寺后院的地下，可防止盛夏尸体腐烂遗失尸体上的证据。

等下了衙，苏岑提着水桶来到后院，沿石阶慢慢下去。冰窖内久不见人，脚步声在空洞的石壁上来回回荡，随着吱呀一声门响，寒气扑面而来。

那对母子的尸体就停在冰窖正中，尽管已过去多日，苏岑还是感觉胸中钝痛，像一拳重重砸到心口上一样。

这件案子中唯一的受害者，却是两个最无辜的人。他不敢想那一夜母子二人遍体鳞伤，看着没过头顶的深沟该有多绝望，不敢想最后时刻那孩子手里紧握着两文钱到底在想什么，更不敢想母子二人黄泉路上知道他并不能为他们主持公道对他该有多失望。

苏岑深吸一口气，缓步上前，在两人尸体前跪下，认真叩了三叩。

他欠他们一个交代，大周欠他们母子二人一个交代。

长叩之后苏岑方才起身，提着水桶，为两人擦拭身上的泥泞。

由于在冰窖内停放数日，尸体呈现一种阴冷的青白，除了萧远辰抽出的鞭痕，两人身上还有多处钝伤，在尸体冷藏之后愈加明显。

妇人身上的衣物他不便处理，只能将人脸上擦拭干净，又取来木梳，将人凌乱的头发打理整齐。

猛然间，苏岑手上一顿，眉头慢慢皱起。

他轻轻剥开头顶的头发，头骨上一处凹陷立现。

仵作说过，人是死于头部重创，所以头上有伤口并不稀奇，但奇怪的是伤口的位置，在头顶正中，百会穴。

人若是从高处摔下来，前颅或者后脑着地都不稀奇，但怎么摔能刚好摔到头顶正中？

苏岑放下梳子，又急忙跑到孩子尸体旁，手插入发间一抹，心下一凉。

一人还能是意外，两个人都是如此，又怎么说？

萧远辰吗？

若说萧远辰鞭笞两人，又把人逼下阴沟，他信。但追下去将人置之死地却不像是那位养尊处优的小世子能干出来的事。更何况百会穴虽为重中之重，但毕竟有头骨保护，也不是那么轻易就会受伤的。但看两具尸体上伤口齐整，没有二次损伤的痕迹，而且头皮附近干净，没有泥土石屑。这就说明是一次重击就要了两人性命，甚至用的不是石块，而是单凭两指就击碎两人头骨。

他可不信萧远辰有如此手法。

所以……母子二人并不是死于萧远辰之手，而是有人随后赶到，嫁祸萧远辰？那这人这么做的理由是什么？若是看不惯萧远辰，如此身手大可以直接教训他甚至直接要了他的性命，但这人却采用了如此手段，又是为了什么？

萧远辰入狱什么人获益？又是谁有这等身手能干出这种事？

苏岑指尖颤抖，指节僵硬回缩渐成青白之态，他身体脱力蹲坐原地，寒意慢慢漫上来，发起抖来。

若真是他……他该怎么办？

冰窖大门被猛地撞开，苏岑错愕地回头，被门外西斜的日光晃了晃眼，好一会儿才看清来人。

"小孙？"

"苏大人，可算找到您了。"小孙明显松了一口气，但又站在门前不敢下来，挠着头急道，"苏大人，您快走吧。"

"怎么了？"苏岑皱眉。

"张大人让我来找你，说让你赶紧找个地方躲一躲。"冰窖里停放的都是尸体，小孙站在明暗交界处徘徊，急得像热锅上的蚂蚁，明显是想下来又不敢，只能干着急。

苏岑撑着地面站起来，地面冰寒又加上坐得时间长些，刚一起身只觉两腿刺痛，一个趔趄险些栽倒在地。

小孙咬咬牙，豁出去了，一头冲进黑暗里，拉了苏岑一把。

紧接着冰窖里响起一声鬼哭狼嚎的尖叫，小孙整个人像被蜜蜂蜇了似的，一步跳出去三丈远，顺带着又把苏岑推倒在地。

"苏，苏，苏大人……你是人是鬼啊？"

那双手冰寒彻骨，一点也不像活人的手。

苏岑强忍着周身钝痛再一次爬起来，皱眉道："别管我是人是鬼了，出什么事了？"

小孙哆哆嗦嗦指着外面，"你……你要是鬼，那就没事了，你要是还活着……北……北凉王来了。"

"北凉王？"苏岑猛地一愣，"萧炎？"

最后是苏岑死拉硬拽把小孙从冰窖里拖了出来的。

看人能站在日光底下，小孙总算信了这个苏大人是活的，拉着苏岑往后门走，"张大人说了，让你赶紧从后门走，他在前面给你拖住。"

苏岑皱眉犹豫，"我走了你们怎么办？"

小孙费力地把人往门口推，"萧远辰是你审的，萧炎明显是冲着你来的，更何况张大人是什么人，能让他占了便宜？"

这个案子大理寺旁人没有插手，要算起来萧炎确实只会迁怒于他，苏岑咬咬唇，好汉不吃眼前亏，有什么话日后再说。

刚开院门，只听啪的一声响，苏岑捂着胳膊后退几步，只见一人拿着马鞭缓步进来，眯眼打量了一圈，"谁是苏岑？"

惊变

来人一身铁甲戎装，紫髯如戟，气势逼人，手起鞭落间，一鞭子抽在苏岑正要开门的手上。

兽皮材质的马鞭，如惊雷炸痛，苏岑被抽得后退几步，倒吸了一口凉气，一低头血正从被抽得惨白的皮下渗出来。

果然是父子，都这么喜欢用鞭子抽人。

没等有人作答，那人又吼了一句："哪个是苏岑？给老子站出来！"

"王爷，王爷……"张君及时赶到，往苏岑身前一挡，"王爷初来乍到，还请到前殿用茶。"

"用狗屁的茶！赶紧把苏岑给本王交出来。"萧炎又一鞭炸响在门上，"老子倒要看看是哪个混账东西敢欺负我辰儿？不把那个姓苏的交出来今天一个也别想走！"

苏岑皱眉，刚待上前一步，又被张君偷偷按了回去，对着萧炎讨好道："王爷有所不知，我们已经下衙了，苏岑只怕是走了，等明日，等明日下官一定把苏岑送到府上您看行吗？"

"放你娘的狗屁！老子早就去他家里找了，就一个下人还有个黄毛小子，他根本就没回去！"

苏岑心头一跳，猛地向前一步，"你把他们怎么了？"

萧炎眼睛一眯，"你就是苏岑？"

张君急道："王爷，他不是……"

没等张君说完，苏岑已拱手见礼，"下官苏岑见过王爷。"

萧炎眼里寒意乍现，"什么狗东西也敢污蔑我辰儿！"

是不是污蔑苏岑现在还真的不好说，但这件案子干系重大，没查清楚之前他也不敢乱说，更何况即便人不是萧远辰杀的，萧远辰将人致伤逼下阴沟却是事实，就冲这点萧远辰也脱不了干系。

苏岑忍着胳膊上火烧火燎般的阵痛，一股无名火由心而起，凛然直言道："萧远辰鞭打无辜平民，害孤儿寡母惨死这都是他亲口承认的，堂审记录白纸黑字，我一没逼供，二没诱供，只是将事实上报朝廷。旨意是圣上亲下的，我不过一个审案子的，王爷要翻案去找圣上，管教儿子去天牢，来这里堵我是何道理？"

"小兔崽子，好大的口气！"

萧炎扬起手里的鞭子又要打人，奈何苏岑也不是傻子，身体发肤受之父母，他也没有站着不动让别人抽鞭子解气的道理。看着萧炎一动手立时后退几步，马鞭凌空破风，鞭梢擦着前衿而过。

苏岑尚不罢休，颇有越战越勇的趋势，对着身后的冰窖一指，"王爷若不信，那对母子的尸首还在，王爷要不要亲自下去看看自己儿子干的好事？或者直接上街去打听打听，咱们这位小世子在长安城里名声如何，恐怕不是在边关待得久了，忘了教养是什么东西。王爷也是，教子无方就不要再来管教别人了，要耍横斗狠请回你们凉州去，我们大理寺可不是由着你撒野的地方！"

张君听得句句心惊，不停地拿袖子擦额上的冷汗，这萧炎是什么人，镇守凉州这么多年，手上沾过的人命比他见过的命案还要多，杀起人来跟剁菜似的，这小祖宗怎么就敢在太岁头上动土？

果见萧炎怒火中烧，吹着胡子抄起鞭子就要上去抽人。

苏岑眼看着事情不妙，过足了嘴瘾拔腿就撤，往张君身后迅速一躲，一副瘦弱身子立即隐藏在张君发了福的身架后。

张君一身肉膘都被吓掉了地，一口气还没缓过来，只听那位小祖宗又在后头耳语道："张大人，王爷今晚还叫我过去，您看……"

"放肆！"张君突然大喝一声，在场众人皆一愣。

只见这位向来以八面玲珑著称的张大人上前一步，气势十足道："王爷若真有什么不满，不妨明日朝堂上再说，恕我大理寺招待不周，来人，送客！"

宁王还是北凉王，他心里还是有数的。

立时衙役们上前将人团团围住，武力值虽不高，但胜在人多，手持杀威棒大喝一声，气势还是有的。

萧炎四周扫了一圈，终是强忍着怒火收了手，怒瞪了苏岑一眼，转身离去。

看着人出了大门张君才松了一口气，抚抚胸口一回头正对上苏岑嬉笑着的一张脸，讨好着笑道："张大人威武。"

"还有你！"张君反手一指，"赶紧走，该去哪去哪，离我大理寺越远越好。"

苏岑在张君虎视眈眈的注视下悻悻出了大理寺，刚出大门，就见一个鬼鬼祟祟的身影躲在门口旁的石狮子后。

苏岑站定，叹了口气，"曲伶儿。"

曲伶儿立即眉开眼笑凑上去，"苏哥哥，你可算出来了，你还好吧，你不知道，今天有个大胡子去家里找你，气势汹汹的，拿着鞭子到处抽人……欸，苏哥哥你受伤了？"

苏岑摇摇头，问道："家里没事吧？"

曲伶儿拍拍胸脯，"有我在能有什么事，不过那人也太凶了，你是抢他老婆了还是杀他儿子了？上来就踹门，真以为自己是什么人物呢，脾气比那浑蛋世子还臭！"

苏岑点点头，"嗯，他爹。"

曲伶儿噤声。

苏岑边走边问："你怎么来了？"

"还不是担心你吗，怕你回去路上遇到埋伏，被人套个麻袋扛走了怎么办？"曲伶儿恍然大悟地看着苏岑，"他已经找过你了？这是他打的？"

曲伶儿跺跺脚一咬牙，"我去找他算账。"

"算了。"苏岑把人拉住，摇摇头，"多谢了。"

曲伶儿不好意思地挠挠头，"苏哥哥你怎么突然这么见外，谢什么啊？"

苏岑微微一笑，他今日该谢的人确实不少，给他报信的小孙，护着他的张大人，帮他撑腰的衙役们，前来接他的曲伶儿。

"你知道有没有人能单凭两指就击穿人的百会穴，致人死地？"

曲伶儿凝眉一想，"那也得看是什么人，小孩子头骨薄，大人的厚，需要的力道也不同。"

"一个大人，一个孩子。"

"那就得按大人看，如果是高手的话，指尖可以凝力，找准穴位应该也不难。"

苏岑停下步子看了曲伶儿一眼，"那要是祁林呢？能吗？"

曲伶儿微微一愣，也停了步子，"苏哥哥，是不是出什么事了？"

苏岑轻轻叹了口气，"我今天在那对母子身上发现了新线索，我怀疑是有人刻意杀了他们，嫁祸萧远辰。"

曲伶儿听完了反倒松了口气，冲苏岑一笑，"不可能是他，那人虽然平时冷冰冰的，但还不至于这么没下限，会去杀一对孤儿寡母。"

苏岑黯然垂下眉目。

曲伶儿看着苏岑皱了皱眉，"苏哥哥……"

"我不知道他的底线在哪。说到底他是为了大周江山，我不知道在他眼里那对母子的性命到底有没有意义。当初祁林跟我说不管人是不是萧远辰杀的，都要变成是他杀的，那他是不是一早就知道，那对母子根本不是死于萧远辰之手？"

苏岑眼底流露的沉痛像浓浓化不开的夜色，看得人心里发寒。

他可以容忍他操弄权术纵横捭阖，但无法容忍他视人命为草芥，不择手段巩固地位。

方才他怒对萧炎也不单单是为了那一鞭子，自看到尸体上那道伤口起他心里就憋着一口气，吐不出咽不下，憋得难受。

说到底他是怕，怕自己又忍不住去探求什么真相，怕再从他口中听到不咸不淡的答案。

入了夜，大理寺大牢。

牢房外微弱的烛光被一阵风倏忽带灭，萧远辰猛地抬头，只见一道高大的阴影笼罩在牢门前，冷冷看着他。

萧远辰欣喜地站起来，"是王爷派你来的吗？是王爷来救我了吗？"

那人开了牢门，拖着长长的影子在萧远辰身前站定，眼里寒光一现，"是王爷让我送你上路来了。"

第二日一早苏岑由曲伶儿一路护送到了大理寺门口，虽然他一再强调光天化日朗朗乾坤，没人敢在长安城里给他套个麻袋扛走，奈何曲伶儿执意要送，阿福也跟着凑热闹，说自己昨晚做了一晚上噩梦，都是他家二少爷出事了，今日是大凶之日，不适宜出门。无奈之下为安人心，苏岑只能答应让曲伶儿送过来。

刚到门前就见小孙急匆匆冲过来，苏岑皱了皱眉，果不其然又听到了亘古不变的开场白："不好了苏大人，出事了。"

"北凉王又来了？"

"这倒不是。"

苏岑刚松下一口气，只听小孙深吸一口气，接着道："萧远辰死了。"

大理寺大牢。

苏岑看着牢房内情形脑中一瞬空白。萧远辰被一块破烂布条吊在房梁上，看样子应该是由身上的囚服撕扯拼接而成，面色青紫，眼球突出，死死盯着苏岑现在站的位置。

更刺眼的是萧远辰身后墙上的四个大字：苏岑冤我！

蘸着血写就，字字惊心！

苏岑狠狠掐了自己一把，把自己强行从茫然状态中拉回来。

他宁愿相信母子二人过来索命，也不相信萧远辰这种人会自杀。其实要验证也简单，他杀和自缢索痕有明显区别，把人放下来一查便知，但当务之急根本不是验证萧远辰是不是死于他杀，而是萧远辰死了会带来什么后果。

北凉王昨日刚刚入京，萧远辰死在这个时候绝不是巧合。

萧远辰死了……那北凉军兵权怎么办？

苏岑猛地惊醒，昨日他发现母子二人死于他人之手，第一时间想到的是有人要嫁祸萧远辰，栽赃他入狱。若是那人不只想让他入狱，还想让他死呢？

死在兵权交接的节骨眼下，必定天下大乱！

"还有谁知道？"苏岑问。

小孙道："早上两个狱卒巡房的时候发现的，我到得早，他们跑到前衙就告诉了我一个人，接着大人您就来了。"

"封锁大牢，任何人不得出入！还要封锁消息，决不能让萧远辰死了的消息传出去！"吩咐完，苏岑在小孙肩上拍了拍，扭头大步流星出了牢门。

他错了，在他昨日发现母子二人死因有异时就该及时告诉李释，若是李释早知道了，是不是就能安排布防，也就不会有今日的结果。

为什么不相信？连曲伶儿都能毫不犹豫地断定祁林不会滥杀无辜，他为什么就不能相信李释坦坦荡荡？

苏岑从刚进门的寺丞手里劫过一匹马。他出身江南，马术不精，但从大理寺到兴庆宫几乎要横穿整个长安城，仅靠他两条腿跑过去只怕到时候黄花菜都凉了。

他跌跌撞撞上了马，咬咬牙，狠抽了一鞭马屁股。马立即长嘶一声，带着苏岑如离弦之箭一般猛蹿出去。

就在半月之前他还斥责萧远辰当街纵马，风水轮流转，转眼就换成了他。更惨的是他这骑马技术还不如漠北长大的萧远辰，一路上除了抱着马脖子大喊让开就只能听天由命了。

一路上自然鸡飞狗跳，更要命的是要去兴庆宫，东市是必经之地。东市市门刚开，游商走贩将门口堵得水泄不通，眼看着一人挡在马前，苏岑只能猛拽缰绳，马蹄腾空，直接将人从马上甩了出去。

苏岑被摔得眼前一黑，还没等缓缓神爬起来，只见一条破麻袋从天而降，将他兜头套了进去。

下一瞬，双脚离地，一声惊呼还没发出来，后脑勺就被什么重重一击，转瞬失去了意识。

苏岑昏迷之前的最后一点意识：今日果真是大凶，他竟真的光天化日朗朗乾坤被套个麻袋扛走了。

苏岑是被疼醒的，后脑尖锐的刺痛一跳一跳的，应该是流血了，他能感觉到自己后颈黏糊糊一片，想摸的时候才发现双手都被束在身后，动弹不得。

他被绑了。

明白自己处境后苏岑反倒冷静下来。这个时候谁会绑他？结果几乎不言而喻。但萧炎这时候绑他又是为什么？昨天萧炎刚刚入京，一时气愤跑到大理寺教训他一顿还说得通，难道过了一天之后怒气不降反升，又把他绑回来再教训一顿？

苏岑心里那个不好的念头渐渐浮上心头，萧炎知道了，他知道萧远辰已经死了。

但他是怎么知道的？他一早得到消息立即就进行了封锁，那萧炎的消息从何而来？

知道萧远辰死了的，除了他和大理寺那几个人，就只剩下……杀害萧远辰的凶手！

苏岑先侧耳听了听周围的环境，确认旁边没人之后才小心地睁开眼睛。他发现自己在一处帐篷内，外面有人声，并不嘈杂，应该已经出了长安城，大抵在城郊附近。

苏岑确认了一下伤势，后脑钝痛，双手被缚，眼睛虽然能看见，但他惊奇地发现自己被封住了口。

这很明显是有人不想让他开口。

帐篷内装潢倒是不错，刀架上摆着一把镶金弯刀，主位上还铺着兽皮地毯。

当然，他没被有幸扔到地毯上，而是直接躺在冰凉的地面上。

这里应该是萧炎的主帐，但萧炎入了京为什么不住在城里为入京使臣准备的驿馆，而是跑到荒郊野外来自己扎营？

苏岑耳贴地面静静听了一会儿，猛然心下一惊。

外面一排排脚步整齐划一，掷地有声，分明是军步，而再远处刀剑相接，口号响亮，分明是在演练！

萧炎不是一个人来的，而是带了整整一支军队，就驻扎在长安城门外，他到底想干什么？

他得走，他得去通知李释，北凉王萧炎私携重兵入京，意图谋反！

然而还没等他想到脱身的对策，门外已有脚步响起，直冲着这边过来。

慌乱之际，苏岑只能闭上眼睛，继续装昏迷。

那人撩了帐门进来，直接来到他跟前，似乎并不在意他是醒是睡，对着他直接一脚踢了上来。

这一脚该是用了七八成的力气，正中他柔软的小腹，苏岑直接被踹飞出去，后背撞上身后的桌案，倾时案上的杯盏啷当落地。

苏岑被撞得眼前一黑，五脏六腑好像都移了位，一口腥涩涌上来却被堵在嗓子眼，而他能发出来的只是几声低得可以忽略的哀鸣。

萧炎却没给他缓口气的机会，几步上前又一脚踹在他胸口上。

退无可退，重力挤压胸腔，苏岑弓着身子竭力咳起来，尖锐的刺痛沿着胸前骨骼爬上脑门，顷刻就起了满头冷汗。

所有的推断得到了验证，萧炎的确知道了萧远辰的死，所以才会迁怒于他，这是想让他给萧远辰偿命。

他得说话，他不能就这么一句话都不说地被人活活打死。他费力地用半条胳膊支着地面，努力直起身子，对着萧炎呜咽两声。

换来的是萧炎怒不可遏地一巴掌将他挥倒在地。

耳边一声尖锐的长鸣，苏岑晃晃脑袋，在装死和再试一次之间纠结了一下，拧着身子又重新坐了起来，目光犀利，直直盯着萧炎。

萧炎一点没犹豫，抡起胳膊就往苏岑身上招呼。

眼看着掌风近脸侧，苏岑不躲也不动，含糊地呜咽了两个字。

那张粗粝的大手在苏岑脸侧停住，一腔灼热翻涌上来模糊了视线，他听出来了，那一声喊的是"远辰"。

长安城，兴庆宫内。

祁林一身银甲戎装步入长庆殿内，对着上面的人行礼，道："爷，都整装完毕了。"

李释放下朱笔应了一声，"就知道那老东西贼心不改，不会乖乖把兵权交出来。"

"去城外探查的探子回报，萧炎这次带过来的大抵有两千人，这点兵力想逼宫不可能，应该就是冲着爷您来的。"

李释不在乎地轻轻一笑，"我想用萧远辰换他北凉兵权，他想跟我换大周国运。"他指尖在桌案上一点，"去查他怎么把这两千人带到京城来的，路上凡有知情不报、私放北凉军入关者一律按谋逆论处。"

祁林抱剑领命，躬身退下。刚出殿门，一个侍卫急急赶过来，在祁林身前站定，道门外有人要见他。

祁林皱眉看了他一眼，问："什么人？"

此时曲伶儿正在兴庆宫门口来回踱步，急得像热锅上的蚂蚁一样。

他今日一早把苏岑送下之后，本想着趁东市开了门买个猪耳朵回去下酒，刚到东市门口，就见他那英勇无双的苏哥哥人仰马翻地摔倒在地，他还没来得及上去嘲笑，人就像他预言的那样被装进麻袋扛走了。追了两步曲伶儿就发现来人并不简单，身上有功夫不说，人还不少，他贸然冲上去折了自己不说，还可能连累了苏岑。

焦急之间一回头，正看见兴庆宫内花萼相辉楼的楼顶。

两千多人千里跋涉过来，现在还不知道立没立住脚，千军万马里闯过的宁亲王自然不当回事，甚至都没打算亲身上阵，让祁林带兵过去围剿就是了。

看着祁林去而复还，李释不由挑眉。

祁林抿了抿唇，沉声道："他们抓了苏公子。"

李释手下朱笔一滞，朱砂缓缓蔓延，盖过了白纸黑字。

末了李释把笔往案台上一扔，起身道："让他们先按兵不动，你跟我去走一趟。"

一拿开嘴里的封布，苏岑立即弯下腰去没命地咳起来，刚刚那几下疼还是其次，血沫翻涌在喉间，险些咯血呛死。

吐了几口血沫子，苏岑被人捏着下巴提起来，萧炎眼里血丝猩红，死死盯着他，怒道："说！"

"萧远辰……咳咳……"苏岑又偏头咳了两声，清清嗓子，"萧远辰是被人谋杀的。"

萧炎瞳孔慢慢收缩成一线，胡子一抖，"什么……是谁？谁敢害我辰儿？"

"我不知道。"捏着他下巴的手骤然收力，苏岑吃痛地皱眉，急道，"但我知道他在哪！"

萧炎眯眼打量了苏岑半晌，谅他也耍不出什么花招，这才松手，俯视着他。

苏岑跪坐在地，佯装回忆从何说起，脑筋却转得飞快，他被大庭广众之下绑过来，应该已经有人报官，他现在需要做的是拖延时间，争取萧炎的信任，并且表明自己的价值，以防他刚把事情说完就被灭口了。

苏岑垂下眉目，尽量显得温顺，道："世子、王爷，连同整个凉州，只怕都被人利用了。"

"事情从一开始就是个阴谋，那人利用世子性情……洒脱，在世子教训了几个平民之后尾随其后，等世子走了再把人杀了嫁祸给世子。世子在长安城里名声不太好，一开始我也以为人是因世子而死，可是就在昨日，我为母子两人整理遗容，竟在其发间发现了隐藏的致命伤口。"

"怎么说？"

苏岑慢慢换气以缓解胸口钝痛，接着道："单以两指之力就击穿了两人百会穴，是个高手，王爷可认识这样的人？"

萧炎凝眉想了一会儿，道："反正不是我辰儿干的。"

苏岑十分诚恳地点点头，心道你儿子要有这本事，还会被人暗杀在牢里吗？

"所以世子入狱就是有人刻意安排的，王爷想必了解世子，以他的性格怎么可能在牢里自尽，只怕是有人想借世子之死，挑起王爷的愤怒。到时王爷跟朝廷两败俱伤，试问谁人得利？"

萧炎目光森寒收缩，"你是说……突厥？"

"王爷自己也清楚，您如今入京请命，凉州必然群龙无首，届时若是王爷再在长安城里出点什么意外，只怕凉州就会拱手让人了。"

苏岑刻意没提他知道萧炎和突厥的合作，一是为了不惹恼对方，给自己留下后路，二是给萧炎留下一个自己是旁观者的假象，与外族人结盟定然不会全心相交，由着他们互相揣测，更好过他直言戳穿。

萧炎果然一扯上突厥问题就噤了声，凝眉想了好一会儿才接着问："你说你知道凶手在哪？"

"我……"

苏岑刚待开口，只见一人从帐外进来，黑衣黑袍，气质冷冽，冷冷斜了苏岑一眼，转头对萧炎道："此人油嘴滑舌，最擅长搬弄是非，我不是警告过王爷不要让他说话吗？"

苏岑微微皱眉，敢情这人就是把他抓来还要封他口的那位。

萧炎对这个黑袍人倒是显得有几分敬畏，只是不知敬多还是畏多，他看了苏岑一眼，对黑袍人道："他说辰儿是被人陷害谋杀的。"

黑袍人冷哼一声，"他如果不这么说怎么能活到现在？他说这么多不过就是在为自己开脱。"

苏岑急道："我所言句句属实，王爷若不信可以去大理寺查验母子二人的尸体。"

黑袍人冷冷一笑，"顺便再在大理寺布下天罗地网，将我们一网打尽是吗？"

"我可以为质！王爷难道眼看着世子死得这么不明不白吗？"

"世子之死根本就是你害的！"黑袍人上前一步一脚将苏岑踹翻在地，"王爷你别忘了世子家书中是怎么说起这人的，世子当初下狱就是他审的！"

苏岑心里咯噔一下，身子凉了半截。这个黑袍人果然不是善类，不像萧炎那么好忽悠。萧远辰的家书里提到他，肯定不会是什么好话。他之前刻意避开他和萧远辰之间那些恩怨，结果被一股脑捅出来，任他再能言善辩，在萧炎那里也没办法跟他死去的亲儿子相提并论。

果见萧炎眼里起了杀意，目光一凛，抄起刀架上那把镶金弯刀，一步步向苏岑逼近。

苏岑双手还被紧缚在身后，站都站不起来，慌乱之下只能步步后退，退到帐篷边缘避无可避，最后挣扎道："现在只有我能查出真相，还世子一个公道。"

弯刀高举，刀尖闪过嗜血寒光，苏岑心底一片冰凉。

千钧一发之际，一小卒冲进帐内，慌慌张张道："报！"

行刑被打断，黑袍人面色不豫，冷着脸问："怎么了？"

小卒慌张回道："宁……宁王来了。"

在场的众人皆一愣，萧炎收了手，凝眉问："来了多少人？"

"三……三个人，这会儿已经……到门外了……"

说话间一人已经执剑撩起帐门，身高八尺，眸色浅淡，恭敬立于一旁。

苏岑难以置信般抬头，那人闲庭信步步入帐内，面色即沉且静，与这帐内严阵以待的众人皆不同，他未着片甲，皂色深衣广袖大氅，不像身陷敌阵，倒像例行巡检来了。

曲伶儿紧跟着进来，一双眼滴溜溜打量一圈，看到蜷在角落里的苏岑时眼前一亮，不顾一屋子手持刀枪的人跑到苏岑身边，三两下给人松了绑。

苏岑由曲伶儿扶着慢慢走到李释身前，李释眉头微蹙，"伤着了。"

"皮肉伤，无妨。"苏岑低着头看着手上的索痕，方才绑得紧，如今腕上回血带着隐隐刺痛，最重要的还是他不知该如何面对李释。

是他猜忌在先才造成了如今局面，不知该如何开口，最后只能咬着唇轻声道："萧远辰死了。"

"我知道了。"李释并不吃惊，在人肩上拍了拍，"没事了。"

萧炎这才回过神来，当初军师献策说劫了姓苏的这小子就能把李释引过来，起初他还不信，李释那只老狐狸，用老奸巨猾都不足以形容，明知他们的目标是他，怎么可能乖乖送上门来？

结果人还真的来了，真可谓三九天里开桃花，太稀奇了。

萧炎对李释略一施礼道："王爷大驾光临，有失远迎。"

李释慢慢上前，毫不客气地在主位落座，"老朋友来了，我自然要过来看看。"

李释在边关待了近十年，凉州又是重中之重，两人自然是常打交道。只是当年并肩作战的盟友，如今却是以这种场景相见，不禁令人唏嘘。

萧炎回道："臣不敢。"

萧炎假客套，李释倒是真没客气，随意往椅背上一靠，眼神一凛，"你不敢？我看你倒是敢得很，携驻军入京，还有什么是你不敢的？"

明明外面都是自己的人，萧炎还是无端生了一身冷汗，这人天生自带了一身王者气度，往那里一坐旁人就得伏低做小。

但事已至此也退无可退，萧炎上前一步，"是朝廷对不住我在先，先是逼我辰儿入京为质，又是设计他入狱，如今人竟然还在牢里不明不白地死了，朝廷就不打算给我一个交代吗？"

"说起交代……"李释看了苏岑一眼，"你把我的人打成这样，你如何交代？"

"远辰入狱是因其暴虐无度，残害百姓，苏岑按律例审判，何过之有？至于远辰的死……"李释眼神微微一眯，"我倒是想问问你，你入京之前，还去见过谁？"

萧炎神色一顿，他自以为与突厥那边的联系做得天衣无缝，这人远在千里之外的长安城里，却对他严防死守的凉州了如指掌，不可谓不可怕。

李释看似叹了口气，"你若只身过来，远辰不会有事。"

萧炎已然冷汗淋漓，受制于人的俨然像是他一般。

但是李释貌似还没有撕破脸的意思，转而又道："我也算是看着远辰长大的，他死在长安城里，我确实也有责任，既然如此，便还他一个公道。"

"苏岑。"李释看他一眼，"多久能查出来？"

萧炎茫然，"查出什么？"

苏岑微微一愣，转瞬明白了李释的意思，看了眼帐外天色，回道："天黑之前，天黑之前我一定把杀害世子的凶手带回来。"

陇右

"不行！"苏岑话音刚落，静默了好久的黑袍人立即出声反对，"他万一回去搬救兵怎么办？今日在这儿的一个也不能走！"

李释瞥了黑袍人一眼，根本不屑搭理，扭头对祁林道："把狗赶出去。"

"你！"黑袍人上前一步，祁林利刃出鞘。

萧炎眼看着双方要动起手来，面色不豫，在黑袍人身前一挡，"此人是我军师，也是为我考量，留下他吧。"

李释倒也没为难，略一抬手，祁林收剑退下。

萧炎看样子还在纠结，苏岑放出去有风险，但又不甘心自己儿子死得不明不白，思虑再三，就是下不了主意。

李释不紧不慢地笑道："几年不见，你这胆子倒是越来越小了，我还在这儿，你怕什么？"

萧炎总算下了决意，他手里握着大周命脉，也不怕这乳臭未干的小子要什么花招，挥手道："就天黑之前，我要看到害我辰儿的凶手。"

苏岑偷偷松了一口气，立即拱手道："下官定当不负使命。"

"来。"李释招招手，苏岑立时凑过去跪坐在李释身前。

李释问道："身上的伤，能行吗？"

苏岑微微滞愣，很快就回过神来点点头，"我一定会回来的。"

李释把拇指上的墨玉扳指摘下来放到苏岑手中，"放开了查，三省六部都会给你行个方便。"

"好。"苏岑点头，起身认真看着祁林，一字一顿道，"一定要护好他。"

祁林领首，苏岑这才转身离开，脚下不稳，祁林轻轻扶了一下，只听苏岑用只有两人能听见的声音耳语道："当心那个军师。"

曲伶儿护着苏岑一路出了军营，竟真的无人敢阻，只是要想到官道上还得经过一片密林，他们两人无车无马，只能靠双腿跋涉。

日头已近正午，等他们赶到城门估计都得午后了，曲伶儿看看苏岑，真心佩服，明明一点头绪都没有，怎么就敢下那样的保证。

他好奇问道："我们从哪查起啊？"

苏岑看了曲伶儿一眼，"查什么？"

"嗯？"曲伶儿一愣，"不是要查那个杀小世子的凶手吗？"

苏岑冲曲伶儿一笑，"我骗他们的，我是出来搬救兵的。"

曲伶儿目瞪口呆。

苏岑轻轻叹了口气，"凶手被他自己养在身边，我还有什么好查的。"

他刻意没提今日一早他已经封锁了消息，所以除了他、小孙和两个狱卒，还知道萧远辰死了的就只剩下那个凶手。看得出萧炎的信息情报皆来源于那个军师，所以萧远辰即便不是军师亲手所杀，也定然与他脱不了干系。

而他之所以没说出来，是因这是他握在手里的最后一点筹码。他赌萧炎不会任由萧远辰死得不明不白，所以会放他出来查。若是说了，不管萧炎最后相信谁，他都是一个没有价值的人了。

"什么啊？"曲伶儿明显没听懂，刚待继续问，忽地神色一凛，手迅速搭上腰间，几乎是同时，手里蝴蝶镖出手，正对上两枚暗箭。

曲伶儿凝眉，"看来有人并不想让我们走。"

等人都走了，萧炎命人收拾营帐，由着李释在主位上坐着，自己屈居下座，让人好茶好水伺候着。

李释拿杯盖撇了撇茶沫，道："既然小辈们都走了，那咱们就来说一说正事吧。你们想要什么？"

萧炎正襟危坐，也不绕弯子，直言道："我要肃州和甘州。"

"哼。"李释冷笑一声，把茶杯往桌案上重重一放，茶水四溅，杯盘狼藉。

李释冷笑道："你要的不是甘州和肃州，你要的是整个陇右道吧？"

武德年间太祖皇帝平定天下，初设十道三百州，后经永隆、天狩年间开拓巩固，增至十五道，其中陇右道，因位于陇山以西而得名，东接秦州，西逾流沙，南连蜀及吐蕃，北界朔漠，常年与吐蕃、突厥打交道，其战略意义不言而喻。更重要的是，陇右道向东直接关内道，也就是说，若是丢了陇右，便是将京畿重地直接置于突厥、吐蕃的虎视眈眈之下。

而萧炎所说的甘州、肃州，加上他所处的凉州，则是陇右道的咽喉之地，所有军需饷粮入陇右都需经过这三处，握住了甘州肃州，再往西的安西都尉府、北庭都尉府便都在其控制之下。

"这么大的胃口，只怕你自己吃不下吧。"李释靠着椅背眯眼打量座下，"打算跟突厥怎么分？"

"大周的疆域是我们一起打下的，我不会给他们地，他们要的只是入贡。"

"入贡？"李释冷冷一笑，所谓入贡，说得好听点，是需每年向突厥进奉财物，说难听了，就是允许突厥在大周土地上强抢强要，鞑子可以在大周境内颐指气使。李释目光一点点冷下去，"当初英勇的武威大将军如今反过来去舔他们的狗腿，突厥倒是好大的心胸，当初杀得他们片甲不留，如今还能容得下你。"

萧炎含糊其词，显然不愿提起那些往事，直接道："毕竟一起浴血奋战过，我不会对你怎么样，你乖乖地下旨把甘州、肃州给我，就继续回去做你的摄政亲王，我说到做到。"

李释轻轻一笑，"你就不怕我反悔，到时候再带兵过去把你们一锅端了？"

"你不会的。"萧炎这一点自信还是有的，"天子年幼，你走不开。另外小天子也不可能放你在这种事上以身犯险，要陇右还是整个大周，我相信他还是能做出判断的。纵观大周全境，能与我一决高下的也就只有你了，你不出马，我自信没人能攻下凉州。"

"江山代有才人出，萧炎，你老了。"李释目光慢慢游离出帐外，"小看了这些年轻人，是会吃亏的。"

与此同时，苏才人几乎是连滚带爬地冲上官道，风尘仆仆，灰头土脸，鞋子都险些跑丢了一只。

曲伶儿也没好到哪去，这些人追得紧，他一身暗器用了个精光，身上还有好几处负了伤。

好在一上官道长安城门就已经遥遥可见了，官道上往来商队行人不少，甚至还有巡查京畿安防的骑兵,那些杀手不敢冲上来,只能躲在暗处恨恨咬牙。

两人相互搀扶着入了城门,苏岑回头看了看,远处的杀手果然没有追上来,刚松下一口气,后肩被人猛地一拍,力道之大,险些将他一头拍倒在地。

苏岑急急回头,不由心下一惊。这人生得比祁林还高些,挡在苏岑面前几乎算得上遮天蔽日,膀大腰圆,一身遒劲的肉疙瘩,脸上一道刀疤横亘而过,狰狞吓人。

东市门口的场景这是又要再现一遍?

苏岑急急后退,没退两步又撞上一人,略一回头,正对上的是一双狼似的眼睛。他急忙找曲伶儿,只见曲伶儿也正被两个人围着,一个红脸,一个大胡子,曲伶儿那副小身板根本不够看。

在长安城门口劫人,这些劫匪也太嚣张了!

苏岑咽了口唾沫,刚待大喊救命,只见那个刀疤脸竟对着他咧嘴笑了笑。

可能笑起来更毛骨悚然,把苏岑一声呼救直接吓退回肚子里。

那人看着苏岑,用生疏的官话一字一顿道:"兀赤哈,图朵三卫,爷,让我们……等,苏公子。"

苏岑努力给翻译了一下,"你叫兀赤哈,是图朵三卫的人,是王爷让你在这里等着我的?"

刀疤脸带着狰狞的笑容点点头,脸上的刀疤像虬曲的蜈蚣一样动了动,抬手又要在苏岑肩上拍一拍,苏岑急急后退两步,他这小身板再拍两下就散架了。

四个人站成一排立成一堵人墙,频频引人注目。如此看来,难怪李释出门总带着祁林,这么一比祁林都显得眉清目秀起来。

苏岑看着四个人清了清嗓子,"王爷现在还在敌营里,我得去宫里搬救兵,有劳各位送我过去。"

这些人官话说不利落,好在还能听懂,带头的兀赤哈点点头。

苏岑又分别对红脸和大胡子吩咐,一个去英国公府找郑旸,一个到苏宅取官服,到时在宫门前集合。

分派完任务各自领命,苏岑刚走两步却见曲伶儿还愣在原地,见他回头才道:"苏哥哥,你这里安全了,也没我什么事……我想回去。"

苏岑微微一愣,明白了曲伶儿的意思。

苏岑略一点头,曲伶儿咧嘴笑笑,扭头出了城门。

兀赤哈几个大个子话说得不利索，办起事来倒是麻利，在苏岑赶到丹凤门的同时，红脸已经带着官服在门前候着，大胡子也拽着郑旸过来了。不知是没解释明白还是压根没解释，郑旸被拖着一脸无可奈何，眼珠子都快翻到天上去了。

郑旸看见苏岑时眼前一亮，"哟，苏兄，你也被拖来了？你说我好不容易休沐一天，我小舅舅也不让我安生，我午后还约了张翰林下棋呢……你这衣服怎么回事？他们对你动粗了？"

他转头对着兀赤哈一叉腰，"你们怎么回事啊？知不知道这是谁？当初他抢了我的会元，我想找人把他蒙头打一顿都被我小舅舅教训了半天，要让小舅舅知道你们把他弄成这样，估计你们得回漠北放羊去了。"

兀赤哈也急了，急急摆手，结结巴巴道："不……不是，他自己……不是我……"

郑旸哈哈一笑，对苏岑道："别看他们长得吓人，逗起来可好玩了。"

知道事情三言两语解释不清，苏岑也不花工夫解释，边穿官服边道："我有急事要入宫，但以我的身份只怕连宫门都进不去，还得靠你帮我。"

"什么事啊？"郑旸皱眉看了苏岑一眼，见人神色严肃确实不像开玩笑，这才点点头，"让你见识见识怎么最快入宫。"

走到宫门前果然有侍卫拦着，见到郑旸恭敬行礼，在郑旸表明来意后表示需要先通传，等皇上下旨后才能放他们进去。

郑旸眼睛一眯，向前一步，"你知道我是谁吗？"

侍卫后退一步，为难道："世子，小的也是当差的，还望世子不要为难小的。"

"算你识相。"郑旸不为所动，拉着苏岑又上前一步，"那你知道我爹是谁吗？"

侍卫后退一步。

"知道我娘亲是谁吗？"

侍卫再退一步。

"知道我舅舅是谁吗？"

侍卫连连后退。

说话间两个侍卫已被逼到了门内，郑旸冲两人一笑，"多谢了。"

转头拉着苏岑大摇大摆入了宫。

"快吧？"郑旸冲苏岑挑挑眉。

"快……"苏岑点点头，"那我当日为了新科仕子案在这碰到你，你为何不带我进来？"

郑旸抬头望天清清嗓子，"那个……这个时辰小天子应该在寝宫里，我带你过去啊……"

二人穿过崇明门便进了内朝，苏岑遥遥就看着有个人从里面出来，走到近处，三个人都停下了步子。

"崔皓？"郑旸皱了皱眉，"你在这干什么？"

"你又在这干什么？"崔皓抱紧了怀里的文书，生怕两人生出一双透视眼来窥探了其中的秘密，又谨慎瞥了苏岑一眼，"你怎么也来了？"

郑旸眯眼把人从上到下扫了一圈，"有什么事不能朝堂上说，还得下了朝再偷偷摸摸过来，又想着干什么丧尽天良的事吧？"

"你怎么好意思说我，别跟我说你过来是跟皇上唠家常来了。"

两人一早因为榜眼位置就彼此看对方不顺眼，后来各为其主更是斗得如火如荼，如今狭路相逢想必嘴皮子又闲了，又有了较量一番的意思。

苏岑皱眉拉了拉郑旸衣袖，提醒他正事要紧。

郑旸鸣金收兵，"别挡道，小爷有要紧事。"

崔皓撇撇嘴，"你能有什么要紧事？"

苏岑叹了口气，绕过两人径直往前走。

郑旸瞪了崔皓一眼，立时跟了上去。

崔皓在原地一愣，看样子这两人确实有事，本着知己知彼的原则，自己也跟了上去。

郑旸边走边皱眉道："你跟着干吗？"

"我想起来我也还有事要奏报，你管我？"

"你别跟着瞎捣乱。"

"是你做贼心虚吧？"

两人一路吵到了紫宸殿，门外当值的太监道太后娘娘过来探望陛下，他们只怕要等楚太后出来才能见上小天子的面。

郑旸那一套关系策略在宫门前好使，到了这里就失了效，毕竟这些是宦官不是侍卫，哪怕你祖上是玉皇大帝，他们的主子也只有小天子一个，不怕你告暗状穿小鞋。

这母子二人说起闲话来指不定得说到什么时辰，苏岑自然等不了，咬咬牙，正打算硬闯，只听一人拿捏着嗓子道："在这里吵什么？成何体统。"

一个太监从里头出来，扫了众人一眼，看到苏岑忽然眼前一亮，腆着笑凑上去，"哟，苏大人您来了，有什么事啊？"

苏岑被捧得莫名其妙，还是道："我有急事要面圣，劳烦公公通传一声。"

太监看着犹豫了一下，还是应下来，"苏大人稍等，咱家这就去禀报陛下。"

等人进去了苏岑看了看郑旸，问道："这人认得我？"

郑旸道："苏兄你不记得了，这是当日在朝会上那个差点被我小舅舅杖毙的太监，你救过他。"

苏岑皱了皱眉，半晌才想起来，"他不是被贬到内仆局了吗？"

崔皓在一旁不冷不热地嘲讽，"待了两天就被召回来了，这种人只要圣眷还在，就能继续耀武扬威。"

说话间那太监已经回来，冲苏岑得意地一笑，"苏大人请吧，皇上要见你们。"

不论此人品性如何，终归是帮了他，苏岑冲人感激地一笑，"多谢。"

入了殿，小天子抱着一碗桃胶甜汤正喝得起劲，楚太后尚在一旁陪着。

苏岑没再虚与委蛇，简单行礼过后，直接道："北凉王萧炎勾结突厥，携重兵埋伏于城郊密林中，宁王前去交涉身陷敌营，请皇上即刻出兵营救。"

众人目瞪口呆。

小天子一口桃胶呛在喉咙里，半天才想起来咳。

一旁的太监宫女立即围上去，拍的拍，顺的顺，场面一塌糊涂。

楚太后眉心一蹙，精致的脸上带出几分愠色，"大胆！陛下面前危言耸听，惊扰圣驾，来人！"

苏岑掏出怀里的墨玉扳指，挺直腰杆，"臣所言句句属实，有王爷信物为证。"

郑旸刚刚愣过神来，"你是说我小舅舅在叛军手里？"

看见扳指楚太后脸上总算有了慌乱神色，这枚扳指，人人皆知宁王带在身上片刻不离，如今出现在这里那定然是出了事。

楚太后修长纤细的指节搅在一起踌躇片刻，忽地站了起来，长袖一挥，"快！快召集禁军，入宫护驾，封锁城门！"

众人皆一愣。

苏岑一跃而起，"那王爷呢？"

"自然是陛下的安危重要！"楚太后杏眼一瞪，狠狠斜了苏岑一眼。紧接着又来回踱步，饶是她在朝堂上跟李释斗得再激烈，毕竟也只是一个女流之辈，有生以来就在这长安城里高情逸态，何曾面对过这样的情形。

片刻之后楚太后对着门口的传唤太监吩咐："即刻召禁军统领觐见……柳相，还有柳相，把柳珵给我叫过来！"

"王爷的安危不能不顾！"苏岑上前一步，"王爷是大周命脉，他要是出了什么事大周就完了！"

"放肆！"楚太后怒喝一声，尖锐的嗓音划破大殿，"陛下才是大周命脉！来人，把这乱臣贼子给我拿下！"

苏岑再也顾不上什么规矩礼法，一边挥开两个上来压他的太监，一边驳斥，"王爷要是出了什么事，各地藩王谁来牵制？边关异动谁去镇压？宫里宫外暗潮汹涌谁来洞悉？谁来护着你们孤儿寡母？陛下！"

小皇帝一口桃胶总算咳了出来，挥挥手让两个太监退下，小心翼翼看着楚太后，"母后，朕觉得他说得也有道理。"

郑旸急急跪下，"望太后三思，小舅舅是国之脊柱，万不能出事！"

楚太后脸上神色总算动了动，咬着唇犹豫再三，"他想要什么？哀家可以派人去谈判。"

妇人之仁！

苏岑冷声道："若他想要的是整个陇右道呢？"

楚太后立即呆立原地，动弹不得。饶是她一个妇人也明白陇右道的重要性，丢了陇右就等同于丢了护卫京师的最后一道屏障，日后突厥、吐蕃入关便能长驱直入，再无阻拦。

楚太后后退两步，跌坐在椅子上，"哀家……哀家要与柳相商议，等柳相过来……柳珵呢！怎么还不来？"

"来不及了。"苏岑看着小天子，"请陛下即刻下旨，出兵增援宁王。"

"这……"小天子又看看楚太后，"母后，怎么办？"

楚太后打量了一眼堂下，苏岑满目猩红，郑旸长跪不起，还有一人……自始至终没说过一句话。

楚太后眼里有了点亮色，指着崔皓，"你，你是那个……"

崔皓即刻回礼，"下官崔皓。"

"哀家记得你，你是柳相的人，你说，该怎么办？"

崔皓静静看了眼在场的所有人，目光最后停在郑旸身上，意味深长地眯了眯眼。

郑旸心里一凉，众所周知崔皓跟他不和，他要这时候打击报复，后果不堪设想。急道："崔皓，你……"

没等人说完，崔皓收了目光，直视楚太后，"臣以为当以大局为重，应出兵营救宁王。"

楚太后断了最后一点念想，徒然挣扎道："要是陛下出了什么事……"

苏岑跪地，"臣万死护卫陛下安危，只要我还有一口气，绝不让叛军入城！"

崔皓跪地，与郑旸齐声道："臣等万死护卫陛下安危。"

楚太后撑着额角打量座下，今年新录的一甲三人齐齐跪地，自登科以来第一次众口一词，所谓的国之栋梁，竟都向着那个意欲篡权的宁王。

她摆摆手，对小天子道："你是皇上，你皇叔教导你凡事要有主见，你自己拿主意吧。"

小天子点点头，正襟危坐，正色道："即令禁军统领谢春整顿禁军，协同大理寺正苏岑清剿叛军，增援宁王。"

城郊密林，萧炎营帐。

残败日光透过撩起的帐门颓然散了一地，残阳如血，像极了当年漠北壮阔的长河落日。

两人已经僵默了一下午，萧炎偷摸看了眼李释，只见人靠着座椅闭目养神，不知是懒得搭理他还是根本不屑搭理他。

有些人就是生来尊贵，偏偏上天还就是不公平的，给了他高贵的出身也就罢了，还要再给他让人望尘莫及的能力。

萧炎犹记得当年这人初涉漠北之时，说到底他心里是有几分不屑的。

皇城里养尊处优的小皇子，皮娇肉嫩的非要跑到漠北吃沙子，据说这人还不是犯了错被发配来的，而是主动请缨。想来也是，边关好吃好喝混两年，回去便有了建功立业的资历，不管是争宠还是夺嫡都是极好的资本。说到底为难的是他们，人家是皇子，你得锦衣玉食伺候好了，立了功都是人家的，犯了错却得你来背。

所以当时他有心给李释一个下马威，迎驾当日，旌旗铺展，黄沙漫天，北凉军整肃军容，手里握的都是真刀实枪，远远望去，明晃晃一片，所谓"甲光向日金鳞开"。

宁王仪仗正午方至，不同于往日那些官员香车华盖，一人迎头骑一匹赤骥宝马，着一身蛟鳞黑甲，青发高冠，云霆披风迎风猎猎。临到近前那人翻身下马，动作行云流水一气呵成。萧炎愣了片刻方才上去迎驾，只见那人眉宇间气度非凡，身形样貌皆是萧萧肃肃，一双纯黑眸子平静地看着他，带着洞察一切的从容淡定。

萧炎心道一声坏了。

还没来得及阻拦，列队的兵士皆按照预先演练的大喝一声，声势撼日，紧接着手里长枪平刺，突进几步，待停下来时近李释身侧仅方寸之距。

换作常人第一次见到这种场景，估计都得瘫坐在地，裤子都该吓尿了。但见那人不动如山，连面色都没变，只眯眼打量了众人一眼，转头看着萧炎，眼里甚至有几分笑意，"你们这是在操练？"

没把李释吓着倒是把自己吓了一跳，萧炎强撑着笑意迎上去，"训练不精，惊扰了王爷，让王爷见笑了。"

李释轻轻一笑，"确实不精。"

于是当日在场的所有人皆罚了一月饷银，以后每天早起半个时辰加强操练。

更令人吃惊的是这京城里来的王爷竟每日都随他们一起作息，严寒酷暑，无一日懈怠。

半月后，李释要组建自己的亲兵，萧炎起先并未当回事，过来待两年就走了的人要什么亲兵？留着打兔子猎鹰，日后回长安城里作威作福吗？心里不待见却也不敢阻拦，只道北凉军内八骑十二卫随便选。

只见李释笑笑，"你放心，你的人，我不抢。"

两日后他带回了一队突厥奴隶。

病弱伤残，瘦得跟骷髅架子似的，有的连站都站不起来，怎么跟他的八骑十二卫比？

但偏偏就是这么一群弱不禁风的少年，成了震慑大周全境，令突厥闻风丧胆的图朵三卫。

永隆二十年秋，北凉军与突厥主部于鹈鹕泉相遇，鏖战一天一夜，宁王李释带其亲兵一马当先，深入突厥内部割乱敌军部署，大败突厥于受降城外。也正是此战大挫突厥锐气，突厥自此走向了衰败。

犹记得那日的夕阳就像今天一样，余晖照晚霞，在鸂鶒泉上铺了一层融金，那人浑身浴血，迎着光走来，周身熠熠，宛若神兵天将，令人惶惶不可直视。

所谓天之骄子，应该就是这副样子吧。

"我带了凉州的酒，你要不要尝尝？"

萧炎说完又自嘲地笑了，"我忘了，你不喝冷酒。"

李释睁眼，伸了个懒腰，"无妨，陪老朋友可以喝一些。"

萧炎命人取来了酒给李释满上，李释执杯与他对视了一眼，一饮而尽。

李释喝完不禁笑了，"凉州的酒，还是这么烈。"

酒烈依旧，人却被风沙磨平了棱角。

萧炎第一杯酒却径自倒在了地上，"当年辰儿还小，最喜欢缠着你，他的骑马和射箭都是你教的，我要教他，他还嫌我的技术不如你好。"

李释笑了笑，"你比我好。"

萧炎又给自己倒了杯酒，边喝边道："那是自然，我生在凉州长在凉州，八岁就能拉开我爹的玄铁弓，十几岁就能猎鹰，也就这点我自信能胜你了。"

他笑一笑，接着道："那个小兔崽子其实就是想跟着你，什么骑马，什么射箭，你走了后他就再没练过，你当年要回京，他哭了三天三夜，三天里粒米未尽。后来他入京，在家书里写到你，都是难掩兴奋之情。他说他在京中受尽白眼，就你还对他像以前一样好，什么都由着他。他说他给你买了玉带糕，你吃了笑着夸了他，自此他就在长安城里到处找好吃的讨你欢心。我是不想他与你接触太深的，你的心思太重，他根本招架不住，奈何他就是一心一意向着你，谁劝也不听。"

"你说起那个姓苏的小子是你的人，我突然就想明白辰儿为什么那么讨厌他了，那小子倒是机灵，也知道怎么动摇我，辰儿要是有他一半心思，就不会被人害死了。"

"他还那么小啊，尚不及弱冠……我还没给他取字呢……"

李释静默了片刻，也倒了一杯酒洒于地上，郑重道："会给他一个交代的。"

萧炎仰头按了按眼眶，"他十七岁就被迫提前袭爵，入京为质，在凉州没人敢惹他，养了一副骄纵的性子，在这勾心斗角的长安城里怎么过得下去？"

李释皱了皱眉，"早知如此，你又何必勾结突厥？他本可以在凉州安逸地度过一世，他有今天也是你一路逼他过来的。"

"那都是因为你！"萧炎拍桌而起，"若不是你要推行什么屯田令，我怎么会去和突厥勾结？你在凉州待过，知道那里什么样子，屯田？凉州拿什么屯田？凉州百姓都没得吃，要靠入伍吃那点饷粮才能活下去，你一下子断了饷，我拿什么养凉州百姓！"

李释眉心微蹙，"我是要屯田，可我什么时候说过要凉州屯田？"

"什，什么？"萧炎猛地一怔。

"正是因为我在凉州待过，我知道那里黄沙肆虐，所以我要天宝军、平戎军、昆明军、宁远军、南江军等南方边镇、西北边镇屯田，为的就是把朝廷饷粮留给凉州。"

萧炎猛地看向那个所谓的黑袍军师，只见他执杯静静注视着两人，末了提唇一笑，"反都反了，说这些还有用吗？"

萧炎紧握的拳又颓然松开，用一种近乎绝望的目光看着李释，"晚了，在我动身入京的时候，默棘已经从凉州入关进攻甘州、肃州，如今……应该已经攻下了。"

李释眼里的森寒一闪而过，"我本想看在老朋友的面子上留你一条命的，如今看来，是保不了你了。"

"什么？"萧炎一愣。

李释指节在桌案上轻轻敲了下，"祁林，动手。"

电光石火间祁林利刃出鞘，在人尚不及反应时已将剑架在了萧炎脖子上。

几乎同时，帐外响起一声惊叫，兵戈声乍起，帐门外可见大批禁军涌现，杀声四起，尘土飞扬。

黑袍人猛地站起，瞬息之间情势已变！

他看向堂上安坐着的那人，难怪那人要坐那个位置，就是为了援兵来时能第一时间看见！

不过，他还没输！

祁林去牵制萧炎，反倒让李释一个人落了空，只要他擒了李释，就还有回寰的余地！

刚待上前，只听背后一声嬉笑，"刀剑无眼，我劝你还是不要乱动了。"

什么人？什么时候来的？

黑袍人猛地回头，曲伶儿正好一把匕首横在他颈侧，挑眉看着祁林，"这次我不算捣乱吧？"

水
落

金鳞撼日，杀声震天。

苏岑带着一队人马冲进帐内，看着那人完好地端坐在案上，才总算松了一口气。

禁军统领谢春随即赶到，单膝跪地，"臣谢春护驾来迟，望王爷恕罪。"

李释从案上下来，挥袖让人平身。

随即走到苏岑身前，道："干得不错。"

"你……你果然……"萧炎指着苏岑，胡子颤抖，眼里的情绪说不出是愤怒还是伤绝。

"王爷。"苏岑对人行了拜礼，"我食言了，我是去搬救兵去了。"没等人说话又道，"但我说过会把杀害世子的凶手带回来，如今人已经在这了。"

萧炎一愣，"谁？"

苏岑冲李释点点头，慢慢走到黑袍人面前，"阁下到底为何要杀害世子，事到如今，还不打算告诉我们？"

"是你？"萧炎怒目圆瞪，冲上前一步又被祁林一剑挡了回来。

"哦？"黑袍人对着苏岑挑唇一笑，"你这是从何说起？我埋伏在大理寺大牢里的人半夜过来，告诉我世子自缢于牢中，我也不过就是把事情转告给王爷，怎么就成凶手了？"

苏岑微微蹙眉，心道这人果然不好对付，知道自己能在这么短的时间内把嫌疑定在他身上，定然是通过封锁消息限定了凶手范围，所以先下手为强，他若真是在大理寺大牢里埋伏了探子，那消息确实可能在他封锁之前就已经泄露了出来。

看着那人脸上自信满满的笑意，苏岑轻轻摇了摇头，"你知道，你最大的问题，就是太自以为是。"

"嗯？"黑袍人冷冷看了苏岑一眼。

"我便让你输得心服口服。"苏岑接着道，"你知道你最大的败笔在哪吗？"

不等人作答苏岑又道："便是你亲手写下的'苏岑冤我'四个大字。"

"什么？"黑袍人凝眉。

苏岑便接着往下道："我知道你的本意是想用那四个字把北凉王的怨气引到我身上，届时把我抓回来，最好我又能一声不吭地让北凉王打死了。届时两个王爷翻脸，打个两败俱伤，大周伤了国气，陇右又无人接手，你们突厥就可以为所欲为了，是吧？"

话说完，苏岑回头看了李释一眼，只见王爷正目光柔和看着他。

他回过头来继续道："而最大的问题就出在这四个字上，我且不说三更半夜黑灯瞎火，你埋伏在大理寺的人是如何从牢房中发了霉的墙上看见那几个字的，单单写字时就留下了你致命的破绽。"

黑袍人不以为意。

苏岑慢慢垂下眉目，"说到底，这个线索还是世子给我的。"

"辰儿？"萧炎猛地抬头。

"你把他吊在房梁上时，人还活着吧？你就眼睁睁看着他吊在那里，挣扎、求救，无动于衷是不是？"苏岑眼神慢慢变得犀利，"你还记得他最后的眼神吗？是绝望？还是愤怒？你就眼看着他断了气，死不瞑目，对不对？"

"你不知道的是，他在最后关头，把线索留了下来。"

苏岑缓了一口气，不再卖关子，"他用眼神记下了你所在的位置，而我之后派人去查看，就在那个位置，你留下了一枚因取血写字时粘了血的鞋印！"

"因为长时间伫立，那枚鞋印清晰深刻，鞋底纹路都尚能看清，只需要扒下他的鞋，验证凹槽血迹，对照大理寺的印记，一看便知。"

李释示意谢春，谢春立即领会，到黑袍人身前去脱他的靴子。

"不必了。"黑袍人无奈一笑，看着苏岑叹了口气，"我倒真是小瞧了你，早知如此在东市门口就该杀了你。"

"那倒要多谢你不杀之恩。"苏岑说完，回到李释身边，冲人一笑，"下官复命。"

李释眼里笑意明显，"回去再赏你。"

谢春吩咐："把人带走。"

"我要杀了你！"只听一声暴喝，萧炎挣脱祁林猛地冲上前去，狠狠拽住黑袍人前领，一拳挥了下去。

"枉我那么信任你，你欺我骗我，还害我辰儿！我要杀了你！"

五六个禁军上前才把人按下，还是挡不住萧炎又猛踹了几脚。

黑袍人狼狈倒地，头破血流，却不知所谓地冷笑着，直到被曲伶儿又提起来，还是止不住笑声。

"萧炎。"李释走到萧炎面前俯视着他，凝眉道，"大周律会还远辰一个公道。"

萧炎颓然跪坐在地，"枉我一生金戈铁马，到头来却被小人利用，辰儿的死确实是我一手造成的，怪不得别人。唯有一点，陇右疆土失于我手，我自知万死难辞其咎，但我北凉军是无辜的，他们除了跟着我别无选择。我自愿负枷千里回去交接兵权，他们不见到我只怕不会乖乖臣服于新的主帅，随后我愿听从处置。"

"但如若可以，能不能让我死在战场上，我愿身先士卒，就让我冲在第一个，临死前能再砍几个小鞑子，死而无憾。"

"你只怕是没有机会了。"李释道。

萧炎眼里的神色渐渐黯淡下去。

只听李释接着道："默棘那点人如今只怕已经赶出去了。"

"什么？"萧炎猛地抬起头来。

李释看了看黑衣人，"我知道你们在打什么主意，即便这边完败，你们照样还是可以拿下陇右。只可惜，你们找错了人。"

黑袍人慢慢敛了笑。

祁林接着道："默棘只是个突厥叶护，而他们真正的可汗是莫禾。莫禾当年即可汗位时尚年幼，默棘独揽大权，屡次想取莫禾而代之，如今莫禾成年掌权，自然视默棘为眼中钉，只是苦于没有时机。"

"在爷发现北凉王与默棘勾结时，就已经联系了莫禾，所以即便默棘带人入了关也到不了甘州、肃州，半路就已经被埋伏好的莫禾部队全歼了。"

黑袍人脸色瞬间难看至极。

"哈哈哈哈！"萧炎不禁大喜，"这么多年你还是没变啊，还是这么阴险狡诈啊，哈哈！"

李释眉心微蹙，"这叫运筹帷幄。"

"管他什么呢，总之就是干得好！"萧炎大笑着站起来，心里那口气总算出来了，正想着在李释肩上拍一拍，这才意识到自己正被人押着，还是大笑一声，"真的，老子这辈子没服过人，就是服你！哈哈哈哈！"

等萧炎和黑袍人都被带出去，苏岑才随着李释从帐内出来，薄雾渐冥，这一天总算结束了。

禁军副统领上前汇报，"所有叛军皆已归拿完毕，等候发落。"

李释点点头，苏岑随意往跪着的叛军里看了一眼，不知为何，心头猛地一跳。

"这是所有叛军？"苏岑问。

副统领不知所以地点点头，"是啊，都在这了。"

不对，还少一队人！

那群在密林里袭击他们的黑衣人并不在其中！

苏岑猛地回头，看向曲伶儿和那个黑袍人，大喝一声："伶儿小心！"

说时迟那时快，一枚暗箭从暗处呼啸而至，正冲着曲伶儿面门而去！

眼看着躲闪不及，祁林上前扔出剑柄一挡，与暗箭半空碰撞，落在曲伶儿一步之遥。

黑袍人抓住机会扔下两枚烟幕弹，迅速遁逃。

又有什么呼啸一声，苏岑只觉自己被轻轻拉了一把。

"护驾！"

有人在他耳边喊了什么，但耳中一片轰鸣，他立在原地，什么也听不见了。

已然入秋，天气慢慢转凉，日头不那么烈了，苏岑闲来无事就搬张椅子日日在院子里看云卷云舒。

倒不是大理寺最近没事，而是自那日从城郊回来后他就被勒令交卸职务，于家中暂时监禁以待候审。

门外来了两个侍卫日日守着，等了几天，倒也没人来提审他。

院门一响，看见曲伶儿进来，苏岑立即直起身子问道："怎么样？"

曲伶儿淡淡摇头，"兴庆宫守备太严了，我绕着转了一圈，都没找到能钻的空子。"

苏岑黯然垂下眼眸，"那王爷呢……怎么样了？"

曲伶儿愤愤咬牙，"祁林那个硬石头，一句话也不肯多说，我没问出来。"

看着苏岑一脸伤心的表情，又急道："但看兴庆宫那副紧张兮兮的样子，人应该……还没死……"

不说还好，说完只见苏岑靠着躺椅阖了眼。

曲伶儿默默叹了口气，径自回了房。

眼底下是一片猩红，伴随着呼啸而来的风声。

那一箭李释本可以躲开的。

曲伶儿去而复返，端了一套茶具出来，跟着苏岑熏陶了这么久，煮茶洗茶倒也做得有几分神似。

沏好茶递给苏岑一杯，轻声道："苏哥哥，尝尝我的手艺。"

苏岑接过来，紧接着就要往嘴里送，被曲伶儿急急拦下来，"苏哥哥，烫。"

苏岑收了手，握着茶杯开始发呆。

曲伶儿皱了皱眉，心知这么下去不是办法，得给点事情刺激一下，纠结再三才道："苏哥哥，我跟你说个事，说了你可别急……那个黑袍人应该是暗门的人，当日太混乱我没注意，后来又去了一趟，找到了那支偷袭我们的暗箭，是出自我们伤门的暗器。他们既然埋伏在军中，应该是死门的人。"

说完了小心地看着苏岑，只见他轻轻点了点头，"他认出你了吗？你用不用出去躲躲？"

曲伶儿暗自叹了口气，原本还怕事情说了他会接受不了，结果却连暗门都提不起兴趣了。

苏岑端起茶杯轻轻抿了一口。

曲伶儿腆着笑脸凑上去，"怎么样？"

"嗯？"苏岑微微一愣，又看了眼杯子，才道，"是茶啊。"

"什么茶？"

曲伶儿急忙笑着道："就是卖了我也买不起的那个，还剩个底我就给泡了，味道怎么样？有没有继承你的真传？"

"嗯。"苏岑冲人笑了笑，站起来把茶杯送到曲伶儿手上，"我也喝不出好坏，你喝了吧。"

说罢慢慢溜达着回了房。

曲伶儿欲哭无泪，这年头做个人怎么就这么难啊？

又过了两日，郑旸来过一次，这次苏岑倒是不看云了，改换练字了，翻来覆去就写伞上那两行诗，用的是狂草，主笔重，次笔轻，使转如环，没日没夜地写。

"苏兄啊。"郑旸从地上捡起几张才找到下脚的地方，端详了片刻，叹道，"字是好字，但咱们能不能换两句吉利的写？"

苏岑点点头，写下一句：人生得意须尽欢。

郑旸刚待点头称赞，只见他提笔写下下一句：过得一天少一天。

苏岑搁了笔，抬头问道："你怎么来了？"

郑旸道："自打上次从宫里出来就再没见过你，这不是怕你出什么事吗。"

"我没事。"苏岑冲人笑了笑，紧接着敛了笑问道，"兴庆宫……你能进去吗？"

郑旸轻轻叹了口气，"除了太医谁都不让进，连我都拦着，难道我还能进去刺杀我小舅舅不成？不过你也别担心了，小舅舅要是出了什么事，整个太医院都得跟着人头落地，他们不敢怠慢。"

苏岑皱眉，进进出出都是太医，那也就是还没脱险吗？

"有工夫操心他，你还是操心操心自己吧。"郑旸找地坐下来，自己给自己斟了杯凉茶，边喝边道："小舅舅不在，你又得罪了楚太后，如今他们一口咬定小舅舅负伤是你造成的，想着法儿要对付你呢。你也别日日在房间里闷着了，没事的时候想想对策，到时候真要开审了也不能就由着他们去说。"

苏岑垂下眉目，心道事情可不就是他一手造成的，若李释真有什么事，把他千刀万剐了也难辞其咎。

郑旸接着道："还有好些个人，一看小舅舅出了事就趁机钻空子，竟然已经有人提出让陛下亲政了。他才九岁啊，亲哪门子的政，字都还没认全呢，能看得懂奏章吗？他们就想趁乱分割小舅舅的势力，阴险至极。"

苏岑轻轻叹了口气，"落井下石，兔死狗烹，在乡野村间都是常态，更不必说本就尔虞我诈的朝堂上，你们辛苦了。"

郑旸呷了口凉茶，"我倒还好，我一个翰林侍诏，说了也没人搭理我，不过你知道你这个事谁反应最激烈吗？"

"嗯？"苏岑抬了抬头。

"你那顶头上司，大理少卿张君。"郑旸啧啧两声，"那个小老头平日里最懂得明哲保身，常挂在嘴边的就是'活人的事别来找我'，如今竟然为了你跟柳珵当堂呛起来了，常人见惯了他那副打太极的样子，这一强硬起来连柳珵都吓了一跳。”

“哦？”苏岑微微一愣，这他倒是真没想到。他自认为自己这副性子不会讨张君喜欢，张君应该巴不得把他送出大理寺才对，竟然还会为他说话？

“还有，崔皓当初不是主张救小舅舅吗，被柳珵知道了，这几天里天天挑他的刺。前几天不是下了几场秋雨吗，崔皓戴了顶斗笠去上朝，被柳珵看见骂了一顿粗俗庸鄙。第二天崔皓长了记性换了伞，柳珵又骂他沽名钓誉。第三天崔皓直接是淋着雨过去的，你猜怎么着？柳珵问他脑子是不是进水了，有伞不打留着生蘑菇吗？你没看见崔皓那副委屈的样子，我看着都可怜，哈哈。”

苏岑无力地看天，心道你这哪是可怜啊，分明就是幸灾乐祸。

郑旸走的时候出于礼节苏岑还是将人送到门口，看着门外站着的两个侍卫就在门内驻了足，拱一拱手，“恕不远送。”

“苏兄。”郑旸欲言又止，最后只能无奈在苏岑肩上拍了拍，“就这几天了，再忍忍。”

没等苏岑反应过来，人已经上了马车。

苏岑倚门而靠，什么叫“就这几天了”。

就这几天了？

郑旸走后，苏岑不赏云了，也不练字了，改习心学，比如探究什么叫“就这几天了”。

他总觉得郑旸意有所指，好像有什么他不经意间忽略了的东西，很重要，但他就是抓不住。

有什么事情是“就这几天”里会发生的？

临近望月，月色清皎，落地为霜。

这天入了夜，苏岑刚收拾躺下，忽听见西北方向一声炸响，来不及细细思量，苏岑披衣下榻，刚出房门便见曲伶儿已经在院子里了。

“怎么回事？”苏岑急问。

曲伶儿飞身上了房顶，远眺了一会儿回头道：“好像是兴庆宫。”

苏岑二话不说扭头就往门外跑。

刚开院门只见两个侍卫一左一右一拦，“苏大人请留步。”

“刚刚你们没听到吗？”苏岑急道，“兴庆宫那里可能出事了，我就过去看一眼，不会逃跑的。”

两个侍卫回道："王爷那里自有考量，苏大人请回吧。"

苏岑继续恳求："我就过去看一眼，实在不行你们随我一并过去行不行？"

两个侍卫不动如初，强行把门一关，上了锁。

"苏哥哥，别担心。"曲伶儿在人肩上拍了拍，"我去看看，不会出事的。"

别无他法，苏岑只能点点头。

睡自然是睡不着了，苏岑披着件袍子在院子里踱步。长乐坊与兴庆宫一坊之隔，方才他都能感觉到房梁震动，该是什么响声才能造出这种声势？

夜露沾衣袖，凝华不自知。苏岑在院子里站到脚麻了便移到庭廊里坐着，从月至中天等到月下西楼，看着婆娑树影从千姿百态变成魑魅魍魉，随着更声加深，心里愈寒。

曲伶儿直到后半夜才回来，院门一响，苏岑立即站起来。

曲伶儿从门外进来，看见苏岑便是一愣，"苏哥哥你怎么还没睡啊？"

"你怎么了？"苏岑皱着眉把曲伶儿打量了一圈，身上衣裳好几处都划破了，隐约可见暗红血迹。

"我没事，不是我的……"曲伶儿刚待解释，却见苏岑愣愣看着自己身后，不禁跟着回头。

祁林从夜雾深处过来，在门前停住，略一挥手，门外两个侍卫抱剑退下。

祁林着意看了曲伶儿一眼，转头对着苏岑道："爷要见你。"

再进兴庆宫，苏岑只觉得物是人非。

夜色里弥漫着浓重的血腥味，而兴庆宫里的侍卫下人们正拿着水桶一遍遍冲洗门前的血迹。

尚未凝固的血痕被清水带走，被冲成粉色的血沫，连带着那些不为人知的秘密湮灭在砖石瓦缝间。

进了门也没好到哪去，原本雕梁画栋的亭台楼宇上满布狰狞的刀痕，满地残枝败叶，而他当日想爬的那座假山旁竟还炸了一个大坑。

苏岑忍不住问："今晚到底怎么了？"

祁林回道："那个黑袍军师带了人来，想暗杀爷。"

苏岑一愣，急问："那王爷呢？"

"爷没事。"祁林略一回头看了苏岑一眼，"应该说，爷已经等他们好多天了。"

祁林道："曲伶儿告诉你了吧，他们是暗门的人。"

苏岑点头。

"暗门将爷视为心头大患，绝不会放过这个千载难逢的机会。"

苏岑心里突然了然，"所以是你们故布疑阵引他们过来的？"

祁林道："爷负伤是真，只能说是将计就计。自那日从城郊回来后兴庆宫就戒严了。兴庆宫里铜墙铁壁，暗门的人渗透不进来，只能从外面打探消息，这些天之所以瞒着你，就是怕他们从你那里看出端倪。"

苏岑心里暗把这些人骂了一万遍，他们要设伏凭什么折腾他？再不济事先知会他一声，想要呼天抢地的还是润物无声的，他都能给演出来。

"那他伤得重吗？"

祁林只道："你自己去看吧。"

一进寝宫首先闻到的就是一股药味，夹杂在若有若无的檀香之间，一闻就觉着苦。

苏岑心跳没由来地快了几分，疾走几步，直到看到里面的人才觉得一颗心回到了肚子里。

那人赤膊上身躺在床上，一道纱布从左腋横亘到右肩，隐约还可以看见层层纱布下黯淡了的血迹。

确实伤得不轻。

人倒是还挺精神，见他过来深邃的眼里有了笑意，伸了伸手，"来。"

苏岑暗骂了一句"祸害遗千年"，却还是没出息地把自己送到了祸害面前。

下人们都识趣地退下去，祁林往香炉里又添了两块香料，只听李释沉声道："熄了吧。"

祁林像是难以置信，回头征询似的又问了一遍："爷？"

李释漫不经心地回道："以后子煦在的时候都不必点香了。"

祁林微微一愣，颔首后转身退下。

苏岑垂眸看着床上的人，他以前从未想过这人在他这里到底占着什么分量，不想想也不敢想，但此时此刻，有些念头便如雨后春笋一般不停地往外冒头。

李释就是他心里那座长安城，他跋跋半生而来，窥一貌而妄求始终，若有一日这城塌了，他就只能漂泊各处，再无安身立命之地。

李释见他不声不响地站着，不由轻笑问道："委屈了？"

苏岑想了想，认真点点头，"嗯，委屈了。"

他絮絮叨叨地开始说，把这些天听到的看到的都说了一遍，上到朝里有人对他针锋相对，下到邻居张大人家的狗夜里总叫，各种鸡零狗碎，想起什么说什么。

说一会儿就低头看看李释，在那双深沉眸子里转一圈，埋下头再继续说。

他从来不知道自己有那么多话能说，一旦开了头，就关不住闸门了。

李释耐心听他说完，最后笑道："子煦，别怕。"

苏岑心里一下顿然，原来他是在害怕。

苏岑冲人笑了笑，"我知道了，我不怕了。"

月
明

第二天清早，苏岑还是担心李释的伤，再次造访兴庆宫，一进门就看到下人正在帮李释穿朝服，不由问道："你要去上朝？"

李释随意整理了一下袖口，道："处理完了外患，就该关上门处理一下内忧了。"

苏岑不禁皱了皱眉，"你身上的伤能行吗？"

"无妨。"李释笑笑，"那些人欺负到我的人头上，我自然得去问他们要个公道。"

李释走后，苏岑只觉得饥肠辘辘，索性自己出门找地方去蹭点吃的。

之前在这住的那段日子早已经把兴庆宫摸得一清二楚，苏岑轻车熟路找到后厨，当日被他折腾得呼天抢地的那个厨子竟然还在，不仅记得他，还升了司膳，之后兴庆宫后厨里流传出一种说法，会做苏菜的就会高升，一时之间兴起了一阵苏菜热潮，人人都得有两样拿得出手的苏菜。

苏岑看着一群摩拳擦掌的厨子哭笑不得，自己当初真是任性了，看把这帮北方厨子都逼成什么样了。

苏岑随便点了两样，交代他们送到湖心亭之后拔腿就跑，赶在一帮厨子拿刀打起来之前逃离了案发现场。

距离饭做好还得一段时间，苏岑便从后厨往湖心亭方向闲逛。一边走一边暗叹，这兴庆宫真是好大的排面，昨夜还是那副样子，今日却好像什么都没发生过一样。

血迹自然早都冲洗干净了，园里的盆栽花草皆换了新的，廊柱上的刀痕破损能修则修，不能修的全部都用与之前一样材质一样粗细的柱子换上，若找不到一样的，就只能拆了重建。

苏岑找到一个给柱子补漆的小吏，凑上前去跟人套近乎，那小吏也是个话多的，不消一会儿就跟苏岑把家底都交代了。

苏岑言归正传，"昨夜打起来的时候你看见了吗？"

那小吏憨憨一笑，"那都是真刀真枪地干仗，我就一个将作监，人家也不带我啊。"

看苏岑有些意兴阑珊了，小吏又急忙道："我虽然没看见，但我可听见了啊，腥风血雨的，那刀剑砍得噼啪作响，跟打铁铺子似的。还有那些刺客，哎哟喂，你都不知道，鬼哭狼嚎的，跟到了阴间似的。其实想想也知道，那么多血，曳龙池都给染红了，你说那得死了多少人？"

苏岑一阵反胃，不该让把饭送到湖心亭的。

苏岑接着问："知道来了多少人吗？"

小吏摇摇头，"这我可不知道，但我听昨夜参战的侍卫说，来的一个也没走得了。"

"一个都没走成？"苏岑问，"有这么厉害？"

"那可不，昨晚那声炮响听见了吧？那还不算，管军仗库房的人说昨天夜里光箭矢就用了一千多支，就是只麻雀也给你射成刺猬了，更不用说人了。还有在门外镇守的，你知道是谁？"

苏岑做出一脸好奇表情配合那小吏卖关子，哄得人满意了才道："是咱们祁大人，据说他跟一个身手诡异的人配合，那叫一个天衣无缝，那些刺客们宁肯从站满了弓箭手的高墙上突围也不敢从大门出去，那些着急去找阎王报道的才从门口走呢。"

如此看来就是李释设下埋伏单方面的围杀，也是可怜了那群刺客，惹谁不好偏偏惹上李释，这有仇报仇有冤报冤的性子，那些人伤了他一箭，他定要用十箭百箭来偿。

苏岑告别了小吏慢慢往湖心亭溜达，看见那一泓泛着幽蓝的湖水，苏岑总算松了口气。

什么曳龙池水都给染成红的了，净是危言耸听。

不过再一想，照李释那性子，当晚再换一池水倒也不是没有可能……

不管怎么说，一池清水如碧玉，映着粼粼波光，秋杀已至，莲蓬擎头，倒颇有一番"秋阴不散霜飞晚，留得残荷听雨声"的韵致。

苏岑沿湖信步走着，新荷有新荷的风姿，残荷有残荷的风韵，欣荣一夏，终以硕果满枝收尾，不可谓不是一种圆满。一抬头，湖心亭已在眼前，一抹俊挺背影已然入座，衣角翩跹，随风而动。

苏岑快走几步，不禁笑道："王爷当真是回来得早，这个时辰早朝散了吗？"

李释夹了一筷子菜心，漫不经心道："我去告了个假就回来了，不知道这个时辰他们吵完了没？"

苏岑一股不好的念头浮上心头，"你告什么假？"

李释指了指自己胸口，"伤假。"

早就听说宁亲王负了伤，这段日子中书门下省内堆积的各地奏章都快冲破房顶了，就等着他伤好了去裁决，结果这人可倒好，第一天上朝就去告假，那些等着他拿主意的满朝文武们估计拿奏章把他埋了的心都有了。

苏岑尚觉得难以置信，"小天子准了？"

李释道："我有摄政权，我给自己准了。"

李释拿起一块帕子擦了擦嘴："王俨不是想让小天子亲政吗？那便给他个机会亲政，凉州还未平，扬州盐商暴动，西南屯的田也不知道屯成什么样了，我正好也头疼，让他自己去处理吧。"

苏岑无力望天，他现在已经可以想象到小天子对着一堆奏章哭鼻子的样子了。

李释笑了，冲他招招手，"吃饭。"

这些朝堂上的事也不是他能左右的，宁亲王为大周操劳了这么多年，借此机会休息一下也挺好。苏岑回以一笑，乖乖过去坐好，拿起筷子认真吃饭。

不得不说这兴庆宫里的厨子技艺确实提高了不少，这苏菜做得有模有样，比之前那四不像好了不知道多少倍。

吃到一半苏岑突然想起来，抬头问："萧炎的处决下来了吗？怎么处理的？"

李释一眼就看出了苏岑那点小心思，沉声道："这件事你不必管了。"

苏岑心里慢慢凉下去，其实也知道，萧炎犯的是谋逆的大罪，非但如此，还通敌叛国，私放敌军入关，不管有什么理由，只怕都难逃一死了。

"我知道了。"苏岑又问，"那萧远辰呢？"

"尸首送回北凉，以北凉世子规格厚葬。"

苏岑点点头，埋下头默默吃饭。

难怪昨夜李释要痛下杀手，只怕就是要用那些人的血给萧氏父子铺路。想萧炎一生纵横沙场，杀敌无数，也算是一世英豪，最后却落得如此下场，不禁令人唏嘘。

说起萧远辰，李释不禁要问："大理寺里当真有那什么血鞋印？"

苏岑抬头冲人一笑，"我骗他的，我那日光忙着救你了，哪有工夫回大理寺？"

"那个黑袍军师绑我时有意选在东市市门，靠近兴庆宫，又有那么多人目睹，就是为了引你上钩。他绑了我之后，又故意封住我口，以防我说出什么动摇萧炎的话来。足以见得这人心思缜密，擅长操控全局。所以杀萧远辰这件事，是整个事件的开端，关系到整个计划的成败，我猜想他一定会自己动手，并且一定会亲眼看着萧远辰断气。至于血脚印，只是个诱供幌子，有还是没有，人都是他们杀的，这点毋庸置疑。"

李释笑笑，"还是子煦更胜一筹。"

"你其实早就看出来了吧？"苏岑道，"你让谢春去验，不就是为了以防万一鞋上没有血也能偷偷从他盔甲上那些未干的血上给他补一道。"

"这倒不是。"李释认真道，"我只是单纯觉得祁林不愿意干给人脱鞋这活儿。"

宁亲王在家"休养"了两天，到第三天总算在满朝文武的集体哭诉下不情不愿地带伤复职，还表示自己还没痊愈，一个不慎可能就得继续休养个十天半个月的，于是人人只能把他当成祖宗供着，宁亲王要往东，就断没人还敢在西边晃悠。

然后某人就借此机会狠狠灿烂了一把，大刀阔斧地破旧立新，在朝中杀起一片腥风血雨，一点也不像身负重伤的样子。

苏岑官复原职，同时兼司经局洗马，虽然还是个从五品的小官，管东宫经史书籍的刊缉贮藏，但如今天子还小，东宫更是闲置，这个官不过是个挂名的闲职，其目的只是为了让苏岑进出宫门方便一些。

用李释的话说，"进个宫门，还得把祖宗十八代交代出来，也不嫌丢人。"

郑旸不由哭诉："小舅舅那你倒是也给我加个官职啊，我也不想每天背族谱啊！"

"你接着背吧，别加上我，我没你这个外甥。"

郑旸欲哭无泪，"可是每次起作用的都是你啊！"

刚过完六十大寿的大理寺卿修祺正，在宁亲王谆谆善诱外加威逼利诱下告老还乡，张君总算如愿以偿，官升一级名正言顺坐上了大理寺卿的位子。

和修祺正一起还乡的还有御史中丞王俨，与修祺正不同的是，虽然李释天天称呼王俨为小老头，但这位王大人其实刚刚五十岁出头，本来正是官场驰骋的大好年纪，奈何选错了兴趣爱好。

这位王大人平日里最爱干的事就是弹劾宁亲王。早年间弹劾宁亲王霸占兴庆宫、独断专权、目无君上，近几年可能觉得弹这些老掉牙的东西没有新意了，本着推陈出新的原则，开始弹劾宁亲王衣着不得体、出行车驾配置高、府兵规格不合制度……

李释虽然不在乎这些东西，但有只苍蝇总在耳边嗡嗡嗡的难免让人心烦，借此机会，把人一并打发回老家安享晚年去了。

更有趣的是，这位王大人非但不恼，反而一脸自豪，长叹一句"欲为圣明除弊事，肯将衰朽惜残年"，大摇大摆出了含元殿。在他看来这"弊事"自然指的是宁亲王，而他因刚正不阿弹劾奸佞而被罢官，实在是天下为官者之表率。

宁亲王转头一想，既然王大人还"肯将衰朽惜残年"，那便不必回绍兴老家了，直接打道去贵州下的一个小县，教化蛮夷，继续为国发光发热吧。

不过要说最无辜的，当数台院御史张大人……家的狗。

这张大人左思右想就是想不明白，这宁亲王是怎么知道他家狗夜里总叫的，隔着一坊之地，再怎么着也吵不到兴庆宫去啊！

苏岑看着邻居张大人含泪把养了十年的老狗大黄送回老家，心里万分愧疚，特地让阿福买了好几个大肘子给大黄带着路上吃。

张大人热泪盈眶地接过来，道一声"劳苏大人破费了"，转头当着大黄的面自己抱着啃了起来。

目送大黄留着哈喇子消失在巷子口，苏岑叹了一口气，暗道："黄兄实在对不住啊，是你夜里狂吠在先，我也就是随口那么一告状，我给你买的肘子你虽没吃上，但我这心意也算到了，咱俩日后就两不相欠了，从此江湖路远，有缘再见吧。"

持鳌封菊金桂满，正是秋后算账时。

进了长安城已有半年，苏岑坐在窗前噼里啪啦打起了心里的小算盘，李释在朝里的恩怨算得差不多了，他也得算算这半年里谁给他下绊子穿小鞋了。

苏岑正想着，只听院门一响，祁林从门外进来，苏岑只觉眼前一亮，微微眯了眯眼。

跟这人的账还没算呢。

苏岑含笑迎出去，"祁侍卫怎么有空大驾光临啊？"

答案自然不言而喻："爷要见你。"

苏岑道："那容我回房换身衣裳。"

临走他看了看后院随口道："伶儿也不知在后院捣鼓什么，这都一连好几天了。"

回了房关上门，苏岑悠哉地给自己泡了一壶龙井，窗户开个小缝，果见祁林在院子里待了一会儿后，起身往后院去了。

后院那棵山楂树不负众望，入了秋以来满树红果长势喜人，一颗颗娇艳欲滴，远远看去渐成一片云霞。

祁林刚进后院，就察觉有什么迎面而来，接住之后伸手一看，正是两颗红果。

曲伶儿道："又来找苏哥哥？"

祁林顺着声音抬头往上看，只见曲伶儿横坐在树杈间，衣裳里兜满了果子，满树红霞掩映，倒显得人越发鲜灵。

祁林点点头，问道："你这是在干什么？"

曲伶儿道："阿福说要拿果子腌蜜饯，让我上树给他摘点。"对祁林努努下巴，"你尝尝。"

祁林看了看手里两个红果，挑了个红的送进嘴里。

曲伶儿眼看着人眉头微微一蹙，但还是强忍了咽了下去，自己在树上笑得前仰后合，"好吃吧？这果子越是红的越是酸，不然你以为阿福为什么要拿蜜腌。"

祁林眉头皱了皱，冷声道："下来。"

曲伶儿听出了祁林口气里的不善，回头问："为什么？"

"下来。"祁林又说了一遍。

曲伶儿也恼了，这人什么烂脾气，三言两语就凶他，脖子一拧，不理他了。

祁林拿着手里还剩的一颗红果对着曲伶儿掷出去，曲伶儿听见响声用腿勾住树干往后一仰，果子倒是躲过去了，但怀里那些如竹筒倒豆子，全都落到了地上。

曲伶儿怒目一瞪："你干吗？"

祁林沉声重复了第三遍："下来。"

曲伶儿双手往胸前一抱："你把地上这些果子都吃了我就下来。"

祁林看了他一眼，弯下腰开始捡果子吃。

眼看着祁林一连吃了十几个，曲伶儿觉得自己后槽牙都倒了，却见祁林动作一点也没慢下来。

"行了，别吃了。"曲伶儿终于于心不忍，站起来飞身而下，稳稳落到祁林身前，"说你什么好，让你吃你还真吃，不酸吗？"

只听背后一声轻咳，苏岑换好了衣裳看着两个人，"祁侍卫，走吗？"

祁林回身微微一颔首。

出了苏宅，苏岑随手掏出两个酥梨，对祁林问："吃吗？"

见祁林摇头，苏岑也不客气，拿起一个自己咬得咯嘣作响，怎么声大怎么来。

他就是算准了这人吃了那么多红果一定会倒牙，存心过来硌硬人来了。

兴庆宫苏岑早已经轻车熟路，到了地方苏岑刚待推门而入，祁林却轻轻一拦。

苏岑疑惑地看了人一眼。

祁林犹豫片刻才道："今日北凉王已经押赴凉州交接兵权了。"

苏岑微微一愣。

祁林接着道："萧炎怎么说与爷都是一同上过战场、一起杀过敌的战友，这一走应该就是永别了，爷虽然不说，但心里肯定也不好受，你多担待。"

苏岑默默点点头，这才推门进去。

李释正坐在书房里批阅奏章，与往常无异，倒是看不出来什么。

苏岑轻手轻脚过去，在桌前停下，把下人打发了，挽起袖子低下眉目帮人研磨。

这些信笺奏疏除非李释让他看，其余时候他能避还是刻意规避着。李释不避他，他却有自知之明，饶是李释待他再好，李家的天下也是不容外人觊觎的。

又过了大抵一炷香的工夫，李释阖上奏章，放下朱笔，靠在椅背上按了按眉心，随后对着苏岑道："来了。"

苏岑放下手头丹墨，"看完了？"

李释随意往椅背上一靠，边闭目养神边道："这么点陈谷子烂芝麻的事还要天天上奏，要是凡事都要朝廷拿主意，那养着他们还有什么用？"

果然气性大得很呢。

苏岑道："那我给你讲个案子开心开心吧，前几日刚从地方送上来的。"

李释点头，苏岑遂道："话说有一个老妪夜里走夜路，身上还背着个包袱，偏偏遭逢一个小贼惦记上了，从后面上来抢了老妪的包袱就跑。有个过路人看见了便上去帮忙追那小贼，追上之后两人厮打到一起，等人围上来，那小贼一翻脸，也说自己是来帮忙的。偏偏天色暗，那老妪也没看清小贼长什么样子，于是三个人就一起上了公堂。那两个人一口咬定对方才是贼，你猜那个县令是怎么破的案？"

李释睁了睁眼，笑问："怎么破的？"

苏岑笑了笑，道："每个人都有自己的一套方法，要是薛成祯来审，估计两个人都得先打一顿板子；张大人的话，应该会好言相劝，东西既然没丢，就让他们大事化小小事化了。审案子的那个县令还算聪明，他找来了一条凶狗，让狗追着两个人跑，跑得慢的那个就是小贼。因为过路人跑得快，所以当初才能从背后追上那小贼。"

"嗯，还算聪明。"李释轻轻一笑。

"但我有更简单的办法。"

"哦？"李释回头看了人一眼，"什么办法？"

苏岑挑眉道："那我说好了你赏我什么？"

李释也笑了，"你先说。"

苏岑眼神灵动地一转，道："我只需要脱下他们的鞋看一眼就能知道了。常人走路，目视前方，重心在后，鞋子磨损的大都在后跟。但小贼们的眼睛紧盯着人的钱袋子，是向下的，这就致使他们走起路来脚步飘忽，重心在前，鞋子磨损的是前脚掌。所以只要看一下他们鞋底的磨损情况，我就能知道哪个是贼，哪个是路人。"

苏岑笑问："王爷觉得我说得对吗？"

李释笑道："说吧，想要什么？"

苏岑道："王爷还记得当初琼林宴吗？柳相说想让我去当天子侍读，我当初没答应，现在还能反悔吗？"

"嗯？"李释微微眯了眯眼睛，"为什么？"

苏岑直起身子认真行了一礼，"我当初心高气傲，本想着以一己之力度苍生，是我太单纯了。陛下乃一国之本，若能教会陛下以天下为己任，断事理明是非，才是真正的苍生之幸。"

话说完了苏岑也不敢直起身子，低头看着李释轻轻捻着指上的墨玉扳指，半天也没给他答复。

就在他以为又把人惹恼了之际，却听见那人说："就这样？"

苏岑不敢与他对视，那双眼睛太深了，轻易就能看透他，便垂着眼回道："就这样。"

"你是怕我们重蹈默棘和莫禾的覆辙。"李释肯定道。

那语气里一点质疑都没有，是斩钉截铁地下结论。

苏岑暗自叹了口气，他那点小心思在这人面前一点隐藏的余地都没有。

说起来自从城郊回来他确实是悬着一颗心的，不单是因为萧炎，还因为远在天边他没有目睹的那一场风波。

莫禾即可汗位时尚小，默棘独揽大权，等莫禾成年之后自然把默棘视为眼中钉，李释也正是利用了这一点挑起突厥内斗，化解了那场祸事。

但是他还是心有余悸。

太像了，当年的莫禾和默棘，太像如今的小天子和李释了。

入朝这半年时间他也看出来了，李释虽狂妄跋扈，但干的每一件事确实都是利国利民的，他靠着一己之力撑着大周天下，有多少人想趁着天子年幼在其中浑水摸鱼谋取私利，都是被他一力挡了回去，但也因此在朝中树敌无数，明枪暗箭落得一身伤痕累累。

可这些小天子不知道，他只知道皇叔对他很凶，会在朝堂上不留情面地骂他，他如今年纪尚小，还不能明辨事理，万一有人在他面前挑拨是非，让他对这个皇叔心生芥蒂呢？等他掌了权，有了自己的獠牙，第一个对付的会是谁？

所以这些，得有人说给他听。

苏岑不知道当初李释提拔他、护着他是为了什么，若是为了拉拢他成为宁王党，那李释赢了。至少现在，不管是出于公心还是私心，他都是一个不折不扣的宁王党了，他愿意为这人打算，为了他去干一些自己当初看不上的事。

半晌，李释却笑了，"不用。"

苏岑疑惑地抬了抬头。

"放心。"李释道，"不会到那一步的，不用担心。"

第三卷

寒冬腊月下扬州

第二十一章 霜降

秋风萧瑟天气凉，草木摇落露为霜，霜降之后天便一天天冷了下去，苏岑每日最痛苦的就是清晨起床，往往天还黑着，外头又冷，每次听见隔壁公鸡打鸣就有吃鸡肉的冲动。

但看在之前被送走的阿黄的面子上，苏岑还是决定对左邻右舍这些为数不多的小动物们友善一些。

对它们好就只能对自己下狠手，苏岑咬咬牙一掀被子，赶在身上热乎气消散之前赶紧穿好衣裳，哆哆嗦嗦好半天才缓过来。

用过早膳还得摸黑往大理寺赶，可怜他这副少爷身子贫贱命，长乐坊到大理寺要横穿整个长安城，偏偏他官职还不够配备暖轿马车之类的，只能起个大早靠两条腿溜达过去。夏日里还好，走走权当强身健体，可这大冷天的在街上晃悠就不是那么回事了，小凉风穿堂一过，身上那点温度瞬间消失得无影无踪。

苏岑一边打着哈欠一边回想这段时间以来朝中发生的几件大事，萧炎交接完兵权之后鸩死于北凉王府之中，萧炎其余家眷贬职为民，自太祖皇帝以来镇守凉州世代罔替的北凉王府终告没落。不得不说在这件事上李释还是留了一念之仁，没直接赶尽杀绝，萧炎一房妻妾已有了身孕，算是给萧家留了个后。

突厥清理门户后莫禾重掌大权，纷争多年也有休养生息之意，莫禾向大周递送了国书，表示愿臣属大周，每年缴纳贡赋。

淮南道接连上了几道折子，还是榷盐商哄抬盐价和私盐泛滥那些事，从初春吵到入冬，还是没找出解决办法。但纵观始终，说得再冠冕堂皇，私盐也好、官盐也罢，大多都是出于自己的私心，官商勾结，为老百姓说话的能有几个？

苏岑半眯着眼边想边走，刚从巷子里拐出来就险些撞上哪家的马车。

苏岑惊魂未定，看着马车规格定是什么显赫的大官，急忙后退两步拱手见礼，等了半晌没见动静，再一抬头只见李释撩起车帐含笑看着他，调侃他道："走路还能睡着，倒也是门功夫。"

苏岑抬头瞪了一眼，巧言道："下官位卑职轻，比不过王爷日日为国家大事操劳，也就一件小案子昨日理到半夜，这才冲撞了王爷车驾，还望王爷见谅。"

李释笑了笑，对他道："上来。"

苏岑于是屁颠屁颠地蹭上了宁亲王的马车。

一入帐内暖意扑面而来，宁亲王这车驾奢华到令人发指的地步，座上铺满了狐皮毛裘先不说，一边燃着香炉，另一边竟还煨着茶。

如此看来王老头弹劾宁亲王车驾规格倒也不全是无中生有。

苏岑道一声"谢王爷"，自顾自找了个角落舒服地把自己窝了进去。

"冷？"李释问。

苏岑点点头，"比苏州冷。"

李释笑道："自然是比不过江南。"

苏岑冲人一笑，心里暗道主要还是在苏州不用这么大清早的被吵起来。

谁敢吵他苏二公子？他有一百种办法让这人这辈子再也不想开口。

"昨夜理的什么案子？"李释又问。

苏岑想了想，直言道："一桩旧案子，一个人被猎户所杀，尸体却没找到，村民说是被山神娘娘拉去做了伥鬼。"

了结了萧氏父子的案子苏岑便又重新拾起了当年没结的那桩旧案，刻意隐藏了人名地名，一是探一探李释的态度，二来他也确实不想两个人再一味地对抗下去，像在萧炎案上两人相互配合不也很好吗？

李释面上倒是没看出什么异常来，端着茶杯道："鬼神之说都是无稽之谈，若东西不在他该在的地方，那也只会是有人动了，要么是他自己，要么是别人。"

苏岑认可地点点头，"我也这么觉得，就是有些疑点，村民们众目睽睽看见屠户打死了人，那屠户为何当时不认罪，等陈大人去了才自首？姑且认为他是迫于形势不得不归罪，那为什么陈大人一去尸体就没了？若人真是当时没死绝，那醒来之后去了哪里？有人愿意为他主持公道了还不回来？"

"无非就是两种可能。"李释指节轻轻敲着桌案，"要么这个人有问题，要么……这个村子有问题。"

苏岑噤了声，靠着座榻陷入沉思。等李释一杯茶喝完，一偏头，人竟已经垂着脑袋睡了过去。

李释无声笑了笑。

苏岑睡得踏实，等颠簸停了才醒过来，撩起门帘一看都已经到了宫城门外了。

他赶紧擦了擦嘴角，还好，倒是没流口水，匆匆向李释行了一礼，"那下官告辞了。"

撩起帐门落荒而逃。

等人走了李释慢慢敛了神色，对着车外问："他是从那本书上找到这个案子的？"

祁林回道："是，安排在张君家的眼线是这么说的。至于那把火，烧得蹊跷，我已经让陈凌去查了。"

车帐内良久没了声音，透过飘起的车帐一角，祁林只见一道冷厉的唇线。

过了好一会儿李释才道："以后上衙往后推迟半个时辰。"

祁林抱剑称是，车驾缓缓入了宫门。

因为搭了顺风车，苏岑到大理寺点完卯后时辰尚早，算了算今日自己也没有案子要过堂，遂打算往后殿去审核各地送上来的案件。

一进天井苏岑暗道一声不妙，果见张君正脚拘物自悬，手钩却立，迎着日光拟作猴样，张大人今日不练太极，改练五禽戏了。

就在苏岑准备悄声地退回去时，张大人眼疾手快，大喝一声"苏岑"，将正欲后退的苏岑定在原地。

一回头，就见张君眯着一张笑脸看着自己，横在眉间作远眺状的手冲苏岑勾了勾，"过来，咱们聊聊。"

官大一级压死人，苏岑只能硬着头皮上前。

于是在张大人一番精心指导下，咱们苏大人在天井里张着胳膊，单腿后翘，身子前倾，美其名曰——鸟伸。

谁家的鸟这个伸法早从树上掉下去摔死了。

张君边做边道："你们这些年轻人啊，身子太弱，天天坐个衙都能坐出一身病来。想当年，我们跟着老师跋山涉水，什么穷山恶水没见过，啧啧，就你这小胳膊小腿的，估计一看见腿就软了。"

苏岑心头暗暗一动，"幸得大人和陈大人这样的人，才推得大周刑律日益完善，只是您与陈大人都身居要职，什么样的案子还得你们亲自出马？"

张君对这番恭维很是受用，换了个猛虎掏心，回道："你不懂，那时举国忙着打仗，人才凋敝，好多案子地方办不了都成了疑案悬案，但立国就得立威，案子不能不破，就只能从朝中派人下去。"

苏岑单脚撑地边晃边道："那你们都破过什么稀奇古怪的案子？"装作凝眉一忖，问道，"有没有什么怪力乱神、精怪作祟之类新奇好玩的？"

张君一巴掌拍在苏岑后脑勺上，"浑小子又想套我话，整本《陈氏刑律》都在你手上，老师破过什么案子你不清楚？"

苏岑捂着脑袋被打了个趔趄，急急回过头来追问："就一件，陆家庄那个案子，张大人还有印象吗？"

张君一梗脖子，"没有。"

"就陆小六尸体失踪，被村民说是让山神娘娘勾去做了伥鬼那个。"

张君眼里眸光一动，收了动作边往回走边道："没印象，什么伥鬼？什么娘娘？没听说过。"

"张大人，张大人……"苏岑急忙上前拽住张君袖子，"最后一个问题，陈光禄陈大人致仕之后去了哪里？"

张君停了步子，凝眉看了他良久，最后幽幽叹了口气，"你跟他可真像。"

"我们这些人这辈子也就这样了，可你还年轻，新科状元，又有人赏识，前途不可限量，不要拘泥在一个地方，要往前看。"

张君在苏岑肩上拍了拍，才背着手慢慢进了后殿，长叹一声："太像了啊。"

所以呢？人到底去了哪啊？

看着张君看似随意，实则是逃进了自己书房，苏岑站在原地凝眉沉思，这个案子果然有问题。

一提到陆家庄张君神色就变了，再后来他说到伥鬼和山神娘娘时，张君脸上那一瞬间恐惧的神色几乎无从隐藏，他明显记得那个案子，却又因为什么不愿开口。在那个村子里到底有什么是让见惯了穷山恶水的张大人也心生厉寒的?

那陈光禄后来的致仕以及失踪会不会也跟这个案子有关?

苏岑边想边进了后殿,这个时辰已经有人到了,将各地上报的案子分门别类归纳好,苏岑进去时正听见有人抱怨:"一个案子接连上了三四封了,真是裤裆里撒盐——闲得蛋疼,就不能体谅体谅我们这些在京中的,每日给他们核实这些案子得费多少心思。"

苏岑轻咳一声,那人立即噤了声,面露窘色叫了一声"苏大人"。

入京半年苏岑也略微领略了些人情世故,就当之前那些话没听见,指了指那人手上的折子问道:"哪里的案子?"

那人立时松了一口气,只道:"扬州那边过来的,三天两头就送上来一封,都是一样的东西,也不知搞什么名堂。"

苏岑搬了一沓案子过来,又把那人刚放下的折子拿起来翻了翻,随手放在自己那沓上面。

苏岑搬着折子回到值房,先开窗透气,把宋建成的兰花都搬到阳光下,这才伸了个懒腰,给自己泡上茶。

宋建成这些兰花娇贵得很,冷不得热不得,旱不得涝不得,苏岑甚至觉得宋建成当初留下这些兰花就是来折腾他的。人家留下的东西,又是个活物,总不好给养死了。但世上这么多花花草草,养什么不好,偏偏是兰花,搞得他天天得当大爷伺候着。

苏岑拿着水壶小心翼翼地给兰花浇了水。等回到桌案前摊开案子,兰香随风而入,香远益清,与袅袅茶韵交相辉映,倒也别有一番意境。

第一件案子正是那人说的闲得蛋疼的那个,苏大人正襟危坐,倒要看看是不是真有这么惹人厌。

一字一句看到最后,苏岑眉头一蹙,往前翻看了一眼上折子的人。

扬州长史封一鸣。

不会是什么初出茅庐的新人吧?

但上州长史好歹算个从五品的官了,如今朝廷又都是科举录仕,做到长史这个位子的怎么说都得是个进士,总不至于连封上疏都写不好吧?

但这封折子纵观始终,思维混乱,浩浩荡荡一大篇,总而言之就是在驿道发生了一起命案,死了一个人,人名地名全都语焉不详,破案过程更是没有,最后一句话带过:疑似仇杀。

难怪有人要骂，这种案子怎么给他复核登记在册？

苏岑从头到尾又看了一遍还是一无所获，启笔在后面写下"存疑"二字，把折子单独拎出来放在一旁。

等到日薄西山，审完了剩余的案子，苏岑伸一伸懒腰，把兰花都搬进室内，锁门下衙，早就把最开始那桩案子忘到九霄云外了。

苏岑没想到再听到那个名字，竟是在朝会上。

淮南道监察御史弹劾扬州长史封一鸣贪赃枉法，私下收受私盐贩子贿赂，放纵私盐泛滥，并且证据都给搜罗齐了，等着小天子一句话下来，就可以把人押送大牢了。

苏岑越听越不对，且不说一个监察御史，小小的从七品，怎么拿到的封一鸣收受贿赂的证据，单这一通言之凿凿的言论也不像一个名不见经传的小人物能说出来的。

果不其然，吏部侍郎紧跟着出来补上："吏部往年绩效审查，这个封一鸣任职几年间确实没什么作为，与其上级扬州刺史关系也不好，两人在不少政事上都持不同意见，而且此人目光短浅，遇事瞻前不顾后，扬州地处江南重地，占全国税收的重中之重，封一鸣确实不适合担此重任。"

苏岑心道果然道高一尺魔高一丈，前面有监察御史将人一踩到底，再由有分量的吏部出来补一脚，不提封一鸣贪赃，反说他能力不够人品不行，最后点出扬州的重要性，那便是无论如何都要将封一鸣赶出扬州去。

这封一鸣是得罪了朝中哪位人物？这是要把他往死里整啊。

苏岑不由联想到不久之前封一鸣上的那封折子，当时他只顾着看案情了，并未在意案件发生的地方。

以烟花风月著称的扬州城，实则还有"雄富冠天下"之名。各地商贾云集，繁华程度甚至不亚于长安城，淮南道的税收扬州自己就占了十之六七，不可谓不厉害。

苏家世代经商，自然也不会放过这块沃土，苏家经营的茶庄在扬州就有最大的分号，再加之岳家的江宁布庄本家就在那里，大哥如今更是常驻扬州，一心经营分号。

扬州繁盛不容置疑，却也是多事之地，像最近一直闹得不可开交的官盐私盐之争，扬州就是主战场。

从监察御史的弹劾看来，封一鸣是有心向着私盐贩子的，若他真是牵涉其中，那之前模棱两可的那件案子真是那么简单吗？

苏岑不由看了看李释所在的方位，依旧一个俊直的背影岿然不动。他一直知道李释是想着废除榷盐令的，所以才放纵私盐泛滥，以此冲击官盐市场，逼迫那些榷盐商主动放弃榷盐权。那封一鸣私交私盐贩子是由李释授意的吗？如此情景，李释保还是不保？

众所周知官盐是受朝廷保护的，榷盐令也是当初朝廷发布的，而私盐却属违法贩卖，为历朝历代所不容忍。这件事早已不限于一个封一鸣，这是有人拿封一鸣起意逼着李释站队，官盐还是私盐，榷盐商还是私盐贩子，顾全朝廷脸面还是继续一意孤行，苏岑不禁也好奇，李释会怎么选？

只见李释轻敲椅子扶手的那只手停了停，摸了摸指间扳指，轻轻一笑，道："说来凑巧，我这里也收到一封奏本。"随手往身后一递，一个侍郎立即接过来，李释道，"来，念给大家听听。"

接了奏折的侍郎念道："臣扬州长史封一鸣冒死进谏……臣弹劾扬州刺史薛直串通都督曹仁、盐铁转运使邱继盛、别驾张鸾、监察御史梁杰兴，伙同扬州榷盐商贪赃枉法、草菅人命、以权谋私、欺上瞒下……一十六条大罪，天理昭昭，清明不复，臣伏地不起，恳请陛下惩治奸佞，还扬州吏治清明，臣当万死不悔……"

那侍郎话至最后，语调颤抖，手上奏折几欲落地。

朝堂上由哗然转为死寂一片。

封一鸣这封折子已不属普通的弹劾，这是死劾，冒死以谏，不是敌死，便是我亡！

连苏岑尚且定在原地滞愕了几分，一是为这位封长史的勇气，二则是他所奏的内容，若封一鸣所奏属实，那整个扬州城官场上至刺史下至御史、文官武将岂不是没有一个好人了？

李释等众人回神之后才问："诸位怎么看？"

先前侃侃而谈的大臣们都哑口无言，最后还是吏部侍郎站出来小心翼翼道："只怕是封一鸣太激进了，他心知自己犯了罪，这便疯狗一般乱咬人，要真像他所说的，那扬州不早就反了？"

李释点点头，"那就派个人下去查一查，到时候孰是孰非就清楚了。"

"王爷。"一谏议大夫出列道，"臣早有耳闻封一鸣与刺史薛直不和，这两个人互相攻讦恐怕是因为旧怨。"

"哦？"李释挑挑眉。

立马又有人出来道："臣也有所耳闻，封一鸣和薛直同为松江华亭县人，如今又共事一处，政见不合积怨多年，所以才闹到今天这个地步。"

李释便问："那依你们看这件事该如何处置？"

"这件事说大不大，说小也不小。"吏部尚书李琼最后出来打圆场，"既是宿怨所生，那两人参奏便都不能当真，就一人罚他们半年俸禄，让两人握手言和共同造福扬州百姓才是正理。"

"嗯。"李释静默了片刻后才点了点头，"那便依你所奏。"

苏岑看着前面稳如泰山的背影不由心生钦佩，借力打力，化力为无形，这人要是离了庙堂投身江湖，估计也得是个一顶一的高手。

当日下了朝，苏岑刚待走，被人从背后轻轻一拍，略一回头，不禁笑起来，"王爷。"

李释眼里含笑看着他，问道："着急回去？"

苏岑回道："昨日买了两坛应季的桂花酿，顾及今日要上朝昨天没敢喝，曲伶儿如今正眼巴巴等着我回去呢。"

"年纪不大酒瘾不小。"李释背手边走边道，"今日不喝了，陪我去个地方。"

苏岑皱了皱眉，"可是阿福把下酒菜都备好了。"

话刚出口苏岑就后悔了，果不其然，李释偏了偏身子，对身后跟着的祁林道："苏大人心疼他的酒和菜，你去帮苏大人解决了吧，省得他惦念。"

祁林抱剑称是。

苏岑欲哭无泪，不让他吃就算了，还让别人去他家吃，大周还有没有王法了？

此时含元殿外，三五个大臣耽耽注视着宁亲王的背影下了龙尾道，为首的吏部尚书李琼问："不是说扬州都在控制之中了吗？怎么还会有折子出来？"

吏部侍郎揣着手摇头，"我也纳闷呢，上次让他钻了空子侥幸送出几封折子后，薛直他们如今早就严加布防，上京的驿站层层把控，现在的扬州城别说折子，连只苍蝇也飞不出来，封一鸣的折子到底是怎么送到李释手上的？"

李琼眯眼打量着那个风姿出尘的背影，冷声道："我们都被李释耍了。"

"什么？"

"根本没有什么封一鸣的折子，是他杜撰了份折子吓唬我们。"

"这……"谏议大夫一愣，"他怎么知道我们今天要弹劾封一鸣？"

李琼愤恨地咬咬牙，"这只老狐狸，有什么是他猜不到的！"

"那现在怎么办？"

"急什么，扬州不是还在我们手里吗？"李琼慢慢踱着步下了龙尾道，"他费了这么大劲不过就是想捞一把封一鸣，如今也不过是回到原点，一个封一鸣，成不了什么事。就算他真的派钦差下去，在我们只手遮天的扬州城里也翻不出什么花样来。"

苏岑跟着李释出了宫，一并上了李释车驾。李释说要他陪着，他自然不敢拒绝，只能眼睁睁看着祁林调了头往苏宅方向而去。

他的桂花酿，他的脆皮烧鹅，他的酒酿丸子……

苏岑认命地在车里坐好，想起先前朝堂上那件事，不由得问道："那个封一鸣……"

李释却没有说下去的意思，敲了敲桌案，苏岑这才注意到那里早已备好了一套行头，只听李释道："换了。"

苏岑识时务地不再出声，自顾自把衣裳换下来。

换完了苏岑不禁纳闷，这身行头怎么看怎么像下人衣裳，疑惑道："这是要去哪？"

"去见一个人。"李释道，"对你有好处。"

等马车停了，苏岑撩起帐门看着外面明晃晃"宁府"两个大字，心下顿然。

在这世上值得宁亲王亲自登门拜访的人只怕也只有这位了。

当朝太傅宁弈，四朝重臣，见证了大周从始至今，算是整个大周谁见了都得礼让三分的人物。

难怪李释说对他有好处，确实凭他的身份只怕进不了这扇大门。

李释道一声"别多话"，扔了个画筒让苏岑抱着，这才带着人下了车。一进门立即有一个垂髫小童迎上来，嘻嘻笑道："王爷今日怎么有闲情过来？"

苏岑有些诧异，这么个小毛孩子见了李释竟然不怕，再看李释竟然也没脾气，问道："老爷子在干什么？"

"晌午吃撑了，正在后花园里遛食呢。"说完打量了一眼苏岑，又抬头问，"阿林哥哥今日怎么没来？"

李释道："祁林有事要忙。"

忙着饮他的桂花酿呢，苏岑在心里翻了个白眼，面上还是恭恭敬敬跟在后头。

说话间由小童引着来了后花园，宁府这宅子不大，修得却是好生精致，移步换景，颇有禅意。今日暖阳尚好，园子里还有没败的秋菊，转过一处假山，便见一个鹤发老头背身而立，正摆弄着几盆品色尚好的赤金狮子，看着精神倒是不错。

宁太傅时年八十有四，武德十八年的进士，从一个小小的翰林院编修做起，目睹了崇德太子暴毙，经历了永隆宫变，好在他当时入仕尚浅，没在太宗皇帝清理的名单之中，侥幸躲过一劫。之后辅佐李彧二十三年，到永隆末年已官至中书令，也就是当朝右相。等到神宗李巽继位，人已是六十高龄，被李巽赋以太傅之衔继续留朝重用。再到神宗驾崩，小天子继位，这位宁老爷子已是辅佐了四位帝王，为官四十几载，官至封顶，再无可封。

李释背手上前，吟道："待到秋来九月八，我花开后百花杀。如今赋闲在家，老爷子倒是好兴致。"

宁弈闻声回过头来，面色矍铄，笑骂了一句"小兔崽子"。

小的没规律，老的也没架子，相处起来倒像是寻常的爷孙俩。

有人上前从苏岑手里接了画筒，李释道："你要的吴景玄的《郦妃出浴图》。"

宁弈两眼放光，当即从小厮手里接过画筒，就地在园中凉亭里展开，小心翼翼趴上去端详。

苏岑也是心下一惊，吴景玄是前朝画手，有画圣之名，最擅白描，线条如流水，人物栩栩如生，其中最有名的就是这幅《郦妃出浴图》。只是这画出来没多久前朝就亡国了，有人说这画印证了前朝奢靡无度的后宫生活，这画便成了亡国之作。

苏岑却不以为然，画本无罪，前朝也不是因为吴景玄一幅画就亡了的。

不过据说这幅《郦妃出浴图》早已在战乱中丢失，不承想竟在李释手里。早知自己怀里抱着的是这幅画，他定然不会这么轻易就松了手，怎么着不得先扣下赏一晚。

如今脱了手，也只能偷偷瞥上两眼了。

宁弈啧啧称叹，"这是真迹啊，没想到还真叫你找着了。"

李释笑道："老爷子要看，自然得给你找来。"

宁弈端详了好久才依依不舍收起来，交代小厮千万要小心，这才让人拿了下去。

凉亭的石桌空了出来，宁弈便叫上李释跟他切磋几盘，李释也不客气，落落坐下来，笑道："让你两个子？"

"笑话。"老爷子气笑了，"我当年黑白场上驰骋的时候你小子还没出世呢！"

这话倒是不假，宁老爷子纵横官场这么些年，权谋之术定然不在话下。

那便猜先决定，李释执黑先行，落子右上星。

苏岑站着看了一会儿便看出几分端倪来，李释杀伐决断，宁弈则是长考派，每一步都走得小心谨慎。

这边下着棋，凉亭外煮起茶了，苏岑觉得闷，便到一旁接了煮茶小厮的活儿，自己上手煮起茶来。

他一手点茶手艺传自家父，尤其是运筅学得颇得精髓，只是平日里懒，喝茶随便一泡便了事。今日来了兴致，做了全套，等到煮好，醇香四溢，浮上青沫，茶白戏，水丹青，如诗如画。

给两人送上去，顺便观了一下战局，棋盘上渐成胶着之势，李释步步紧逼，还当真是一点情面都不讲。

轮到宁老爷子下子，正犹豫着是去左上角加补吃死，还是回头拆李释的大龙，纠结再三，还是决定先把眼前的拿下。刚待落子，只听身旁几不可闻的一声轻咳，愣一愣神，顿时清醒，差点又着了那小子的道，赶紧回来修补自己的大场。

只见李释指尖夹着一枚黑子顿了顿，抬头看了苏岑一眼。

他先前用了左上角一片作饵，本来大势已成，最后坏在这一子上。

宁老爷子心情愉悦，不由得也多看了一眼刚刚提醒他的那人，只见那人表面上低眉顺目站着，眉目间还是有几分藏不住的狡黠，虽穿着下人衣裳，身形却不见卑恭之态，宛如园子里的秋菊，自带着一股子傲气。

再端起茶杯呷了一口，心下一惊，"这是你泡的？"

苏岑不卑不亢回道："是。"

宁弈颇为满意地把人上下打量了一圈，笑着点点头，"茶泡得不错，在这候着吧。"

苏岑自然知道这是什么意思，再到紧要关头便出声提点一下，宁弈问他对局势怎么看，苏岑也不拘束，直言以对，还真有几分被他说到了点子上。一盘棋他们老少二人一起对李释，最后这边还真的赢了两个子。

宁老爷子心情大好，冲李释道："我赢了，再问你要样东西。"

李释伸展了下胳膊，摇头，"不行。"

宁弈蹙眉，"我还没说要什么呢你就不行？"

李释笑道："我的人，不能给你。"

宁老爷子本来只是看人顺眼随口一说，被李释一激脾气反倒上来了，再看几眼越看越中意，强行道："什么你的人，进了我府上就是我的人，我拿东西跟你换，那副《郦妃出浴图》你拿走，人我留下。"

苏岑微微一愣，他差点都心动了，自己竟有这个身价呢？

见李释还是无动于衷，宁弈越发觉得这是个宝贝，直接对苏岑道："你不必怕，有我给你撑腰，他不敢为难你。"

苏岑心里一乐，挑眉看了李释一眼，复又低下眉目，看着倒有几分受了委屈的样子，"我听主子安排。"

李释看着苏岑这副故作无辜的样子无奈笑了笑，"我说了，我的人，不能给你。"

苏岑一愣，转瞬从脖子以下就僵了。

这是当着宁弈，在朝中举足轻重的人物，他还这么强硬。

宁老爷子也是愣了几分，过了会儿摇摇头叹口气，"你呀，也不怕把你老子气得从皇陵里跳出来。"

李释笑笑，"若他真的在天有灵，我接下来要做的只怕他真得气活过来。"

宁弈又接连叹了两声。

苏岑面上微赧，上前两步，冲宁弈恭敬行了一礼，"学生大理寺正苏岑见过太傅大人。"

宁弈曾任礼部尚书，天下仕子皆出自礼部，虽说等到苏岑应试时人早已卸了任，苏岑还是自称一声学生，有拉近关系之意，也有崇拜敬仰之情。

宁老爷子颇为中意，一下午拉着苏岑又是赏花又是下棋。

宁弈要人无门，最后也只能道："平日里没事的时候就来看看我老头子，没几年活头了，遇上个知趣的人不容易。"

苏岑心里酸涩，还是应下来，只道等到休沐时一定过来，这才随着李释上了车。

看着马车渐渐驶离了宁府，苏岑也生出几分伤感来。宁老爷子现在看着还精神，但毕竟年纪在这了，随便一场小病小灾就可能要了性命。他倒真没想到李释跟宁老爷子还有交情，而且看样子交情还不浅，想来李释出身皇家，父子离心兄弟离德的事见了不少，在这里倒像有几分亲情意思，只怕宁老爷子在李释心里地位确实不俗。

那李释今日把他带过来是为了什么？宁老爷子对他的喜欢当真只是出自他本身吗？

他偏头看看李释，半张脸浸在暗处，看不出什么情绪来。

藏的太深了，苏岑默默摇摇头，这人积年累月像只蚌一样经营自己厚厚的壳，早已将一切深藏壳里，凭他这点道行根本看不穿。

索性不再多想。

苏岑本想着跟李释一道回兴庆宫，脑筋一转又换了主意，抬头问："王爷能不能送我回大理寺？"

"好。"

第
二
十
二
章

请
愿

　　临下马车李释道，一会儿让人过来接他，苏岑看了看天色，已经过了下
衙时辰，速度快点的话赶在宵禁之前应该能回去，点头应下来。

　　入了寺苏岑一头扎进后殿里，在摞成山般的折子里东翻西找。他记得那
日那个人说过，封一鸣的折子上了三四封，都是类似的内容，若扬州城真像
封一鸣所说的那样官商勾结暗无天日，封一鸣有口不能言，那他要说的东西
可能就隐藏在这些折子里。

　　加上他书房压在一摞书底下的那个，苏岑总共找到了四封，他掌了灯一
个字一个字地琢磨。每封折子都差不多，洋洋洒洒一大篇最后一点有用的东
西都没有，横着看竖着看都不通。苏岑最后把折子一摞，这要真是个猜谜游
戏，那他甘拜下风。

　　可要是连他都看不懂，谁还能看懂？

　　换句话说，若这是一把锁，只有匹配的钥匙才能打开，那把钥匙会在谁
手里？

　　苏岑脑中灵光一现，拿起折子欲走，刚出书房门，只听长安城里梆子敲
过三声，不承想都已经这个时辰了。

　　李释说要让人来接他，这个时辰了也不知道人还在不在，苏岑将信将疑
出了大门，果见一顶小轿还在候着。

　　让人吹着冷风等了大半夜，苏岑心中不落忍，多给了些打赏聊表愧意，
这才上了轿往回赶。

　　操劳了一日，苏岑随着轿子颠簸昏昏睡了过去，再睁眼的时候已经在兴

庆宫门口了。

刚下了轿小凉风一吹苏岑就清醒了，这个时辰想必李释已经睡了，今夜只怕是得不到结果了。苏岑在门口驻足片刻，在回家还是在兴庆宫借宿一晚之间稍做犹豫，果断选择了后者。三更半夜摸黑往家赶实在不是什么上策，赖在这里明早还能搭个顺风车。

苏岑自己挑着盏灯笼摸进兴庆宫后殿，途径宁亲王寝宫看了一眼，不由得一愣，寝宫里竟还亮着灯。

他不禁拾级而上，悄悄趴在门外听里头的动静。

他自认做得轻手轻脚，但脑袋刚贴到门上就听见里面的人道："进来吧。"

苏岑悻悻地站直了身子，灯笼交给门外值守的下人，自己推门进去。

李释手里拿着本书倚在卧榻上，一膝微曲，墨发如倾，即便一身就寝装扮，那股凌厉之态还是震得苏岑微微一愣。

苏岑深吸了口气，凑到榻前，笑问："王爷怎么知道我来了？"

李释道："闻见了。"

苏岑拉起袖子闻了闻，他今日没熏香，身上应该没什么味，李释是怎么闻出他的？再一想，哪里是闻出来的，只怕他一进兴庆宫的大门李释这边就已经知道了。

苏岑垂下袖子，又问："王爷怎么还不睡？"

"等着你。"

苏岑不禁笑道："王爷不怕我回来直接打道回府了？"

"你心里装着案子，回去能睡得着？"

李释倒是了解他，苏岑也不藏着掖着了，把几封折子掏出来，对李释道："这些都是封一鸣上的折子，我看了半天也没看出什么名堂来。"

"我看看。"李释随手抄起一封，直起身子看起来。

封一鸣这些折子虽然有用的东西不多，却都写的长篇大论，看到第二封的时候李释就皱着眉揉了揉眉心。

苏岑立马就后悔了。

如今朝中大小事务都是李释说了算，他这个时辰还没睡只怕就是因为刚刚处理完政事，自己这个时辰过来打扰不说，竟然还让人半夜三更看折子，这些折子都压了这么多天了，也不差这一个晚上，怎么就不能等到明天。

等人又要拿第三封时，苏岑急急扣下，"算了，明天再说吧。"

李释笑了笑，"无妨。"

苏岑没松手，"那这样，我给你念，你闭眼听着就是了。"

李释迎着苏岑执拗的目光，还是松了手，往卧榻上一靠，合眼道："你念吧。"

内容苏岑早已熟稔在心，念得有条不紊，冷冷清清的音调，既不过于死板又不过分活泼，念完第三封接着念第四封，最后加上自己的结论："几封折子内容类似，只提及案子发生在驿道，却没有具体地点，也没有被害人的详细信息，如此一来很容易被理解为是一桩案子上了多次，所以之前我也没上心。"

"不是一桩。"李释睁开眼摇了摇头，"这是四桩案子。"

"四桩？"苏岑皱了皱眉，这个想法他不是没有过，但什么凶案会一连发生四起？若真是连环杀人，那京里怎么会一点消息都没听到？

李释接着道："之所以没有人名地名，是因为如果他写了，这封折子就送不到你手里了，他用了这么多废话掩饰，只是为了把消息传出来。"

苏岑问："什么消息？"

李释道："扬州死了人。"

苏岑皱眉，这还用说，不是明摆着吗？

"他是想引人过去查。"

苏岑恍然大悟，难怪没有审案过程，最后结论得又太过草率，这个封一鸣是有些小聪明的，他就是想用这种办法把人引过去，他一个人查不了，就让朝廷派人下去给他查。

李释揉了揉眉心，"我没猜错的话，死的这些应该都是私盐贩子。"

苏岑一愣，转而一股寒意从背后漫上来。他知道官盐私盐斗得厉害，却远没想到竟然已经到了出人命的地步，并且还不止一条，而是整整四条！

更恐怖的是榷盐商在驿道上大摇大摆地杀人，官府不但不管，竟然还帮着封锁消息，一封折子得费尽周章才能传出来，那扬州的官场可能远不止封一鸣弹劾的那样，只会有过之而无不及。

官商勾结，朝廷命官为杀人者开道，表面风光的扬州城里隐藏的都是些什么妖魔鬼怪？

苏岑想了想，最后问道："这个封一鸣是你的人吧？"

今日在朝堂上，李释要保封一鸣的态度明显，明眼人都能看出来，李琼也有意拿着封一鸣为难李释，而且这个封一鸣所在的地方，恰恰是风头最盛的扬州，他不信这么多巧合刚好集中在一人身上。

"封一鸣为人机灵，办事牢靠，我派他过去帮我暗中督办榷盐令废除的事。"李释闭上眼叹了口气，"难为他了。"

果然如此。

苏岑皱了皱眉，食君之禄分君之忧，有什么好难为的？就算封一鸣不去，也会有李一鸣、王一鸣过去，他们就不为难了？

一边鄙夷一边又禁不住想，那要是他呢？要是在扬州的是他，李释会像保封一鸣那样保他吗？

没等他再细想下去，李释开了口："明日给你准半天假，回去睡吧。"

苏岑点点头，这么晚再叨扰下去确实有些不知好歹了。

躬身退到一半，他又突然停下了步子。

"让我去吧。"苏岑没由地来了一句。

"想好了？"李释仍然闭着眼，但听得出尚无睡意。

苏岑又在心里确认了一遍，认真点了点头。

"万事当心。"李释最后道，"让祁林跟着你。"

万事宜早不宜迟，等天一亮苏岑就到大理寺找张君告了一个月的假。

"事由呢？"张君皱眉看着他。

"事由……"苏岑装作凝眉一忖，"要不张大人等我回去问问王爷。"

"病假，病假，不必惊扰王爷了。"张君急忙回道，"想休多久休多久，把病养好了再回来。"

"多谢张大人。"苏岑微微一笑，刚走出两步又一回头，"这毕竟是私事，王爷的意思是希望张大人不要声张。"

张君急忙点头，"那是自然，自然。"

看着苏岑出了房门，张君刚松下一口气，一抬头只见门口又伸了个脑袋进来，"那张大人，我那些兰花……"

"我帮你养，浇水是吧？晒太阳是吧？"张君不耐烦地摆摆手，"知道了小祖宗，走吧走吧。"

"多谢张大人。"苏岑笑了笑，这才满意地打道回府。

回去的路上苏岑又顺路去宁府扎了一头，他之前答应了宁老爷子等休沐的时候去看他，如今得出个远门，便提前过去打声招呼，省得到时让人苦等。

今日不同昨日阳光明媚，老爷子没在后院里闲逛，而是藏在屋子里头煨茶。

老爷子如今赋闲在家，养花养鸟，听曲喝茶，昨日苏岑给泡的那茶他喝着好，今日想自己试试，奈何怎么也泡不好，总觉得少了点什么。

看见苏岑过来老爷子不禁大喜，立即把苏岑拉到身边让苏岑再给他示范一遍看看。

苏岑看着桌上茶具摇了摇头，"方法不对。"

老爷子皱眉，"哪不对？茶是昨天的茶，水也是昨天的水。"

苏岑笑了笑，接过茶则舀了一点茶叶到杯中，又拿着玉杵捣碎了，边捣边道："把茶饼碾成茶末，等水微沸初漾时直接冲泡杯中茶末，这样茶水交融，沏出来的茶汤浓酽，茶韵也更悠久。"

宁弈一副专心受教的样子点点头，看着这孩子小小年纪，一双手在茶具之间行云流水，颇有大家风采，越发欢喜，又动了心思要把人留下来。

苏岑却笑着摇了摇头，只道近日刚接了个大案子，今日过来就是辞行的，等回来一定来府上谢罪。

"大案子？"宁弈凝眉想了想，他虽已不过问朝中事，但也不至于就闭塞了耳目，想了半天最近京中也没有什么大案子啊，不由得看着苏岑等他作答。

"盐利淮西头。"苏岑没打算对这位四朝老臣藏着掖着，直言道，"说起来算是桩旧案子了，祸根已久，弊病丛生，我便是要去除那祸根的。"

宁弈忽然就明白李释当日那句话是什么意思了，"那个兔崽子还是要对他老子立下的规矩下手了？"

苏岑道："凡事讲究因时而进，当年战事吃紧，榷盐令确实解了国库之虚，但如今是太平盛世，以休养民生为本，当年的规矩自然就不适用了。只是盐商从榷盐令里尝到了甜头，如今越发变本加厉，这么些年他们剥削百姓也该回本了，但还是不断加利不知餍足。榷盐令说到底就是朝廷把盐务外借，如今只不过是要他们还回来罢了，算起来尚没问他们要利息呢。可惜有些人就是看不清，觉得在手里就是自己的，攥着死活不撒手，殊不知跟朝廷抢东西，他们攥得越紧，枪打出头鸟，只会死得越快。"

宁弈终是认可地点点头，却又道："理是这么个理，但这规矩不管怎么说毕竟是太宗皇帝留下的，儿子反手甩自己老子一耳光，怎么说都不占理。你要知道人言可畏，里子要，面子也得要，到时候若真是骑虎难下，难免得给出个说法。"

苏岑听得出好坏，知道宁老爷子这是为他打算。这件事关系皇家颜面，办好了不见得有他的好处，办不好却会成为众矢之的的。这么些年官商勾结根深蒂固，底下的地方官哪个跟当地的商贾没点关系，他这么一刀下去断了人的财路，说不定还要断了人家仕途甚至性命，到时候饿狼扑虎群起而攻之，做出什么都不奇怪。若真的闹到朝廷下不来台面，很可能拿他出来当挡箭牌，给他扣一顶忤逆先祖的大帽子，李释也不见得保得了他。

这些他昨夜就想过了，但病疮已成，放任不管只会越烂越多，剜疮的事总得有人去做，封一鸣可以，那他也可以。

临走之前苏岑忍不住问了一句："老爷子还记得封一鸣吗？"

宁老爷子眯眼想了片刻，意味深长"哦"了一声，"小封啊，他如今还在御史台吗？"

"您知道他？"苏岑微微一惊，宁老爷子不问政事多年，竟然能记得当年御史台一个小小御史？

"挺聪明的孩子，好像还是哪一年的二甲传胪。"宁老爷子想罢点点头，故意道，"没错，李释带着来过一次，我有印象，他如今去哪了，好久没来过了……"

喝完茶，苏岑便起身告辞。

目送苏岑愤懑地出了大门，宁老爷子心情大好地背着手慢悠悠往回走。

苏岑很是气愤，既气李释手段高超，拿他当三岁小儿糊弄，表面一套，背地里又是一套。又气自己没出息，明知道李释给他下套，却只能认命地往套里钻，李释对他的那点脾气拿捏得一清二楚，他就是不服软不服输，封一鸣能做到的他也能做到，封一鸣做不到的，他更得做到！

苏岑回了苏宅，早已日上三竿，宅子里却难得静悄悄的，不见阿福打扫，也不见曲伶儿上蹿下跳。

途径曲伶儿住的西厢，苏岑忍不住上前敲了敲门，敲到第三声才听见里头窸窸窣窣有动静，刚待推门而入，门却从里头应声而开。

苏岑对着开门的人愣了一愣，半晌才道："祁林……你怎么在这儿？"

祁林没回答，偏头看了看房里，曲伶儿这才探了个头出来，"苏哥哥……

你怎么这个时辰回来了？你怎么没去上衙啊？我昨天喝多了，祁哥哥也喝多了……就在这里借宿了一宿……"

苏岑这才想起来，昨天两坛桂花酿，他没喝成，便宜了别人。

"叨扰了。"祁林面不改色地冲苏岑抱剑致礼，又回头看了曲伶儿一眼，招呼也没打一声便抬步走了。

"祁……"曲伶儿追了两步，正对上苏岑冷峻的脸色，登时不做声了。

苏岑自顾自进门对桌坐下，眯了眯一双冷峻的眸子，冲曲伶儿挑了挑眉，"说说。"

顶着苏岑审视的目光，曲伶儿只得拖了张凳子在对面坐下，"就……就是喝酒啊。"

"我怎么不知道我那两坛桂花酿能把你们醉成这样？"

曲伶儿悻悻地看了看屋里多出来的好几个酒坛子，只能如实道来："昨晚那两坛桂花酿喝完了尚不尽兴，所以……所以我们把阿福灌醉了，又从你小私库里搬了两坛花雕……"

苏岑听着气不打一处来，他难得发一次善心，还招了个贼进来。不想着给他剩点桂花酿就算了，竟然勾结外人把他的小私库搬空了！

苏岑强行定了定神，"再后来呢？"

"再后来……"曲伶儿一脸苦恼地挠了挠头，"再后来我就醉了啊，什么都不记得了。"

"曲伶儿啊曲伶儿，你让我说你点什么好！"苏岑看着人这一脸迷茫样就生气，恨铁不成钢地站起来摔门而去，"被人卖了还帮人数钱呢！"

祁林走后，曲伶儿一上午都神思恍惚，等到晌午吃饭时苏岑对阿福吩咐，给他收拾行囊，他得出个远门。

按理说主子下人不同桌，但如今苏宅就他们三个人，苏岑不讲究这些虚礼，直接让阿福和曲伶儿也跟着一起吃，图个热闹。

阿福停下筷子问："二少爷要去哪啊？去多久？需要带人吗？我也好置办。"

苏岑看了曲伶儿一眼，对阿福笑道："就你跟我去扬州，伶儿留下来看门。"

"好，我看门。"曲伶儿自然乐意，等人都走了就没人管他了。

"扬州？"阿福倒是来了兴致，"扬州离苏州那么近，我们是不是能回去看看老爷夫人了，就算回不去，大少爷如今也在扬州呢，能见到大少爷也是好的。需要给大少爷带什么东西呢？下午我就去置办，咱们什么时候走？"

"我去扬州是有公差，不是回家省亲的，带上官服官印，再带些寻常衣物换洗就行。"转头又对曲伶儿吩咐，"你且记好了，我不在的日子里门前庭院都得日日清扫，不能与往常有异。还有我出门的事得严防死守，隔壁的张大人、宋大人也不能说，你敢再给我像昨夜那样喝个烂醉，我回来第一件事就是把你卖到城南。"

曲伶儿虽然心不在焉，还是听出了一点端倪，"不能让人知道？苏哥哥你要去干什么，有危险吗？"

"你还会在意你苏哥哥会不会有危险？"

苏岑表面开玩笑，实则也是事实。这次下扬州前途未卜，扬州官场若真像封一鸣说的那样，他以朝廷命官的身份过去只会羊入虎口，平白落入他们监视之中，凡事掣肘反倒束手束脚，所以与其明察，还不如暗访来得省心。

但要暗访也不是那么容易的，扬州势力触及长安，当日朝会上他便已经见识过了，吏部的尚书侍郎皆站在扬州刺史薛直那边，所以朝中有什么异动扬州肯定会收到消息。

好在他只是个从五品的小官，不用参加每日的朝会，消失十天半个月也没人在意，再加上之前交代过张君不要声张，张大人虽然一脸不耐烦，但毕竟是官场的老油子了，想必也知道其中奥义。所以知道他要去扬州的就这么寥寥几个人，只要京城这边不出岔子，他便能悄无声息地在扬州排查。

这件事说起来是他主动请缨，但事实上李释那边也没人能用了，官职大一些的一走就会被察觉，官职小的去了也不顶用，更何况这次虽然表面上查的是凶案，事实上却是盐吏，诚如宁老爷子所说，这件事关系祖宗礼法，没人愿意碰，而且也没法拿到明面上查，儿子驳老子的面子，怎么说都不好看。

所以他是最好的人选，也是唯一的人选。

"算了苏哥哥，我陪你去吧，让阿福留下来看门。"曲伶儿犹豫再三还是选择了大义，"关键时候我还能护着你点，阿福能干吗啊。"

阿福平白被抢了生意，自然不乐意，"我能洗衣做饭伺候少爷，你跟着只会捣乱，当初入京赶考就是我一路跟过来的，我不在二少爷受了冻挨了饿怎么办？"

"这次不一样，你没听苏哥哥说吗，有危险，你又不会功夫，怎么保护他？"

阿福说不过曲伶儿，巴巴看着苏岑，"我听二少爷的。"

苏岑放下筷子微微一笑，"还是阿福合适一些。"

阿福一脸得意，曲伶儿虽不甘却也懒得反驳，慢悠悠收拾碗筷，"小爷还不乐意去呢。"

"反正王爷已经让祁侍卫跟着了。"苏岑继续道，"阿福跟着还能烧饭，这么一看伶儿确实是没什么用处。"

只听咔嗒两声筷子落地，苏岑抬了抬头，只见曲伶儿一脸欲哭无泪，"苏哥哥，耍我很有意思吗？"

文斗

第二日一早城门一开，便有三个人混在早起出城的人群里一并出了城。

一行人两男一女，出了城门沿官道走了没一会儿便换了小路，路边密林里早已备好了马，三个人驱马东去，先到东都洛阳，改换水路，跟着一条商船南下扬州。

之所以走水路苏岑早有考量，走陆路的话一定避不开官驿，按照封一鸣所说，通往扬州城的官驿应该都在扬州刺史薛直的控制之下，只怕他们还没到扬州薛直就已经把他们的底细摸清了。

盐怕水，只能走陆路，有人押运就得吃喝拉撒睡，自然就免不了得投宿驿站，通过控制驿站来约束私盐确实是个不二之选。

但对于那些不怕水的货物，走水路则要方便得多。

前朝大业皇帝动用举国之力疏浚修缮了这条运河，以洛阳为中心，南起余杭，北至涿郡，全长五千余里，大大方便了南北商货运输，如今看来倒算是桩造福百姓的壮举。

但在当时，大业皇帝修建运河的初衷却不在于此。动用举国人力财力，修建运河却不许民船下水，只有在官府登记在册了的官船才有走运河的资格，其目的一是借由登记官船的名号敛财，二是约束江南，将江南诸地丰富的资源押送入京，三则是为了大业皇帝自己乘船游玩赏乐。运河修建期间，大业皇帝还着手打造了一批楼船，船高数丈，其上雕梁画栋，前厅后殿一应俱全。一次出行，千艘龙舟齐发，足以承载上万人，再加上沿途横征暴敛，致使两岸饿殍遍地，民不聊生。

可以说前朝灭亡很大程度便是由这条运河所致。

至大周开国，太祖皇帝便严加约束官船规格，船高不可过三丈，所载不可逾百人，再也没发生过举朝南下的情形。到了小天子登基，李释掌权，更是直接恢复漕运，允许民船下水。

苏岑他们所乘的这艘船便是往来洛阳和扬州，船高两层，上层住人，下舱储货，将北方的陶器酒水运往南方，再换成丝帛茶叶运回来，两头都有跟他们合作的商行，走这一遭，物价能翻上一倍，不少人都靠着跑漕运发了家。

这家船老大与苏家的茶行就有生意来往，让洛阳茶行的掌柜跟船老大交代一声便让他们上了船。

苏岑从船舱出来透口气，河面宽阔，烟波浩渺，只用来供官家享乐确实有些暴殄天物了。如今河面上商船遍布，南货北运，往来如梭，才算是真正发挥了它应有的价值。

再看船头上一妙龄女子，背影娉婷，青发如瀑，苏岑不由笑着上前打趣道："娉娉袅袅十三余，豆蔻梢头二月初。春风十里扬州路，卷上珠帘总不如。"

只见一人幽幽转过头来，盯着苏岑一脸无奈，"苏哥哥，好玩吗？"

"好玩啊。"苏岑笑道，"你没看见那些船上的伙计盯着你眼睛都直了，这样可以转移敌人视线，他们把目光放在你身上就没人注意到我了。"

原本昨日已经说好了让阿福跟着，结果曲伶儿一哭二闹三上吊抱着苏岑大腿闹腾到半夜，口口声声道："我做饭，我洗衣，苏哥哥你就把我当成个粗使丫头带上我吧。"

苏岑转头一想，三个大男人上路确实容易引人注目，带个丫鬟倒也不错。

于是曲伶儿只能当窗理云鬓，对镜贴花黄，少年郎摇身一变女人身，还颇有几分韵致。

曲伶儿哭丧着一张脸，"苏哥哥，你让我换下来吧，这样万一有什么危险，我都迈不开腿，怎么保护你？"

"谁用你保护？"苏岑噱道，"就这样真有什么危险能顾得过来自己吗？"

曲伶儿顶着惨白的一张脸，扭头不作声了。

想他天不怕地不怕，就是怕水，而且他善轻功，对平衡感知本就较常人敏感些，于是咱们曲小爷就光荣患上了另一种病——晕船，自上船起就趴在船头开始吐，拳抵胸口，眉心微蹙，颇有几分我见犹怜的韵味。

苏岑笑着在曲伶儿肩上拍了拍，"你这样穿着好看。"

曲伶儿没好气，"好看你怎么不穿？"

开完了玩笑祁林正色道："再往前就是汴州，运河由黄河入汴河，会停船靠岸补给物资。"安全起见祁林叫苏岑在船上待着就行了。

苏岑自然没有意见，船一靠岸曲伶儿立即像离弦之箭一般蹿了出去，脚踏实地的滋味实在不赖，一会儿工夫人就跑没了影。

苏岑看着船上的伙计搬上搬下忙得不亦乐乎，不消一阵子工夫不像能搬完的样子，便由着曲伶儿去了。

苏岑跟船老大泡上茶还没喝完头水，便见曲伶儿急急忙忙回来，冲他道："苏哥哥，你快去看看吧，有人为了你跟别人打起来了！"

苏岑扬了扬眉，"为了我？"

他在汴州人生地不熟的，谁会认得他，更不用说为了他打架。

"是真的。"曲伶儿上前拉着人欲走，"你快去看看吧，晚了就打完了。"

地方倒不远，就在渡头边一个草庐内，有人简易搭了个棚子，赚些过路人的茶水钱。苏岑过去时已经里里外外站了好些人，曲伶儿拉着苏岑一路挤进去，这才看见个大概。

几个书生模样的人正争论不下，听清缘由，苏岑笑了，说是为了他，其实跟他没多大关系。这本就是两波人，南下的北上的因缘际会聚在这里，本来是以文会友，会到最后却偏偏要分个高下出来，南北之争，北派的推了柳理出来作为代表，南派人一想，不就是个状元吗，我们也有，于是苏大人便作为南派的青年才俊被抬了出来。

虽说苏岑官位不及柳理，但毕竟还年轻，而且读书人讲究的是文章里头见功夫，苏岑有几年游历名山大川，也留下了不少脍炙人口的诗句。反观柳理，入仕以后便致力于朝堂争斗，鲜有作品。

一群读书人自然不会真的动手，争论到最后改成文斗，用最经典的方法——对对子。

北派道："江河湖水尽入海。"

南派便对："杨柳春风不出山。"

南派再提："日月并明照天下。"

北派略一思忖，便道："白水成泉润八方。"

苏岑笑着摇了摇头，这种对子他当初在书院时就已经不屑对了，从这里对起得对到什么时候去，他起身待走，却被曲伶儿一把拉住，"苏哥哥，你不怕你输了吗？"

苏岑笑道："他们不过是找个由头一决高下，不是我也会是别的什么人，他们输了与我何干？赢了又有我何惠？"

曲伶儿却不愿回船上，拉着苏岑不让走，"苏哥哥再看看吧，反正闲着也是闲着。"

又看了半炷香的工夫，北派一人突然道："望江楼，望江流，望江楼下望江流，江楼千古，江流千古。"

苏岑微微抬头看了人一眼，二十多岁一个青年人，脸上带着几分桀骜之气，之前一直默不作声，估计也觉得这样小孩子过家家似的对来对去没意思，一开口瞬间阒无人声。

南派的人一个个凝眉苦思，眼看着真真没了对策。

曲伶儿悄声问："这人什么来头？"

苏岑又看了那人一眼，脸上的书生意气更盛，竟颇有几分他当年的风貌。他偏头对曲伶儿道："刚才那几个人若是秀才水平，那这个最起码是个举人，他们不是对手。"

果见南派好几个人都垂下了头，眼看着就要认输了。

"举人啊。"曲伶儿微微一笑，突然间拉起苏岑的手一举，"这还有人呢，他能对！"

苏岑狠狠瞪了曲伶儿一眼，看热闹就看热闹，跟这瞎掺和什么？

曲伶儿却笑得无比灿烂，一个举人，怎么跟他的状元哥哥比。

那个青年人投来几分诧异神色，看看曲伶儿又看看苏岑，末了笑道："小姑娘别处玩去，我们说的东西你不懂。"

把他认成姑娘就算了，这人竟还瞧不起他，曲伶儿柳目一横，把苏岑往前一推，"少爷给他对！"

苏岑心道你还知道我是你家少爷啊，有这么对自家少爷的丫头吗？

迎着众人的目光苏岑按了按眉心，颔首道："那便得罪了。印月井，印月影，印月井中印月影，月井万年，月影万年。"

众人一愣之后纷纷叫好，月井月影与方才的江楼江流交映成趣，不失为一副绝对。

那青年人也收了几分鄙夷，认真打量了苏岑一眼，皱眉道："你是哪里人？知不知道我们这是南北之争。"

苏岑揉揉鼻子，苦笑道："在下苏州人士，说起来应该也算南派的人。"

南派立马扬眉吐气挺起胸来。

青年人又问："你姓甚名谁，我怎么不认得你？"

"鄙某不才，没什么名号，你不认得也正常。"

他一个新科状元在一个草庐里跟一群读书人较劲，亲自出来给自己正名，这要是被人认出来了，他投河自尽的心都有了。

"那好。"青年人微微眯眼，"到你了，你出题，我绝不会输给你。"

这不是让他欺负后生吗，苏岑默默叹了口气，"这样吧，还是你出题，我对不上的都算我输。"

"你！"青年人猛地站了起来，这分明是看不起他，咬牙切齿一番，转头一想又笑道："这可是你说的，你听好了，我的上联是：冻雨洒窗，东两点西三点。"

这是个拆字对，冻和洒分别对应东两点西三点，确实有几分难度。

苏岑略一思忖，笑道："切瓜分客，上七刀下八刀。"

"月浸江心江浸月。"

"人归夜半夜归人。"

"昔人曾为僧，为王呈上白玉珵。"

"登丘山望岳，枯山今换青峦岑。"

青年人拍桌而起，"你到底是什么人？"

苏岑不好意思地拱手道："承让了。"

本是想着低调行事，却无故生出这么多事端，苏岑拉着曲伶儿挤出人群，刚待离去，却听见背后冷笑一声，"虽然我输了，但不代表柳相就输了，当年柳相途径汴州，见黄河入汴水波澜壮阔，作下'万籁齐开惊鸾佩，九州通衢天上来'的佳句。那个苏岑有什么，净是些附庸风雅的小词小句，拿不上台面。"

南派的人当即就坐不住了，纷纷站起来反驳。

苏岑微微皱眉，回头问道："这诗是柳相写的？"

他倒不是质疑柳珵的水平，只是柳珵早年的诗他也拜读过，走的是写实路子，多是些忧国忧民的深刻之词，而这两句诗逸兴遄飞酣畅淋漓，确实不像他的风格。

青年人等的就是苏岑这一句，一扬下巴道："孤陋寡闻，这是柳相当年入京赶考路过汴州时作的，这诗里还有一个'佩'字，正是柳相的字。"

柳珵字仲佩，这苏岑倒是知道，但单凭这一个字就断定诗是柳珵作的确实有些牵强。

果然人群里有人看不惯这青年输了对子还强词夺理，戏谑道："我怎么听说这诗并不是柳相所作，而是与柳相一同上京的友人作的。"

"你胡说，这明明就是柳相作的！"

众人而起，瞬间乱作一团。

眼看着开船时辰到了，苏岑这才拉着曲伶儿从草庐里出来，临走又回头看了两眼。

其实他也更倾向于这诗不是柳珵所作，但若真是柳珵的友人所作，那这位友人是谁？如此文采他竟然没有听说过？

事情早已过去十多年了，除非柳相或那位友人亲自出声承认，否则只怕是争不出什么结果来了。

他们上了船，船老大下令解了缆绳扬帆起航，沿岸景色一路倒退，眼看着那个草庐消失在视线尽头苏岑才起身回舱。

有些事情终是淹没在时间洪流里，湮灭了真相。

几日辗转，抵达扬州之时正是半夜，夜黑风大，苏岑他们索性留在船上，待到天明再做打算。

等第二日苏岑从船里出来时，整个人都愣了。

他们的船就停在东水门外，被前后左右几艘大船夹在中间，他们的商船本就不算小，船上伙计、厨子、船老大，加上他们足有三四十人，在甲板上一字排开尚且还有余裹，但与眼前这些船相比却俨然像一叶扁舟。

旁边这些船高足有四五丈，亭台楼宇，绫罗飘香，轻纱幔帐间几张开了的窗子里美人正梳妆，媚眼如丝，带着几分挑逗意味笑看着他。

船老大正指挥卸货，见状过来解释道："公子莫怪，这些是花船——也就是水上青楼。那些姑娘该是把你当成在船上过夜的浪荡子了，公子不必搭理就是。"

关于扬州花船苏岑也略有耳闻，但百闻不如一见，被花船包围的场面还是颇有震撼，便问船老大："昨夜我们来时这些花船就停在这吗？"

船老大道："这些花船都是傍晚上客，入了夜由水门入城，沿官河泛舟，到早晨才又回来。咱们昨夜过来时他们还没回来，所以没什么动静，若是赶上好时候就能看见那船上弹琴的跳舞的，好不热闹。"

苏岑看着船老大一脸向往的神色笑了笑，"这花船建的倒好，也不怕有白嫖的，到时候往河里一开，四周都是水，跑都跑不了。"

"没听说花船上淹死过嫖客的，倒是有淹死过花魁。"

"哦？"苏岑挑了挑眉。

"我也是听说啊。"船老大凝眉想了想，"大概在两三年前，说是有个名动扬州的花魁投河自尽了，好像是为情所困，具体怎么回事我也不清楚。但听说那个花魁死了后尸体在河面上漂了好几天，人就像是睡着了，面色还带着潮红，周身异香涌动，把周围的蝴蝶都引过来围着她转。有人说她是花神转世，也有人说她是死不瞑目，对蝴蝶交代遗言，总之传得很邪乎，说什么的都有。"

"异香？"苏岑偏头道，"这人死了一般都是腐臭难耐，还有能散发异香的？"

"是啊，所以才稀奇。"船老大摇了摇头，边叹气边道，"还有人把这件事编成了曲子，好像叫什么《咏蝶令》，如今这花船上赶得巧了还有人会唱呢。"

待祁林和曲伶儿收拾完行李，辞别了船老大，三个人才离船上岸，踏上了扬州这块烟花风月并杂暗潮汹涌的多事之地。

不同于长安城中建筑大都规整庄正，一街一坊鳞次栉比，江南房舍大都粉墙黛瓦，因河成街，桥桥抵立，沿河垂柳尚绿意未退，倒显得比长安城里多出几分生气来。

入了城门再往里走人气渐多，花红柳绿的绫罗绸缎随风而动，曲伶儿第一次到江南，一双眼滴溜溜乱转，拉着苏岑袖子看什么都稀奇。

祁林见惯了漠北的风沙，却也是第一次见这江南温婉和软的风貌，表现得倒要比曲伶儿镇定不少，直言道："从商者不得车辇出行，不得着绸缎，在这里倒像是全然不受影响。"

"所谓天高皇帝远，扬州城里商贾遍地，商比民多，除了本地的商人，还有晋商、徽商、胡商比比皆是，各色天香绢妆花缎在手里倒腾却不让穿，那多难受。"苏岑心虚地揉了揉鼻子，当初他还没有功名时也是日日绢纱绫锦换着穿，从来不忌，入朝为官后反倒有所克制，这样细算起来应该还是不敬的大罪。另外他家里就是经商的，本着为商人正名的想法苏岑辩解道，"太祖皇帝当年立下这样的规矩，一来是因为当初同他一起打天下的多为农民出身，二来也是为了劝课农桑。但事实上商贾也不见得就都阴险狡诈，其实商人也不容易，百姓不可能什么都自给自足，有交易就有商人，本就是东奔西走赚个糊口钱，地位低下，赋税又重，赚了钱还不能花，要多憋屈有多憋屈……"

"苏大人。"祁林出声打断，"我就是随口一说，你多虑了。"

苏岑及时收了声，点点头，"哦。"

他一直觉得李释让祁林跟着就是来监督他的，搞得他得时时注意自己言行，生怕在这人面前落下什么把柄李释跟他秋后算账。

苏岑默默叹了口气，伴君如伴虎，这么草木皆兵的他也不容易啊。

曲伶儿不禁纳闷，"商人有钱却不让买，农民让买却没有钱，那这些绫罗绸缎给谁穿啊？那些当官的？"

苏岑道："你以为当官的那点俸禄能干什么，官场交际、一家人的口粮、家里奴仆的月俸，官位越高还得有符合身份的排场、出行的车马、随从等等。我若是只靠那点俸禄，连你都养不起。"

曲伶儿撇撇嘴，"那当官有什么好的，怎么还有那么多人上赶着要当官？"

"有人爱钱，有人爱权，而且权到了一定地步能生钱。"苏岑侧了侧身压低声音道，"你道那些当官的香车宝马、娇艳美人都是拿俸禄换来的？"

"你是说……"曲伶儿话没说完，却被苏岑拉了拉袖子，及时收住话茬。

只见前面巷子里钻出来一个男人，个子不高，胳膊上挎着个菜篮子，却被一块靛蓝花布牢牢盖住，一步三回头确认身后没人后才埋头快步往前走。

道路本就不宽，苏岑三人并排占了大半，那人只能贴着墙根走，两相错步间，那人拿眼斜睨苏岑，不巧苏岑也正看着他。

就那一瞬，那人匆匆收了视线，拐进了苏岑身后一条巷子里。

苏岑停下步子回头看了一眼，片刻之后对曲伶儿道："去报官。"

曲伶儿一愣，"啊？"

"就说那人是私盐贩子，官府一定会派人来抓。"转头又对祁林道，"待他快被抓住时把人救下来。"

曲伶儿恍然大悟，领命去干，刚走两步又回头问："苏哥哥那我一会儿去哪找你？"

"扬州城最大的客栈。"苏岑微微一笑，"最好的上房。"

扬州分子城、罗城两部分，子城于罗城西北五里的蜀冈之上，为军营和官衙所在，罗城则是平民百姓的居所，一条十里长街沿河而建，不同于长安城中有特定的东市西坊用于交易，扬州城内商铺沿街布设，并于里坊相连，一路走过去热闹非凡。

城中最大的客栈名曰天下楼，就位于十里长街中部最繁华的地段，楼高三层，一层大堂二层雅座到三层才是客房，建得那叫一个琼楼玉宇富丽堂皇，身上没揣着几个金锭子的都不敢往门里进。

这还不算，怕有客人不喜欢热闹，天下楼还特地在闹市中圈了一片清静出来。

楼后有几处私院，不必经过前厅大堂，由一小角门而入，翠竹环绕，小桥流水，烟柳朦胧间颇有一番江南意境。

苏岑刚入住下便有小厮过来端茶送水，不同于前厅小厮粗布衣衫，这后院里的小厮看着不过十五六岁，穿的皆是素白锦，举手投足间便看得出是自小训练过的。

苏岑称自己不喜欢被人打扰，以后没有吩咐便不必过来了，那小厮很是有眼力，也不多言，躬身称是后便退下了。

不消一会儿工夫房门轻响，祁林带着一人进来，正是刚刚碰见的那个人。

一道回来的还有曲伶儿，报完官回来还顺道跟着祁林演了一出救人的好戏，那男人不知本就是曲伶儿招来了衙役，还一口一个"多谢姑娘"地千恩万谢着。

曲伶儿凝眸打量着眼前人，这男子看着三四十岁，面色黝黑，身形也不高，跟祁林站在一起立马普通到骨子里。就是这么普普通通一个人，也不知苏岑怎么就一眼认出来这人是个私盐贩子。

刚才他小心查验过了，那篮子里装的确实是盐。

祁林指着苏岑道："这是我家公子。"

那人立即跪在苏岑身前，"多谢公子出手搭救，小人上有老下有小，代全家老小谢过公子。"

苏岑受之有愧，急忙让人起来坐下，道："我也不过是看你面善不像坏人这才让他们救你，但我希望你能如实相告，我不想救错了人。你姓甚名谁，家在何处，那些官差为何要抓你？"

那人犹豫了一下才道："小人名唤王二，是扬州城郊罗岭村人，那些官兵追我，是为我……我贩卖私盐。"

"哦？"苏岑饶有兴趣地挑了挑眉。

他当初是觉得这人鬼鬼祟祟有猫腻，但也没有一眼就看出这人是私盐贩子的能耐，只是追着那人离去的背影看了看墙边，发现了几粒遗落下来的粗盐粒子。

"你可知贩卖私盐是死罪？按大周律当处以弃市之刑。"

王二立马从椅子上滑下来又跪坐在地，"公子，公子饶命啊，小人也是迫不得已，小人上有八十老母，下有三岁小儿，一家人都等着我拿那点银子续命啊！"

苏岑摆摆手，"我既然救了你就没有再把你送回去的道理，你不用惊慌。你说你是迫不得已，难道家中没有田地吗？为什么要冒着生命危险干这掉脑袋的买卖？"

王二由曲伶儿扶起来坐下，也不敢坐实了，时刻准备着再次下跪，小心翼翼回道："看公子不像扬州人，只怕对当地的情形有所不知，我也不瞒公子，我家本是有一亩三分地的，只是……只是如今都被骗走了。"

苏岑皱了皱眉，"怎么回事？"

王二道："我们罗岭村本是一块丰水田，但是前年大旱，之后又闹蝗灾，眼看着交不起赋税了，城里的大户便说要我们把地卖给他，他帮我们交赋，而且以后赋税也不用我们管了，他们雇我们为佃户，帮他们料理农田，盈亏不计，每个月还给我们工钱。"

苏岑问："他们食言了？"

王二叹了口气，接着道："开始几个月确实有给我们工钱，村民们见有钱可拿纷纷把地卖给了他们。等所有人都没了地后，他们突然翻脸不认人，每月不再给我们发钱，地也不还给我们了。"

"没人报官吗？"

王二摇了摇头，"怎么没报！可那些大户早就跟官府串通好了，他们手上有我们的田契，官府睁一只眼闭一只眼，我们也没办法啊。"

"果然是奸商贪官。"曲伶儿气得直跳脚，"当官的和从商的就没有一个好东西！"

苏岑轻咳一声瞪了曲伶儿一眼，当官的和从商的他占了个全，那岂不是罪大恶极了？

曲伶儿急忙道："苏……公子我不是说你！"

苏岑摇了摇头，接着问："侵占你们农田的大户是谁？"

王二道："就是咱们扬州城里最大的盐商，汪家和贾家。"

苏岑一愣，微微抬了抬头。

什么叫得来全不费工夫。

"所以你就贩卖私盐打击报复他们？"

"是……也不是。"王二哭丧着脸摇摇头，"哪里轮得到我们打击报复，我们也是求生所迫，公子不知道他们的盐能卖到什么价格，元顺元年一斤盐还是八十四文，如今一斤盐他们能卖到二百五十多文啊！"

"二百五十多文！"苏岑不由一惊，要知道一户平常百姓一个月的花销也不过一两银子左右，一斤盐就要占全部花销的四分之一，换句话说，如今一斤盐可以在市面上换两斗米，足以供一户普通人家吃两个月。

"无法无天！"苏岑一拍桌子，"官府竟由着他们这么漫天要价！"

"不但如此，官府还帮着盐商打击私盐贩子，抓进去就是一顿毒打，家里付得起赎金的还能捡回一条命，若是贫苦人家付不起赎金的，就只能死在牢里了。"

曲伶儿又欲发作，苏岑却冲人摇了摇头。对此他只能沉默以对，贩卖私盐本就犯法，官府这么做确实无可厚非。

只是与奸商沆瀣一气因公徇私却是不能忍。

"若是遇上封大人还能好一些，教训我们几句也就偷偷把我们放了，换作别人只怕就没有活路了。"

"封大人？"苏岑抬头，"哪个封大人？"

王二解释道："公子你有所不知，封大人是我们扬州城的长史，那是个好官啊，只可惜分到我们扬州，唉……"

封一鸣……苏岑微微眯了眯眼，看来在扬州百姓眼中这封一鸣的口碑倒还不差。

苏岑又问了一些盐商的情况以及私盐的来路，话问完时已近晌午。

如今他已算是基本摸清了扬州的一些情况。扬州最大的两户盐商分别为汪家和贾家，汪家只有两个女儿，后来入赘了一个女婿，汪老爷便将家业交由女婿打理，如今汪家便是由这位入赘的女婿说了算。贾家虽有儿子却是个登徒浪子，天天流连于烟花场所，好乱乐祸，所以贾老爷虽然一大把年纪了却也只能自己操持着家业。

至于私盐来历，王二没有细说，只道他们上面还有人，他们只管拿盐贩卖到家户，至于上面人的盐是怎么来的他也不清楚。苏岑知道他这是怕自己来路不明，设法从他那里套话，也没再详细问，给了几个钱便让祁林把人送了回去。

午膳是从天下楼直接送过来的，地道的扬州菜别有一番风味。午膳过后祁林和曲伶儿各自回了自己的房间，一整个下午苏岑都把自己关在房里不知道捣鼓什么。

直到夜雾薄冥苏岑才从房里出来，对祁林道："麻烦祁侍卫帮我去请一个人。"

248

苏岑约莫着时辰差不多了，点上香，泡上茶。

不消一会儿院门轻响，祁林从外面领了一个人进来。只是这人双手被缚于身后，眼上蒙着一条黑布，显然不是自愿前来的。

苏岑微微点头，祁林不动声色地退下，临了还帮人把门关好。

天色渐暗，苏岑借着烛灯打量眼前人，他自己年纪轻轻官至大理寺正已数不易，不承想这人看着竟也不比自己大出几岁，一身青衫，身量与自己相仿，眉目被遮住了看不真切，但面色皎皎，鼻梁英挺，想必那双眼睛也不会逊色。

值得称赞的还是这人的气度，莫名其妙被掳至自己不熟悉的地方，这人却并无惧色，身段挺直地立于厅中，全然没有狼狈之态。

苏岑几步上前，原意是要去解人眼睛上的黑布，手伸到一半却又换了主意，在人眼前晃了晃。

那人微微一愣，迟疑过后才动了动。

那是个贴近的动作。

紧接着那人开口道："王爷？"

果然如此。

他特地点了檀香，虽然味道与李释的有几分出入，但再佐以茶韵，不是对香料极其敏感的人应该分辨不出来。

苏岑维持着那只手没动，另一只手绕到脑后帮人把布条解开。

封一鸣微微眯眼，那双眼睛确实不错，神采逼人，只是看清眼前人后，眼里的欣喜迅速转为诧异，最后是失望，但一瞬之后脸上就恢复了平静，不慌不忙地站直身子，毫无赧色。

苏岑笑道："扬州城果然是好地方，不比长安城风沙肆虐，难怪封大人养得肤若凝脂，真叫人艳羡不已。"

封一鸣不理会苏岑话里的几分戏谑，直接问："王爷呢？"

"王爷日理万机，自然是在京城。"

"那祁林……"封一鸣一愣，转而认真打量了苏岑一番，看罢不由自嘲般笑了，"他竟然把自己的贴身侍卫留给你。"

他为王爷驻守扬州三年，多方周旋夹缝求生，终究换不来王爷亲自过来看他一眼。

苏岑给人松了绑，一边满意地看着人腕上几道勒得紫青的血印子一边道："多有怠慢还望封大人见谅，事出有因，封大人身边如今都是眼线，这才出此下策，也是为了封大人回去好交代。"

封一鸣不轻不重地吭了一声，"倒是劳烦大人想得周到。"

"不敢当。"苏岑笑道，"在下苏岑，时任大理寺正兼司经局洗马，受王爷之命前来调查扬州驿道凶案，还望封大人多多关照。"

"苏大人言重了，关照之词实不敢当。"封一鸣话里客气，面上却全无谦卑之意。虽说他与苏岑同为从五品，但京官和地方官还是有一定差距的，更何况苏岑还是李释指派下来查案的，理应高封一鸣一级，封一鸣见了苏岑应该见礼。但封一鸣权当不知道这回事，自顾自落座下来，继续道，"但我的处境想必苏大人也清楚，我如今被薛直他们严密监视，一举一动他们都了如指掌，只怕也不能帮上苏大人什么忙了。"

苏岑心道你不给我添乱就谢天谢地了，给人斟了一杯茶递过去，也不再假客套，直言道："那就说说案子吧。"

封一鸣皱着眉活动了几下手腕，不耐烦道："我折子里不是都说了吗？"

苏岑心里翻了个白眼，你说的那跟打哑谜似的，谁能看得懂？他耐着性子道："驿道死的那些都是私盐贩子吧？所以是谁要杀他们？盐商还是……官府？"

封一鸣挑眉看着苏岑，"若是官府呢？你想怎么办？"

苏岑微微皱眉，不自觉地抿起了唇。若真是官府干的，他还真不能拿那些人怎么样。贩卖私盐是犯法，虽然官府没走正当审理渠道，但坐实了顶多也就是罚几个月俸禄，对他们而言根本无足轻重。

封一鸣轻轻一笑，道："不是官府，但也不是盐商，杀他们的应该是帮训练有素的刺客，手法干练，一刀毙命。而且死的那些不是下面的小喽啰，而是些走私私盐的大贩子，每个人手上都有无数条暗线，他们一死底下的人拿不到盐自然就散了。那些刺客认人很准，应该有人专门给他们提供情报。"

苏岑凝眉一想，"暗门？"

当初一接触这个案子他就隐约感觉到这件事情没有这么简单，总觉得有股势力在背后推波助澜，而且不只在扬州，甚至触及京城。

苏岑接着道："生门求财，杜门为官，惊门负责暗杀，所以暗门果然在官盐私盐之争里插了一脚，扬州城的水果然不浅。"

封一鸣道："薛直那帮人不过就是一群闻着铜臭而动的苍蝇，暗门还看不上他们。他们原本就是拿了盐商的钱帮着打击一下私盐贩子，后来看着事情闹大了怕引火烧身，这才不得不封锁消息，跟着收拾烂摊子。真正跟暗门勾结的，应该还是盐商里的人。"

"盐商……"苏岑一忖，"汪家和贾家？"

"打听得挺清楚嘛。"封一鸣道，"不过最需要注意的是一个叫何骁的人。"

"何骁是谁？"

封一鸣挑眉看着苏岑，"你不是什么都知道吗？"

苏岑回了个白眼，"爱说不说。"

"三年前汪家老爷在扬州城大张旗鼓地为自家长女择婿，千挑万选最后选中的却是个落榜书生——那个书生就是何骁。"

苏岑点点头，原来就是王二所说的汪家那个倒插门的女婿。

封一鸣接着道："这个何骁读书不成，做生意却是一把好手。扬州城的盐价之所以高得离谱，皆因这个何骁而起。三年前汪家和贾家还是势同水火，两家对着干，盐价还有个制衡，但这个何骁来了后也不知用了什么法子，竟让两家重修于好，一起哄抬盐价。官府开道，暗门相辅都跟这个何骁脱不了干系。"

苏岑听了却全无顾虑，反倒轻轻一笑，道："这个人能调动暗门帮他，定然与暗门关系匪浅。若我能拿到盐商与暗门勾结的罪证，那就是谋逆的大罪，足以让他们交出榷盐令。只要最大的盐商交了，剩下的也便顺水推舟了。"

"想得简单。"封一鸣冷冷一哼，"若是那么容易，我还用等到如今吗？"

苏岑给了个眼神——那是你笨。

封一鸣权当没看见，意味深长地对着苏岑一笑，"哦，忘了告诉苏大人，这个何骁跟裕泰茶行的苏掌柜可是有过命的交情，苏大人在动手之前，不妨先跟家里的兄长打声招呼吧。"

第二十四章

卿尘

苏岑拍桌而起，"你什么意思？"

封一鸣不紧不慢地呷了一口茶，"苏大人不必动怒，全扬州城都知道汪家的姑爷和苏家的大少爷交情匪浅，当初何骁和汪家小姐的婚事还是苏家少爷做的媒。若不是有苏家和岳家这层关系，你以为汪家老爷凭什么看得上他一个落榜书生。"

苏岑微微眯了眯眼，"何骁是何骁，我大哥是我大哥，不要把他们混为一谈。"

"那试问他一个没有身份没有背景的书生又是如何勾结官府，如何说服贾家，如何联系上的暗门？"

苏岑眼里寒光一闪，"是非曲直我自然会查清楚，但我苏家跟暗门没关系，若有人想借机嫁祸，我也绝不会手下留情！"

"苏大人到时候不要搬起石头砸了自己的脚才好。"封一鸣放下茶杯起身，看着苏岑脸色青黑满意一笑，冲苏岑微微欠了欠身，"既然苏大人无意留客，那在下就告辞了。"

封一鸣自顾自出了房门，刚待离去，却听见身后有人跟了出来。

苏岑睨了一眼在一旁嗑着瓜子看热闹的曲伶儿，对祁林道："劳烦祁侍卫再把咱们封大人送回去。"

封一鸣手上勒痕尚没消，对祁林心有余悸，不由后退了一步，急道："我自己走就是了。"

"做戏要做足嘛，"苏岑星辰般的眸子轻轻一眯，"既然是要伪装成封大人被悍匪劫持，那就得给封大人身上留下点悍匪的痕迹，免得封大人难交代。"

祁林看看苏岑，又看看封一鸣，只能对封一鸣道："得罪了。"

眼看着祁林一步步过来，封一鸣拔腿就跑，天色昏暗，一不留神被脚底的石板绊了一跤，一头栽倒到门闩上，当即晕了过去。

这下轮到苏岑无语了，挠挠头问："王爷看重他吗？"

没等祁林作答，苏岑后退了两步回到房内，急忙撇清关系道："不干我的事啊，你告诉王爷是他自己撞的，别赖到我头上。"

曲伶儿道："苏哥哥你刚才的气势呢？"

苏岑两扇房门一闭，气势？气势能当饭吃吗？万一这个封一鸣是个告黑状的好手，他还能保得住饭碗吗？

第二日扬州城里上上下下就发了布告，重金悬赏重伤封大人的悍匪，据说爱民如子、公正清廉的封大人被悍匪打得头破血流，情形极其恶劣。薛直等人还亲自上门查验过，出来以后啧啧感叹，封一鸣这是烧人家山头了，还是抢人家压寨夫人了？什么仇什么怨啊，下手也太狠了。

苏岑把自己关在房里一日没出来。

他初到扬州，什么事都还没有搞清楚，就先是得知自家的大哥跟最有可能勾结暗门的盐商关系匪浅。杀人诛心，即便封一鸣在扬州被看得死死的，但要想点法子给他使点绊子还是游刃有余的。

苏岚大他八岁，自小就惯着他，小时候他闯了祸都是大哥替他兜着，他从小没个正形，上墙、爬树、顶撞夫子，替他背黑锅的却总是大哥，以至于后来但凡有人找上门来，老爷子抄起鞭子就找大哥。再后来看他有读书的天分，大哥便主动弃笔从商，打理家里的生意，当初他还同大哥争执过一番，被大哥一句"你这性子早晚得给苏家败光了"顶了回去，适才收了心。

但要知道所谓的"万般皆下品"，从商更是下品中的下品，"从商者不得车辇出行，不得着绸缎"，即便如今这些商人们个个绫罗绸缎、腰缠万贯，但在身份上就是低人一等，像崔皓家中只有一个瞎眼老母尚选择读书入仕，若不是为了他，大哥又怎么会舍得放下手里的经义去做这下等人。

若说大哥给何骁和暗门牵桥搭线他自然不信，最大的可能就是大哥受人蒙蔽，识人不清被人利用。

可问题是，查到最后若何骁真是暗门的人，那大哥便是起到了推波助澜的作用，必然会受到牵连，若何骁不是……那查下去还有什么意义？

难怪那个封一鸣能那么轻易地就把扬州的情况都告诉他，这是早就算计好了，把事实都摆在你面前，却让你无从下手，最好就是灰溜溜滚回长安去，在李释心里落下一个办事不力的印象。

封一鸣不是萧远辰，一根直肠子，即便动起手来也是明目张胆，这人是会钝刀子割肉似的耗着你，到最后即便人没疼死也恶心死了。

但这个案子他得查，也必须由他来查。所谓真相，温情脉脉也好，鲜血淋漓也罢，作为既定现实，不会因他犹豫迟疑而发生任何改变。而且封一鸣这么些年苦心经营，一旦抓住了什么蛛丝马迹定然不会手下留情。既然如此还不如由他来做那个刨树搜根的人，至少能保证所发生过的一切不被恶意渲染。至于后果……他花了一整天的时间写了一封请罪书，信上他已言明，他会不遗余力地查，若大哥真有牵涉，只求能功过相抵，他辞官返乡，换大哥一条生路。

这样一来，一是表态，有祁林在这，大哥的事瞒不住，与其如此还不如他早认下，既让李释放宽心，他也不至于束手束脚。二来他就是想看看，若真到了那一步，李释会放他走吗？

直到傍晚苏岑才从房里出来，把请罪书交到祁林手上，"不管用什么法子，把这信送到王爷手里。"

祁林接过信点点头，"威远镖局是我们在扬州的暗哨，他们有自己的路子不必经过驿站。"

"既然有路子，那当初封一鸣一封折子为什么大费周章才送到京中？"

祁林抿了抿唇，"这个暗哨，封大人不知道。"

"哦？"苏岑微微眯了眯眼，心情没来由大好，对着祁林恭恭敬敬道，"那便劳烦了。"

看着祁林出了院门，苏岑整了整交领，对曲伶儿道："换身衣裳，带你去个好地方。"

两人出门时刚刚月出，一轮细弯蛾眉月悬在树梢，两人从小角门出来绕到大街上，一路繁华，又是另一番景象。

扬州不同于长安城夜里有宵禁，这里入夜后较白日里热闹更胜一筹，甚至衍生出了夜市一说，一条十里长街篝灯交易，通宵达旦，别有趣味。

曲伶儿难得被允许换下罗裙恢复男儿身，一路走得步子轻快，东瞅瞅西看看，手里一会儿是十色汤团，一会儿是滴酥鲍螺，边吃边念叨这苏哥哥今日怎如此大方，是不是总算顾念起他的好来要犒劳他？

当看到苏岑此行的目的地时，曲伶儿越发对苏岑感激涕零。

眼前正是前几日那几条花船，此时正张灯结彩迎着上客，船舷上站着一溜儿花红柳绿的姑娘，个个媚态百生，缕缕琴韵自船上飘出，余音袅袅，不绝于耳。

曲伶儿搓着手跃跃欲试，他活这么大还真没尝过女儿香的滋味，早就听闻扬州的烟花风月闻名于世，原本觉得这一趟定是无缘见识了，不承想他苏哥哥想得这么周到。

眼前几艘大船都已经收了跳板准备开船了，唯有最前面一艘最大的船下还站了好些人，苏岑和曲伶儿过去时才看明白，这些人不是不想上，而是有人拦在前面上不去。

"怎么回事？"曲伶儿皱了皱眉。

只见一人身着湖蓝彩绸，腰间缀一块羊脂白玉，一副绮襦纨绔的模样大咧咧往跳板前一站，"小爷我说了，今日这船小爷包下了，都散了吧。"

底下立马就有人不乐意了。

"卿尘姑娘一月就出来这一次，凭什么你说包就包了。"

"你包场，人家卿尘姑娘还不见得乐意见你呢。"

"卿尘姑娘清丽脱俗，别拿你那点腌臜银子折辱人家！"

众说纷纭，苏岑看热闹也算看明白了个大概，这位众人口中的卿尘姑娘应该是这船上的花魁，奈何一月只露一次面，这些人就是过来一睹美人风采的。

不一会儿船里出来一个鸨儿模样的人，讨好地挥着帕子冲那位纨绔道："二公子还望见谅啊，咱们卿尘姑娘说了，今日是以文会友，请下面这些公子哥都上去。"

苏岑笑了笑，这位二公子只怕是襄王有意，奈何神女无心。

"小爷再加一百两，"那彩衣纨绔不耐烦道，"把这些人都赶走。"

看样子这位二公子在这扬州城里地位不浅，那老鸨不敢直言拒绝，只能小心拉那人袖子赔着笑，"可这是卿尘姑娘的意思啊。"

那纨绔皱着眉一甩袖子，老鸨一下失了力，脚下不稳眼看着就要跌下水去。忽觉一阵异香袭来，一段白绸出岫，正缠住老鸨腰间，将人一把拉上船去。

老鸨抚着胸口大道好险，人群中瞬间炸开了锅，"卿尘姑娘！"

只见一人立在船舷之上，白衣出尘，身段袅娜，一截白纱掩面，但那双眼睛却像是含着熠熠光辉，一见倾神。

难怪这么些人非要见这位卿尘姑娘，确实有让人痴迷的资本。

容貌还是其次，苏岑更惊的是这人的功夫。

那么一截柔软的白绸却被使得宛有万钧之力，化柔为刚，足以用出神入化形容。

传言道扬州城里的这些姑娘琴棋书画样样精通，有些还会识文断字，才华甚至不输自幼苦读诗书的仕子。

但这会功夫的倒是不曾听说。

不待苏岑细想，那位卿尘姑娘便道："来者皆是客，卿尘在此谢过诸位客官赏脸前来，既然来了，那便都上来吧。"

说罢欠了欠身便回了船楼。

那个彩衣纨绔竟像变了个人似的不见一丝嚣张气，堆着笑跟在卿尘身后也上了船。

众人这才一拥而上，唯恐上晚了抢不到位子。

等众人都上去了苏岑才动身，一回头便见曲伶儿一脸欲哭无泪的表情立在原地，"苏哥哥，我能不去了吗？"

"怎么了？"苏岑微微一愣。

"苏哥哥，船上可能有危险，我们还是回去吧。"

"危险？"苏岑皱眉，过了会儿问，"是我有危险……还是你有危险？"

"我就是觉得这船不简单，苏哥哥你听我一句，咱们回去吧。"

苏岑凝眉想了一会儿，"这船上是不是有你认识的人？"

看着曲伶儿不再说话，苏岑心里了然，轻轻在曲伶儿肩上拍了拍，"你先回客栈等着我吧，有个人我得跟上去看看，你放心，他们不认识我，我不会有事的。"

"非去不可？"

苏岑点头，"非去不可。"

苏岑赶在跳板撤离之际上了船，花船吱呀呀地离了岸，朝着河中心去。

曲伶儿咬咬牙一跺脚，终是在水面借力一点飞身跟上了船，对苏岑叹了口气，"苏哥哥我跟着你。"

苏岑皱了皱眉，"不怕有人认出你？"

曲伶儿勉强扯了个笑出来，"是故人，但不是敌人。"

花船高三层，飞檐下点着一盏盏大红灯笼，映得船上恍如白日，与水面粼粼波光交相辉映，灯烛十里，水岸摇红。难怪扬州人要把青楼建在船上，这种酒不醉人人自醉的情态大概只有在这花船上能实现。

一层进去是个敞厅，以备那些姑娘们表演琴棋书画之用。再往上便是一间间闺阁。

苏岑和曲伶儿进去时众人早已在厅中落座。

座次围绕厅中主台呈扇形外延，苏岑一眼就看见先前那位纨绔公子耷拉着一张脸坐在最靠近台子正中的位子，看来是想要一品姑娘芳泽却又没得逞。

苏岑他们最晚进来，自然是没什么好位子了。所幸苏岑本来也不是冲着花魁来的，找了个靠近廊柱的边角位子，有轻纱一遮，也方便曲伶儿隐藏。

苏岑刚落座，立马有小厮上前伺候茶水，看茶汤色泽还是不错的茶，苏岑刚端起杯子，一只手及时伸过来按下，苏岑偏头一看，只见曲伶儿轻轻摇头，"苏哥哥，这船上的东西你最好什么都不要碰。"

苏岑一愣，点点头，放下杯子再也不动了。

那鸨儿又登上台来，跟着厅里几位客官打趣一番，才在台上站好道："咱们卿尘姑娘说了，今儿是以文会友，而且还给诸位公子准备了一份大礼——"

鸨儿拖长调子故意卖着关子，等到台下起哄才继续道："卿尘姑娘说今日胜出的那位公子，姑娘请他做入幕之宾，今夜就只陪他一个人。"

台下瞬间一片哗然。

要知道这卿尘姑娘向来是卖艺不卖身，从来不曾听说过引谁入过她的闺阁。这千载难逢的好机会立马引得台下客人血气上涌，纷纷摩拳擦掌跃跃欲试。

恰在此时台上降下一席轻纱，厅中霎时寂静，再见一窈窕身段款款而出，在台上欠了欠身，柔声道："今日的比试共分三轮，分别是击鼓传花、雅歌投壶、寻曲作赋，请落败的客官自行离场，楼上楼下还有众多姐妹等候诸位。"

苏岑听罢不由轻轻一笑，这还得一试二试三试，较之他们的科考也有过之而无不及，所谓才子佳人，这才子竟是一层层选出来的。

不消一会儿工夫便有人将一面一人高的大鼓抬上台去。

击鼓传花，原意是将绣花球随鼓点传递，鼓停则花落，落到谁手里谁便饮酒。不过这里又加几分难度，拿到花的人须得吟上一句诗赞叹卿尘姑娘的芙蓉色，吟不出的便只能黯然离场了。

只见卿尘背身而站，帘幕中水袖一展，鼓声乍响，一只彩绸绣球便从前头往后传去。苏岑坐得远，一时半会儿还传不到他那里，便借机打量帘幕里的人。

这一看不由一惊，这位卿尘姑娘敲鼓竟不用鼓槌，一副水袖去时快，收得却缓，竟是单靠一副水袖便将这一面大鼓打得咚咚作响。

他当初所猜不错，这人的功夫确实不俗。

几轮下来便下去了七八个人，倒不是他们吟不出那一词半句，而是鼓声停得急促，一时慌乱反倒忘了自己准备的是什么了。

下一轮又起，鼓声由急变缓，将停之时绣球还在另外半壁江山上。苏岑刚待松下一口气，突然绣球从半空而降，竟是谁一时慌乱将绣球隔空抛出，正落到苏岑怀里。

鼓声已停，苏岑刚待起身，只听一声鼓音又起，苏岑随手一抛，绣球便落到了下一人手中。

那人一脸呆滞地愣了片刻才意识到发生什么，但鼓声已停，为时已晚，他幽怨地瞪了苏岑一眼，起身离席。

苏岑偏头问曲伶儿："她方才是不是回头看我们了？"

"嗯？"曲伶儿挠了挠头，"有吗？我没看到啊。"

苏岑摇了摇头，"那是我看岔了吧。"

第一轮击鼓传花便算是完了，留下的暗自窃喜，走了的黯然神伤。苏岑抬眼一看，坐在正中的那位纨绔公子也尚在席中，他俩都不曾被点到。

第二轮雅歌投壶，一个小厮拿来一只细颈圆腹的釉青瓷壶放在台上，余下的人一人发下五只无镞长箭，画出一条线，由线外向壶中投掷，五箭中一箭者便算合格。

苏岑看着手里的箭连连叹了几声气，礼乐射御书数，当日他在长安城把马骑成那样，但其实他的御还不算最差的……

想当初他的射……能把箭留在靶子上就算谢天谢地了。

以文会友搞什么投壶？

"苏哥哥怎么了？"曲伶儿随手拿起桌上的箭把玩，边同苏岑搭话边随手一掷，箭矢越过众人头顶，正中壶心！

而那大肚子圆壶竟纹丝不动！

众人齐齐往后看过来，苏岑这位子是厅中最角落的地方，距离那小口圆壶一丈有余，换作旁人估计连壶口在哪儿都看不清。

曲伶儿又是随手一掷，笑道："这没什么难度嘛，依我看就该蒙眼投掷，那才有意思。"

苏岑急忙上手捂住曲伶儿的嘴，冲众人歉意笑了笑，转头瞪了曲伶儿一眼，差不多就得了，出风头还出上瘾来了。

但好在是把这关过了，如此一来又有大批人被刷了下去，其中就包括那位二公子。

但这人也有本事，具体表现为脸皮奇厚无比，明明五箭都投偏了却还是赖在座位上就不离场，小厮一脸无奈地守在一旁，赶不得动不起，都快哭了。

卿尘姑娘在帘幕里轻轻一笑，"二公子是贵客，留下来也无妨。"

小厮这才松了一口气，躬身退下。

两轮下去所留下的不过七八个人，台上的大鼓撤了下去，改换古琴，进行最后一轮——寻曲作赋。

声乐里的五音——宫商角徵羽，分别对应平仄四声，宫商为平声，徵为上声，羽为去声，角为入声，所谓寻曲作赋，便是由卿尘在古琴上弹出五音，席中的人吟出与音相配的诗。

由易到难，帘幕里先是迸出一个徵音，席中立马有人道："美。"

虽然落俗，但也无可指摘。

苏岑最后答了一个"婉"，这轮就算过去了，无人落败。

接下来由两音上到三音，再到五音，渐渐就有人不支，认输离场。

苏岑算是看出来了，那位二公子就是个草包，三个音便已然对不上来，奈何就是脸皮厚，赖着不离去。

到七音时在场的只剩下苏岑、那位二公子和另外一桌。

七个音阶自帘幕里泠泠而出。

羽商宫徵羽宫商。

仄平平仄仄平平。

那位二公子自然不能指望，另一桌的人张了张口，又默默摇了摇头，最终叹了口气，默然离去。

苏岑成了最后一个留下来的人，不出所望赢了所有人的目光。

苏岑执杯冲台上之人轻轻一笑，"渭城朝雨浥轻尘，敬卿尘姑娘。"

帘幕里的人起身冲苏岑投以一笑，"恭喜公子拔得头筹，敢问公子高姓大名？"

苏岑微微一忖，道："鄙姓李，单名一个煦字。"

"有劳李公子稍候片刻。"卿尘稍稍欠身，从帘后退了下去。

卿尘一走，那位二公子立马就坐不住了，探身直瞅着卿尘上了楼才不情不愿坐下来，恶狠狠瞪着苏岑，一副谁都别想赶小爷走的样子。

自然没人赶他，不待片刻出来一个小厮，冲苏岑行了个礼，"卿尘姑娘请公子入暖阁。"

苏岑和曲伶儿由小厮领着上了楼，空余那位二公子跟两个把守楼梯的打手面面相觑。

苏岑方才过关斩将的时候还没觉得，如今一步步往楼上走反倒为难起来。他倒不是没去过歌坊听过曲儿喝过茶，但是入人家姑娘闺阁倒真是头一遭。但如今他已经走到了门外，事到如今总不好拔得头筹又不进去，苏岑只能硬着头皮推开门。

一股异香扑鼻而至，像是某种花香又混杂着甘露醇香，让人不由得精神一振。

苏岑抬步进来，冲人微微施了个礼。

卿尘换了一身衣裳，掩面的纱巾也已去了，面色如玉、清丽脱俗，确有沉鱼落雁之姿，闭月羞花之貌。

奈何啊奈何。

苏岑入座，不由叹道："都说'北方有佳人，绝世而独立'，不承想这南方的佳人亦不逊色。"

卿尘微微一笑，"公子是北方人？"

"可不是，"苏岑字正腔圆地讲着官话，不带一点嗳嚅口音，"我家里世代经商，不承想到了我这一辈家道中落，我是过来投奔亲戚的。"

"哦？"卿尘挑了挑眉，"不知是哪门的亲戚？"

"扬州盐商贾家，"苏岑微微一顿，盯着卿尘，"姑娘可曾听说过？"

"贾家？"卿尘微微眯了眯眼，眼里的怀疑一闪而过。

苏岑假装没看见，挠挠头不好意思道："实不相瞒，贾家的老爷是我二大爷家表姑母的亲娘舅，按辈分我该唤他一声表舅公，但是吧，我也是第一次到扬州来，敢问姑娘，这贾家在扬州城的名声好不好？你看贾老爷能认我这个甥孙儿吗？"

卿尘凝神思量。

苏岑没理会别人还在绕他那些关系，继续道："但听说我这表舅公家里还有一个小叔，跟我年纪相仿，也不知好不好相处。"

卿尘捋了半天才算捋明白，不答反问道："那你觉得楼下那位二公子好相处吗？"

"楼下那位二公子……"苏岑一想，不由得一惊，"你是说楼下那个就是我那位小叔？"转而又摇摇头，"不对啊，我表姑母明明跟我说贾家只有一个儿子的，你们怎么都称呼他二公子啊？"

卿尘摇了摇头，"本来还有一位大公子的，才华样貌皆出众，只是几年前一场大病人就没了，如今贾家确实只剩了这一个儿子。"

苏岑作恍然大悟状，"难怪。"

有小厮敲门送茶进来，卿尘起身为苏岑斟下一杯送到面前，"公子如此好的才学为何不去参加科考啊？"

"当官有什么好的？"苏岑端起茶杯漫不经心地绕杯沿画着圈，"那么多规矩，这不许那不许，见了谁都得行礼。我不想做官，听说表舅公在扬州生意做得很大，我就想问他要间铺子当个甩手掌柜，以后该吃吃该喝喝，该逛花楼还能逛花楼。"

话刚说完苏岑便从卿尘眼里看出那么点鄙夷。估计现在在她看来自己就是个不务正业、荒废度日的纨绔子弟。苏岑一不做二不休，一把拉过姑娘的纤纤细手，凑到鼻下闻了闻，笑道："卿尘姑娘你好香啊，等我以后有了钱就把你赎出来，你就给我做个姜氏吧，也不用再这样抛头露面了。"

卿尘耗尽平生素养没把人推出去，只用力把手抽了回来，冷冷一笑道："都道'女儿香里销筋骨'，我这香可是夺命香，公子不怕在我这里筋断骨碎吗？"

"牡丹花下死，做鬼也风流嘛，"苏岑又待去拉人，奈何被卿尘抢先一步站了起来。

卿尘起身摘了墙上琵琶，福一福身道："公子请用茶，卿尘愿为公子弹奏一曲助兴，不知公子想听什么？"

苏岑一副意兴阑珊的样子，末了也只能摆摆手，"《咏蝶令》会吗？那请姑娘弹一曲《咏蝶令》吧。"

"《咏蝶令》？"卿尘微微一愣，转而低头上弦取音，装作不经意问道，"公子怎么想起来听这首曲子了？"

"我也是听载我的船家说的，表面咏蝶实则抒情，据说也是烟花女子与书生的故事，卿尘姑娘不觉得这曲子与你我此情此景极为相似吗？"

"那公子可就错了，"卿尘轻轻一笑，"曲子里的书生可是高中了进士，两人蝶钗定情，却终是余生错付。"

那话里意思很明显，人家最起码是个进士，你却只是个花天酒地的登徒浪子。

苏岑浑然不觉，调笑道："你跟了我，我总不会错付了美人的。"

卿尘懒得再与这人纠缠，按弦取调，一曲缠绵哀婉之音自弦上跃然而出。

苏岑端起茶杯呷了一口，伴着琴音轻扣桌面。

不消一会儿工夫，只听一声钝响，苏岑已趴在桌上人事不知。

曲伶儿立即上前一步，"你对他做了什么？"

琵琶声戛然而止。"只是睡着了而已，"卿尘冲曲伶儿一笑，"伶儿，你果然还活着。"

度
势

"小红……"曲伶儿皱了皱眉，还没等再开口，一截水袖已逼至眼前，曲伶儿腰身后折，慌乱躲开，怒喝，"你干什么！"

卿尘杏目一瞪，"说过多少次了，不许叫我小红！"

"不叫你小红叫你什么？"曲伶儿委屈，"难道跟他们一样喊你卿尘姑娘？"

"叫什么都好，就是不能叫小红！"

"小红多好听，"曲伶儿小声嘟囔一句，自己拖了张凳子坐下来，"你怎么到扬州来了？"

卿尘一甩袖子大大咧咧往椅子上一坐，"你走了后暗门出了好多事，北方局势紧张，好多人都撤回来了。这些日子你不在暗门不知道，前阵子埋伏在突厥军里的人暴露了，死门的人近乎全军覆没，连带着长安城里好几个暗哨都被捣毁了。北边不太平，师父就让我转移到这里来了。"

曲伶儿低头揉了揉鼻子，没好意思说当初那事他也有掺和，只道："那你们还好吗？你，韩书还有师父都好吗？"

"你还知道记挂我们？"卿尘不轻不重瞪了曲伶儿一眼，"你当初一走了之，我们都以为你死了，你看看我这双眼，都快为你哭瞎了，韩书一连几个月，日日去那个悬崖边坐着喝酒，每每都喝得烂醉如泥，要不是师父把他支出来，如今大概还泡在酒坛子里呢。你倒好，活着也不知道回来打声招呼，让我们白白伤心这么久。"

曲伶儿咬了咬唇，他、韩书还有小红都是师父带大的，自小感情深厚，若不是情非得已，他也绝不会叛出暗门，舍他们而去。

"师父也想你，虽然他不说，但我好几次看见他大半夜在外面踱步，不停地叹气。"

"师父他……"曲伶儿暗自低下了头，师父该是第一个发现他没死的人，当初在长安城时就借那个黑衣人之口给他传递消息，但小红和韩书都不知道他的事，师父应该没再把他活着的消息透露给其他人。

师父叹气是在叹些什么呢？叹他闯下的滔天罪祸？还是叹他们所有人前途未卜？

"哎，"卿尘拿了个桌上的蜜饯扔他，"你当初是怎么活下来的，那么多人都看见你从崖上跳下去了，千丈悬崖，摔下去骨头渣都不剩了，难道你会飞不成？"

曲伶儿挑眉一笑，"暗门追杀我，我逃到天涯海角他们也能找上我，我只能让他们以为我死了才有可能逃出生天。我早就在崖壁上楔了两根长木，等人都走了才从崖壁上爬上去的。"

师父应该就是看见了那两截长木才断定他没死。

卿尘蹙眉，"他们为什么要追杀你啊？"

曲伶儿回了个白眼，"你也想被追杀吗？"

卿尘悻悻地闭了嘴，过了一会儿又抬脚踢了踢苏岑，问道："那他呢？你怎么跟他勾搭在一起的？"

曲伶儿看了看昏睡的苏岑，轻声道："他救过我。"

卿尘撩起苏岑掩面的一缕鬓发仔细打量一番，道："脸长得倒是不错，就是嘴里没一句实话，竟然还想着从我这里套话。"

曲伶儿怕他苏哥哥被人一怒之下打个包扔河里，解释道："他确实是从北方来的，家里也确实是经商的。"

卿尘拿手指在苏岑脸上轻轻划了一道，"难怪生得细皮嫩肉的。"

两个人费了一番工夫把苏岑抬到隔壁房间里才回来继续叙旧，这一叙就叙了大半夜。

天快亮时曲伶儿才打着哈欠去隔壁，想着把苏岑叫起来下船，推开房门往床上一看，脑中轰的一声就炸了。

苏岑不见了！

小红是用毒的好手，要人睡到五更起，绝没有三更醒过来的道理，若苏岑不在房里，定是被人动过了。

房里一扇窗户开着，正对着外面漆黑一片的水面，万一有人趁苏岑昏睡之际把人从这里扔下去……

他说过要保护他的，结果竟然在眼皮子底下出了事端！

曲伶儿强行定了定神，方才没听见有东西落水的声音，船也一直没有靠岸，那人应该还在船上。曲伶儿从窗口一跃而出，飞身上了桅杆，只要人还在船上，他占据最高点总能看见的。

曲伶儿刚上去就愣住了，船头一袭白衣身影迎风而立，不是他苏哥哥又是谁。

曲伶儿默默从桅杆上下去，看清船头上的人才不由得松了一口气，在人肩上拍了拍，"苏哥哥。"

"嗯？"苏岑偏了偏头冲曲伶儿一笑，"聊完了？"

曲伶儿一惊，"你怎么知道……你没睡着？"

夜风徐来，苏岑撩起几缕鬓发眯眼看着曲伶儿，"不是你告诉我船上的东西不要碰的吗？"

"我明明看见你喝了那茶！"

"我又吐出来了。"

"那……那你都知道了？我们说的那些你都听见了？"曲伶儿有些害怕。

苏岑点点头。

"不是，苏哥哥你听我解释，"曲伶儿手脚并用地边比画边道，"我不是有意的，我也是为了你好，你不知道小红那人她……苏哥哥我错了，你别不要我了。"

苏岑被人逗笑了，"我为何会不要你？"

曲伶儿皱着眉道："因为我跟暗门的人有来往啊。"

苏岑笑道："你本就是暗门出身，遇见故人打个招呼也不奇怪。你若是见了却刻意不认，我反倒要怀疑你接近我的动机了。"

曲伶儿挠挠头不好意思地道："你是不是早就知道小红是暗门的人了？"

"也没有，"苏岑摇头道，"我也是在上船之后才知道的。她设置的三轮比试看起来随意，实则考究得很，第一轮击鼓传花，鼓在她手里，她借击鼓之便就能先将一部分人剔除了去，第二轮实则考验的是功夫，到第三轮才是真正的学识。我没猜错的话她留我到最后是因为我是这群人里唯一的生面孔，她想探探我的底。"

"小红确实是暗门留在这里用来打探扬州城情况的，"曲伶儿又想起什么，"那你上船之前说有个人你感兴趣，难道不是小红？"

"不是，我感兴趣的是那个二公子。"苏岑轻轻敲着栏杆，"他虽一身华服，但行为举止间却有些粗俗无赖，应该不是官家子弟。这扬州城里还能让众人称得上公子的便只剩下盐商汪家和贾家，茶商苏家，布商岳家，苏家人我不可能不认识，岳家与我家是姻亲，家里也没有这么一位二公子，剩下的汪家没有男丁，那这个二公子就只能是贾家人。我就想看看这贾家公子是不是真像传闻的那样不学无术。"

"结果呢？"曲伶儿接着问。

苏岑摇了摇头，只要不是那位二公子隐藏太深，确实是个草包无疑。

汪家没有男丁，一应家业落到何骁这个便宜姑爷手上，贾家大少爷英年早逝，老爷年事已高，只剩一个胸无点墨的浪荡子流连于秦楼楚馆，所以这扬州城的盐实际上就攥在何骁一人手里。

看着苏岑又陷入沉思，曲伶儿拽了拽苏岑衣袖，颇有些为难道："苏哥哥……你能不能不要为难小红他们，她就是负责帮暗门传递消息的，没干过什么杀人放火的事。"

苏岑回过头来眯眼一忖，提唇笑了笑，"倒也不是不可以，但有件事你得帮我担一下。"

曲伶儿歪了歪脑袋，"嗯？"

天色泛白时花船回到东水门外停船靠岸，在船上风流快活了一夜的公子少爷们各自离船，一上岸又成了那副衣冠楚楚的模样。

曲伶儿隔着岸边老远就觉得岸上气势逼人，待船慢慢靠近果见薄雾中立着一人，身形颀长，面色如冰，手里一柄长剑亟待出鞘。

曲伶儿咽了口唾沫，"苏哥哥……咱们换一个好不好？"

苏岑眯眼笑笑，"那能怎么办，我总不能让李释知道我查案之余背着他出来逛花楼，你若是不担下，我只能告诉祁林我是上来查暗门的，到时他若是查出什么可就由不得我了。"

他昨夜竟还觉得这人体贴周到，周到个大头鬼！早知如此当初就该把人扔到河里喂鱼去。

上了岸曲伶儿一路躲在苏岑身后不敢吱声，倒是苏岑一副坦坦荡荡的样子还对着祁林打了声招呼。

祁林抱剑而立，冷冷瞅着两个人动也不动。他昨日从威远镖局送信回来，到客栈一看两个人都不见了，心急火燎地找了大半夜险些就亮出身份让薛直全城搜寻两人，结果这两位在这里优哉游哉地逛花船。

苏岑拽拽曲伶儿，曲伶儿不情不愿地从身后探了个头出来，"祁哥哥，是我要来的……"

祁林一双浅淡的眸子轻轻一眯，曲伶儿当即一个寒颤。

祁林冲苏岑微微颔首，"苏大人。"

苏岑当即点头，"祁侍卫请便。"

眼睁睁看着曲伶儿被拉走，苏岑心有余悸地抚抚胸口，一边心里默念"伶儿对不住了"，一边又一脸欣慰地冲着一步三回头的曲伶儿挥了挥手。

翌日天还未亮苏岑便被吵醒了，曲伶儿一张冷手去扯他暖呼呼的被窝，苏岑皱着眉哼哼几句，不爽道："你干吗？"

曲伶儿也无奈，戳了戳苏岑，"苏哥哥，外面有人找你。"

"大清早的谁会找我？"苏岑不耐烦地裹紧被子，"让祁林把人赶出去。"

曲伶儿一挑眉，"你确定？"

还没等苏岑回话，门外一声怒喝传来："苏，子，煦，你给我滚出来！"

苏岑一个激灵从床上翻坐而起，片刻之后盯着曲伶儿欲哭无泪，"这宅子有后门吗？"

苏家大宅。

主位坐着的那人端起茶杯撇了撇茶沫，不紧不慢地呷了一口茶，冷眼看着地上跪着的人，放下茶杯道："说说。"

跪着的那人抬起头来，眼珠子滴溜一转，"大哥你听我解释，我是有苦衷的……"

"算了，你还是跪着吧，"坐着的人摆摆手，这套说辞他从小听到大耳朵都起茧子了，这小子一般这么起头一会儿准能说个天花乱坠，有起因有高潮有结局，比话本还精彩，就是当不得真。

　　苏岑只能换个策略，冲人眨眨眼，做出一副楚楚可怜的样子，"大哥我膝盖疼，你不知道我在京城位卑职低见了谁都得跪，长安城那青石板冰冻三尺，可怜我年纪轻轻就患上了一副腰寒腿疼的毛病，跪得久了就针扎般的疼。"

　　"疼了就当长长记性，"苏岚一拍桌子，"真觉得自己能耐了是吧，不在京城好好待着跑来扬州干什么？来就来了，宁肯住客栈也不回家，莫非苏大人是觉得如今自己在朝为官了，这小小的苏家容不下你了？"

　　"大哥，你说什么呢？"苏岑皱眉嗔怪一句，"我苏岑行不更名坐不改姓，生是苏家人，死是苏家鬼。"

　　"是吗？"苏岚瞥了他一眼，"我怎么听说昨夜李公子在花船上大展风头，还得了花魁青睐引作入幕之宾了？"

　　这人怎么什么都知道？

　　既然苦肉计不管用，苏岑换了个策略，"我之所以改名易姓是不想给苏家丢人。"

　　苏岚端着茶杯抬了抬头。

　　苏岑破罐子破摔地往腿上一坐，"我被罢官了。"

　　苏岚一口茶叶水喷出去三丈远。

　　苏岑抹了抹脸上的茶叶水，浑不论道："我这副性子你也知道，在京城那种龙潭虎穴的地方怎么可能不得罪人，一句话没当心就被赶回来了。我在京城待不下去了，又不敢回苏州，只能来投奔大哥你了，但又怕你生气，这才不敢回来。你当我心里好受吗？我此生所学却终是敌不过权势之人的一句话，我一路南下看着这滔滔江水就想起自己这么些年的努力竹篮打水一场空，若不是念及你和爹娘，就恨不得随着这江水一并去了。"

　　"你……你……"苏岚指着苏岑，指尖颤了几颤，终是重重地叹息了一声。

　　苏岑抬起头，委屈巴巴地冲苏岚眨了两下眼，"大哥，我饿了。"

　　苏岚表面上严厉，一转头还是吩咐厨房给苏岑准备了一桌子菜接风洗尘。

　　天下楼的客房已经退了，祁林和曲伶儿跟着一块搬进了苏宅。苏岚虽学问不及苏岑，但生意做久了认人认得极准，一眼就看出来这两人不俗，丝毫不把祁林和曲伶儿当下人对待，更是一并拉上桌吃饭。

　　两人推辞不过，恭敬不如从命。

　　饭桌上苏岚面色仍有不豫，嫂嫂岳晚晴不轻不重地瞪他一眼，转头不停给苏岑夹菜，没一会儿苏岑面前就堆起一座"小山"。

大哥家的厨子是当初从苏州带过来的，自苏岑记事起就伺候苏宅的膳食，时隔大半年苏岑又吃到家里的味道，直塞得口满腮满，全然没有刚才在苏岚书房里那副可怜兮兮的样子。

苏岚只当自己弟弟一路上风餐露宿，也不禁心疼起来，收起脸色问道："阿福呢？怎么没跟你回来？"

苏岑从一块糖醋排骨上抬了抬头，"留在京城了，长安城里的宅子还得打理。"

"要不就卖了吧，"苏岚怕提起京城又触动了苏岑的伤心事，安慰道，"不想回苏州就搬来扬州跟我住，不做那芝麻大小的官还吃不上饭了不成。"

"就是，"岳晚晴笑语盈盈道，"家里刚好缺一个账房先生，别人来子安还不放心，你回来帮他最好不过了。"

苏家家大业大怎么可能会缺账房先生，苏岑明白这是担心他官场失意，心中郁结无从解，这才给他找点事情做。

苏岑道："也不是就回不去了，还是有起复的可能嘛。"

苏岚皱眉道："你得罪的那是当朝的摄政亲王，谁敢起复你？"

苏岑眼皮一跳，果不其然听见苏岚叹了口气接着道："他也老大不小一个人了，怎么还跟你们这些后生一般见识，堂堂一个王爷未免也太器小了些……"

苏岑眼睁睁看着对面祁林一记冷冷的目光扫过来，为了避免血溅当场，急忙打断苏岚道："大哥……那什么，王爷挺好的，是我得罪人在先，不怪王爷会生气。"

"你到底说他什么了？"

"无非就是器小，总跟后生一般见识什么的。"

一顿饭吃完，苏宅的气氛总算活络了不少，苏岑最后又道他不想让人知道他回来了的事情，苏岚只当他是好面子，不想被人指指点点，便应承下来。

盐商一事牵涉广泛，自从大哥与岳家联姻，从苏州过来接管这边的分号之后，苏家人也成了在扬州有头有脸的人物，他不能在案件还没查清之前让苏家成为众矢之的。

饭后苏岑便住进了苏岚给他备好的房间，自然是最好的正房，采光极好，被褥绣榻皆是上好的丝绸，扬州不比北方天寒，大哥还是早早给他烧上了暖炉，一入室内顿时温暖如春。

如此看来在家当个账房先生倒也不错。

苏岚过来时苏岑正对着墙上一幅字观摩。这字用的是汉隶，浑厚深沉，一板一眼。内容也是中规中矩，上联"岁寒知松柏"，下联"患难见真情"。

苏岚轻咳一声，道："这是我一个友人所书，正厅里没地方挂了，就挂到这里来了。"

"友人？"苏岑看了看署名，"兰甫？不曾听你说过这人啊？"

"来扬州之后才结识的，他虽不及你金榜登科，但学识还不错。"苏岚递给苏岑一摞衣裳，"晚晴见你穿得素，硬让成衣铺送了几身衣裳过来……你不喜欢就算了。"

料子是上好的料子，就是颜色实在……一言难尽。

"无妨。"苏岑笑笑接过来，接着问，"你又是怎么结识这个兰甫兄的？"

"说起来是他救了我。"苏岚落座缓缓道，"三年前大旱，水路不通，我从苏州走陆路运茶叶来扬州，不承想误入了一帮山匪的地盘，被劫了货还差点搭上性命。当时适逢碰上兰甫兄乡试归来，要不是他舍命帮我引开山匪，我险些就命丧黄泉了。"

苏岑皱眉，"怎么不曾听你说过这件事？"

苏岚白了他一眼，"你当时不正忙着游历名山大川吗，还有工夫搭理我？"

苏岑悻悻地跳过这个话题，接着道："大哥说的这位兰甫兄就是汪家姑爷何骁吧？我也不瞒你，我来扬州城这几天也听了些关于你和何骁的事，何骁能有今日多亏了大哥你帮他，但大哥你有没有想过，当初何骁出现得是不是太过巧合了？"

苏岚摇摇头，"我知道你想说什么，也有不少人跟我这么说过，但兰甫兄不是这样的人，你们都误会他了。当日情况我最了解，那帮山匪穷凶极恶，见人就杀，当时我怕我一身浮光锦太引人注目，特地换了身粗布衣裳，兰甫兄既没有未卜先知的能力，又没有火眼金睛，他救我不是奔着我的身份去的。"

"他们都道是兰甫兄借着苏家的名头才有的今日成就，但我其实并没有帮他什么，当日也是看他和汪家小姐情投意合才撮合的那桩婚事，这些年来他自己苦心经营才有了如此格局，换作旁人只怕都不及他。"

苏岑压着火气道："他把盐价从八十文抬到二百五十文，致使扬州百姓无盐可食，私盐泛滥，这算什么成就？"

苏岚皱眉摇了摇头，"不是他恶意哄抬盐价，是私盐泛滥在先。"

苏岑一愣，"什么？"

苏岚道："首先跟官府勾结的，是私盐贩子。官盐没有了销路，兰甫兄也只能拿出更多的钱请官府帮忙打击私盐，他一个盐商，这些钱也只能从盐利里出。要说罪魁祸首，是那些坐在衙门里的官老爷，他们只管坐着伸手要钱，全然不顾下面老百姓的死活，都说'盐利淮西头'，这盐利里有一半都进了他们口袋里。"

苏岑不禁凝眉，这跟封一鸣所说完全相反，封一鸣道扬州盐务罪魁祸首是何骁，大哥却说何骁所做为官府所迫，到底孰对孰错，孰是孰非？

苏岚又交代了一些琐事，才起身离开，苏岑把人送到门外，临走苏岚又突然问："你当真是被罢官回来的？"

苏岑微微一愣，"大哥怎么了？"

苏岚深深看了他一眼，转身摇了摇头，"没什么，既然回来了，好好休息。"

接连几天苏岑没事就到街上溜达，也算是看明白了一些情况。

汪家盐铺与贾家盐铺对门开，每日清晨都是两家商量好了价格才开门迎客，虽然价格昂贵但客人仍是络绎不绝。这么大的扬州城人人都要吃盐，仅靠私盐贩子根本不足以供起扬州城的盐耗，又加之官府打击，私盐锐减，百姓也只能咬咬牙花大价钱买官盐。

因盐价上涨，茶楼酒馆里的菜都比平时贵了几个铜板。还有一些个实在吃不起盐的，面色苍白、脚步虚浮，更有甚者出现了面部浮肿、恶心呕吐的症状。

是时候会会那个何骁了。

恰逢赶上汪老爷办六十大寿，苏岚凭着在扬州城的地位和与何骁的关系自然在受邀之列，苏岑便借此机会一并跟着过去。

扬州城最大的盐商过寿，场面自然气派十足，扬州城半数的商贾都露了头，宴席甚至都摆到了院子里，只有那些有头有脸的人物才有幸分到内厅。

苏岑算是沾了苏岚的光，没被大冷天的分到院子里。

"子安。"刚进了内厅便有一人招呼了一声。

苏岑循声看去，来人身着瑞草云鹤散花锦，却毫无跳脱之意，硬是被一身气度压得庄正妥帖，嘴上两撇小胡子修剪得精明干练，笑着迎过来对苏岚道："子安，你来了怎么也不跟我说一声？"

这想必就是那位在扬州城搅弄风云的何姑爷了。

苏岚停步笑道："今日够你忙的，我就不给你添乱了。"

"确实是忙得脚不沾地了，本想着去门外迎你的。"那人在苏岚肩上熟稔地拍了拍，"你先坐，我一会儿……这位是？"

何骁目光落到苏岑身上，眼里闪过一丝警惕的寒光。

正巧苏岑也正饶有兴趣地打量着他。

苏岚介绍道："我一个远房的表亲，名叫李煦，没来过扬州城，我带他出来见见世面。"又对苏岑道，"子煦，这就是我跟你提过的兰甫兄。"

苏岑轻轻一笑，拱手道："久仰大名。"

何骁从善如流地换上一副笑意，"既然是子安的弟弟，那便也是我的弟弟，下人有什么招待不周的尽管跟我说。"

苏岑微微颔首，这才随着苏岚入内厅就座。

男宾女眷分席而坐，女眷在内院里另设宴席。岳晚晴对苏岚招呼一声便往内院方向去，正巧里面迎出来一人，一见岳晚晴便两相拉着手寒暄起来，目光频频往苏岑这边而来，岳晚晴笑着打趣她一声，不知又小声嘀咕了什么。

苏岑刚落座没一会儿，便见岳晚晴又回来道内院里姑娘小姐们踢毽子踢到房顶上去了，奈何小厮们都在前厅伺候，她们一群女流之辈又不好上房，这才过来让苏岚帮忙。

苏岚无奈笑了笑，眼角眉梢俱是宠溺，冲桌上众人歉意一笑，刚待起身又听岳晚晴道："是我考虑不周了，你这还有朋友，要不……子煦跟我去一趟吧。"

"无妨，我……"苏岚已经站了起来，只见岳晚晴饶有深意地瞪了他一眼，立即恍然大悟道，"啊对，我这里确实走不开，子煦你就过去一趟吧。"

苏岑心里默默翻了个白眼，这演技也太拙劣了吧。

汪家这宅子建得气派非常，苏岑跟着岳晚晴绕过一道影壁墙，穿庭过院又穿过一扇小月门，岳晚晴方道："你在这里稍候，我去找人搬梯子过来。"

待人走了苏岑后退几步看了看房顶，自然没有什么毽子。

如今他也算到了婚娶年纪，之前在朝中，朝廷明文规定为官者不得行商，哥哥嫂嫂也不好把这些商贾女眷介绍给他，如今他打着被罢官的名头回来，仕途不顺，便想着先让他把家成了。

这里不比北方萧索，院里一棵桂花开得正旺，周遭芳草杂栖，颇有情调，估计一会儿就能上演一出游园初识了。

苏岑正想着如何找个借口脱身，还没想好就听见已有脚步前来，只能做好姿态，到时候再见招拆招了。

只是来人并非什么娇花美眷，一进月门扯着嗓子喊："小蝉你听我说，我去翡翠楼真的只是听曲儿……"

苏岑心里啧啧两声，这借口委实不新鲜，进了花楼只听曲儿，这话别人说出来尚有几分可信，只是眼前这人……

来人看见苏岑不由得微微一愣，转瞬换上一副嫌弃表情，"怎么是你？小蝉呢？"

苏岑无奈一笑，"让二公子失望了，这里确实只有我一个人。"

"明明是往这边来了。"贾真贾二公子一脸不耐烦呼之欲出，上前推搡了苏岑一把，本想看看苏岑身后是不是藏着人，不承想苏岑身后就是一级花阶，苏岑被绊了一跤跌倒下去，本着临行拉个垫背的想法又扯了贾真一把，两人齐齐跌倒在花丛里。

两个人都摔了个七荤八素，摸着脑袋揉着腰还没缓过劲来，只听月门处有人小声"啊"了一声。

两个人抬头看过去，只见一个十七八岁的小姑娘手帕掩口，结结巴巴道："你们……"

贾真急忙站起来上前几步解释道："小蝉你听我说，我不认识这人，我是来找你的。"

小蝉瞪了贾真一眼，反倒笑语盈盈地看着苏岑，贴心问道："这位公子没事吧？"

苏岑站起来整了整衣衫，彬彬有礼道："劳姑娘挂念，我没事。"

小蝉看着眼前这人不但谦恭有礼，眉目间更是风流韵致，翩翩白衣风华无双，心下就认定了肯定又是贾真那厮生的事，撸起袖子指着贾真问苏岑："他是不是欺负你了？你说出来我给你做主！"

苏岑暗道如今这深闺少女的想法当真清奇，再一看贾真正对着他挤眉弄眼，手指在脖子上画了一道，以示威胁。

苏岑笑了笑，道："方才是意外，我与贾公子之前确实并不相识。"

"真的吗？"小蝉略显失望地噘了噘嘴。

她又在原地东张西望了一番，嘟嘟囔囔边往回走边道："晚晴姐净诓我，说什么这里有七彩蝴蝶，连个毛毛虫都没有。"

等人走了贾真才松了口气，冲着苏岑不情不愿道："多谢了。"

苏岑微微颔首，从人身侧绕出月门，刚走出两步却又见贾真跟了上来，吞吞吐吐道："你认识出去的路吗？"

苏岑瞥了人一眼，"所以你是迷路了？"

贾真死鸭子嘴硬道："小爷我怎么可能迷路，我就是……懒得找。"

苏岑轻轻一笑，自顾自往前走。

两个人从内院出来时前厅已经开席，觥筹交错间热闹非常。一路上两人没话找话倒也混熟了个大概，贾真拉着苏岑在一张偏僻的小桌坐下，懒得去跟里面那些大人物挤。

熟稔了之后苏岑发现这贾二公子倒也不是那么惹人厌，拉着他滔滔不绝地开始胡侃，道这小蝉是汪家的二小姐，小丫头小时候长得跟猴似的，奈何这几年越长越好看，他也动了心思以后想把人迎娶过门，只是爹爹一直以来不甚满意，所以这婚事也还遥遥无期。

苏岑抬了抬头，"那你之前还上花船要包下卿尘姑娘？"

贾真一抬脖子道："男人嘛，哪个没有个三妻四妾，小蝉做正妻，但不影响卿尘做妾啊。"

"男人都有三妻四妾？"苏岑不以为然，"一夫一妻从一而终的也不在少数吧，像王佐之才荀令君一生仅唐氏一位妻子，前朝开国皇帝更是一世独宠文献皇后一人，更有甚者，文正公之妻三十年未有身孕，文正公尚拒不纳妾，怎么能说男人都得有三妻四妾呢？"

贾真摆摆手，"罢了罢了，你嘴皮子利索我说不过你，另外你说的那些都是大人物嘛，我一个俗人，纳个妾怎么了？"

苏岑微微眯了眯眼，"若是小蝉和卿尘互不相容呢？"

"啊？"贾真挠了挠头，"这我倒是没想过。算了，不说这些了，如今八字还没一撇呢，操心这些太早了。"

苏岑这才收了一副锐利的神色，拿着筷子轻点碗中米饭道："贾家与汪家门当户对，令尊为什么反对你们的婚事？"

"我也不清楚，"贾真挑着筷子在一盘青菜里挑挑拣拣，"可能是因为我爹不喜欢何骁吧，想必你也知道，我大哥两年前没了，我爹大概觉得我与汪家联姻，何骁便成了我的姐夫，怕对贾家家业不利。"

苏岑挑了挑眉，"令尊是怕何骁借机私吞贾家家产？"

"这……"贾真沉吟几分，拉着凳子往苏岑那边靠过去，压低声音道，"你不知道何骁来了之后扬州城变化有多大，以前那些当官的根本看不上我们这些行商的，可如今呢？"

贾真指了指暖阁里堆成小山一般的贺礼，"看见那盆碧玺镶玉石的红珊瑚盆景了吗？署名是华亭山人，但世人皆知咱们扬州刺史薛大人就是松江华亭县人。还有那副五蝠捧寿图是出自当朝有画圣之名的胡尚任之手，而都督曹仁与胡尚任就是老乡。所以说，那些当官的虽然没到场，但都卖何骁几分面子，说我爹不喜欢他是真，但我觉得我爹实际上是有几分怕他。"

苏岑回头打量宴席上的那人，明明过寿的是他老丈人，在各桌上周旋的却是何骁，脸上挂着适度的微笑，举手投足间落落大方，周旋各方游刃有余。

似是察觉了他的目光，何骁转头与苏岑对视上，隔着人群对着苏岑遥遥举杯。

苏岑不避不闪，举杯示意，轻轻抿了一小口。

"是不是还挺人模人样的？"苏岑刚回过头来就听见贾真讥讽道，"你们都被他这副皮囊骗了，我可是见过他有多心狠手辣的。"

苏岑一挑眉，"怎么？"

贾真又凑近了些，"那大概是两年前吧，我来汪家找小蝉，然后就，咳咳，迷路了，也不知道绕到了哪里，忽然听到有脚步声，刚待出去询问，就听见一声凄厉的猫叫声。"

"小蝉的姐姐，也就是汪家大小姐当时养了一只狸花猫，疼惜非常，一家人都当祖宗似的供着，何骁也喜欢逗它，就是这猫不怎么黏他，后来我才知道，原来那猫是怕他。"

"猫到了春天总叫唤，扰得人睡不好觉，但这也无可厚非嘛，猫就是这样的啊。结果就是何骁，一转头来到背人处，我眼睁睁看着他把那猫给掐死了，脸上甚至连一丝表情都没有，就那样徒手就给掐死了。"

贾真搓了搓袖子退下一身鸡皮疙瘩，接着道："我当时躲在花墙后面，他把猫埋了还往我那里看了一眼，也不知道看见我没，但他当时那个表情我这辈子都忘不了，他哪里是杀猫啊，就算是人他也下得去手。"

苏岑沉吟片刻，道："我能冒昧问一句，令兄当初是怎么辞世的？"

"你怀疑是何骁杀了我大哥？"贾真摆摆手，"这倒不是，我大哥当初是得了风寒，起初没当回事，后来入侵肺腑这才引起注意了，整个扬州城的大夫都上门看过，何骁他再有本事也不可能买通扬州城所有的医馆吧？"

苏岑默默点头。

当日宴席散了之后苏岑立马把曲伶儿叫到房间里，只道不管用什么法子，从小红那里问出有没有什么能让人看似中了风寒的慢性毒药。

贾家大公子死的时机太过凑巧，刚好是何骁到扬州城的第二年，贾家大公子一死，家中只剩下一个老人和一个不成器的弟弟，再加上何骁勾结官府，贾家只能任凭摆布。

曲伶儿说过，小红擅毒，何骁要想通过下毒害人，最隐秘便捷的方法就是从暗门拿毒。

等曲伶儿不情不愿离开后，苏岑又把祁林叫过来，拱一拱手，"劳烦祁侍卫帮我走一趟何骁故籍，任何关于何骁的细枝末节，我都要知道。"

当日寿宴之后，贾真像是好不容易找到了知己，日日过来找苏岑，不消几日便带着苏岑把扬州城的青楼花船逛了个遍。

苏岑虽不是出自本意，但自那日回来后身后总有两个尾巴跟着，跟贾真日日闲逛就权当迷惑敌人了。

那日苏岑又是大清早才从外头回来，只听曲伶儿坐在栏杆上幽幽道："夜夜笙歌，苏哥哥当心被酒色财气掏空了身子。"

苏岑瞥了他一眼，"让你问的事情问出来了吗？"

曲伶儿从栏杆上一跃而下，"小红是暗门的人，我如今叛出暗门，她怎么可能会告诉我？"

苏岑冲人一笑，"你问不出，要不，让你祁哥哥来问？"

曲伶儿对着苏岑阳春三月般的笑容打了个寒战，暗道惹不起惹不起，缩着脖子溜了。

苏岑在院子里伸了个懒腰，打着哈欠回房补觉去了。

又过了几天贾真总算是不提逛花楼了，转了性子要好好读书，还派了个小书童过来把苏岑接过府去，美其名曰伴读。

等苏岑过去才知道什么叫狗改不了吃屎，贾真把房门一关，拉着他往桌前一坐，掏出两本市面上卖到绝版的艳书，口口声声道："李兄，也就是你我才舍得拿出来，那些个俗人我都不屑给他们看。"

苏岑心道"我宁愿当个俗人"。

见苏岑性致寥寥，贾真在人肩上一拍，"李兄果然识货，是不是看不上这些低俗的，我这里还有。"

说着便爬到床底下翻箱倒柜，不消一会儿又拿了一摞书送到苏岑面前，苏岑随手一翻，眼珠子险些瞪出来。

这书里不但笔法生动，还配上了插图，那叫一个图文并茂。

贾真眼看着苏岑耳朵尖一点一点红起来，凑近道："好看吧？"

苏岑从座位上不动声色地站起来，"我……我内急……"

贾真意味深长地看了看苏岑，做了一个"我都懂"的眼神，笑道："李兄不必勉强，隔壁都是空房间，我给你叫个小丫鬟过去。"

苏岑急道几声"不必了"，匆匆忙忙起身而去，站在门外长长吁了一口气，古人曰交友要择善，近朱者赤近墨者黑，古人诚不我欺。

这人有毒，以后要有多远躲多远。

既然一时半会儿回不去了，苏岑便借机在贾家宅子里转一转。这贾家虽不比汪家气派非常，却也是几进几出好几个大院落，亭榭廊槛错落有致。

苏岑刚从一方小院子里绕出来，却见不远处一人行迹鬼祟地抱着一摞东西急匆匆往后院而去。

苏岑闪身躲到一处角门后，不由得皱眉凝想。

说来这人他认识，正是贾家盐铺里的坐店掌柜，他前几日去探查盐务时还见过。

他一个掌柜过来贾家是天经地义，为什么要如此鬼鬼祟祟？

等人走出不远，苏岑小心跟了上去，只见人到了一处偏房内，小心打量了外头一眼，闪身进了房门。

苏岑小心上前，刚凑近窗子就听见里面道："淮北那边的盐到了。"

苏岑不由皱了皱眉。

扬州这边的官盐皆来自蜀中，盐湖取水，卤水熬煮，这样出来的盐纯度较高，杂质又少，是为井盐。这些盐湖多由朝廷接管，也就是官盐来源。但两淮地区因毗海之近，各种小作坊里煮海成盐，甚至小户人家在自家院子里支口锅便能制盐，流出来的盐质量参差不齐，杂质颇多，朝廷屡禁不止，那些私盐贩子手里的盐就多来自两淮。

贾家的盐是官盐，理应从蜀中过来，那淮北的盐又是怎么回事？

只听房内一老成些的声音道："官盐还剩多少？"

掌柜回道："不多不少，三百石。"

另一人略一沉吟，"掺起来。"

"怎么掺？"

"四六，"那人顿了顿，"三七吧，私盐七。"

苏岑当场愣住，等回过神来才发现掌心早已浸湿，留下几个深深的指痕。

官盐私盐价格天壤之别，他们拿低价的私盐冒充官盐，打着官盐的名头，卖着官盐的价格，百姓拿血汗钱买到的所谓的官盐，却只有三分是真！

之前他们勾结官府打击私盐他尚能忍，但如此愚弄朝廷、愚弄百姓的事他忍不了！

盐铺掌柜点头应下来，起身欲走。苏岑回神后急忙后撤，刚一抬脚只听脚下嘎吱一声，这里不知怎么竟落了一小截枯枝，苏岑不偏不倚踩了个正着。

房内之人立时警觉，两相对视立马夺门出来。

苏岑眼看着躲闪不及，突然被人从背后拉了一把，下一瞬就被抵到一处影壁墙后头。

贾老爷和掌柜从房里出来，显然也听见了这边的动静，对着影壁墙道："是谁，出来！"

贾真冲苏岑做了个噤声的手势，从影壁墙后头探头出来，"爹，是我……"

贾老爷额间川字纹紧皱，"你在这里干什么？"

"捉迷藏啊，"贾真浑不论地笑笑，"一会儿那小丫鬟就找过来了，说好的谁找到我，我就亲谁一口，不过这个长得丑，我得藏好点。"

"不学无术！"贾老爷气不打一处来，指着贾真鼻子便骂，"我怎么生了你这么个逆子，我打死你！"

"打死我你可就一个儿子都没了。"

苏岑不知道自己是不是幻听，明明是嬉笑着的语气，他却从里面听出来一股寒意。

贾老爷指着贾真的指尖颤了几颤，终是一甩袖子而去。

贾真回过头来冲苏岑一笑，"你找个茅厕怎么还能找到这儿来？"

苏岑张了张口，还没找好借口，就见贾真又摆了摆手，"罢了罢了，我知道我家宅子大，迷路了也没什么好丢人的。"

贾真自顾自走在前面，苏岑对着这人后脑勺却生出一种错觉，这人当真只是个纨绔子弟那么简单吗？

每日下衙之后，封一鸣总是习惯先绕到茶楼喝一壶茶。

这个时候刚好是用晚饭的时辰，整个扬州城内炊烟袅袅，从茶楼举目望去，万家灯火，影影绰绰。

却没有一盏为他而留。

他二十几岁初涉官场，运气不算差，被分到御史台任侍御史，官虽不大，却掌纠举百僚之职，可直奏御前。当初他一个小小的从六品弹劾前吏部尚书赵泽端徇私枉法，在老家圈地买卖，当时所有人都觉得他是蚍蜉撼树，不自量力，只有那个人赏识他，在朝堂上一举力保，并一查到底，真就把那棵大树拔了去。

虽然事后他才知道，宁亲王初涉朝堂，亟待立威，赵泽端屡次与他对着干，他就是想找个由头把人除去。

而他就是那个由头。

他也甘心做那个由头。

所以当那人说需要一个人来扬州操持盐务，他想都没想就答应了。

只是他不知道这一待就是三年，举目无亲，寸步难行，他只能夜夜靠着那一点信念聊以自慰。

他更不知道他前脚刚走，就有人后来居上，把他存留的痕迹抹得一干二净。

封一鸣给自己斟了一杯茶，余光瞥了瞥身后，不由得笑了。

他倒也不是自己一个人，身后那两个尾巴不就尽职尽责陪着他吗？

收了目光却见桌边站了一个人，一身破旧道袍，左手拂尘，右手举着个幡子，上书"神机妙算"。面色倒是白净，就是一缕胡子遮了大半，对着他道："大人算命吗？"

"不算。"

那道人拿拂尘在封一鸣眉间一指，"我看大人印堂发黑，近日必有血光之灾，我乃龙虎山第三十八代嫡传弟子，这里有一张符箓，可驱逐避祟，大人考虑一下？"

"血光之灾？"封一鸣挑眉一笑，另外拿了个杯子倒上茶，冲道人做了请的手势，"祸福乃天意，我不强求，不知道长算别的算得准吗？"

那道人也不客气，坐下呷了一口茶，问道："大人要算什么？"

"姻缘。"封一鸣道，"能算吗？"

道人眯眼看了封一鸣一眼，接着低下头捏了个指诀，口中念念有词，片刻之后冲人一笑，"大人近日红鸾星动，姻缘必定旺盛，重峦叠深嶂，暖轿自南来，大人只需摒弃前尘，虚席以待，缘分自然会上门。"

"若我就是执迷不悟呢？"

道人垂眸道："公无渡河，公竟渡河。渡河而死，其奈公何。"

封一鸣不再言语，静默了一会儿掏了几个铜板扔到桌上。

道人收了钱又掏出一张黄纸来，"看大人面善，这符箓就当赠与大人了。"

封一鸣打开看了眼，自然不是什么符箓，黄纸上鬼画符般写了几个大字：查贾家盐铺。

"道长。"封一鸣突然回头。

道人脚步一顿。

"半个月了吧？"封一鸣道，"你说他们要是在朝堂上发现少了个人，会怎么想？"

风
波

长安城，含元殿。

半月一次的大朝会，李释眯眼看着下面各路小鬼当道，手舞足蹈斗得热闹非凡。

扬州那伙人在京中果然眼线众多，苏岑一个小小的从五品都能被盯上，恶狗似的咬住不撒口。

奈何张君也不是省油的灯，在官场混了这么些年早就混成了人精，肚子一腆眼睛一眯，抄着手划水打太极玩得风生水起。

"一个小小的大理寺正竟敢蔑视皇权，公然不参加朝会，"一个御史勃然怒斥，"他把自己当成什么了，天王老子不成？"

张君摇摇头道："都说了，苏岑不是病了嘛，人吃五谷杂粮，总有个吃坏肚子的时候，人都在床上爬不起来了，你总不能强人所难吧。"

那御史冷冷一笑，"我可是听说苏岑已有好几日没去大理寺点卯了，什么病能一病这么些天？"

张君心道岂止是好几日，我都半月没见着他了，面上还是波澜不惊道："谁说的？我昨日还见过他呢，这是哪个造的谣，站出来给我看看？"

御史咬了咬牙，他自然不能说他在大理寺布了眼线，只能吃下这个哑巴亏，冷冷道："那我下了朝便去苏岑府上看一看，他若是不在该当如何？"

张君抄着手不为所动，"他不在房里也可能在茅厕里，不在茅厕也可能在医馆里，这长安城的医馆怎么也得有个百十家吧，还望宋大人务必要看全了，别冤枉了好人。"

"你！"御史气结。

吏部侍郎道："敢问张大人，这苏岑的病什么时候能好？"

张君道："这谁说得准，可能十天半月好不了，也可能明天就好了。"

这得看那位小祖宗什么时候回来。

"若他一直好不了还能一直拖着不上朝不成？"吏部侍郎道，"这样吧，大家各退一步，就请苏大人明日到衙门里给大家看上一看，若真是走不了，我们登门拜访也行，大家都是同僚，苏大人不至于闭门不见吧？"

底下立马又两三个人迎合，张君皱了皱眉，刚待继续划水，只听殿上那人道："苏岑在兴庆宫，想看的尽可以去看。"

朝堂上一瞬寂静，转瞬之间哗然一片。

小天子不禁也探了探头，"皇叔，苏岑为什么在你府上啊？"

李释摸着扳指还未作答，堂下已有人跪地叩首，"陛下！您不知道也罢。王爷在陛下面前这等言语，成何体统！成何体统啊！"

李释挑眉看了那人一眼，笑道："我言语什么了？"

柳珵冷声道："王爷不要忘了太宗皇帝遗训。"

李释往椅背上一靠，"怎么？你听见了不成？"

"王爷这是什么意思？"柳珵面色不豫，太宗皇帝驾崩时只有先帝一人在旁侍奉，他自然是没听见，但遗诏是先帝公布的，柳珵冷冷道，"王爷这是在质疑先帝不成？"

"皇兄或许听错了呢，"李释懒得跟这些人计较，右手撑着额角缓缓道，"想要人便来我兴庆宫要，见不见得着就看各位的本事了。"

当日下朝之后李释刚出宫门就见兀赤哈在马车旁等着，见他出来抱剑上前，"爷，温大人，要见您。"

李释眉头微蹙，"这么快就知道了？"

兀赤哈点点头。

李释由兀赤哈扶着上了马车，撩起帐子吩咐："你去宁府把老爷子接上，咱们去会会我那位岳丈大人。"

扬州城。

贾家盐铺一夜之间被查封，封一鸣封大人亲自带人过去，当场就在盐铺后院里搜出了摞得小山一般高的劣质私盐，好些百姓围在铺子外头誓要讨个说法，一时间闹得满城风雨，沸反盈天。

相比之下汪家却像是全然不受影响，铺子大开照样迎客，有不放心的还可以亲自去内院搜，若能找出一个私盐粒子，一粒盐可抵半斤。

于是对门的两家盐铺一个门庭若市，另一个两扇封条一帖，白得刺眼。

封一鸣行动迅速，在薛直他们尚没反应过来时就已经把事情闹得满城皆知，已无转圜余地。只是薛直在事情发生之后强行把案子抢了过来，审到最后罪名竟让一个盐铺掌柜背了，而贾家除了损失了一间铺子，丢了点盐，无一人受到牵连。

饶是如此贾老爷尚不满意，左想右想这么隐蔽的事情怎么会被人发现，知道这事的不超过五个人，都是他的心腹……不，还有一个，那日贾真躲在院子里，也不知听去了多少。

但贾真是他亲儿子，断没有帮着外人整自己家的道理。

思来想去，贾家出了事，得利最大的就只有那一人了。

暖阳正好，何骁对窗临摹《海岱贴》，据说是刚从前朝某个皇帝的墓里拓下来的，知道他好这些，还没捂热乎就给送来了。

这拓本确实是大成之作，字迹刀刻一般，筋骨外露，遒劲有力。眼看着他就要临摹完了，收笔之势，门外一个小厮急匆匆闯进来打乱了气氛。

何骁面露不豫，最后一笔越看越别扭，端详片刻把纸揉了扔在一旁，抬头问："怎么了？"

小厮这才敢道："贾老爷来了。"

何骁皱了皱眉，整整衣襟道："说我不在。"

"可是……"小厮为难道，"他已经进来了。"

紧接着门外一人阔步进来，指着何骁便骂："何骁你这个小人，背地里阴我，你当自己是个什么东西，你别忘了这扬州城还不是你说了算的！我要是集结扬州商会一起抵制你们盐铺，你也别想好过！"

何骁摆摆手，那小厮退下，还不忘帮两人把门带上。

何骁闲庭信步地沏了一杯茶给人送上去，不缓不急道："喝杯茶消消火，贾家的事我听说了，这不是没什么大碍嘛。"

"什么叫没什么大碍？"贾望春把茶杯重重一放，茶水顿时洒了一桌子，"敢情这查封的不是你们汪家的铺子，扣的不是你们汪家的盐！"

何骁冷冷瞥了贾望春一眼，"这可是子安给的茶，贾老爷当真是暴殄天物了。"

贾望春一愣，转而心里一寒。

这是赤裸裸的威胁，扬州商会最大的四家，贾家、汪家、苏家和岳家，只因何骁和苏岚的关系，便将三大家集合在一起，若是一起对付他贾家，足以把他从扬州赶出去。

贾望春不情不愿端起茶杯喝了一口，何骁面色才缓了缓。

何骁接着道："我早就警告过你，不要打私盐的主意，你只管好好经营，剩下的我来搞定，你为什么就是不听？"

贾望春哼了一声，"你当我不知道，你跟官府勾结，能从盐铁转运使手里拿到低价的盐，而低出来的那部分全都由我贾家填上，我不打私盐的主意，那么大的口子我怎么补？"

"凡事有利就有弊，"何骁慢慢喝着茶，"你想要官府帮你开路，帮你打击私盐，自然要付点代价，官府也不是随随便便就发善心的地方。"

贾望春自知理亏，不再在这方面纠缠，直接道："我就问你，这次的事是不是你搞出来的？"

"搞垮你对我有什么好处？若我真想要汪家一家独大我当年就干了。"何骁顿了顿，"朝中一直有有心之人想废除榷盐令，树大招风，我不会让汪家成为那个出头鸟的。所以勾结官府也好，打击私盐也好，我不过是想给官盐争取一些生存的空间，这些年来你看我何曾对盐商下过手？"

贾望春沉思片刻，事实确实如此，贾家倒了汪家或许能繁盛一时，但何骁不是瞻前不顾后的人，他很清楚贾家之后下一个倒霉的就是汪家。

何骁又道："奉劝一句，与其来怀疑我，你倒不如回去管教一下贵公子，他新结交的那个李煦只怕不简单。"

"李煦？"贾望春一愣，"他怎么了？"

"我也还没搞清楚，"何骁微微皱眉，"他出现的时机太过微妙，封一鸣刚送出去几封折子他就来了，我心里不踏实。"

"京城来的？"贾望春压低声音，"听说苏岚有个弟弟就在京城当差，会不会是他？"

何骁揉着眉心摇了摇头，"不清楚，但京城那边没传来消息，或许是我多虑了吧。"

"这些是你的事，我不管，"贾老爷起身欲走，"我只问你，我那间铺子和盐什么时候能拿回来？"

"如今这事扬州城闹得沸沸扬扬的，怎么着得等这阵风头过去，"何骁端着茶杯呷了口茶，"一个月后吧。"

"一个月？"贾望春上前一步，"不行，一个月太长了，十天，十天我要我的铺子能重新开张。"

"你不要得寸进尺，"何骁茶杯往桌上重重一放，"保你一家人无恙我已经费了一番工夫了，你当我是大罗神仙吗？各方疏通不需要时间？还有那个封一鸣，你以为是什么省油的灯？"

"你不过是想借着贾家盐铺关门之际狠捞一笔，"贾望春冷冷一笑，"你别以为我手上就没有你的把柄，三年前那件事，我可是都看见了。"

"何骁，永隆四年生人，南陵县荻花乡人，自幼父母双亡，靠给乡里的大户放牛为生。后来因酷爱读书，被乡里的私塾先生收留在塾里帮衬听学。天狩五年，参加县试不中，天狩七年又考，这才中了秀才，天狩八年，到苏州参加乡试……"

"等等，"苏岑打断了刚从何骁故籍赶回来的祁林，皱眉问，"他跟我是同科？"

"嗯，"祁林微微点头，"只是他没你那么幸运。"

他们同是天狩八年参加的乡试，说不定还在考场里点头见过，只是苏岑一举夺得解元，何骁却名落孙山，落魄而归。

祁林接着道："不过还有个说法是何骁是有些才学的，只是主持乡试的学政收受了钱财，这才把身为穷秀才的何骁给革了下去，换上了大户人家的公子哥。"

祁林话说完看了苏岑一眼，苏岑一愣，想了想大户人家的公子哥，又看了看自己，急忙摆手道："不是我，我又没行贿，我都不认识那个学政。"

少爷我靠的是真才实学。

祁林这才回过头来接着道："还有件事，不知道有没有用。何骁在故籍貌似有个青梅竹马的相好，是个浣纱女，他当初去苏州赶考的费用好像还是那个浣纱女给凑的。"

苏岑一忖，问道："那这个浣纱女现在何处？"

祁林摇摇头，"没找到，那个浣纱女也是个孤女，何骁走后不久，就没人再见过她了。"

"莫非是金屋藏娇？扬州城里有一个，背地里还藏着一个？"苏岑边想边道，"也不对，何骁那么谨慎的人，应该不会留下这样的把柄任人拿捏。一个浣纱女，却能拿出给何骁赶考的路费，她哪来的钱？"

祁林立在原地听苏岑喃喃自语。他指尖轻敲桌面，眉头微蹙，一副在错综复杂的案情里抽丝剥茧的样子，难怪爷会对他如此看重，两人认真起来的样子简直如出一辙。

只是一人谋算的是真相正义，另一人谋算的是家国天下。

房门轻响，又一人推门进来。

曲伶儿走过来从袖口掏了一个小瓶出来，"这种毒名叫千日醉，喝了当时只会觉得手脚无力、身寒体虚，跟喝醉了似的，但若是长时间服用，则会毒侵肺腑，直至无药可医。"

苏岑问："长时间是多长时间？"

曲伶儿道："这正是这种毒的麻烦之处，不像其他毒能一次成事，而是得日日服用，两三个月方能取人性命。但好处就是这种毒毒发后是验不出来的，中毒之人看着就像得了风寒，一天天虚弱下去，杀人于无形。"

苏岑凝眉道："果然是这样。"

贾家大公子之死绝不是什么风寒，而是有人蓄谋已久。

苏岑对着祁林问："我让你打听的另一个人呢？"

祁林点头，"带来了，安置在厢房里了。"

苏岑点点头，如今人证物证都全了，何骁逃无可逃，问题就是如何把何骁跟榷盐令联系起来。

曲伶儿又不声不响地瘫软下去，被祁林轻轻抬手托住。

祁林表情凝重起来，"你怎么了？"

再一看曲伶儿整个人都蔫了下去。

苏岑立即上前把人扶住，"怎么回事？"

曲伶儿强打精神站起身道："我没事，就是跟小红待久了有点头晕。小红那个毒疯子，身上的香都是拿两种毒药调出来的。"

苏岑皱了皱眉，当初他就觉得那位卿尘姑娘香得异常，难怪她说她那香是夺命香，如此看来确实不假。

香是毒药……苏岑手上一顿，略一思忖后猛地抬头对祁林道："这里交给我，你快去，帮我救个人！"

曲伶儿百无聊赖，对着桌上蜡烛挑烛花玩，看着房内灯光一闪一闪，把面前来回踱步的苏岑的影子拉得忽长忽短。

过了会儿把手头剪刀一放，轻轻叹了口气。

苏岑立即停了步子问："怎么？头还晕？"

曲伶儿摇摇头，想了想又点点头，"苏哥哥，你晃得我头晕。"

苏岑心道你别跟面前的烛台置气也就不晕了，念在这人刚帮他办了事，还险些负了伤，这才软下语气道："你扛不住了便先回去休息。"

"我没事，"曲伶儿摇头道，"你也不用担心，有祁哥哥在，不会出事的。"

苏岑含糊应了一声，心思早已不在这边了。

他让封一鸣查封贾家盐铺，又留汪家不动，本意是想让两家互相攀咬，让他们先斗个两败俱伤，自己再坐收渔翁之利。

但是他却漏算了，狗急了会跳墙，何骁急了——是会杀人的。

之前他还不确定何骁身上到底有没有人命，如今看来，还不止一条。

忽然间只听院外有什么东西落地，紧接着一串凌乱的脚步声响起，苏岑刚打开门，就见祁林扶着一人进来，两个人都是一身烟火气，衣衫也破败不堪，被扶着的那个像是已经昏迷了，由祁林拖着放到椅子上，苏岑立时跟上去，急问："这是……"

祁林撩起那人额前凌乱的鬓发给苏岑看了看，道："贾望春。"

苏岑皱了皱眉，"他怎么了？"

"人没大碍，晕过去了。"

"怎么会这样？"

祁林指了指门外，"贾家没了。"

曲伶儿到外头探头一看，不由得"啊"了一声，急忙回屋招呼苏岑道："苏哥哥，你快看！"

苏岑刚到院里就愣在原地，本来夜色清凉，东南方向却红彤彤一片，夜幕里尚且见浓烟障月，火光烛烧了半边天，正是贾家的方向。

直到入夜已深李释才回到兴庆宫，兀赤哈早在门外候着，见帐子一撩立即上前抬臂给人当扶手。

李释从车上下来按了按眉心，这才抬步入内。

夜深风大，兀赤哈将备好的大氅给人披上，凑上前问："爷，解决了？"

李释点了点头。

朝堂上柳珵那帮人他从来不放在眼里，反正无论他做什么这帮人总免不了出来蹦跶几下，他真正上心的，是他这边的人。

当初与温家联姻，不得不说，他确实是别有用心。当时父皇尚且在世，他跟李巽斗得死去活来，李巽娶了开国郡公萧永谦的外甥女，也就是如今的楚太后，他便娶了左相温廷言的女儿温舒。但他当时一门心思扑在疆场上，家没回过几次，人也没见上几面，就不明不白地没了。

温舒死后他身边虽然风言风语没断过，但终究没有坐实了的，温廷言这才念及他们之间这点翁婿关系，对他几经关照。当初他初摄朝政，便是温廷言帮他站稳了脚跟，后来温廷言隐退，还把自己这边的势力尽数交给他，虽说如今他早已把这些人收为己用，但也不好就这样跟温廷言撕破了脸，让这些人寒了心。

好在这次苏岑在临走前跟宁弈打过招呼，千年王八万年鳖，老家伙还得靠更老的才能镇得住。

兀赤哈从身后递上一张字条，"爷，信，扬州的。"

李释接过来看了一眼，又随手递了回去，问道："什么时候送到的。"

兀赤哈掏出火折子把字条就地点了，回道："傍晚。"

李释停了步子回头看了一眼大门方向，拢了拢大氅，吩咐道："对外就说我病了，闭门谢客几日，备马，咱们去趟扬州。"

第
二
十
七
章

账
本

　　火……到处都是火，浓烟熏得嗓子发疼，眼里满是涩泪，却还是能看到唯一的出口被轰然倒塌的书架牢牢堵死。

　　外面尽是扯着嗓子哀号的声音，这个时候人人身不由己，谁又能来救救他？

　　意识模糊之际，却见一个朦胧的身影浴火而来，他刚待呼救，猛一抬头却愣在原地。

　　那人面色青森，白齿獠牙一张，血水立即从嘴里涌出，紧接着眼里流出血泪，就那么直直盯着他，对他开口道："爹，我死得好惨……"

　　贾望春猛吸了一口气，惊坐而起，没命地咳起来。

　　苏岑示意曲伶儿送上一杯茶，贾望春接过来胡乱灌了两口才缓过一口气来，这才定了定神慌乱地打量起周围环境来。

　　最后目光定在苏岑身上，微微一眯眼，"你是谁？"

　　苏岑站起来冲人一点头，"大理寺正苏岑，贾老爷幸会了。"

　　贾望春稍微一愣，也就是片刻，低下头去胡乱地穿了几件衣裳起身便要往外走，口中喃喃自语："贾家怎么样了？我真儿呢？"

　　曲伶儿刚要去拦，被苏岑抬手制止，只见贾望春踉踉跄跄出了房门，紧接着便瘫坐在地动弹不得。

　　天色刚蒙蒙亮，尚能看见东南方向青烟缭绕，大火烧了一夜，这时候只怕什么都烧没了。

苏岑站在门口静静看着，留出时间让贾望春回神，偏头问祁林："见到贾真了吗？"

祁林摇了摇头，"当时院子里都是人，看不清谁是谁，我只在卧房里找到了他，人已经昏迷了，我就先给带回来了。"

苏岑点点头，在那种环境下去找一个人确实有难度，他也不好强人所难。

只是想着当初拉着他一起逛青楼听小曲儿的人如今不知所终，心里终究有些戚戚。

看时辰差不多了，苏岑对着贾望春背影道："知道是谁干的吗？"

贾望春微微一愣，蹭地起身就要往外走，"何骁，何骁那个畜生！"

"你现在出去是想昭告天下你昨夜没死成，想让杀你的人回来补刀？"

贾望春愣了一愣，回头看着廊上那个少年人，下颌微微抬起，目光清冷，一言不发地审视着他，眼神里却已将一切了然于胸。

贾望春躲开那目光，"我去报官。"

"报官？"苏岑轻蔑一笑，没再继续说下去。

贾望春不由得一愣，是啊，他去报官，报什么官？且不说他没有证据，就算是有，官府和何骁互相勾结，只会把他暴露给何骁而已。他颓然垂下双手，开口问："你想要什么？"

苏岑垂眸看着廊下人，"我可以帮你对付何骁，而我要的——肯定不是你的性命。"

贾望春只能又跟着回了房内，只道他要见贾真，生要见人，死要见尸，没见到人或尸体之前他什么都不会说。

其实不用贾望春说苏岑自然也要去找，贾真死了也就死了，若是还活着，何骁肯定不会放过他。念在祁林奔波了一夜，便让人回房歇着，由曲伶儿去找人，苏岑和贾望春在房里两相静默，苏岑垂眸喝茶，贾望春则像是没缓过劲来，不消一会儿便又开始出神。

曲伶儿不负众望，不出晌午便把贾真提溜了回来，找到人时贾真尚在春香楼的头牌床上撅着屁股大睡，完全没考虑过自己这次提上裤子下次可能就没钱进来了。

曲伶儿懒得解释，直接把人提回了苏岑房里，贾望春一看见贾真眼眶瞬间就红了，苏岑留出时间让两个人抱头哭了一通，直到晌午才又带着饭回来。

家里这么大的动静，苏岚那边自然是瞒不过了，苏岑只能如实告知，本以为凭苏岚和何骁的关系总免不了要消化一段时间，不承想苏岑刚进了房门，苏岚便出现在院里，只道有什么不必再避着他，他都要知道。

僵持了一会儿，苏岑只能妥协。

恰逢祁林和曲伶儿用膳回来，几个人便一起进了房。

午饭贾真吃了一点，贾望春则是举着筷子不停叹气，到最后也没吃下两口。

苏岑知道勉强不得，摆摆手让下人把饭撤了。

饭后才算进了正题，贾望春接过苏岑递过来的茶又重重叹了口气，道："我知道何骁杀过人，他杀了当年那个……"

"当年那个花魁，是吗？"苏岑接过来道。

"你知道？"贾望春不禁抬头，眼里闪过几分疑惑，"我当年是碰巧撞上他们两人私会才知道他们有奸情，你又是怎么知道的？"

"我还知道那个花魁跟何骁是同乡，当年曾为了何骁把老家的房子卖了，给何骁换了赶考的路费。她大概是真心倾慕何骁的，所以才没去何骁所在的苏州，怕拖累了他，而是辗转流落到扬州，被人骗上了花船，做了花魁。只是她也没想到，原本在苏州的何骁会因为救了我大哥而被我大哥带到了扬州，更不会想到，为了能入赘汪家，何骁会对她下狠手。"

"他又骗我。"苏岚声音极低，唇线却抿得紧紧的，每句话都像是从心口里挤出来的，"他说自己没有家室，一心倾慕汪家小姐，那时他还没有如今的声望，拿着卖字画的几个铜板去讨汪小姐欢心，在汪家外墙一站便是一夜，我便信了他是真心实意，不承想他竟……"

苏岚双手紧握，直将指节攥出青白之色。

忽地手上一暖，苏岚顺着看过去，只见苏岑在他手上轻轻拍了拍，轻声道："大哥，不怪你，只能说是何骁城府太深，伪装得太好了。"

"这就够了吧，"贾望春接过来道，"我可以作证何骁杀了人，到时候就能将何骁绳之以法，还那个花魁，也还我们贾家一个公道。"

"当然不够，"苏岑摇了摇头，"你只是撞见了两个人私会，又不是撞见了何骁杀人，更何况人已经死了那么多年了，身上的证据早就没了，你怎么能说人就是何骁杀的？"

"何骁他有动机啊，他肯定是怕那个花魁把他们的关系说出来，到时候他就不能娶汪家小姐了，这才下手把人杀了。我都能想到的事情官府会想不到吗？"

"动机不能当证据，立案讲究的是真凭实据，"苏岑道，"若是只凭一张嘴就能扳倒何骁，我也就不用过来了。"

"那怎么办？难道只能看他继续逍遥法外？"贾望春抠着手指，一抬头正对上苏岑冷冷的目光，心里没由来一寒。

苏岑直看得贾望春偏开视线才道："事到如今你还藏着掖着，是想着留到棺材里说给阎王爷听吗？"

"我不知道了，"贾望春躲着苏岑审视一般的目光，"何骁做事从来都是避着我的，他做的那些事不可能让我知道，别的我真的不知道了。"

苏岑低头喝了口茶，"那你知道令公子是怎么死的吗？"

"什么？"贾望春愣住。

贾真和苏岚一起抬起头来。

苏岑叹了口气，他本不想当着苏岚的面提何骁的罪过，何骁有今日全凭大哥帮衬，而按照大哥的性格，何骁犯下的错他必定会归咎到自己身上，徒增烦恼。

但事到如今这人还有所保留，他也只能拿出杀手锏，对祁林示意了一下，不一会儿祁林便从外面拎了个人进来，瑟瑟跪在地上缩作一团。

贾望春大惊，"是你？"

这人本是他家中一个奴仆，两年前说家里死了老爹，结了工钱便回了家，不知道为何如今却出现在这里。

苏岑冲人抬了抬下巴，"是你自己说，还是到时候上了公堂再说？"

跪着那人怯怯看了苏岑一眼，这才结结巴巴道："我……我跟何骁本是同乡，两年前他找上我，让我在……在大少爷的药里加了点东西。我也是被迫的，我不干他就把我在后厨买办吃回扣的事说出来，他，他还说事后会给我一笔钱让我回老家，而且这种毒查不出来，牵扯不到我身上。"

"你……你！"贾望春气结，一口气没上来，猛地咳起来。

贾真赶紧上前帮他顺背，贾望春过了好一会儿才缓过来。

苏岑从曲伶儿手里接过一个小药瓶，对地上跪着的人问："是这种药吗？"

那人看了几眼，点了点头。

苏岑对贾望春道："这种毒叫千日醉，是一种秘制毒药，市面上是买不到的。中毒的人就像喝醉了一样，任凭你怎么寻医问药都验不出来。"

"何骁这个畜牲！"贾望春一捶桌子，茶水登时洒了满地，涕泪横流叹道，"他为何要害我轩儿啊，轩儿跟他何仇何怨，他要置我轩儿于死地！"

苏岑垂眸看着眼前人，出声问："何骁和那个花魁的事，你还跟谁说过？"

贾望春止了涕泪一愣，"你是说……"

"你把事情告诉贾轩了吧，当时何骁已经娶了汪家女儿，正想联络贾家一起打击私盐，贾轩应该是反对的吧？何骁应该私下找贾轩谈过，但贾轩一个世家公子，自然看不上何骁这种人，根本不屑与他合作。会谈过程中应该发生了什么口角，贾轩一时失口便把这件事说了出来。事情虽然没有实证，但关系到何骁在汪家的地位，何骁不知道这件事是你看见后告诉贾轩的，所以才会杀贾轩灭口，一举解决掉两个大麻烦。"

贾望春嘴角抽搐，早已说不出话来了。

万没想到，最后竟然是他害死了自己儿子。

过了好一会儿贾望春才缓过一口气来，嗓音已经暗哑，低声道："你既然都查清楚了，还想让我帮你什么？这些足以让何骁入狱了吧？"

苏岑轻轻摇了摇头，"我要的不是何骁，而是榷盐令。"

"你……"贾望春又抬了抬头，但眼里已经黯淡，以肉眼可见的速度老了下去。

苏岑接着道："事情如果到这里结束，获罪的只有何骁一人，盐商照旧横行，官府照旧庇护，百姓照旧无盐可食，我抓了一个何骁，却还有千千万万个何骁，解决不了根本问题。"

"你不是还想着把何骁正法之后再操本行，继续当你的盐商吧？觉得反正榷盐令还在你手里，再从朝廷手里拿盐继续卖就是了，对不对？我实话告诉你，榷盐令是一定要废的，现在只是要找个由头，你若来起这个头，我可以帮你求情，你之前拿私盐冒充官盐的事也可以不追究，贾家已经没了，你想想贾真，真要拉着他跟你一条路走到黑吗？"

贾望春颓然垂着头，"我……"

"听他的吧。"贾真道。

贾望春猛地抬头，看了看在一旁一直没出过声的贾真，叹气道："你懂什么啊？"

"是我一直不成器，让爹你操心了。"贾真在贾望春身侧跪下来，直视着他道，"我知道你是想给我留下一点家业，可这点家业已经耗尽了大哥，耗尽了整个贾家，我不成器，即便你留给我了，只怕也会败在我手上。我现在只想还大哥一个公道，以后咱们就找个安静的地方，我伺候你终老，咱们再也不操心这些事了，好吗？"

贾望春牢牢抿着唇，半晌终是长长叹了一口气，伸手到怀里掏了个本子出来，颤巍巍交到苏岑手里，"我行商一辈子，就会了记账。当初跟何骁合作，我留了个心眼，这是何骁和我向薛直他们行贿的账本，每一笔我都记着，钱都是从铺子里出的，你拿这个跟盐铺里的账本一对便知。这个账本我日日贴身带着，何骁不知道这件事。"他又叹了一口气，"这样够了吗？别的东西都随着贾家烧没了，我唯一还剩的就是这个账本了。"

有了何骁跟官府勾结的罪证，便能借机把扬州官场和盐商一起好好查一查，贾家已经完了，再拿汪家杀鸡儆猴，剩下的盐商自然也就明白了朝廷要废榷盐令的用心，两根顶梁柱倒了，剩下的也成不了什么气候了。

苏岑双手郑重接过来，"多谢了。"

苏岑一转头便把账本交到了祁林手上，"劳祁侍卫操劳，务必把账本和贾老爷护送到王爷府上。"

祁林把账本收进怀里，问道："你不跟我们一起走？"

苏岑摇了摇头，"这么多人走容易打草惊蛇，何骁在我身边留了眼线，我留下来正好能迷惑他。但你还是要小心，过了今日何骁找不到贾老爷的尸体肯定就明白了，你们当心他沿途布设暗门的杀手。"

祁林皱了皱眉，"那你呢？"

"还有我呢，"苏岚起身，"只要还在扬州城里，就没人能从我苏家府上拿人。"

祁林犹豫一番，终是点了点头，对曲伶儿道："你留下来护着他。"

曲伶儿点头应允。

苏岑道："等入了夜你们便走，等明天，这扬州城只怕就出不去了。"

夜色清凉，目送祁林带着贾望春乘小船顺着河道出了城，苏岑才松了口气，跟曲伶儿一起打道回府。

一日操劳，苏岑收拾妥当刚待关窗睡下，看着廊下一抹身影不由得一愣，犹豫片刻后披衣出门，冲着那个背影而去。

"还不睡？"苏岑问。

廊下之人回过头来，正是贾真，冲苏岑微弱一笑，"我，我睡不着。"

"还在想白天的事？"苏岑叹了口气，他自小少爷当惯了，从来没干过安慰人这种事，纠结再三只道，"事已至此，多想无益，走一步看一步吧。"

"嗯。"贾真点点头。

一时寂静，苏岑在转身回房和再努力一把之间犹豫了一下，最后无话找话地问："你怎么不跟他们一起走？"

贾真苦笑了一下，"我跟着也帮不上什么忙，还得劳神那个侍卫大哥看着我，另外……"声音逐渐弱了几分，"我想在这里看着何骁被绳之以法，为我大哥报仇。我不是说我信不过你啊……我就是……想看着。"

"嗯。"这次轮到苏岑点了点头。

两相无话，苏岑又开始纠结走不走。

"你挺厉害的。"贾真突然小声道。

"嗯？"苏岑偏了偏头。

贾真道："当初在船上我就觉得你挺厉害的，但我没想到一转头你就成了朝廷命官，更没想你这么年纪轻轻就深得朝廷信任，派你下来查这么大的案子。"

苏岑心道不是朝廷信任，而是那个人信任，而他不过是努力做到不辜负那人的信任。

苏岑笑了笑，"你都不知道我是什么人，就有意无意给我透露那么多关于何骁的事，还有上次在你家，我都偷听到门口了，你还帮我？"

"你都看出来了啊？"贾真不好意思地挠挠头，"我只是觉得，你不怕何骁。这扬州城里人人都怕他，就你不怕，那应该是有些本事的。"

不怕何骁就是有本事？苏岑只觉得贾真给人定义的方式确实新奇，无奈道："你就没想过万一我是何骁的人呢？"

贾真又挠了挠头，这他倒是真没想过。

苏岑笑了笑没再说话，心道这也算傻人有傻福吧，贾真若真的心思深沉，只怕何骁也容不下他。

接下来几日苏岑像没事人一样该吃吃该睡睡，在家里大门不出二门不迈，心宽体胖地看着何骁在外面折腾。

毕竟现在该急的人不是他。

　　何骁在贾家走水第二天才知道没找到贾望春的尸体，当即联系薛直封锁了扬州城所有的出路，奈何祁林他们一晚上提前走了，轻舟顺水，早已出了扬州地界。

　　外患还没解决，却又起了内忧。不知从何而起，街头巷尾的小孩口中开始传唱一首歌谣：荻花乡，荻花郎，风无遮，雨无藏，孤苦伶仃无依傍，妾倾家财把郎助，愿君来年秋试上金榜。冬又去，春又来，郎君一去无交代，妾行千里把郎寻，怎不料鸳鸯成对鸟成双，郎君早把妾来忘。生别离，死相聚，报君咏蝶殇一曲，愿君尘世情缘早了尽，黄泉路上早相聚。

　　这歌谣里说得详细，有心之人一听便知是怎么回事，登时扬州城里哗然一片，茶楼酒馆里的谈资无出其二，甚至有笔杆子快的，传奇话本隔日便在大街上兜售起来。

　　汪家更是乱成了一锅粥，汪家小姐天天嚷着闹和离，当着何骁的面一哭二闹三上吊，何骁迫于无奈，家门不敢进，日日在盐铺账房里安歇。

　　屋漏偏逢连阴雨，还没安生几天，何骁竟发现薛直等人在暗中搜罗他的罪证，想是看他大势已去，开始着手撇清关系了。

　　何骁冷笑着不置可否，一群目光如豆的鼠辈，殊不知他要是完了，这子城公衙里的一个都别想留下。

　　又等了两日，看着何骁那边已经应接不暇了，苏岑才开始着手回京的事。

　　苏岚虽是不舍，但好歹知道苏岑并未被罢官免职，也算了了一桩心事，每日张罗着好吃好喝又把人喂了两日这才放人。

　　保险起见，苏岚早给安排好了跟着裕泰茶行往京城去的商船，苏家的茶是贡茶，即便是薛直等人也无权阻拦盘查。出发时间定在晌午，曲伶儿一大早便去了花船找小红告别，苏岚又因为下面一个分号出了点事故赶了过去，家里只剩下岳晚晴帮苏岑打理行囊。

　　临近晌午两人还没见回来，岳晚晴便催促别误了开船的时辰，让苏岑先上船，曲伶儿实在不行赶下一趟船走。

　　苏岑微微皱了皱眉，只道想要二两明前的炒青龙井，拉着岳晚晴去库房里拿。

　　等人进了库房，苏岑把门一闭，问道："大哥是不是出事了？"

　　岳晚晴目光闪躲，终是架不住苏岑灼灼的视线，掩面哭出声来，"何骁，何骁今日一早派人来把子安接走了。"

"怎么会这样？"苏岑身影一顿，"大哥不是知道何骁的为人了吗？为什么还要跟他走？"

要知道在扬州城除非是苏岚自己愿意，谁能强迫他干不愿意干的事？

岳晚晴小声啜泣，并未作答。

苏岑顿时了然，"是因为我？何骁威胁大哥不跟他走就把我的身份公布出去，对不对？"

一旦他的名字公之于众，不管是盐商，还是收受盐商贿赂的官员，一定会群起而攻之，哪怕是朝廷重臣恐怕都无法独善其身，更何况他一个小小的从五品。

"太傻了，"苏岑咬了咬牙，"他要的是我，我去换大哥回来。"

苏岑刚走出一步却被一把拉住，岳晚晴抹了抹眼泪，纤纤细手拉着苏岑却不容置疑，"你快走，子安对何骁有知遇之恩，何骁不会把他怎么样的，只有你走了子安才能放心，你什么都别管了，回到京城去，继续为民请命，当一个好官。"

"我连自己大哥都救不了还做什么官！"苏岑低头稳了稳情绪，再抬头认真对着岳晚晴道，"何骁手里握着好几条人命，我不可能把大哥留在他身边赌他的一念之仁，大哥若是出了什么事，我这辈子也不会安生。"

苏岑见岳晚晴稍有松动又道："你放心，我既然敢单枪匹马来扬州，自然给自己想好了退路，朝中有大人物保我，何骁他奈何不了我。"

岳晚晴也是无计可施了，试探问道："当真？"

"自然当真，"苏岑冲人笑了笑，"你等着，我去把大哥带回来。"

苏岑要找何骁就比何骁见他一面容易多了，只需要跟外面跟着的两个尾巴招呼一声，自然有人把他送到何骁面前。

会面地点在扬州城外的一处别院里，苏岑留意到这处园子虽不小，却没有什么人气，院子里随处可见打包好的包裹，看来这里只是一处落脚的地方，何骁也知道自己在扬州城折腾不起什么风浪来了，随时准备撤走。

苏岑刚进门便见何骁对门而坐，相比上次在汪家寿宴上相见还是那一副春光满面的姿态，如今却面色憔悴，额前鬓发里甚至掺杂了几缕灰白，冷冷对着他笑道："大理寺正苏岑苏子煦，苏大人果真好大的架子，还得这样才能请得过来。"

苏岑皱了皱眉，开门见山问："我大哥呢？"

"子安……"何骁眯了眯眼，眼里隐有痛色，"子安很好，在一个安全的地方，我要的是你，你只要乖乖听话，他自然不会有事。"

"这三年来我大哥待你如何，你如此对他，"苏岑冷眼看着眼前人，"当真是狼心狗肺，忘恩负义。"

"你以为若不是看在子安的面子上，你如今能站在这里跟我说话？"何骁一拍桌子，"若不是你……若不是你，我跟子安何至于此！"

"你当真以为没有我，大哥就不知道你干的那些事了？"苏岑冷冷一笑，"这些年来大哥视你为知己，所以他自欺欺人地相信你干的这些都是身不由己，他真心实意待你，你却欺他心肠软，一而再再而三地骗他。你该庆幸是我把这些告诉了他，若等到他自己掘出真相，只怕会恨你入骨，恨不得当初淮阳道上落入匪手，也不要你救。"

房间里一时寂静，良久之后才滑出一声叹息，何骁往后靠在椅背上，轻声道："你信也好，不信也罢，我当年救子安是真心的。"

"我当时并不知道他是谁，我也不求他的回报，可错就错在子安他太纯良，一心一意要报答我，把我带回了扬州，让我见识了那个世界。娇妻美眷、香车宝马，只要手里有银子，没有什么是买不到的，可这些还不算，你知道银子还能买什么吗？"何骁自嘲般笑起来，摇头笑道，"能买功名。"

苏岑皱了皱眉，只听何骁接着道："一次一个大户人家过寿，子安带我过去吃席，那时候我才知道商贾和朝廷命官可以平起平坐，一张微不足道的帘子便可以隔绝世人视线。正巧那张桌上就有主考我们的学政，酒气熏熏地受着别人敬酒，谢他把一个寒门子弟顶替了去，换上了自己儿子！"

"事后我问他还记得被换下来的那人是谁吗？哈哈，你猜他怎么说？"何骁笑得越发癫狂，眼角隐约笑出泪来，"他说，他不记得了，哈哈哈，他不记得了！一个无关痛痒的小人物，换了就换了，他甚至连被换的那个人是谁都不记得了！"

苏岑皱了皱眉，"他都不记得了，你又怎么知道被换下来的人是你？"

何骁抹了抹眼角笑出来的泪光，眼神一瞬间变得狠绝，"他不记得了，可我记得，我写的每一个字我都记得！我找人拿到了那次乡试眷录的朱卷，我的文章，旁边写的却是别人的名字！"

何骁咬牙切齿道："凭什么我寒窗苦读十年，金榜题名的却是大字都不识几个的富家少爷！那时候我突然就懂了，书里没有黄金屋，黄金却可以买到你想要的一切！"

"包括人命？"苏岑问。

何骁微微一怔，转头却笑了，"人命不值几个钱的。"

苏岑道："那秋娘呢？她的命值几个钱？"

"秋娘……"何骁撑着额角笑起来，"那个蠢女人，哈哈，你不说我都忘了，那个蠢女人才是最不值钱的。"

"是啊，"苏岑冷声道，"你亲手杀了她，都不必假他人之手。"

"那个蠢女人她找死！"何骁阴冷笑道，"我都说了，我找处宅子安置她，保她下半辈子衣食无忧。可她不要，她非要待在那乌烟瘴气的花船里，还要把我俩的事编成曲子，唱给那些男人听。她就是想威胁我，不想让我娶汪家小姐！你说说看，这种蠢女人，我留着她有什么用？"

"你真可怜。"苏岑轻声道。

何骁微微一诧。

苏岑垂眸看了何骁一眼，带着几分怜悯，一字一句道："她不要你的宅子，是不想你落人口舌，而她编的曲子，你听过吗？"

何骁面上露出几丝疑惑，很明显那曲子他没听过。

或是根本不敢听。

苏岑道："那首曲子讲的是一个烟花女子与一个书生蝶钗定情的故事，那书生高中了进士，拿着蝶钗回来找那个女子时，那女子却已化蝶而去，只因她是风尘中人，不愿拖累了那书生。这与你所想的是一个故事吗？"

"你胡说！"何骁强装镇定，指尖却已经发起抖来，"她若真怕拖累了我，为何不走！"

苏岑毫不留情地把他最后一点念头驳斥掉："她是想走的，你没给她机会而已。"

"有位用毒高手说过，有两种毒混在一起，沾衣带，能散异香。当年秋娘的尸体在河上漂了几天，香飘满城，还用我再多说吗？"

何骁脸色煞白得吓人，好半晌才艰难道："你是说……她，她是自杀？"

苏岑垂眸道："她本就服了毒，你又给她下了毒。她临死都想着成全你，你却把自己最后一点救赎亲手掐灭了。"

"我不信！"何骁几近咆哮，却终究骗不过自己，声音渐小，自言自语道，"怎么会这样？"

他还记得，当年那个小女孩拿着家里唯一一块饼子给了他，笑着对他说，她不饿。

她的撒谎技巧向来不佳，刚说完肚子就叫了起来，却还是红着脸让他把那块饼子吃完了。

他怎么就没发现，那晚在河边，她笑着说想和他永远在一起，那副表情和她当年说不饿时简直一模一样，她演技那么拙劣，而他竟当了真。看着她喝了那杯酒，他竟然觉得松了一口气。

苏岑说得不错，秋娘是他唯一的救赎，若是当年他没送上那杯酒，是不是就不会像如今这样把自己送上万劫不复的境地。

恍惚间只听院外一阵嘈杂，何骁猛地回过神来，这才意识到自己上当了，"你在拖延时间！"

说话间房门大开，封一鸣推门而入，冲着两人笑道："你们谈得如何了？我没打扰吧？"

苏岑松了一口气，努努下巴对封一鸣道："抓起来吧。"

"抓自然是要抓。"

忽然间封一鸣眸中寒光一现，苏岑还未反应，一柄匕首已经贴在自己颈侧。

封一鸣笑道："苏大人，我们门主请你过去一叙。"

第
二
十
八
章

夜逃

马车向西一路颠簸，苏岑双手被缚在身后，眼睛上蒙了一条黑布，之所以知道是向西，是因为有人掀开车帐进来，迎面撞了他一脸夕阳余晖。

天应该快黑了，车帐放下之后眼前又恢复了一片漆黑，按照普通马车的脚程，他们如今应该出了扬州城百十里了。

苏岑活动了一下身后酸痛的双手，心里暗骂封一鸣这厮绝对是故意的，绳结打得结实牢靠，一点转圜的余地都没有，摆明了就是报复他当日把人绑回客栈之仇。

身前有气息慢慢靠近，把眼前唯一一点光线挡住，接下来却没了动静，苏岑只觉得一道视线直直落在他脸上，像要盯出一朵花来。

过了半晌，有什么轻轻在苏岑脸侧划过。

苏岑一脸厌恶地偏头躲开，"封一鸣你有意思吗？"

身前人笑了两声，后退两步坐在一旁，开怀道："有意思啊，当初苏大人不就玩得很开心？"

真可谓风水轮流转，欠债总要还。

马车里又进来一人，与封一鸣对面坐下，沉声问："你进来干吗？"

是何骁。

面对何骁话里的质询，封一鸣不禁笑了，"我怕苏大人坐着无聊，进来陪陪他。"

苏岑心道我一点都不无聊，谢谢。

何骁语气不善道："这人最善花言巧语，你不要着了他的道。他在长安屡

次和暗门作对，当初死门那事他也没少掺和，人是陆老爷指名要的，你可别
动什么歪脑筋。"

陆老爷？

"人可是我抓的，"封一鸣话里带着几分轻佻，"你别忘了，若来的不是我
而是薛直他们，你如今该在大牢里待着了。"

何骁冷哼一声，不再言语。

封一鸣没搭理何骁，接着对苏岑道："这还得多谢苏大人信任，出了事能
第一个想到我也是荣幸之至。"

苏岑心道自己当时真的是病急乱投医了，单纯觉得封一鸣应该信得过，
殊不知当时那种情况下，最想要何骁性命的应该是薛直那帮人。

苏岑略微扬起下巴，眼睛虽看不见却也正对着封一鸣所在的位置，一副
不甘于人下的姿态，出声问："所以王爷知道你是暗门的人吗？"

封一鸣微微一愣，没正面应答，反问："你觉着呢？"

苏岑接着问："那你是什么时候加入的暗门。"

这次封一鸣倒是没打哑谜，直言道："比你想得要早。"

那就是还在长安城的时候？甚至……比那还早？

苏岑提唇道："难怪当初我一来扬州城你就费尽心思把我的精力往何骁身
上牵扯，把何骁的身世背景事无巨细地都告诉我，你是想借何骁混淆视听，
怕我查到你身上吧？"

何骁脸色一瞬变得铁青。

封一鸣对着何骁打了个哈哈，道你说得果真不差，这人最会油嘴滑舌搬
弄是非了，兰甫兄不要听他乱说啊哈哈哈哈……

苏岑死猪不怕开水烫地接着道："那暗门知道你跟王爷呜呜呜……"

封一鸣赶紧找了块布头给人把嘴堵上，死拉硬拽着何骁远离了这块是非
之地。

再待下去只怕苏岑还没怎样，他跟何骁就先打起来了。

等到天色完全暗下来马车才停了下来，马车外人声渐起，飘来一阵饭香。

尽管骨子里不愿屈服，但苏岑的肚子还是很没出息地投降了。这一天里
就早晨喝了一碗稀粥，这时候早就消耗尽了，正想着这群人不会没良心地干
出什么过分的事吧，车帐帘子很及时地被掀了开来。

有人拔走了他塞嘴的布头，手却在他唇上游离着没走。

苏岑没好气道："封一鸣你有完没完……"

那只手在他唇上轻轻按了下，制止了他没说完的话，下一瞬有什么咣当落地，顷刻碎成了几瓣。

苏岑还没反应过来，只觉得有什么东西送到了他手上，边角锐利，应该是刚刚打碎的瓷碗。

紧接着帐外就有人赶了过来，粗声粗气地问怎么回事。

封一鸣笑着应付道："没什么，苏大人身份尊贵，瞧不上咱们的粗茶淡饭。"

封一鸣示意那人看了看满地残骸，"收拾了吧。"

那人啐了一口，边收拾边骂："少爷身子贫贱命，吃了这顿都不知道有没有下顿了，还挑三拣四的。"

苏岑欲哭无泪，其实少爷他也没有那么尊贵，也还是可以勉强吃一吃的……

好在直到那人走了也没发现少了一部分，苏岑把碎瓷片握在掌心，确认周遭没人了才小心露出一个角来。

月至中天，白晃晃亮得吓人，胡四从路旁小树林里提着裤子出来，不情不愿地挪到马车旁坐下。

如今已然入冬，半夜里寒霜落下冷得直哆嗦，不远处还有几个人围着篝火值夜，偏偏他得守着车里这位爷，连根小火苗都分不着。

胡四刚要靠着车辘辘打个盹，隐约间却听见几声轻叩从车里传出来。声音不大，也就靠在车上能听见，但偏偏除了这辆马车，他别无依靠。

胡四不轻不重地骂了一声，那声音顿时停了下来，等他刚翻个身，那敲击声又适时地响了起来。

胡四搓搓手，撸起袖子翻身上车，刚撩开帐门还没看清车内情形，就觉得有什么冰凉的东西贴上了自己脖子，只见黑暗里一双眼睛笑语盈盈看着他，"脱衣服。"

不几时马车上下来一人，佝偻着背往小树林走。

篝火旁几个人笑着打趣："胡四这又是去哪儿啊？"

胡四闷声闷气地回道："撒尿。"

几个人登时笑起来，只道："胡四你这不行啊，刚不是才去过吗？难怪你家婆娘天天往隔壁铁匠铺子里跑……"

胡四没搭理，埋头进了树林，由着几个人笑得前仰后合。

半晌后一人才道："你们觉没觉得胡四好像瘦了？"

几个人嘴角弧度慢慢僵硬，又一人小声道："好像也矮了些。"

几个人面面相觑一番，手忙脚乱爬起来去检查马车。

一撩帐门，正对上被扒得精光、五花大绑着泪流满面的胡四。

苏岑恨死这白惨惨的月光了。

什么"举杯邀明月"，什么"床前明月光"，那人肯定没在明月光下被人追杀过，人还没动，影子先行，一点风吹草动都无所遁形。

苏岑躲在一处灌木后头气喘吁吁，看着远处火光映着人头攒动，暗暗盘算，走了一天如今应该已经进了滁州地界，这群人不敢走官道，应该会绕开滁州城，滁州西南有琅琊山，所以他们走的应该是滁州城北的小路，他一路往南去，应该就能到滁州城。

当然前提是先想个法子摆脱这些人。

他要是有曲伶儿那一身本事飞身上树也行，不过转头一想曲伶儿估计也是中了暗门的调虎离山之计了，如今自己都不一定能脱出身来。

只能靠自己。

苏岑小心翼翼猫着腰往后撤，冷不丁被一块石头绊了一跤，脚踝一扭，人仰马翻摔倒在地。

远处的人听见动静立马往这边围过来。

苏岑甚至没来得及检查一下伤势，拖着一条不能打弯的腿爬起来便跑。这一路上荆棘丛生，一身衣裳被划得褴褛不堪，有些甚至伤及皮肉。

眼看着身后的人追了上来，苏岑心底越来越凉，恍惚间却听见不远处有人打马而来，咬着牙再跑几步已然能看见路上火光闪映。

来不及多想，苏岑连滚带爬冲出树林，险些被奔腾而至的骏马撞翻在地。

一声马嘶长鸣划破长夜。

而何骁带人也已从树林里蹿出，指挥下人道："把人拿下。"

寒光毕露。

苏岑甚至没看清马上是谁，只顾着踉跄后退，没退两步却结结实实撞到了什么东西上。

还未回头，一股清冷的檀香先至。

下一瞬只觉得有什么夺眶而出。

月光下那袭身影披风猎猎，右手微抬，浓酒般醇厚的嗓音晕开在夜色里。

"除了主犯，其余人等，杀无赦。"

恍惚之间瞬息万变。

苏岑木着身子站在原地，眼看着何骁一伙人由气势汹汹变成四散奔逃，火光凌乱，鲜血四溅，哀号声划破夜空。

明明近在咫尺，却又好像一切不过是一场梦，荒唐得吓人。

他紧盯着身前两个重叠在一起的影子，生怕一个眨眼间便烟消云散了。却又不敢回头，无从想象远在天边的人是如何出现在眼前的。

直到身后之人将一席披风披在他身后，他才算回过神来。

这才知道自己抖得厉害。

苏岑好一阵子才算回过一点活气，李释轻声安抚道："没事了。"

苏岑哆哆嗦嗦好不容易才凑成一句完整的话："我……我还以为……我要死了。"

李释周身散发出一股寒气，"谁敢？"

只听苏岑接着道："我害怕……我怕我死在这里……"

兀赤哈来报叛贼已清理干净，主犯何骁伏法，考虑到苏公子的伤势，前方有何骁他们扎好的营地，可以简单休整一晚。

他们一路赶过来，骑的都是千里驹，连个正经的帐篷都没有。

又回到这片地方，苏岑只觉得物是人非，一碗热汤下肚才觉得自己算是活过来了。

身上的伤也跟着觉醒过来。

这才看见自己小腿上被乱石划了一道，看样子并不浅，膝盖上也卷去了一层皮，血肉模糊得颇为吓人，自己当时能爬起来纯属求生本能。

李释的人在何骁营帐里翻了半天找到了个药箱，借着酒清洗了伤口再给他上药。他疼出了一头冷汗来，李释脸色也阴沉得吓人，连带着那个上药的大夫也手抖得厉害，直让苏岑觉得自己这条腿怕不是要废了。

为分散注意力，苏岑便问李释怎么会找到这里的？

滁州并不是从长安过来的必经之地，况且这还不是官道，按道理说李释怎么走也走不到这里来。

李释道他们在来的路上碰上了祁林，赶到扬州之后才得知何骁已经畏罪潜逃，顺带着他也不知所终，之所以能追上来，则是有人沿途做了标记。

"标记？"苏岑刚待发问，帐外有人报，封一鸣求见。

李释看了苏岑一眼，点点头，让人进来了。

封一鸣从外面进来，眼里那股子轻傲没有了，苏岑明显感觉到那里面多了几分深意。

李释神色倒是没变，看不出什么波动来。

封一鸣简单行礼后落座在李释下首。

苏岑皱了皱眉，开门见山问："你到底是什么人？"

封一鸣微微一笑，"我说了，我是暗门的人……但也是王爷的人。"

苏岑看了看李释。

李释道："他之前确实是暗门安插到我身边的，不过后来为我所用了。"

封一鸣笑道："我当初也是被折腾得半死好不好。"

苏岑没忍住翻了个白眼，怎么折腾，你倒是说清楚啊？

封一鸣接着道："我这次也是听说陆老爷对你感兴趣，刚好何骁在扬州城被你摆了一道，想拿你补给陆老爷。我劫持你，是想获取何骁的信任，跟着他找到暗门的藏身之地。"

苏岑问："陆老爷是谁？"

封一鸣道："据说是景门的门主，管经营谋算的，算是暗门的师爷，但没人见过这个陆老爷到底长什么样，也不知道他到底在哪里，若是能接触到他，离整个暗门也就不远了。"

苏岑蹙眉，"那他为何对我感兴趣？"

封一鸣一笑，"可能是你在京城时坏了他们的好事，想拿你抽筋剥皮，以儆效尤吧。"

苏岑脸色一白，李释皱了皱眉，轻咳一声，封一鸣立时收敛了几分。

苏岑冷冷道："所以你就拿我作饵来钓大鱼？"

封一鸣看了看李释，小心道："我请示过了的。"

李释抬眼，危险的寒光一闪，沉声道："我准了吗？"

话里带着冰碴的味道，封一鸣知道这人是真的动了怒，当即不敢再狡辩，只小声道："我不是半路又把他放了吗？"

苏岑都气笑了，"你不放我，我还能多活几天。"

封一鸣觉得自己再在这儿待下去只怕会被眼前两个人活刮了，心想着好汉不吃眼前亏，随便找了个由头溜了。

等人走了苏岑才想起来问李释在扬州见到他大哥和曲伶儿了吗？

李释摇头。

苏岑不禁凝眉，大哥他不担心，何骁如今在手里，按他和大哥的情分也不会把人怎么样。

但是曲伶儿……

李释像是看出了他心中所想，安慰道："祁林去找了。"

曲伶儿醒过来时脑袋钝痛，全身酸痛，一时间不知道自己身在何处。

只记得今天一大早去找小红告别，他还特地留意了小红送的茶一口都没喝，但没想到这人变聪明了，不在茶水里下毒，反倒把毒下在自己吃的果脯蜜饯上，他临走顺了两颗，结果没下船就倒地不起了。

周围晃晃悠悠的，应该是在船上，但不是小红那艘大船，而是只能容下两三个人的乌篷船。

试着运行了下内力，各处穴道立即像针扎般刺痛，曲伶儿啧了啧嘴，还想再试，只听暗处突然出声道："不用试了，封了你的穴道，怕你再跑。"

曲伶儿循声往船头上看过去，一人背光而坐，模样算得上清秀，背影却冷漠得很，黑衣黑衫，腰间两轮圆月弯刀尤为扎眼。

曲伶儿不由一愣，"韩书？"

那人回过头来，年纪与曲伶儿不相上下，眼神却是冷的，挑着眉半笑不笑道："难为你还记得我。"

曲伶儿知道这人这是还在气头上，费力爬起来好言好语道："当时情况小红都跟你说了吧？我也是实属无奈，我自己也不确定到底能不能活下来，何必让你们白白失望一场。"

韩书没好气道："说到底就是不信我们。"

曲伶儿从船篷里出来，这才发现船其实没走，而是停在一个破旧码头旁，不过看样子已经不是扬州的码头了。

曲伶儿贴着韩书坐下，小声道："不是不信你们，而是不想给你们惹麻烦。"

"你下落不明让我们白白担心就不麻烦了？"韩书脸色这才缓和一下，指着码头对曲伶儿道，"小红去置备些行头，等她回来我们就走。"

曲伶儿问："去哪？"

韩书道："当然是回暗门。"

曲伶儿抽了抽嘴角，"你是觉得我活得太长了是吧？这么着急送我去见阎王？"

韩书在曲伶儿肩上拍了拍，"你放心，我爹都说了，你回去了他保着你，肯定不会要你性命的，也就是剁只手剁双脚什么的，不过以后有我跟小红照顾你，你只管躺在床上就是了。"

曲伶儿吓得脸色煞白，不确定地问："师父真这么说的？"

韩书笑笑道："我爹最疼你，怎么会舍得剁你的手脚，顶多也就是断你手筋脚筋，让你以后跑不了了就是。"

曲伶儿心道这没有区别好吧。

曲伶儿小心翼翼地问："能不能打个商量？"

韩书瞥了他一眼，"商量什么？"

"能不能……"曲伶儿小心翼翼地措辞，"不回……"

韩书直接打断道："不回暗门你还能去哪儿？继续躲藏被追杀吗？我爹都说了，你既然还活着就不可能再让你死一次，你从小就在暗门长大，如今一个人在外头无依无靠的，让我们怎么放心？"

曲伶儿嗫嚅道："也不是……"

韩书皱了皱眉，刚待发问，却见河边浓雾里过来一个人。

是小红，韩书站起来挥挥手，但转瞬之间就发现不对劲。

小红脚步匆忙，频频回头，明显是碰上什么东西了。

刹那间浓雾里寒光一现，小红急忙后撤将将才躲开，但紧接着一席黑影已逼近眼前，裹挟着一身白雾，寒冽剑光已破雾而出。

韩书立即甩出手中弯刀，凌空替小红挡下一击，接着踏船而出，接住回旋回来的弯刀与雾中黑影斯打在一起。

曲伶儿愣在原处，这身形他熟悉无比。

是祁林。

"祁哥哥！"曲伶儿在船上挥手，奈何祁林正跟韩书缠斗，无暇顾他。船离岸边还有一段距离，曲伶儿本想着飞身上岸，只是一身穴道都被韩书封了，只能费劲地拉住缆绳往岸边靠，再手脚并用地爬上岸。

韩书两把弯刀使得轮转如环，最擅贴身近战，刃若蝉翼，去势破竹，只要近身便能叫人皮开肉绽。

奈何他遇到的是祁林。

韩书的刀讲究的是技巧，方寸之间将人削皮挫骨，但祁林使起刀来，却是纯粹的阴鸷狠绝，是直接奔着命门去的。

"韩书当心！"看到祁林把剑换到左手，曲伶儿来不及细想，话已经脱口而出。

祁林的剑锋以一种不寻常的角度直逼韩书咽喉而去，好在有曲伶儿提醒，韩书急忙收势，弯刀在身前一挡才将将躲过。

紧接着曲伶儿就被一道视线盯得心里发寒。

曲伶儿心虚地看着祁林，只一眼，又急道："祁哥哥，身后！"

祁林根本没思量，立时弯腰，刚好避开背后小红的偷袭。

于是曲伶儿又收获了两道冷冷的目光。

曲伶儿无奈，他也很为难的好吗？

缠斗不多时，韩书和小红二对一竟然落了下风，渐渐不支。

曲伶儿想想当初在兴庆宫地牢里那个被折磨得不成人样的暗门的人，又看祁林这边一点手下留情的意思都没有，当即便下定决心绝对不能让韩书和小红落到祁林手上。

曲伶儿跑回码头解开缆绳，立即招呼道："韩书、小红，这边！"

韩书掩护小红先行后撤，等自己再想脱身时才发现这人竟寸步不让，是铁了心要留下他。

韩书知道自己不是这人对手，边应付边道："伶儿先带小红走！"

说话间便被命中了手臂，弯刀险些脱手而出。

曲伶儿却没有要走的意思，反倒步步向前，"祁哥哥，放他们走吧。"

祁林冷冷瞥了他一眼，反倒发力逼着韩书退出去三丈远，韩书单膝跪地，当即吐了一口鲜血。

祁林眼神一凛，杀气毕现！

曲伶儿根本来不及细想，两步上前，挡在了韩书身前！

他的祁哥哥当真好厉害啊，剑使得好，刀使得也好，从胸前贯穿而过他竟然也没觉得有多疼。

他甚至还有力气回头让韩书快走，成功错过了祁林拿起武器以来第一次手抖的瞬间。

鲜血顺着剑尖滴落到青石板上，像断了线的珠子，掷地有声。

他在倒下去的那刻看到了层层云霭里的明月，好圆啊。

算了，下次吧。

李释等人一大早赶回了扬州城。

本该在京城待着的宁亲王突然带着逃窜的要犯出现在扬州城里，直把刺史薛直等人吓得险些丢了魂，一起来的还有本该死在火场里的贾望春和在扬州城打着李煦名号招摇了很久的大理寺正苏岑。

明眼人都看得出来宁亲王这是要在扬州城闹个天翻地覆了，但人来了之后却只是露了个头，甚至没住在扬州的行宫，而是一头扎进了苏家的宅子里，一待就是两天。

这就像一把悬而未决的剑，个中之人人心惶惶，有心之人蠢蠢欲动，没人拿得准这宁亲王到底是什么意思。

殊不知宁亲王正优哉游哉地在苏家后花园里钓鱼。

苏岚失踪后的第二天在一处偏宅里醒来，这宅子一进一出，无甚特别之处，只是院子正中留下了整整三箱黄金。

这些金子如何来的苏岚自然清楚，无处安放，正巧宁亲王入住到自家宅子里，苏岚正好拿出来，算是交公了。

与苏岚一并回来的还有祁林和曲伶儿。

两人浑身浴血，曲伶儿面色如纸，胸前一个血窟窿被祁林拿手捂着，却还是止不住地往外渗血。苏岑指挥下人把曲伶儿从祁林手里接过来，正对上祁林一双眼，险些被吓到。

那双眼睛像被鲜血染过，猩红可怖，眼神却冷得吓人，像蒙着一层寒冰，永不见天日。

可苏岑分明还看见，祁林随身携带的那把青虹剑，从剑柄到剑鞘乃至露出的一小截剑刃上，血迹斑斑，已经在纹路里干涸，像一层抹不去的铁锈。

苏岑找来了全扬州城最好的大夫，忙了一天一夜，各种灵丹妙药齐上，才算是从阎王爷手里抢下了一条命。

祁林保持着回来时的样子，穿着一身血衣在门外守了一天一夜。

等第二天苏岑再看见他时，人却又变回了以前那个祁侍卫。

只是眼里更冷了，寸步不离跟在李释身后，再也没涉足过曲伶儿所在的院子。

等了两天李释还是不为所动，苏岑也不禁拿不准这个老狐狸到底几个意思，寻了个午后拄着拐想去探探圣意，临到门口才发现已经被人捷足先登了。

里面有人谈笑风生，隔着没关紧的门缝，苏岑看见站着的那人是封一鸣。

苦等三年，封一鸣憋到现在才上门倒是出乎他的意料了。苏岑对这种阔别重逢互诉衷肠的桥段没兴趣，也不屑做那窥听之人，动身欲走，却听见封一鸣带一点暗哑的声音突然道："爷，我想回长安。"

苏岑皱了皱眉，停了下步子。

李释并未急着作答，过了一会儿才道："扬州挺好的，更适合你。"

"为什么？"封一鸣出声责问，艰涩的嗓子里已带过了一丝哭腔。

苏岑没见过这样的封一鸣。

他印象里的那个封一鸣是倨傲的，尖锐的，甚至让他有一点嫉妒的才子，苦守扬州三年，多方周旋，夹缝生存，为李释甚至不惜叛出暗门。

扪心自问，他都不一定能做到如此地步。

可就是这么一个高傲到让人仰视的人，在李释面前却卑微到尘土里。

封一鸣连问了几个为什么，都没等到李释的回应，最后封一鸣不问了。

苏岑默默拄拐下了台阶。

等封一鸣走了苏岑才又过来，装得一脸云淡风轻，一副我什么都不知道的模样。

李释直接问，听了多少？

苏岑暗暗咋舌，这人怎么什么都知道。

李释却笑了，道："下次偷听的时候，别拄拐。"

苏岑看着桌边竖着的拐杖，默默拿起来在拄脚上包了层布。

知道李释打趣他，苏岑转头问起正事来，何骁怎么处置？盐务怎么交代？官场怎么清理？

李释不答反问："你的腿如何了？"

苏岑微微一愣，只听李释接着道："你的案子，还交给你办，敢吗？"

苏岑想了想，笑了。

"敢。"

他恍然明白了李释这些天在等什么。

李释道："初生牛犊不怕虎。"

苏岑回以一笑，"我是不撞南墙心不死。"

李释道："不怕朝中有人刻意为难你？榷盐令废除，阻力巨大，各地盐商可能都会与你苏家作对。这件事牵扯广泛，逼到有些人狗急跳墙，他们势必会拿祖制压你。"

苏岑一双眼睛清亮得吓人，"我不怕。"

李释笑起来，敲了敲桌子，"苏岑接旨。"

苏岑刚要站起来，却突然想到自己如今这条腿，恐怕是跪不下。

苏岑正为难之际，李释微微一笑，道："擢令大理寺正苏岑暂代大理左少卿之职，彻查扬州盐务，所到之处，如本王躬亲。"

苏岑微微一愣，正色道："领旨，谢恩。"

第
二
十
九
章

惑
主

　　扬州盐务一案牵涉广泛，大理寺少卿苏岑为主审，扬州长史封一鸣协助，一直到入了冬月才算告一段落。

　　何骁所犯贿赂官府、恶意哄抬盐价、草菅人命、勾结叛逆等八条罪状，证据确凿，处斩首弃市之刑。

　　扬州刺史薛直贪赃枉法、以权谋私、欺上瞒下，定于秋后处斩。盐铁转运使邱继盛、监察御史梁杰兴发配三千里，都督曹仁、别驾张鸾削职为民。

　　扬州官场被血洗一空。

　　贾望春拿私盐冒充官盐，却又因举证有功，主动交出榷盐令，功过相抵，恢复民籍。

　　汪家怕受到何骁牵连，主动将榷盐令交出，以求将功赎罪。

　　扬州其余盐商见朝廷废除榷盐令用意已决，纷纷上交榷盐令。

　　至此，扬州城内盐务恢复官营，增设盐课司，封一鸣任江淮盐铁转运使，统筹盐务运输、贩卖及江淮各地榷盐令废除事宜。

　　李释说得不错，封一鸣确实更适合扬州，多年在扬州官场上摸爬滚打，操持起盐务来驾轻就熟。上任之初先是统筹了官盐价格，让扬州百姓有盐可食，随后几条政令解了化私为公之初的燃眉之急，对那些不肯上交榷盐令的盐商借力打力，又巧妙利用私盐贩子趋利避害的心理将私盐泛滥的问题整顿了一通。

　　若说苏岑适合见微知著、激浊扬清，封一鸣则适合政令布施、八面来风，李释当初想必就看出了封一鸣是个人才，所以才下放扬州几经历练，如今顽石已见锋芒，如一把利刃挥斥方遒，还扬州官场一派清明。

封一鸣，一鸣惊人，去了一身桎梏的封一鸣一飞冲天，果真飒得很。

苏岑与封一鸣配合了半个多月，由之前的互相看不对眼，渐生惺惺相惜之感。

那日刚惩办了一起盐商借上交榷盐令之名趁机勒索良田的案子，下了衙等众人都走了，封一鸣往苏岑身前的堂案上一坐，笑道："城南刚开了一家酒楼，要不要去尝尝。"

苏岑一抄拐杖抽在封一鸣大腿根上，正色道："公堂上的案桌岂容你乱坐，下来。"

封一鸣揉着大腿直龇牙，"怎么比那老东西还古板。"

苏岑垂着眉目收拾案卷，懒得搭理他。

封一鸣自讨没趣，站起来拂了拂衣衫，"酒楼，去吗？"

苏岑抬头，"叫什么名字。"

封一鸣稍稍一想，"好像叫什么濯缨酒楼。"

"沧浪之水清兮，可以濯吾缨。"苏岑点头，"名字不错。"

"就是觉得名字不错才叫你去的，换作别人就没这份雅趣了。"

今日答应了大哥回家吃饭，苏岑本想着一口回绝的，一抬头，瞥见衙门外来人，话到嘴边一转，变成了："只喝酒多没意思。"

封一鸣背对门口尚未察觉，继续道："那你还想要什么，吹拉弹唱？要不再给你找几个姑娘？"

苏岑抬头冲人一笑，一扭头对着封一鸣身后那人认真道："你听见了，是封大人要带我去，可不是我的主意。"

封一鸣僵硬回头，后背霎时起了一层毛毛汗，立马低眉敛目毕恭毕敬道："王爷。"

李释向后吩咐："抄了。"

祁林领命。

李释背着手接着道："按《大周律》，官员狎妓该当何罪？"

苏岑笑得明眸善睐，"杖五十，削职为民，永不录用。"

李释点头，又道："前户部尚书荀老的老家是不是就在扬州？"

苏岑称是。

"听说有个孙女？"

"年方二八。"

何为党豺为虐、狼狈为奸，封一鸣回头睨了一眼苏岑，方才还冷冰冰的一张脸，如今笑得恍若三月春花。

封一鸣识趣地开溜道："下官想起来了，有桩案子的申奏文章只怕得连夜赶出来，下官先行告退了。"

见李释总算点了头，封一鸣慌不择路地溜了。

李释看着笑意盈盈的眼前人，"那你呢？"

苏岑登时敛了笑，"与我何干，又不是我说要去的。"

李释道："虽不能至，然心向往之。"

苏岑不依了，一扬下巴，"欲加之罪，何患无辞。"

马车里烧着上好的银霜碳，无烟无尘，温暖如春。

苏岑坐定后问："王爷今日怎么有闲情到这衙门里转转。"

李释拿了个暖炉送到苏岑手里，道："我再不出来，只怕你那大哥就要憋死了。"

苏岑不由苦笑，自打这宁亲王住进了苏家的宅子，自家大哥过得是提心吊胆，诚惶诚恐，安排得太好了怕李释责怪他商贾之户逾了规矩，安排不好又怕怠慢了贵人，日日跟着他碍眼，离得远了又怕李释召唤赶不回来，晚上夙夜忧叹，白日里还得强颜欢笑，也是难为他了。

苏岑却是知道李释用意，自他惩办了扬州盐务案以来，定是得罪了不少人，李释住在苏家，既断绝了有心之人暗下黑手，又防止有人明面上为难苏家产业。

李释待在苏家百利而无一害，只是为难大哥再担待几天吧。

李释问："案子办得如何了？"

苏岑正襟危坐，道："该惩办的都惩办了，盐务也已步入正轨，有了扬州的先例各地都开始了榷盐令的废除事宜。只是扬州官场血洗得太厉害，一时半会儿只怕恢复不过来。"

李释又问："你怎么看？"

苏岑想了想，道："扬州为淮南道要地，全国商贾皆聚于此，赋税位于大周之首，刺史人选至关重要。之前薛直他们把扬州搅得乌烟瘴气的，重立官威势在必得，须得找一人首先威望得够，镇得住场子，德行得够，不然只会成为另一个薛直罢了，还得够奸诈，不然只怕会被扬州这些人精玩弄于股掌之中。"

李释搓了搓手上的墨玉扳指，点点头，问："你可有人选？"

苏岑凝眉想了一会儿，无奈摇了摇头。

"那你觉得林宗卿如何？"

苏岑猛地抬头，"你是说……老师？"

李释点头。

苏岑立马来了精神，"老师曾担任帝师，威望肯定是够，为人宁折不屈，德行自然没话说，而且在朝为官那么多年，一些雕虫小技根本难不住他，老师如今赋闲在家，确实是不二之选，只是……"

李释抬眸，"只是什么？"

苏岑小声嘟囔："只是我怕你请不动他。"

当初朝廷想起复老师，李释亲自去请，被人扫地出门的事他可是没少听说。

李释哈哈一笑，道："我自有办法。"

"什么办法？"

李释摸着扳指眼睛一眯，"一道圣旨下去，他若是不来，就按抗旨不遵论处。"

苏岑自然知道李释不会真的对老师动粗，却还是暗自揶了一把汗，这两人结怨已久，又都是死不服输的性子，真不知道李释如何能把老师请过来。

到了家苏岑从马车上下来，从祁林手里接过拐杖，跟在李释后头慢慢走。

余光一瞥祁林手里，问道："祁侍卫换剑了？"

只见祁林之前那把青虹剑不见了踪迹，反倒是换了一把木剑。

祁林应了一声就再没动静了。

苏岑眼神一凛，他猜得果然不错，曲伶儿虽然不说，但身上那个窟窿肯定就是这人捅的。

苏岑快走了几步，指着树上一只鸟对李释道："王爷可知这是什么鸟？"

李释停了步子定眼一看，问道："什么鸟？"

苏岑笑道："这种鸟叫声清脆，音如妙歌，故称妙歌鸟。不过这还不是关键，这种鸟最大的特点在于肉质细腻，爽滑鲜美，我们苏州有一道菜名叫浮云白鹭羹，就是拿这种鸟配以莼菜鲈鱼煲汤，入口即溶鲜香无比，刚好我大哥家的厨子就是苏州过来的，正巧会做这道菜。"

"说重点。"

苏岑道："我想吃。"

李释回头对祁林吩咐："去捉来，给苏大人煲汤。"

祁林瞥了苏岑一眼，抱剑领命，捉鸟去了。

冬日里天黑得快，曲伶儿靠在窗边对着院子里一棵掉光了叶子的玉兰树发呆，落日余晖打在脸侧，总算给那张苍白的脸上镀了点颜色。

他在床上躺了大半个月，险些让苏岑拿那些名贵药材给埋了，单是喝过的药渣子就在玉兰树下堆了半尺厚，都可以预知到明年这棵玉兰定然长势喜人。

如今好不容易获恩准能下床走动了，他一心只想着离那张床越远越好。

这半个月里苏宅上上下下的人他都见过了，甚至身份尊贵的宁亲王都来他房里探了一头，但那个人竟一次也没来看过他。

或许，终究不是一路人吧。

院子里不知何时落了只鸟进来，正栖在玉兰枯枝上，毛色灰白杂交，顶上还有一小撮红毛，看着倒是讨人喜欢。

曲伶儿回房里拿了个杏仁酥，捻了点酥饼渣子放在窗台上，如今这寒冰腊月，谷物都没了，这么只鸟在外头漂泊无依也不容易。

那鸟在树上僵持了一会儿，终是扑扑翅膀下来，啄食那一点酥饼渣子。

这鸟竟是不怕人，曲伶儿拿了些酥饼在掌心里，那只鸟歪头看了他一眼，竟一点不犹豫地跳上了曲伶儿掌心。

一人一鸟玩得正起劲儿，曲伶儿只觉得某处视线落到了自己身上，略一抬头，只见花墙后面一道身影高高伫立，见他看过来又转身离去。

曲伶儿赶紧拍了拍掌心的酥饼渣子，站起来夺门而出。

奈何薄雾冥冥，庭院空空，花墙后头的人影早已不知所终。

当天晚上没吃到所谓的浮云白鹭羹，苏家二少爷脸上挂着一百个不乐意，以至于当晚研墨时一腔怒火都发泄到了砚台上，心太急，力太重，李释蘸着写了几个字墨色深浅都不一。

"行了，"李释道，"不想磨就不必磨了，别拿墨撒气。"

苏岑看着手里一方墨锭，质润犀纹，正是素有"黄金易得，李墨难求"之名的廷圭墨，终是不忍再祸害，松了手埋怨道："不立规矩，不成方圆，小家尚且如此，皇家更该以身作则，有人犯了错王爷为何不罚？"

自打李释来了扬州，全国上下的折子都开始往扬州送，每日都得批到深夜。李释沾了点墨继续批阅奏章，不咸不淡道："不是罚过了。"

只是罚了一顿晚饭自然难解苏岑心头之恨，愤愤道："那伶儿呢，他捅了曲伶儿那一剑又该怎么算？"

李释问："曲伶儿让你来的？"

苏岑没作声，问曲伶儿谁伤的他尚且不承认，更不用指望他自己过来告状。

李释头也没抬，"正主都没发话，你着什么急？"

苏岑一心想着给曲伶儿找回场面，口不过心直接道："曲伶儿是我的人，我……"

千岁爷皱了眉，停了笔，显然已经不耐烦了，抬头看了他一眼，道："祁林也是我的人。"

苏岑登时汗如雨下，不敢再造次。所谓逸豫可以亡身，他竟然忘形到逼着李释处置身边人。

"我不罚祁林，是因为我不觉得他做错了什么，我让他把人带回来，他做到了，我为何要治他的罪？事发时你不在现场，又怎么知道不是曲伶儿要带着情报投奔暗门？又或者是曲伶儿勾结暗门叛逆合攻祁林呢？现在伤的是曲伶儿你来找我讨公道，那伤的若是祁林，我当如何？"

苏岑后背发凉，许久不曾于与这人对着干，他都快忘了这人当初的冷漠寡情，真要要他性命也不过点点手指头的事。

"凡事讲究一个心甘情愿，既然曲伶儿没发话，那就是自愿受下了，不用你帮他出头。"

"我的墨干了。"李释摆摆手，"你退下吧，让祁林进来。"

苏岑立在原地许久没动，纠结再三，还是收了性子服了软，拿起那方墨锭小心翼翼问："还是我来，行吗？"

李释没抬头，苏岑就当他默许了，挽起袖子一心一意研磨，再不多话。

再研出来的墨均细黑润，纸笔不胶，直到三更天李释批完了所有的折子，也没再出变故。

李释收了笔，抬眼看了看眼前人，腿还没好利落又站了一夜，手没停过，腕子想必也酸了。

看着好似乖巧、圆润了，他却知道这人打的是什么心思。

李释叹了口气，明皇好当，清君难为，"罚俸一月，行了吧？"

苏岑抬眸，他自然知道李释是给他个台阶下，此时就该感激涕零领旨谢恩，奈何苏大人天生一身反骨，伸出两个手指得寸进尺道："两个月。"

李释笑着妥协，所谓罚俸，祁林住在兴庆宫，既无嗜好，又无亲眷，不拿俸禄也不是一次两次了，根本无足轻重。

苏岑一会儿道白日里那个盐商奸诈，一会儿又说衙门里的书吏字写得难看，李释却知道，这人一害怕就说个不停，伴君如伴虎，方才还是吓着了。

"在扬州待够了吗？"李释再次开口道。

苏岑抬起头来，"要回长安了？"

"扬州这边的事情差不多了，再不回去，京中只怕要乱。有心之人又想着打亲政的主意了。"

李释虽然人在扬州，长安那边却也没落下，他说有人要动自然是已经有了确切消息。苏岑点点头，"那便回去。"

对
饮

回京的日子隔日就定了下来，等新任扬州刺史上任，他们便起驾回京。

也不知李释是怎么做到的，林宗卿接了圣旨后不挣扎不反抗，直接就关了私塾收拾行囊赴任了。

林宗卿抵达扬州的当日，苏岑早早便去城门外迎接，到晌午才见一辆牛车从南边过来，连个车棚都没，只一个车夫赶路，林宗卿就坐在车板上，车上好几个大箱子里装的全是书。

苏岑认真冲人行了拜礼，唤一声老师，将人从牛车上迎下来换上了一旁的软轿。

先是到官衙交接完官印，又去了苏岑早早给准备好的宅子里卸下这好几箱子书。知道老师不喜欢热闹，苏岑特地挑了处僻静的宅子，二进二出带个小院，收拾得干净利落，不奢华，却也不落俗。院子里还有个葡萄架搭的凉棚，夏日里是个乘凉避暑的好去处。

林宗卿如今上任扬州刺史，送宅子送下人的自然不在少数，知道老师不喜欢交涉这些人情世故，所以苏岑早给筹备好了，也断绝了那些人的念头。

洗尘宴原本想设在苏宅，但顾及家里还有一位爷，这两位关系还不是那么融洽，苏岑索性直接带着厨子过来的，特色的扬州菜，师徒俩在房里支张桌子，算接风，也算叙旧。

大都是苏岑在说，这一年在京中都干了些什么，谈及当初贡院的案子，苏岑突然想到老师跟前大理寺卿陈光禄陈大人就曾同朝为官过，之后两人又相继致仕，忙问其中可有什么渊源。

林宗卿摇了摇头，"他任职大理寺，我在翰林院，很少有交集，彼此之间也没什么交情。"

苏岑叹了口气，刚待揭过，却听林宗卿又道："不过听说他当初并不全是致仕，好像说他当时接手的某桩案子开罪了先帝，人其实是被贬谪出京的。"

"贬谪？"苏岑一愣，"可官方书件里并没有陈大人被贬谪的记载啊，甚至连陈大人自己的学生——现任大理寺卿张君张大人也以为陈大人是致仕走的。"

林宗卿摇头，"事关皇家的事又有几件能说得清的。"

苏岑低头默默一忖，陈大人最后接手的案子应该就是田平之案和只在《陈氏刑律》里出现过的陆家庄陆小六失踪案，之所以把这两桩案子联系到一起，是因为两件案子都被刻意销毁了记录。但纵观始终，这两件案子也都没有能跟皇家联系上的地方，陈光禄又怎么会因为这两件案子被贬谪呢？

林宗卿问怎么了。

苏岑笑笑，只道是在抄录案档时对当朝刑律第一人心生敬佩，想一睹真容罢了。简单一句带过，接着之前的话题，继续讲在京中的所见所闻。

只是每每涉及李释，就改口成"那位贵人"。

这点把戏却瞒不了林老头，咂么两口小酒，直接道："那位贵人是李释吧？"

如今敢直呼宁亲王名讳的，恐怕也只有老师一人了。

当初北凉王的案子闹得沸沸扬扬的，苏岑自然知道瞒不过，大大方方承认："是。"

林宗卿将杯中酒一饮而尽，杯子重重一放，道："你以后离他远些。"

苏岑心里暗道老师这还是记恨他们以前那点恩怨，端起酒壶又给林宗卿满上，晨露为引的秋露白，色纯味洌，笑吟吟讨好着问："这是为何？"

他知道朝中有好些酸儒看不惯李释手握重权，觉得他败坏朝纲，可李释专权是专权，霸道是霸道，但干的都是为国为民的事，像这次的扬州盐务，如若不是李释一意孤行要查要办，不知扬州百姓什么时候才能吃上盐。原本以为老师定要摆出架子给他讲一通君圣臣贤、恪承天道的大道理，却见林宗卿摇了摇头，"他会害了你的。"

苏岑微微一愣，转头笑了，"宁亲王位高权重，若想要我性命当初我一入京时他便能要，又怎么会留我到现在。老师若是担心陛下亲政之后会对我不利，但在我看来，王爷并没有擅权不让的意思，只是如今陛下还小，容易为奸人左右，王爷才帮陛下揽权，陛下圣明，想必也能想清楚。"

苏岑拿着筷子在盘里夹了几次，却始终没往嘴里送，轻声道："若真是到了那一步，我不恋权，大不了从京中退下来，像封一鸣一样做个地方官也挺好的。"

"你倒是把自己安排得清楚明白。"林宗卿举着酒杯不置可否，"我相信你在混乱朝局中能独善其身，但你得知道，杀人诛心，心若是死了，你躲到哪里都无济于事。"

苏岑一愣，转而放下了酒杯，低头默默道："我没想过那么远。"

"他心里有一片盛世，我只想尽力帮他去完成，我也知道自己可能走不到最后，但能走一段路就很满足了。我知道自己能从一个大理寺的小官吏做起，不涉朝政，与他再无牵扯，可能会保一辈子平安，终老致仕，可是……可是我一这么想心里就会疼，像缺了一块似的那种疼。我这一辈子，没见过什么大世面，心里唯有一座长安城，高山仰止，触不及能看着也是好的。"

静默良久，终是林宗卿叹了口气，执杯与苏岑桌上的杯子轻轻一碰，"来，喝酒。"

当日苏岑与林仲卿喝到半夜才被家里来的小厮接了回去，整个人已经喝得烂醉如泥，险些从软轿里滑下去。

到了苏宅，苏岚一脸嫌弃地摆摆手，指挥着下人把人拖回房里。

临行当日，苏岚设宴为宁亲王送行，扬州城内的大小官员皆来拜别，只林宗卿打着新官上任熟悉政务为由不曾露面。

他虽没来，宁亲王却没忘了他，当即差人送了一块"勤政为民"的牌匾过去，还附带一句"林大人严于律己，实为百官表率"。

这一来表明自己豁然大度，不跟那个老头子一般见识。

这二来嘛……李释看着下面战战兢兢的一排小官吏，心里估计都骂上了，这林宗卿自己不来也就罢了，还把他们都拖累下水，林宗卿是勤政为民，他们不就都成了擅离职守了吗？

苏岑不禁扶额，宁亲王雁过拔毛，卷走了扬州城黄金三千两的赃款，临走还恶心了林老头一把，他都能想象老师看着这方牌匾胡子气到天上去的样子。

第二日一早，一行人在扬州城外的渡头登船，启程回京。

与他们来时的船不同，回程坐的是官船。虽说有了前朝的前车之鉴，开国以来对官船规格多有限制，但他们所乘的这艘无疑是规格最高的了。

船高三层，卧房舒适不啻扬州城最繁华的客栈，有书房，有茶室，顶层还有瞭望台，登上船顶，汤汤河面一览无余，长河接落日，波澜壮阔。

除了这艘主船，前后左右还有四艘楼船，其上有重兵把守，主要用于守护主船安危和防止其他商船靠近。

苏岑不由感叹，难怪前朝会因为一条运河亡国，他们在船上，一行一动都是银子，这一趟下来就得斥资无数，更是难以想象那千艘龙舟齐发的场面。

天色渐晚，河面上起了风，苏岑从瞭望台下来，正看见一个小太监端着托盘匆匆而过，见了他连声招呼都没打。

苏岑啧啧两声，这都是哪里招来的下人，这点礼数都不懂，好在他大人大量，不跟这些下人计较。刚待转身，却猛地停了步子。

细思之后，苏岑折身追上。

那小太监大概以为自己脱了身，闲庭信步地往后厨走，从托盘里拿了块芙蓉酥还没塞进嘴角，只听背后突然出声道："站住！"

小太监一愣，扔了盘子就跑，只听背后那人不紧不慢道："你跑，跑了我就跟祁林说船上上了刺客，让他亲自来抓。"

小太监挣扎一番，只能回过头来，冲着苏岑咧了咧嘴角，"苏哥哥……"

正是曲伶儿。

苏岑皱了皱眉，"你跟我过来！"

等回了房里关了门，苏岑往桌边一坐，一副开堂办案的气势，对着曲伶儿问："说好的在扬州养伤呢？你又跟过来干什么？"

"苏哥哥我放心不下你啊，京中险恶，你又不会功夫，我不得护着你，还有阿福，好久没见，我都想他了。"

苏岑冷眼看着，食指轻敲桌面，一副"你接着编，我看看还能不能编出朵花来"的表情。

曲伶儿叹了口气，他那点脑筋在他苏哥哥面前耍花样就跟闹着玩儿似的。

"说起来这事得怪你。"曲伶儿往苏岑对面一坐，"我本来都打算住在扬州了，结果无意之中得知你竟然克扣了祁哥哥两个月的俸禄！"

曲伶儿一脸义愤填膺，"你说我不回去，祁哥哥吃什么啊？他一看就是没什么积蓄的样子，这件事因我而起，我总不能看他饿两个月肚子吧？而且祁哥哥那么憨厚，我不回去，你再背地里欺负他怎么办？"

憨厚你个亲娘乖乖，苏岑翻了个白眼，祁林那副样子，从头发丝到脚指甲盖，哪有一点跟憨厚搭边的意思？

曲伶儿没知没觉地继续道："苏哥哥这次真的是你不对，你不能总仗着自己聪明就欺负我们这些老实人。我觉得这事你得给祁哥哥道个歉，你要是实在不好意思，我去帮你说也行，最好再把人家两个月的俸禄给人家补上。"

敢情他一点好处没落着还得搭上两个月俸禄，什么叫好心当成驴肝肺，苏岑被这小白眼狼气得肝儿疼，心里琢磨现在把人打个包沉尸江中还来得及吗？

曲伶儿嬉笑着凑上前去，"苏哥哥你看如今你都发现我了，我能把这身衣裳换下来了吗？"

苏岑瞥了一眼曲伶儿这一身不知道从哪儿弄来的太监服，冷笑道："挺好的，穿着吧。"

"我不，这身衣裳不吉利，穿了身上容易少东西。"曲伶儿边说着边着手往下脱，"苏哥哥你帮我找身衣裳换一下。"

苏岑翻了一条袍衫递给曲伶儿，"你这身行头从哪儿弄来的？"

"从一个小太监身上薅下来的呗。"曲伶儿边穿边道，"我原本想找身侍卫服什么的，结果就这前后左右四条船上全都是淮南道调来的怀庆军，五人一伍，吃喝拉撒都在一起，而且还有祁哥哥每天巡视，我怕我被发现了被当成刺客扔下去。"

苏岑斜眼看他，"那你扮成太监就没人发现了？"

曲伶儿小声道："他们都说我长得油头粉面的，一看就是个太监坯子，还让我将来得宠了记着点他们。小爷我一身阳刚正气，哪点像太监，那群太监们眼睛都瞎了不成？"

难怪曲伶儿对这一身衣裳深恶痛绝，苏岑哈哈大笑了好一会儿才停下来，对曲伶儿道："那你想过没有，为什么你连四周侍卫们的楼船都上不去，却能上来李释所在的主船？"

曲伶儿一愣，紧接着整个人弹跳而起，"你是说，祁哥哥知道我在船上？"

他不想两人有过多牵扯，祁林那种人曲伶儿根本招惹不起，眼里只有自家主子，曲伶儿不碍他的事还好，一旦有悖于李释的指令，他能毫不犹豫地再捅曲伶儿一剑。

苏岑安抚完曲伶儿从房里出来，这才发现天色已经暗了下来，船靠岸停了，埠头上往来侍从正补充物资。

有个太监端着一碗银耳羹正往宁亲王房里送，苏岑拦下把人遣了，自己端着送过去。

到了地方才发现李释并不在房内，而是站在门外亭廊上，对着茫茫夜雾不知道在看什么。

苏岑上前，皱眉盯着李释单薄的衣衫，"要入夜了，夜寒风大，王爷当心着凉。"

李释身上的外袍随风翻滚，看着却浑然不在意。

这人有时候看着好似有钢筋铁骨，但又似乎格外畏寒，苏岑记得当初还没入冬李释马车里就烧上了炭炉，往兴庆宫送的银霜炭更是一入冬就没断过，他一时也拿不准这人到底是真的畏寒，还是就单单因为宁亲王干什么都要比别人高一个规格。

"知道那是哪儿吗？"李释指着不远处一座城池问。

苏岑极目看了一会儿，奈何天色阴暗，实在看不清城楼上的几个大字，仅凭这么两扇城门也看不出个所以然来，只能摇了摇头。

李释道："宿州。"

苏岑眉梢一挑，"就是那个'不似白云乡外冷，此去淮南第一州'的宿州？"

李释点点头。

苏岑眯眼看着远处黑漆漆的城门，不由得笑了，"这地方我来过。"

遥想了会儿当时的情形，苏岑笑里不禁带了上几分无奈，"不过算不上什么好经历。"

李释看着远处，漫不经心道："说说。"

"我跟你说过我有一年外出游历过一番吧。"

李释点头，苏岑接着道："我就是在那时候来过宿州。"

"不过我那时候时运不济，半路上被偷了钱袋子，又跟友人走散了，无处落脚，只能栖居在城外破庙里。"

苏岑苦笑了一下，"屋漏偏逢连阴雨，那破庙是有主的，有伙乞丐常年在那里落脚，不过他们大概看我可怜，倒是给我留了块地方，只是那块地方瓦不全，赶上下雨天会漏雨。"

"那年宿州下了一整个月的雨。"

李释轻声笑了笑。

苏岑叹了口气，"淋了两天雨我就病了，烧得不知自己身在何处，但我总得吃饭，总得拿药，好在纸笔都是随身带着的，我就画了几幅画，拿到城里市集上去卖。"

李释道："福无双至，祸不单行，只怕画卖得也不顺利吧？"

"也不能说不顺利，甚至是有几分走运的，毕竟我那画也是得过当朝第一画手胡清晏的认可的，"苏岑微微抬着下巴，脸上带着几分傲然神色，"我摊子刚支起来就有人要买我的画，出价十两银子。"

李释点点头，算是认可了这个价格。

苏大人如今是新科状元，洛阳纸贵一字千金，但在当时作为一个无名无姓的后生，十两银子确实不少了。

"但我没卖。"苏岑道。

李释问："为什么不卖？"

苏岑冲人笑了笑，"我当时画的是一幅墨竹图，一是苦于没有颜料，二正是以墨色深浅绘竹驾雪凌霜之势，窥一貌而知根骨。但买我画的那个人嫌弃我的画单调，竟然让我在墨竹下面给他再画一只锦鸡！"

李释听罢哈哈大笑，墨竹配锦鸡，倒真是前无古人后无来者。

"你看，你都笑了，"苏岑略委屈地瞪人一眼，"我要是给他画了，画上署了我的名，我这辈子都不用出门见人了。"

"我并不是笑你，"李释摇了摇头，有些话事后说起来好笑，但放在当时想一想却知道并不容易，"人在屋檐下，你需要那笔银子。"

"在我看来有些东西比银子重要，银子没了可以再赚，但骨气丢了就是丢了。"苏岑兀自说着，眸光在夜色里尤显清亮，"后来又来了一个人，也要买那幅画，只给十文钱，但不需要我再做改动，我就卖了。"

"十两不卖，十文却卖了。"李释笑了，"你这笔账算得倒好。"

"这还不算，之前出十两银子的那人恼羞成怒，掀了我的摊子，还折了我一支宣城紫毫，到最后我手里就只剩了那十文钱了。"

"十文钱。"苏岑一一数着，"花了四文买了两个包子，一文要了一碗热粥，剩下的钱也不够买药了，索性又拿四文给了当初匀我一块地方的乞丐，还剩一文。"

苏岑从身上取了个钱袋子下来，把里面的碎银子尽数倒出来后，从中拎出了一个铜板来，"在这。"

"我把它随身放着，提醒自己莫要失了本心。"

苏岑把那一个铜板放到李释掌心，"千金难买我乐意，我愿意十文钱把画卖给懂我的人，也不愿趋炎附势去赚那十两银子。说来也怪，可能是物极必反，我倒霉到头了运势反倒好转起来，喝了一碗热粥睡了个好觉之后，醒来就在一家客栈里，我那友人也找到我了。又过了两日偷我钱袋子的那个毛贼也找到了，银钱少了一点但找回来了大半，也算大难不死必有后福。"

"就有一点，事后我想再见见买我画的那个人，我总觉得他是故意为之，想试探我的心性，只可惜我当时都快烧糊涂了，有些事情记不真切了，甚至连那人长什么样子也忘了。"

"既然想不起来了便是无缘。"李释拿着那枚铜板摩挲了片刻，递还给了苏岑。

祁林从远处过来，回禀道船已整装完毕，请示李释是否开船。

李释点点头，便见祁林冲下面挥了挥手，船拔锚扬帆，缓缓动了起来。

苏岑收了铜板一抬头，正好有什么缓缓坠落在鼻尖上，抬手抹了抹，只摸到了一点湿润。

"下雪了。"苏岑抬头看着漆黑一片的夜色，有些灯光打到的地方能隐约看见簌簌而降的银尘。

漫漫细雪从天而降，盖住了两岸草木，沉寂在滔滔江水里，打着旋落在船头那人的发梢上，肩头上。

李释望着视线尽头茫茫一片的江面，不知过了多久才轻声道："长安的雪也不知下了多厚了。"

番外

初遇

元顺元年夏，宿州。

宿州的雨已经下了一个月。

苏岑落脚在宿州城郊的一座破庙里，看着眼前房顶漏水积成的小水洼，抬手摸了摸自己额头上——还是烫得吓人。

想来自己可能是跟这个"不似白云乡外冷"的地方犯冲，到这里的第一天正赶上庙会，跟他一道游历的那个友人追着去看祭祀的神女，他不过两步没跟上，就跟人走散了。

屋漏偏逢连夜雨，等到庙会散了他都没找到人，眼看着天色阴沉得像要下雨，想着先找个客栈投宿一宿，明日再做打算，一摸身上的钱袋子，登时傻了眼。

腰间空空如也，哪里还有半点钱袋子的踪迹。

苏岑举目四望，街道空空，薄暮冥冥，他连钱袋子什么时候丢的都不知道，更别提找到偷他钱袋子的人了。

苏岑赶在大雨落下之前找到了这处破庙，只可惜这庙里也是有主的。几个当地的乞丐霸占了这个地方，他刚一进来就察觉几道目光虎视眈眈地注视着他。恰在此时，身后轰隆一声，电闪伴着雷鸣，一场大雨滂沱落下。

这下子想走也走不了了。

苏岑无视那几道目光找了个角落坐下，一边调整姿势避开头顶的漏水，一边遥想自己这真是倒霉他娘给倒霉开门——倒霉到家了，这世上只怕再也不会有比这更倒霉的事了。

事实证明，还真有。

这场雨一下就是一个月。这期间他水土不服，落脚的这块地方又潮湿，竟然还发起低烧来。全身无力，身上也没带着吃的，他迷迷糊糊不知昏睡了多久，只觉得有人轻轻戳了戳他。等他费了番力气把眼睁开了一条缝，只见一个蓬头垢面的乞丐小心翼翼递给他半块馍馍。

他堂堂苏家二少爷，竟然靠一个乞丐来接济？

苏岑这种想法不过就闪过了一瞬，紧接着道了谢，拿过那块馍馍狼吞虎咽地吃起来。

说实话，不怎么好吃，玉米面有些剌嗓子，好像还有些馊了，但苏岑还是三两口就把东西吃光了。

他得让自己活下去。

那伙乞丐估计看他可怜，三天两头接济他一次，饿倒是饿不死了，就是低烧一直没退，还渐有转成高烧的势头。

那天，那伙乞丐也不知道从哪儿捡了只死狗回来，剖皮取脏炖了一大锅，事后用只破碗给苏岑送了一碗狗肉汤。

这是他这么些天以来吃得最舒心的一次。热气腾腾的一大碗，骨汤鲜香，碗底下还有几块碎肉渣，他喝完了恨不能再把碗舔一遍，这才依依不舍地把破碗还回去。

这一碗汤下肚精神也好了不少，苏岑以庙里唯一一张瘸了条腿的香案为桌，铺纸研墨，挥毫泼墨一气呵成，画了一幅凌霜傲雪的墨竹图。

好在笔墨纸砚他都是随身带着，这些东西也不像钱袋子那么好偷，如今倒是成了能救命的东西。

几个乞丐在旁边看着啧啧称叹："看不出来你还会这么一手呢，我就说看着像个读书人，果然这个手跟我们要饭的手就是不一样。就是……这画的是个啥啊？"

苏岑道："这叫墨竹图。"

另一个乞丐道："竹子不都是绿的吗，可你这个是黑的啊。"

"我这不是没有颜料。"苏岑揉了揉鼻子，"不过少了颜料也无伤大雅，以墨色深浅为血肉，笔势走向为根骨，这样一幅画更考验作画人的功力，寥寥几笔之间就能体现出墨竹那种高风亮节、宁折不弯的骨气。"

几个乞丐纷纷点头。

苏岑转头搓了搓手，"哪儿能把我这身骨气卖出去？"

宿州城内有大集，逢三逢八都会开集。

苏岑赶在这天起了个大早，天虽然还阴沉着，但雨已经不下了。苏岑掬起清水洗了把脸，带上画好的墨竹图上了集。

他本可以把画直接卖到城里的画斋，可画斋的人多是些生意人，在他们看来买卖大过情怀，奇技淫巧大过画作本身，他这幅仅以墨色渲染的墨竹图在那里只怕占不到什么便宜。

另外他也想借机看看，到底能不能在这里遇上一个真正懂他之人。

外出游历这半年来，他见过"重重万霭拥叠翠"的山，也见过"上穷九霄下黄泉"的水，却每每在经历完这一切之后感到从未有过的空虚。也有结伴而行的友人，却总觉得差那么一点意思，他的那一腔激情壮志到嘴边了，又总是少了一个可以倾诉的人。

刚到集头便见一队官兵守在前头对往来的人挨个搜身，集市上巡逻的公差也比一般时候要多。

苏岑站在队伍里一边等着搜身一边跟着打听，前面排队的一个老头告诉他："这是京里的大人物要来咱们这里了。"

"大人物？"苏岑好奇问道，"什么大人物？"

"还能有谁！"身后跟着一个青衫人，轻笑了声接着道，"如今朝中谁说了算你不知道？小天子不过七岁，宁亲王手握重兵回朝摄政，根本不把自己这个侄子放在眼里。政令布施，赏罚决断全都是这位宁亲王说了算，我看啊，那小天子也就是个摆设，不出两年，就得被他这狼子野心的皇叔赶下位去。"

"你小点声。"前面的老头嗔怪，又怕牵连到自己，快走了几步与苏岑他们拉开了距离。

苏岑道："你是说是这位宁亲王要来宿州？"

那青衫人不屑地撇撇嘴，"人家是要去巡查淮南道的驻军，赶得巧了说不定能从咱们这路过。即便如此咱们刺史大人也要上赶着巴结，搞这么大阵仗，说不定人家看都不带看上一眼的。"

苏岑心里明白了个大概，默道大人物的事与他无关，不再打听，安安静静等着搜身。

等进了集市，苏岑把那张瘸了腿的香案就地一摆，就算个摊位了，把画好的墨竹图挂在身后一棵歪脖子树上，又把笔墨纸砚一一摆开，可以买现成的，也可现场给作。

字画不同于瓜果蔬菜，别的摊位上人来人往，讨价还价热闹非常，就他这里冷冷清清，从一开始就没人问候过。

苏岑也不急，靠着歪脖子树闭目养神，他自认为缘分这种东西，命里有时终须有，命里无时也强求不得。

不一会儿只觉得身前有动静，苏岑睁了睁眼，这才见香案前不知何时站了一个五短身材的中年人，一身孔雀蓝翎散花锦，腰间坠着沉甸甸的钱袋子，一看就像个出手阔绰的。

没有缘分能填饱肚子也是好的。

苏岑笑意盈盈迎上前去，"这位兄台要买画？"

那中年人没看画，反倒对着苏岑桌上的笔墨纸砚打量了起来，"湖州善琏的小狼毫，徽州御供的廷珪墨，砚台次了点，北岭绿端，虽比不上歙砚，却也不是一般人家能用得起的。带着这么一身行头，你来这儿卖画？"

不像买画的，倒像是挑刺的，苏岑敛了笑，把那人手上的湖笔夺回来，"我卖的是画，画好看就行，你管我用什么画的？"

"你这画我买了。"那人大手一挥，"十两银子。"

苏岑一愣，还真是位财大气粗的主。

刚把画取下来，那人又道："这画上的墨值五两，作画的笔值三两，纸值一两，至于你画的这点东西，也就值个一两银子吧。"

苏岑都被气笑了，"你要是不喜欢也不用勉强，既然我的画入不了你的眼，又何必买回去有碍观瞻呢？"

就这一会儿工夫，周围已经聚了好些个看热闹的人，那中年人冲着周遭的人意味深长地一笑，一指苏岑那幅画，"你之所以画得不好，主要是内容太过单调死板，你看，你若是在下面再画一只锦鸡，这画立马就生动形象起来了。"

苏岑扑哧一声笑出声来，"墨竹配锦鸡？"

原本还以为这人前头那一番评头论足是有点学问，敢情只是个过来沽名钓誉的草包。

那人被苏岑这一笑给笑恼了，"你画，现在就给我画，画了我就买！"

苏岑脾气也上来了，"我的画，绝不改一笔。"

两相对峙，周围看热闹的不嫌事大，还有人在一旁煽风点火。

有人劝："你就给他画吧，十两银子不少了，给我别说画锦鸡，他就是要只老虎，那也得给他画上。"

"就是，一幅画而已嘛，卖了就卖了，拿到手里的银子才是自己的。"

"这位老兄说得也没错，你这画上是太空泛了，除了几根枯竹竿什么也没有嘛。"

那中年人见有人站在自己这边，颇有越战越勇的趋势，从钱袋子里掏出一锭银子拍在桌上，"只要你画了，这银子就是你的。"

"这画我不卖了。"苏岑把画卷起来，低头默默收拾纸笔，看都没看那银锭子。

本来低烧就没退，苏岑被这一大帮人吵得头晕，心想着现在收摊还能再去破庙里好好睡一觉，等他睡醒了就远离这块是非地，管他什么"白云乡"，什么"第一州"，走了就再也不回来了。

"十文钱，这幅画我要了。"

声音不大，低沉又厚重，却如一道惊雷穿透重重雾霭，周遭霎时寂静。

苏岑循着声音抬头看去，正迎上那人步步向前，一身墨绿袍衫，腰间用革带一束，显得腰身越发笔挺、孔武有力。拇指上带了枚墨玉扳指，与袍衫交相辉映，黑得纯粹。

脸倒是没看清，这人太高了，他如今蹲在香案前，得仰着头往上看，头晕。

先前那中年人一脸难以置信，又问了一遍，"你说什么？"

却见来人压根没理他，那只带扳指的手点了点苏岑怀里的画，"十文钱，卖吗？"

苏岑豁然开朗。

"卖。"苏岑仰头看去，冲那人一笑，"成交。"

十文钱又如何，他不昧本心，劳动所得，他愿意十文钱把画卖给懂他的人，也不愿拿一身骨气去换一口饭吃。

刚要把画递上去，苏岑又改了主意，把纸铺开，挥毫泼墨在一旁题下了一句"一身傲骨茕身立，枉作浮虚阶下尘"。

眼看着两个人一手交了钱，一手收了画，摊子撤了，人走远了，围观的人也没回过神来。

那中年人后知后觉地意识到自己被戏耍了，恼羞成怒一把拽住苏岑的袖子，"你什么意思？我出十两银子你不卖，却十文钱卖给了他？你是不是看不起我？"

苏岑不躲不避，直言道："是。"

中年人气结，"你……"

苏岑抽回袖子，刚走出两步，只觉得猛地被人大力后拽了一把，手里的东西登时撒了一地。砚台当即就摔到地上碎了，那支湖笔又被人踩了两脚，终是没挺住，断成了两截。

苏岑微微眯眼，一双眼里顿时冷若冰霜。

"你算什么东西，也敢瞧不起我！"那中年人还在叫嚣，"你不用这么看着我，你听好了，小爷我姓杨名鹏程，宿州刺史那是我亲爹，有种你就去告我，看看这衙门门口到底向哪儿开！"

后来惊动了往来巡查的官差人才散了，苏岑弯腰捡起地上凌乱的笔墨纸砚，拿个包袱皮一裹，背在肩头。

颠颠手里的铜板，他如今只剩下这十文钱了。

花四文买了两个包子，又花一文买了一碗热粥，刚好路边有乞丐行乞，苏岑把剩下的钱全扔进了那人的破碗里。想了想又捡回来一文，好生收回钱袋子里。

结果等包子和粥的工夫，他就贴着油腻腻的桌面睡了过去。

说来也奇怪，这一觉睡得安稳踏实，竟然一点也没受周围纷杂的人事干扰。

等他睁眼的时候，腻得发慌的桌面没有了，包子铺没有了，集市也没有了。周围缕缕檀香萦绕，好闻得紧。

苏岑自行穿鞋下床，四下打量，松软的床褥，繁复的床帏幔帐，考究的陈设，看着像家规格挺高的客栈。

出了内间再往外，才发现外头还有一间小厅，而此时厅里正有一人焚香烹茶，疏袍缓袖，在袅袅雾气间行云流水，说不出的闲散惬意。

那人听见动静没有回头，只道："醒了？"

之前在闹市上，周围人声嘈杂苏岑尚且觉得这人声音好听，如今四下寂静，那声音就像回响在冬日初雪的松林间，带着一股冷冽的松香气。

有这样声音的人，到底长着怎样一张脸？

苏岑近乎迫不及待地绕到那人正面，灯光忽闪，烛影绰约，那人隐在背光处，竟还是看不真切。

那只带扳指的手递来一杯热茶，示意他喝。

苏岑端起茶杯轻啜了一口，茶韵悠悠，入口生津，连带着烧了好几天的嗓子也舒缓了不少。

"如何了？"那人问道。

突如其来这么一句，苏岑却知道他问的是什么，笑笑道："没什么大碍，吃点好吃的，再睡两天就好了。

那人点点头，"这间客栈我包下了，你尽可以在这里休养。我看了，你那幅画很好，十文钱给少了，就再请你吃顿饭吧。"

"不少，一点都不少。"苏岑摇摇头，笑道，"我缺的就是你那十文钱。"

那人也笑了，声音低沉，像厚重的清酒，轻易就能醉人。

苏岑喝完了一杯茶，突然想起什么，惊觉道："我那些东西呢？"

"你指那些吗？"那人指了指一旁桌上放着的一个靛蓝包袱。

苏岑急忙上前，打开包袱一一查看，确认东西都没少，这才松了口气。

"东西都坏了，还能用吗？"那人问。

"用自然是不能用了。"苏岑把东西收起来，回头冲人一笑，"这些都是证据，我要用来状告那个毁了我东西的人。"

"哦？"那人似是觉得好笑，又笑了下，"你没听见他说吗，他是宿州刺史之子，你告不了他。"

"在这里告不了我就去扬州告，再不行去长安告，去京兆衙门大理寺乃至去御前告，那人光天化日之下摔了我东西，那他就得赔给我。"

"初生牛犊不怕虎啊。"

"朝廷下设这么多机构衙门不就是为民请命的吗，若是这么点事他们都做不好，那就是尸位素餐。一个两个如此，那是苦了一县的百姓，十个八个都是这样，那遭殃的就是一州百姓，若是全国上下尽数如此，那离亡国也就不远了。你笑什么？你觉得我说得不对？"

那人敛了笑，指节轻敲桌面，"不，你说得很对，治国便如同治树，一只两只蠹虫无伤大雅，若是全是蠹虫了，他们吸的是大周的精髓，蚕食的是大周的血肉，再强大的树早晚有一天也得被蛀空了。"

"没错，我就是这么个意思。"苏岑笑得眉眼弯下来，"所以你不要看这件案子小，它是真能反映一些事的，以为小而置之不理，由小及大，必成燎原之势。而从小治起，小灾便演变不成大祸，苍生万民得以休养生息，那离太平盛世也就不远了。"

那人又问："那在你看来，何为太平盛世？"

苏岑只觉得一个月的精神头都集中在这晚了，对着那人侃侃而谈："要人人都做到路不拾遗夜不闭户那不现实，但我以为，生有养而老有赡，理有所正，冤有可申，人人各司己业，朝廷上下一心，便算得上太平盛世了。"

"嗯，"那人认可地点点头，"只不过要达到你说的这样，大周也还有好长的路要走。"

"如今朝堂上有几大弊病，一日不除，大周便只能止步不前。"

那人问："哪几大弊病？"

苏岑在紫檀桌面上点了点，"一是外患，突厥吐蕃压境，边境不安则民心不稳，总得提着心提防哪天关外夷族进犯，自然也就没心思安顿下来生产经营了。二则是内忧，边将拥兵自重，内地盐商暴乱，国库空虚无力供养庞大的军队，不过这些究其根本罪魁祸首就是一条，两党争斗，日月交食！"

"好一个两党争斗，日月交食。"那人赞许，又给送上一杯热茶。

苏岑皱了皱眉，"我突然想喝点酒。"

"酒就不要了，你风寒未好，别加重了病情，以茶代酒，这杯我敬你。"

苏岑举起茶杯与那人轻轻一撞，呷摸一口，酒不醉人人自醉，倒真有点醉意了。

"我突然不是这么讨厌这个地方了。"苏岑举着杯子笑了笑，"我觉得，我之前倒的所有霉，都是为了把运气积攒起来，在这里遇见你。"

那人也笑了，晕开在夜色里，给沉沉的夜幕也增加了几分韵致。

"你去过很多地方吗？"

苏岑掰着手指一一数来，"我是苏州人，本来是要上京赶考的，可又觉得自己还太稚嫩，说到底，我不知道自己要的是什么。于是半路我改了行程，杭州、宋州，泗州、汴州逛了一圈，接下来就要入蜀了。"

"那你找到自己要的是什么了吗？"

苏岑摇摇头，"人有穷而道无穷，我且走且寻吧。"

"那有没有想过去长安看看？"

苏岑明媚一笑，"长安我是一定要去的，只不过在我看来，那里不是去路而是归途，我有种预感，那里有我想要的东西，也只有在那里，我才能真正地安定下来。"

一壶茶，一盏灯，两个人直说到鱼肚泛白。最后还是苏岑没撑住，抱着个杯子说着说着就睡了过去。

李释将人轻轻抱起，送回床上，给人披好了被角。之后又吩咐找到当日偷钱袋子的那个小贼，以及那个闹市中毁人财物的杨鹏程，该查的查，该办的办，不管是谁的儿子，绝不姑息。

临行前他看了眼房里睡得正熟的人，轻声道："我在长安等着你。"

编后记

　　本书版权由北京长佩网络科技有限公司授权，由北京宏泰恒信文化传播有限公司出品，由中国言实出版社出版。

　　在此真挚地感谢在《太平长安》出版过程中参与策划、创作的贡献者。北京宏泰恒信文化传播有限公司参加本书选题策划、封面设计、插图等工作人员有：连慧、李艳、有点态度设计工作室·蜀黍、晚安婉子、Edel、鱼籽。

2021 年 12 月